Peter Haff
DER BLAUE SPIEGEL

Peter Haff

DER BLAUE SPIEGEL

Roman

Sammlung Luchterhand

Mix
Produktgruppe aus vorbildlich
bewirtschafteten Wäldern und
anderen kontrollierten Herkünften

Zert.-Nr. GFA-COC-001223
www.fsc.org
© 1996 Forest Stewardship Council

Verlagsgruppe Random House FSC-DEU-0100
Das für dieses Buch verwendete FSC-zertifizierte Papier
Munken Pocket liefert Arctic Paper Munkedals AB, Schweden.

1. Auflage
© 2010 Luchterhand Literaturverlag GmbH, München
in der Verlagsgruppe Random House GmbH
Satz: Greiner & Reichel, Köln
Druck und Bindung: CPI – Clausen & Bosse, Leck
Printed in Germany.
ISBN 978-3-630-62188-3

www.luchterhand-literaturverlag.de

Aufgefallen

Kunst – wirklich?

G. W. (London) Abends am Piccadilly – es ist ungefähr halb sieben. Ein schäbig gekleideter junger Mann, möglicherweise ein Tramp, stösst ein Einkaufswägelchen an den Strassenrand. Auf dem Wägelchen, dürftig verpackt, seine Habseligkeiten. Der junge Mann wird von zwei Frauen, die sich in London nicht auszukennen scheinen, angesprochen. Er erklärt, und schon winken die Frauen ein Taxi heran. Sie steigen ein und ermuntern den jungen Mann, es ihnen gleichzutun. War er mit seinem Wägelchen etwa auch an den Ort unterwegs, nach dem sie ihn fragten? Oder gefällt er den zwei Frauen einfach? Wie dem auch sei – der junge Mann greift hastig nach seiner Habe, steigt ein, und schon hat der Londoner Stossverkehr das schwarze Taxi aufgesaugt. Zurück bleibt am Strassenrand das Einkaufswägelchen – und auf diesem ein zerfetztes, in Plastic gehülltes Paket.

Am selben Abend bei Christie's – etwa 45 Minuten später. Versteigert wird Gegenwartskunst. Im Saal ein gut betuchtes Publikum, viel Schmuck. Unter den Hammer kommt das Los mit der Nummer sieben. Dann sollen Werke von Andy Warhol und Jeff Koons angeboten werden. Doch eben, zuerst kommt der indische Künstler Subodh Gupta. Sein Werk, das Los mit der Nummer sieben, ist ... ein Einkaufswägelchen mit den Habseligkeiten, darunter ein Schlafsack, eines Gelegenheitsarbeiters.

Guptas Kunst gilt als Symbol für die gegenwärtige Gesellschaft. Für sein Einkaufswägelchen bezahlt ein Bieter bei Christie's nicht weniger als 313 350 Pfund. Am nahen Piccadilly steht ein solches Einkaufswägelchen herrenlos am Strassenrand! Jetzt, um halb acht, ist es für solche Überlegungen wohl zu spät. Zweifellos ist das Wägelchen längst von einem Tramp übernommen und in den anliegenden Green Park gestossen worden.

Es gibt andere Welten, aber sie sind in dieser –
H. G. Wells

I

Während Robert Wallburk in der Hafenschänke von Kàlimnos den Lammbraten anschnitt, ertrank sein Vater im Aquarium der Stadtvilla in Grünwald. Es war halb drei. Später sollte Rob sich an den Biss in der Wangenschleimhaut erinnern, der seine Hand so hastig hochfahren ließ, dass der Wein aus dem Glas schwappte und das Hemd rot färbte. Er schüttete Salz auf die Flecken und wandte sich wieder dem Braten zu. Nachdem er Kaffee getrunken und die Rechnung bezahlt hatte, ging er zu seinem Auto. Das rostige Räuspern der Tür erinnerte ihn an den Zustand des Gefährts, eines gesegneten Volvo Baujahr 1972; als er beim Autoverleih den Vertrag unterschrieben hatte, war ein Pope durch die Werkstatt gewandelt und hatte sich vor jedem Schrotthaufen mehrmals bekreuzigt.

Rob fuhr die Mole entlang. Beim Leuchtturm hielt er und warf einen Blick auf die vor Anker liegenden Fischerboote. Es war ein Abschiedsblick. Morgen würde er wieder in München sein. Während er zum Studio fuhr, nahm er sich vor, bald auf die Insel zurückzukommen, wusste jedoch, dass dies eines jener Versprechen war, die den Alltag selten heil überstehen.

Das Studio ›Manga-Vision‹ galt unter Produzenten von Zeichentrickfilmen als Geheimtipp. Die Brüder Mangassarian hatten das Kunststück fertiggebracht, auf dieser winzigen Insel, wo jeder jedem mindestens zweimal im Leben begegnet, ein Hightech-Studio aufzubauen, das sogar amerikanische Produzenten wie ›Koonheim-Brothers‹ und ›Disney‹ angelockt hatte. Rob parkierte seinen Wagen vor dem futuristisch anmutenden Neubau für Computeranimation. Auf dem Weg zum Schneideraum wurde er vom Studioleiter abgefangen. Jan Sterzki warf die Arme in die Luft wie ein Kapellmeister, ja wo waren wir denn, rief er, in München versucht man seit Stunden Sie zu erreichen.

Wer versucht …?

Herr Hajek. Sie sollten ihn anrufen.

Der gute Patrik. Wenn Patrik telefonierte, obwohl er wusste, dass Rob bei der Arbeit oder auf Reisen ungern gestört werden wollte, musste etwas Außergewöhnliches vorgefallen sein. Rob seufzte. Patrik – sein Agent, sein Freund, sein Helfer in allen Lebenslagen. Er verhieß ihm früh am Morgen bereits irgendwelche unwahrscheinlichen Glücksfälle, Vergünstigungen, Aufträge, Steuererlässe, er schlug Treffen mit Sponsoren vor, alles, um Rob bei Laune zu halten und ihm jeden Tag aufs Neue Mut zu machen. Wo bliebe das Vergnügen am Versprechen, wenn man Versprechen immer halten müsste, pflegte er zu sagen, wenn dann doch alles ganz anders kommt.

Patriks Stimme klang leise und ein wenig heiser, als er sagte, tut mir leid, dass ich Dich störe, Robert, reg Dich nicht auf, ich glaube, Du solltest heimkommen. Dein Vater hat schon ein paar Mal angerufen. Es geht ihm nicht gut.

Dass Patrik ihn mit Robert angesprochen hatte, verhieß nichts Gutes. Rob hatte den Vater nicht mehr gesehen, seit sie nach dessen Entlassung aus der Untersuchungshaft in das große Haus an der Gabriel-von-Seidl-Straße gefahren waren. Obwohl Rob nur ein paar hundert Meter entfernt in der gleichen Straße wohnte, hatten sie seit drei Jahren keinen Kontakt. Für

Rob war es eine Bestätigung, dass sein Vater von ihm nichts wissen wollte.

Jetzt der Anruf. Nächstes Jahr würde der Vater achtzig. Die Vorstellung, er könnte ernsthaft krank sein, war für Rob absurd. Seit er denken konnte, war Henry Wallburk für ihn ein Mann mit der eisernen Gesundheit des ein wenig Kränklichen gewesen, der aus allen Widrigkeiten als Sieger hervorging.

Die Verbindung mit dem Handy war schlecht. Rob stand im Freien vor der Studiotür, der Meltemi hatte angefangen zu wüten. Morgen bin ich zurück, Patrik, schrie er, bestimmt. Der Film ist heute Abend fertig. Wenn Vater noch mal anruft, sag ihm das bitte.

Während der improvisierten Abschiedsfeier musste Rob andauernd an seinen Vater denken, einen Fremden, vor dem er als Kind eine unerklärliche Scheu empfunden und den er bewundert hatte. Sein Bild würde für immer mit dem hageren Gentleman im dunkelgrauen Zweireiher verbunden sein, der an einem Aprilmorgen das Tor der Strafanstalt durchschritten hatte, als würde er soeben eine erfolgreich zu Ende gebrachte Aufsichtsratssitzung verlassen. Erst später war Rob bewusst geworden, was ihn an der Erscheinung des Vaters irritiert hatte: Die Gardenie im Revers des Anzugs hatte gefehlt.

Diese Gedanken gingen ihm durch den Kopf während er sich mit der Cutterin über die Zubereitung von Tsatsiki und den zweifelhaften Erfolg von Grippeimpfungen unterhielt. Die Frau sprach ein unerwartetes Französisch, das sie je nach Bedarf gerade zu erfinden schien. Rob hätte mit der hübschen Griechin gern etwas der intimeren Art angefangen, war aber eines Abends durch den Anblick der im Schneideraum mit dem Jüngeren der Mangassarian – Brüder kopulierenden

Schönheit von seinem Vorhaben abgekommen und hatte sich mit der tröstlichen Erkenntnis, Sex sei schließlich nichts anderes als die Rache des Fleisches an seiner Vergänglichkeit, mit einem angefangenen Manuskript ins Bett gelegt.

Während des Flugs von Athen nach München fiel Rob in einen unruhigen Schlaf. Er träumte von seinem Vater; es waren unscharfe Bilder, die er nach dem Erwachen in keinen Zusammenhang bringen konnte. Vor der Zollabfertigung im Flughafen wartete eine dunkelhaarige Frau mit einem Schild, auf dem sein Name stand: Robert Wallburg. Mit einem flüchtigen Blick stellte Rob fest, dass der Name falsch geschrieben war, mit ›g‹ statt mit ›k‹. Als Patrik sich durch die Wartenden schob und mit den Armen rudernd auf ihn zueilte, verschwand die Frau in der Menge.

Hast Du die Frau gesehen?

Patrik nickte. Keine Ahnung, vielleicht eine Verwechslung, sagte er. Sein rosiges Gesicht wurde ernst. Hör zu, Rob, Dein Vater ist tot, vermutlich ein Unfall. Die Polizei ist noch im Haus. Am besten, wir fahren gleich hin.

Als sie im Auto saßen, erzählte Patrik, am Morgen sei Henry Wallburks langjähriges Faktotum vor seiner Tür gestanden. Schluchzend habe die Paula gesagt, der gnädige Herr sei tot. Vielleicht sei er ertrunken, er läge nämlich in dem großen Aquarium in der Halle. Im Haus wimmle es von Polizisten.

Das Hirn braucht Zeit, bis es eine Information einer anderen zuordnen kann. Der Vater tot. Ein Unfall? Selbstmord? Rob verspürte plötzlich ein Gefühl der Befreiung. Der Vater tot. Der Gegner, dem er hatte beweisen müssen, dass er kein Versager war. Jetzt stand er auf der Schwelle zu etwas Neuem. Sekundenlang sah Rob sich in einem neuen dunkelblauen Anzug auf dem Schulhof, das Abitur war bestanden, die Vergangenheit von ihm abgefallen, ohne dass die Zukunft bereits begonnen hätte.

Patriks Stimme holte ihn zurück in die Gegenwart. Der Freund wollte ihn während der Fahrt zu Wallburks Haus von der Düsternis des Todes ablenken und auf andere, die Seele schonende Gedanken bringen.

Patriks Redestrom riss Rob eine Zeit lang mit; er stellte sich vor, wie der Freund in flauen Stunden beim Ausfüllen des Lottozettels das Grammophon aufzog, um seine Lieblingsarien zu hören. Robs Gedanken glitten zurück zu seinem Vater, nicht lange. Es war die Müdigkeit. Als er erwachte waren sie da.

II

Das ›Hausoleum‹, wie die Villa in Grünwald von den Nachbarn genannt wurde, war eine aus Sandstein in mehreren Stilrichtungen zusammengestückelte architektonische Missgeburt, die eine UFA-Diva sich Ende der Zwanzigerjahre in der Nähe der Bavaria-Filmstudios hatte errichten lassen, angeblich, um sich fern ihrer Bewunderer auf die Rolle der Maria Stuart vorzubereiten. Das Haus lag in einem Tannenwäldchen, abgeschirmt von Sonne und Straßenlärm. Rob hatte den düsteren Bau nie gemocht und sich als Kind in den hohen, mahagonigetäfelten Räumen mehr gefürchtet als wohlgefühlt. Der Entschluss seines Vaters, das Haus nach seiner Rückkehr aus Amerika zu erwerben, hatte einzig auf der Tatsache beruht, dass es ausreichend Wandflächen für seine Kunstsammlung bot.

In der Einfahrt standen zwei Wagen der Polizei und ein Kombi mit offener Hecktüre. Rob zögerte einen Moment, bevor er ausstieg. Er fühlte, wie seine Handflächen feucht wurden. Er hatte Angst. Nicht Angst vor dem Tod, der war abstrakt, war etwas Unwirkliches und lag außerhalb seiner Zeit. Er hatte Angst vor dem toten Menschen. Es würde der erste Tote sein, den er sah. Und es war sein Vater. Ein Anblick, der sich nicht in die Welt seiner Comichelden verlegen ließ, um ihn der Brutalität einer Wirklichkeit zu entziehen, in der ständig alles zerbrach und kaputtging.

Ein Polizist stand zwischen Buchsbaumkübeln neben dem Eingang. Patrik wuchtete seinen fülligen Körper die Stufen hinauf. Mit einer unbestimmten Handbewegung deutete er auf Rob, der hinter ihm die Treppe zu seinem Elternhaus heraufkam. Der Sohn des Verstorbenen, sagte er, ich bin Patrik Hajek, sein Sekretär.

Der Blick des Polizisten wanderte zu Rob. Der Sohn des Villenbesitzers schien auf den Beamten einen leicht verschlissenen Eindruck zu machen, seine Dohlenaugen taxierten den jungen Mann in abgetragenen Kordhosen und der Wildlederjacke über einem nicht ganz taufrischen T-Shirt. Rob war unrasiert und übernächtigt, er war um vier Uhr morgens von Kàlimnos abgereist, um in Athen die Morgenmaschine nach München zu erreichen. Das einzig seriös wirkende Attribut seiner Erscheinung war die randlose Brille, durch die hellbraune Augen ein wenig hilflos auf die hohe Glastür blickten, die in die Halle führte.

Der Raum war von Halogen-Scheinwerfern ausgeleuchtet. Über die Teppiche waren Plastikfolien gelegt worden. Ein Beamter in Zivil stand mit dem Rücken zu Rob und redete mit der Haushälterin. Paula lehnte an der Tür zur Garderobe als müsste sie Halt suchen; sie trug ihre dunkelblaue Strickjacke, das Gesicht wirkte ängstlich und blass, während sie die Fragen des Mannes mit dem beflissenen Lächeln eines Menschen beantwortete, der im Leiden geübt ist.

Die Szene erinnerte Rob an eine Installation von Damien Hirst in der Saatchi Collection, die er vor seiner Reise nach Griechenland gesehen hatte. In der Mitte des Raums stand ein zwei mal eineinhalb Meter großer Glaskasten, eine Kombination aus Aquarium und Terrarium, in dem ein Dutzend Lurche und karpfenähnliche Fische lebten.

Im Kasten, den Kopf halb unter Wasser, lag der Tote. Das Gesicht war abgewandt. Schlingpflanzen wanden sich wie ein fahlfarbener Lorbeerkranz um den Schädel; der Strom der Wasserzirkulation bewegte die Blattfinger, als würden Windböen über den Körper hinwegstreichen. Am Boden war eine Wasserlache, anscheinend hatte jemand aus Versehen das Ventil am Abflussrohr kurz aufgedreht. Rob hörte das Platschen seiner Fußsohlen, als er nähertrat. Er ging um den Kasten herum. Obwohl sich in ihm etwas dagegen sträubte, übermannte ihn der Wunsch, das Gesicht seines Vaters noch einmal zu sehen. Er nahm die Brille ab und steckte sie in die Tasche; jetzt war der Kopf nur als Umriss erkennbar. Neben Rob tauchte der Mann auf, der mit der Haushälterin gesprochen hatte. Eine dumpfe verschleierte Stimme, als spräche ein Schläfer laut im Traum, mein Name ist Rhomberg ...

Rob merkte, wie es dunkel vor seinen Augen wurde und Arme versuchten ihn aufzufangen. Er nahm gerade noch wahr, dass sein rechter Oberschenkel in einer Wasserlache lag und das Gesäß nass wurde. Dann verlor er das Bewusstsein.

Er trat auf Zehenspitzen ein. Im goldenen Licht der Gallé-Lampe lehnte ein hochgewachsener Mann bewegungslos am Schreibtisch, ein aufgeschlagenes Buch vor sich. Er las in einer Rob nicht verständlichen Sprache rhythmische Verse, oder vielmehr wiederholte er sie, als könnten sie ihm helfen, sich mit Dingen abzufinden, die er nur allzu gut kannte. Ein Ausdruck von Einverständnis und Glück lag auf seinem schmalen Gesicht. Er war zu tief in sich versunken, um Robs Anwesenheit zu bemerken. Rob hütete sich, ihn zu unterbrechen. Er stand unbeweglich neben dem Bücherschrank und versuchte so flach wie nur möglich zu atmen. Als der Mann fertig war und seinen Sohn bemerkte, zeigte er keinerlei Überraschung und fragte auch nicht, ob er etwas wünsche. Er reichte ihm einfach die Hand.

Einem Spiegel gleich ist ein intelligentes Gesicht so alt wie das, was es wiedergibt. Mit seinen fünfzig Jahren schien das Gesicht seines Vaters bald fünfzehn, bald hundert Jahre alt zu sein. Mit einer abwesenden Geste nahm er eine Skulptur aus bläulichem Stein vom Tisch und reichte sie Rob. Das Geschenk einer Frau, sagte er leise. Sie hat in einer Pariser Mansarde den Gashahn geöffnet.

Es entstand ein unbehagliches Schweigen. Die Worte des Vaters hatten Rob verwirrt. Er blickte auf die Skulptur, sie hatte die Form einer Schildkröte und war schwerer, als er vermuten konnte. Eine Ecke des Schildkrötenpanzers war abgeschlagen, die angeraute Fläche des Steins schimmerte in einem intensiven, wie mit Sternen gesprenkelten Blau. Vorsichtig drehte Rob die Skulptur um. Einen Moment schloss er geblendet die Augen. Ein Strahl hatte ihn getroffen. Die Bauchseite der Schildkröte war als Spiegel geschliffen, der das Licht der Gallé-Lampe gebündelt zurückwarf. Rasch stellte er die Skulptur auf den Schreibtisch. Etwas Unbegreifliches hatte ihn angesehen, das spürte Rob, und würde ihn nicht mehr vergessen.

An diesem regnerischen Frühsommertag im Arbeitszimmer des Vaters hatte dieses unbegreifliche Etwas begonnen, Robs Zukunft auszubrüten. Jahre danach begann eine Idee zu schlüpfen, sie wuchs und reifte schließlich zu einem sanften Zwang heran, der ihn, als er noch längst nicht den Ruf des schwächsten Jurastudenten erworben hatte, Geschichten erfinden und aufzeichnen ließ. Bilder aus diesen Geschichten zogen jetzt an

Rob vorüber, verschwommen und lautlos, er befand sich in einem Zustand zwischen Wachen und Schlafen, es war ein Gefühl, als würde die unaufhörlich Gestalt und Farbe wechselnde Umgebung zu einer Hängematte, in der er lag, ortlos, körperlos, unschuldig. Er war unverwundbar. Und glücklich.

Das einzige Bild seines Glücks, das er über die Grenze zum Wachsein hinüberschmuggeln konnte, war nicht ein Bild seiner selbst, sondern das Bild der kleinen blauen Skulptur, mit der alles angefangen hatte. Er sah sich im Arbeitszimmer des Vaters, die Schildkröte lag schwer in seiner Hand, er hörte eine Stimme, die leise Verse rezitierte, aber es war die Stimme eines Arztes, der jetzt an sein Bett trat.

Er wird durchkommen, Schwester, er hat ein starkes Herz. Eine Frauenstimme antwortete, er hat Schwein.

Rob spürte etwas Hartes in seiner Nase und einen Druck auf den Bauch. Der Raum fing an, sich zu bewegen. Über seinem Kopf schaukelte ein Gefäß, er sah eine Hand. Ich will heim, flüsterte er.

Aber natürlich, antwortete die Männerstimme beschwichtigend. Dann schlief Rob wieder ein.

Als er erwachte, stand Patrik an seinem Bett. Er hielt einen Strauß aus Feldblumen vor der Brust. Du machst Sachen, sagte er, zum Glück ist alles noch mal gut gegangen.

Rob hatte Mühe sich zu erinnern. Er wusste nicht, wie er in dieses Zimmer gekommen war. Überhaupt, er wusste nicht, was mit ihm geschehen war, seit er sein Elternhaus betreten hatte und den Vater … Während er anfing zu reden, kam die Erinnerung allmählich zurück.

Hätte schiefgehen können, sagte Patrik, Du hattest verdammt Glück. Seit einem Jahr hast Du anscheinend Blut verloren, Dein Hämo war nach der Operation nur noch sieben, normal wäre vierzehn, hat der Professor gesagt. Ein Tumor im Dickdarm, so groß ... Patrik deutete die Größe von einem Kürbis an. Der Befund der Lymphknoten ist negativ, Rob, gottlob. Das Ding hatte sich noch nicht durch die Darmwand gefressen.

Patrik erzählte vom Transport ins Krankenhaus, der Operation, von Blutkonserven, dem Warten auf einen Befund. Er sei erleichtert, sagte er, dass man endlich den Grund für Robs unerklärliche Müdigkeit kenne. Er habe dem heiligen Antonius fünf Monatsgehälter versprochen, wenn Rob wieder gesund werden würde, sagte er und schwenkte ohne den Tonfall zu wechseln zu geschäftlichen Dingen.

›Disney‹ und der ›Chronos Verleih‹ streiten um die Rechte für den neuen Film, sagte er, großartig, Rob, ein Wunder. Die Anwälte sind dabei, die Verträge auszuarbeiten.

Rob fühlte sich nicht stark genug, um Fragen zu stellen. Einmal raffte er sich auf und unterbrach Patriks dahinsprudelnde Rede. Und Vater ...?

Dein Vater? Patrik strahlte, als sei er im Begriff eine außergewöhnlich gute Nachricht zu überbringen. Reg Dich nicht auf, Rob, sagte er, Dein Vater ist tot, daran läßt sich nichts ändern. Die Polizei prüft die Umstände seines Todes. Eine merkwürdige Geschichte. Hauptkommissar Rhomberg wollte mit Dir sprechen, der Professor hat ihn abgewimmelt. Du warst noch zu schwach.

Rob fühlte sich tatsächlich schwach. Wie durch ein Kissen gedämpft, hörte er, dass Patrik die Blumen in eine Vase stellte und dann die Tür rasch hinter sich zuzog. Rob empfand seine Schwäche als Wohltat. Er hatte ein Anrecht darauf, sich die Abscheulichkeiten der Welt vom Leib zu halten. Patrik würde sich um alles kümmern. Rob lauschte in sich hinein. Mit angehaltenem Atem stellte er fest, dass er keine Schmerzen hatte, nur ein Kribbeln an der Stelle, wo der Drain in seinem Penis steckte.

Die Genesung ging langsam und in wechselvollen Schritten voran. Zwei Tage vor seiner Entlassung aus dem Krankenhaus kam eine verflossene Liebe überraschend zu Besuch. Doktor Krögel war zehn Jahre älter als Rob. Sie war Geologin. Ana hatte kurz geschnittenes Haar, war kleingewachsen und eher gedrungen, in ihren weiten Hosen bewegte sie sich mit einer verblüffenden Behendheit, was Rob oft an einen Kreisel erinnert hatte, den Kinder mit Peitschenhieben in Drehung versetzen. Eigentlich ist sie hässlich, dachte er, als Ana an sein Bett trat, wäre das Gesicht nicht, sie würde an die Kapos in Konzentrationslagern erinnern. Doch wie bei Mineralien, mit denen Ana so lange zusammengelebt hatte, war ihr Äußeres durch einen inneren Prozess verwandelt worden. Ihre herben Züge waren schön, die grauen Augen leuchteten lebhaft.

Rob hörte stumm zu, während sie von ihrer neuen Arbeit an der ETH Zürich und den Schwierigkeiten bei der Forschung in entlegenen Gebieten des Karakorum erzählte. Ihre Stimme war unverändert, weich, optimistisch. Eine Stimme, die oft nur zu ihr selbst gesprochen hatte, um sie zu überzeugen, dass es in der Natur der Dinge einen verborgenen Aspekt gab, der ihr, und, ganz allgemein, den Menschen gewogen war.

Ana fragte nicht, sie erwartete keine Auskünfte über Robs vergangenes oder gegenwärtiges Leben. Zum Tod seines Vaters meinte sie nur, der Schmerz würde später noch kommen. Beim Abschied drückte sie ihm kurz die Hand, die ihre war klein, hart und rau an den Fingerkuppen. Als die Tür sich hinter Ana geschlossen hatte, durchströmte Rob ein Gefühl von

Zärtlichkeit für diese Frau, mit der er so viele rätselhafte und oft auch schwierige Stunden verlebt hatte, und er fragte sich, warum sich ihre Wege getrennt hatten, sanft, ohne laute Worte, ganz nach Anas Art eben.

In diese rückwärtsgewandten Gedanken drang Klopfen. Rob rührte sich nicht. Nach ein paar Sekunden öffnete sich die Tür und ein Mann trat ins Zimmer. Obwohl Rob keine Brille trug und alles wie durch einen feinen Nebel wahrnahm, erinnerte ihn der Besucher an jemanden, den er kannte, von dem er aber nicht wusste, in welchem Zusammenhang die Begegnung stattgefunden hatte.

Rhomberg, sagte der Mann während er auf das Bett zuging, Kommissar Rhomberg. Rob werde sich an ihn wohl kaum noch erinnern.

Stephan Rhomberg war ein eher kleiner Mann von unbestimmtem Alter. Auffällig waren der elegante Anzug mit Weste und die blauen Augen, die sein Gegenüber mit einem Ausdruck von kindlichem Staunen anblickten.

Rhomberg entschuldigte sich für den unangemeldeten Besuch, erkundigte sich nach dem Befinden des Patienten und kam rasch auf sein Anliegen zu sprechen. Er möchte Rob nicht belästigen, sagte er, nur ein paar Fragen. Rob könne sich bestimmt denken, dass es für die Ermittlungen von Bedeutung sei, zu erfahren, ob sein Vater Feinde gehabt habe. Kollegen, Konkurrenten, Neider, Menschen, die sein Vater verletzt haben könnte …

Rob stellte den Kopfteil des Bettes höher. Er merkte, wie er anfing zu schwitzen. Feinde? Nein, er könne sich nicht vorstellen, dass es jemanden gäbe, der den Vater aus Neid oder Rachsucht habe töten wollen, sagte er. Außerdem, seinen Vater habe er drei Jahre nicht gesehen, seit er aus dem Gefängnis entlassen worden sei. Dass der Vater wegen eines vermeintlichen Totschlags in Untersuchungshaft war, wisse der Kommissar bestimmt. Auch er wüsste jetzt gern ein paar Fragen beantwortet. Ob der Vater Opfer eines Raubmords geworden sei? Wie die Polizei sich den Hergang der Tat vorstelle? Der Kommissar möge sich einen Stuhl nehmen.

Rhomberg schüttelte den Kopf. Er habe nicht vor, Rob länger als unbedingt nötig zu belästigen, sagte er. Raubmord könne man beim derzeitigen Stand der Ermittlungen weitgehend ausschließen. Nach Aussage der Haushälterin und des Sachverständigen der Versicherung fehle keiner der im Inventar aufgeführten Kunstgegenstände. Rhomberg sprach leise, unterbrach sich manchmal, als wollte er sich vergewissern, ob Rob seinen Worten auch mühelos folgen konnte. Was den Hergang der Tat beträfe, fuhr er fort, liege allerdings noch vieles im Dunkeln. Sobald die Ermittler sich Klarheit verschafft hätten, würde man Rob benachrichtigen. Er möchte aber noch einmal auf seine Frage zurückkommen. Robs Vater sei einer der bedeutendsten Galeristen des letzten Jahrhunderts gewesen. Soweit er in Erfahrung gebracht habe, Wallburks Kunst-Imperium sei zwei Jahrzehnte weltweit marktbeherrschend gewesen. Es sei also nicht auszuschließen, dass es zu Spannungen mit Kollegen und Künstlern gekommen sein könnte, schließlich handle es sich beim Verkauf eines Rothko oder Xavier Sarno um Beträge, die man nicht so einfach aus der Portokasse bezahle.

Die Galerien seien vor Jahren verkauft worden, antwortete Rob. Er könne sich nicht vorstellen, dass hinter dem Tod seines Vaters geschäftliche Gründe stecken könnten.

Und private? Rhombergs Frage kam rasch.

Rob schüttelte den Kopf. Nein, auch nicht. Es sei …
Es sei?
Rob fuhr sich mit der Zungenspitze über die Lippen. Er hatte Durst, das Gespräch strengte ihn an. Ich dachte an den Mann, den Vater aus Notwehr getötet hatte, antwortete er. Vielleicht habe sich jemand rächen wollen.
Rhomberg nickte. Eine Möglichkeit, zweifellos. Daran hätten sie auch schon gedacht. Nur, die Nachforschungen seien bisher ergebnislos verlaufen. Der Mann habe weder Familie noch Freunde gehabt.
Rob tastete nach dem Teeglas und trank einen Schluck. Dann setzte er die Brille auf. Erst jetzt konnte er Rhomberg deutlich erkennen. Er passt zu seiner Stimme, dachte er, ein sympathischer Mann. Ob man wisse, wie sein Vater gestorben sei, fragte er schließlich.
Diese Frage habe er erwartet, antwortete Rhomberg. Es wäre ihm lieber gewesen, darüber nicht reden zu müssen. Henry Wallburk sei betäubt und dann in das Aquarium gelegt worden. Durch Wasser in den Lungen sei er erstickt. Rhomberg blickte zum Fenster hinaus, lang und aufmerksam, als wollte er die Saatkrähen zählen, die auf einem Baukran saßen. Das Merkwürdige an diesem Todesfall sei, hier zögerte Rhomberg einen Moment, bevor er leise fortfuhr, merkwürdig sei, das Opfer wurde geblendet, bevor es starb.
Rob hatte sich instinktiv mit Daumen und Zeigefinger an die Nasenwurzel gefasst. Die Augen – die Augen waren das Verletzlichste am Körper seines Vaters gewesen. Von ihm hatte er die schwache Sehkraft geerbt.
Geblendet? Rob nahm die Hand vom Gesicht. Um Himmels willen, warum hätte jemand das tun sollen? Ob der Vater noch am Leben gewesen sei …?

Rhomberg unterbrach ihn sanft. Er rieb die Handflächen aneinander, als wollte er ein künstliches Frösteln erzeugen. Nein, sagte er, vermutlich sei er bewusstlos gewesen. Man habe Wallburk eine Überdosis Azepromazin gespritzt, ein Beruhigungsmittel für Tiere.

Aber warum? Er verstünde das nicht. Ob man wisse, womit der Vater geblendet worden sei?

Mezatrin, ein mexikanisches Kakteengift. Die zersetzende Wirkung überträfe nach Aussage der Experten jene von konzentrierter Salzsäure. Er müsse es zugeben, leider, auch die Polizei stünde zur Zeit vor einem Rätsel. Es gäbe Fälle von Blendung in der Kriminalstatistik, der Fall Wallburk passe in keines der bekannten Schemata. Die forensische Pathologie halte eine rituelle Hinrichtung für möglich; dies geschehe jedoch selten und wenn, seien die Täter meist in außereuropäischen Ländern zu suchen. Es handle sich dabei um Stammesfehden oder Opferriten fundamentalistischer Sekten. Ob Robs Vater Kontakte zu Bruderschaften oder sektenähnlichen Ordensgemeinschaften gehabt habe? Es könnten auch berufliche Interessen dabei im Spiel gewesen sein.

Rob schüttelte den Kopf. Nein, bestimmt nicht. Sein Vater sei Agnostiker gewesen, da sei er ganz sicher.

Über Rhombergs Gesicht huschte ein Lächeln. Nichts sei sicher, sagte er. Und vielleicht sei das gut so. Er schwieg einen Moment, dann fügte er in fast bittendem Tonfall hinzu, Rob möge ihm glauben, trotz all der vielen Jahre in diesem Beruf falle es ihm noch immer nicht leicht, über solche Dinge zu reden. Aber persönliche Stimmungen und Impulse dürften nicht zählen. Er werde alles tun, um die Mörder seines Vaters zu finden.

Die Mörder?

Man müsse von mehreren ausgehen. Für eine Person allein sei es unmöglich gewesen, den schweren Körper Henry Wallburks ins Aquarium zu befördern.

Rhomberg legte eine Visitenkarte neben die Blumenvase. Vielleicht käme ihm doch noch jemand in den Sinn, der seinen Vater gehasst haben könnte, sagte er. Hass trage viele Gesichter, oft seien es die banalsten. Er wandte sich zur Tür.

Eine Frage hätte er noch, sagte er, sie sei vielleicht indiskret. Ob Rob ihm sagen wolle, warum er den Vater drei Jahre lang weder gesehen noch mit ihm gesprochen habe? Ob sie Streit gehabt hätten?

Rob blickte an Rhomberg vorbei auf den Blumenstrauß, den Patrik gebracht hatte. Ein paar Dotterblumen ließen die Köpfe hängen. Nein, sagte er schließlich. Als der Vater aus der Untersuchungshaft entlassen worden sei, habe er ihn abgeholt und nach Hause gefahren. Sie hätten kaum miteinander geredet, der Anwalt sei noch im Wagen gesessen. Danach habe er nichts mehr von ihm gehört. In den ersten Wochen habe er mehrmals versucht anzurufen, die Haushälterin sei bei ihrer Antwort geblieben, der Vater wünsche keinen Kontakt. Diese Haltung habe er respektiert.

Rhomberg öffnete die Tür einen Spalt. Also gut, sagte er. Seltsam, nicht wahr? Keinen Kontakt. Also auch keinen geschäftlichen Kontakt?

Bis auf einen Kredit, den Rob längst zurückbezahlt habe, hätten sie geschäftlich nie etwas miteinander zu tun gehabt. Er habe seine eigene Firma.

Das wisse er. Rhomberg lächelte. Er wisse auch, dass Rob ein erfolgreicher Comic-Autor sei, sagte er. Ein Patenkind von ihm sei eine Verehrerin der ›Sancho & Dolores Geschichten‹. Rhombergs Gesicht wurde ernst, als er fortfuhr, die Gerichtsmedizin habe den Leichnam freigegeben, der Anwalt der Familie, Doktor Weinberg, sei informiert. Er deutete mit einer vagen Geste auf die Visitenkarte. Darauf stünde seine Privatnummer, sagte er, über das Handy sei er immer erreichbar.

Als sich die Tür hinter Rhomberg geschlossen hatte, starrte Rob auf die Karte. In seiner Vorstellung war das Papier mit etwas Unreinem verknüpft wie Schmutz oder Fäulnis. Dieses Gefühl hatte nichts mit dem Mann zu tun, dessen Name darauf stand. Es galt dem Umstand, dass ein Beamter der Kriminalpolizei dieses Zimmer betreten hatte, um mit ihm über die Ermordung seines Vaters zu reden.

Er beschloss, den Arzt zu fragen, ob er ein paar Tage länger im Krankenhaus bleiben könnte. Er hatte das Bedürfnis nach Schlaf. Dieses Gefühl hielt auch am nächsten Tag an. Aber jedesmal, wenn er in seinen Träumen starb, wachte er noch etwas müder und elender wieder auf. Gegen Ende der Woche bereute er seinen Entschluss, länger im Krankenhaus geblieben zu sein. Er wollte nach Haus. Man hatte ihm einen psychologischen Beistand geschickt, der ihn wegen seiner Erkrankung beruhigen sollte. Rob konnte den Mann nicht ausstehen. Doktor Winklers Erscheinung hatte etwas Unbenutztes, Jungfräuliches, als sei er gerade geboren worden. Er sprach in kostbaren Sätzen, im Flüsterton fast, manchmal bittend. Winkler schien ein Mann des uneingeschränkten Verstehens und der Liebe zu leidenden Menschen zu sein, die ihn dafür zurückliebten und bezahlten. In Rob sträubte sich alles gegen den ungebetenen Besuch, aber gegen dessen sanfte Nabelschau wuchs kein Kraut in seiner Nähe. Jetzt tot aus dem Bett fallen, dachte er, dann hätte der Kerl die Bescherung.

Am Nachmittag verließ er das Krankenhaus.

III

Patrik brachte ihn nach Haus. Der Freund hatte auf dem Viktualienmarkt eingekauft, was Rob in den nächsten Tagen brauchen würde. Die Wohnung kam ihm fremd vor. Er fühlte sich einsam. All die Dinge, die er auf seinen Reisen zusammengesammelt hatte, die Senufo-Masken, der Kolima-Hund, ein vertrocknetes Bambusblatt aus Nepal, sie wirkten bedrohlich und schienen die unheilvollen Gedanken zu verkörpern, die Rob plagten, seit er aus der Narkose erwacht war. Von Ana wusste er Tricks, wie man dem Ungemach den Rücken zukehrt. Es waren zaghafte Verführungsversuche, sich die Dinge gewogen zu machen, indem man gut von ihnen dachte. Er begann umzustellen, gab der Maske einen bequemeren Platz, legte das Bambusblatt auf ein Kissen.

Dass Rob in den ersten Tagen nach seiner Entlassung das Atelier und die Firma mied, hatte einen praktischen Grund; sein Innenleben steckte voll von ungewohnten Überraschungen, oft musste er in kurzen unvorhersehbaren Abständen auf die Toilette und manchmal schaffte er es kaum vom Schlafzimmer aus, obwohl er nur über den Gang zu laufen brauchte und die Tür offen stand.

Außer mit Patrik redete Rob nur mit seiner Putzfrau über gesundheitliche Probleme. Sala kam aus Albanien und verstand kein Wort Deutsch und Rob sprach kein Wort Albanisch. Sala hörte aufmerksam zu, lächelte und blickte freundlich auf ihre großen Füße, bevor sie den Staubsauger einschaltete. Je besser Robs Gesundheitszustand wurde, desto mehr begann der Tod des Vaters ihn zu quälen. Geblendet. Verstümmelt ... Wie sehr hatte der Vater leiden müssen? Oder war er seinen Mördern mit derselben Nonchalance begegnet wie dem Leben, als einem kleinen Missgeschick, das man am besten vergisst? Was war der Tat vorausgegangen? Am schlimmsten waren die Morgenstunden. Manchmal war er versucht Ana anzurufen; sie war bis Ende des Monats in München, er wusste ihre Telefonnummer noch auswendig, obwohl seit ihrer Trennung zwei Jahre vergangen waren. Aber er schämte sich seiner Schwäche.

Blieb Gott. Aber den konnte er nicht anrufen. Er erinnerte sich an die Jahre in der Klosterschule, was die Lehrer über Gott erzählt hatten. Ihm war die vage Vorstellung geblieben, dass mit diesem Gott nicht zu spaßen war. Die helle Stimme von Pater Lutger klang noch heute in seinen Ohren, die eindrückliche Mahnung, sich seiner Schuld bewusst zu sein. Rob empfand keine Schuld. Gott hatte ihn in die Welt gestellt wie er war, und jetzt sollte er sich bei ihm dafür andauernd entschuldigen.

Durch Rhombergs Aufforderung, sich zu erinnern, war ihm wieder klar geworden, dass er über das Leben seines Vaters kaum etwas wusste. Bereits als Junge hatte er die vage Vorstellung gehabt, dass der Vater durch alle Widerwärtigkeiten hindurchglitt wie eine Wasserfarbe in die andere übergeht. Er war nicht fassbar. Und so waren Robs Fragen stumm geblieben. Erst später, als er anfing zu zeichnen, hatte er sie den Sprechblasen seiner Comicfiguren anvertraut.

Patrik besuchte Rob täglich. Er versuchte den Freund aufzuheitern. Den Tod Henry Wallburks streifte er nur beiläufig, wenn Rob eine Andeutung machte. Trotz allem, Rob, sagte er, Deinem alten Herrn ist vielleicht so manches erspart geblieben, stell Dir vor, Alzheimer, das Tragen von Windeln. Dann fing er an, von seiner unerwiderten Liebe zu einer Frau zu plaudern, der zu entrinnen ihn dazu gebracht hatte, einem Verein von Hobby-Zauberern beizutreten. Als Patrik gegangen war, stellte Rob fest, dass an seinen Schuhen die Schnürsenkel fehlten. Er fand sie später zu Zöpfchen geflochten auf einer Klopapierrolle.

Patrik war es, der Rob schließlich dazu brachte, sich wieder um seine Arbeit zu kümmern. Er erklärte sich einverstanden, dass Elsbeth Kramer ihn besuchte. Sie war das unsinkbare Floß, auf dem der kleine ›S & D-Verlag‹ schwamm. Fräulein Elsbeth – sie bestand darauf, mit Fräulein und ihrem Vornamen angesprochen zu werden – schien eine Sonderabmachung mit der Zeit zu haben. Seit Rob sie kannte, und das waren fast zwanzig Jahre, hatte sich ihr Aussehen kaum verändert. In ihren tarnfarbenen Kleidern erinnerte sie ihn an eine getrocknete Grille. Fräulein Elsbeth besaß einen gnadenlos scharfen Verstand und war in heiklen Situationen stets bereit, schamlos für Rob zu lügen. In den Achtzigerjahren hatte sie das Wiener Büro seines Vaters geleitet und war nach dessen Auflösung zu Robs noch jungem Zweimannbetrieb gestoßen, wie Rob vermutete, auf Wunsch seines Vaters, der die chaotischen Neigungen seines Sohnes allzu gut kannte.

Schrecklich, der Tod Ihres Vaters, sagte Fräulein Elsbeth, als sie Robs Wohnung betrat. Sie drückte ein Taschentuch vors Gesicht und ließ dann ihre Äuglein durch den Raum flitzen. Der Blick blieb an einem Spinnennetz hängen.

Dass Sie sich hier wohlfühlen, Herr Robert, begann sie, Sie

sollten die Putzfrau wenigstens dreimal die Woche kommen lassen. Soll ich ...?

Rob hatte zerstreut aufgeblickt. Sie meinen die Unordnung, sagte er und versuchte zu lächeln. Nichts auf der Welt ist ordentlich, Fräulein Elsbeth, sagte er, nichts funktioniert wirklich genau, der Geschirrspüler nicht, der Fernseher oder das Auto. Nicht einmal der Kalender. Es kommt nur darauf an, selber so ordentlich zu sein, dass einem die Unordnung nichts anhaben kann.

Fräulein Elsbeth neigte ergeben den Kopf und zog eine Aktenmappe aus der Tasche. Ihre spinnwebfeine Stimme änderte die Tonlage, als sie wieder zu sprechen begann. Rob müsse sich wieder auf seine Arbeit konzentrieren, die Leser erwarteten neue Folgen seiner ›Sancho & Dolores Geschichten‹. Man ginge schweren Zeiten entgegen. Comics würden von DVDs und Spielkonsolen immer mehr ins Abseits gedrängt.

Rob gab Fräulein Elsbeth recht, die Zeit war vorbei, als die Comic-Industrie boomte und man in ihr ein Instrument sah, Breschen in den Analphabetismus zu schlagen. Was er machte musste auf fortschrittsgläubige Macher wie eine Hommage an Kunstformen wirken, die längst von neuen Technologien abgelöst worden waren. Bei aller tricktechnischen Virtuosität hatte Rob sich von den verblüffenden Möglichkeiten der Computeranimation nie verführen lassen, sondern war seinem Handwerk treu geblieben. Die Abenteuer seiner Comichelden kamen beim Publikum an, obwohl die Filme, verglichen mit den Produktionen der Pixar- und Dreamwork Studios, bereits die Patina des Angejahrten trugen.

Seit seiner Kindheit fanden Robs Abenteuer in dessen Inneren statt. Er lebte in seinen Geschichten. Er zog sie aus dem langsamen unterirdischen Knacken und Knistern dieses Planeten. Das Lebenswasser für seine Gestalten floss aus diesem unerschöpflichen Brunnen. Wenn er nachts wach lag, meist gegen drei Uhr morgens, sah er sich als Architekt einer imaginären Baustelle, Gedanken wie Obelisken errichtend, mit einem gigantischen Arsenal aus Flaschenzügen und Winden. Aber dann, sobald es anfing zu dämmern, kamen die Ängste, die Pitbulls und Rottweiler, die man in sich entdeckt und die man knurren hört, bevor man die Augen für die Wirklichkeit öffnet.

Zum ersten Mal seit seiner Reise nach Kàlimnos setzte Rob sich an einem regnerischen Sonntagmorgen wieder an den Zeichentisch und versuchte, sich zu konzentrieren. Er zeichnete, was ihn lange Nächte gequält hatte. Es war ein einfacher Traum gewesen, und ein Teil der Qual hatte in seiner Einfachheit bestanden, die sich zu steigern schien, je öfter das Bild wiederkehrte. Eigentlich bestand der Traum nur aus einem einzigen Bild: der Vater, wie er von Scheinwerfern beleuchtet im Aquarium liegt, das Gesicht abgewandt, der Schädel von fahlfarbenen Schlingpflanzen umschmeichelt. Rob zeichnete mit Bleistift und Kohle. Er zeichnete den Vater ohne Gesicht. Erst beim zehnten oder elften Versuch wagte er sich ans Profil, wie er es in Erinnerung hatte.

Er zeichnete Blatt um Blatt bis der Block aufgebraucht war. Er wusste, Bilder, die einem den Schlaf rauben, kann man unschädlich machen, indem man sie aufs Papier bannt. Es war eine Art Exorzismus. Der Vater war tot. Er musste tot sein.

IV

Kommissar Rhomberg saß in seinem Büro im Präsidium an der Ettstraße und blickte auf ein gerahmtes Schwarz-Weiß-Foto. Es zeigte eine junge Frau vor einem hölzernen Vogelkäfig. In der Mitte des Fotos war ein kreisrundes Loch. Es erinnerte ihn an den Tag, an dem er zum ersten Mal einen Menschen getötet hatte. Er war nur mit dem Leben davongekommen, weil die Kugel des Angreifers die Brieftasche schräg durchschlagen hatte und an der Dienstmarke abgeglitten war. Zurückgeblieben war eine sichelförmige Narbe, die sich bei jedem Wetterwechsel durch Juckreiz bemerkbar machte. In düsteren Momenten blickte Rhomberg oft auf das Foto; der Anblick des Lochs gab ihm das Gefühl, seine Sorgen würden lächerlich klein, so klein, dass sie vom Loch aufgesogen und zum Verschwinden gebracht werden könnten.

Ausgerechnet jetzt dieser Fall. Der Mord an Wallburk würde die Ermittlungsbehörden für längere Zeit in Atem halten, Monate, vielleicht Jahre. Nach seiner Beförderung zum Hauptkommissar – ein Titel, von dem er selbst dienstlich ungern Gebrauch machte – hatte er mit dem Gedanken gespielt, sich frühzeitig pensionieren zu lassen und das Haus auf Island zu kaufen, in dem er seit einem Vierteljahrhundert die Ferien verbrachte. Der Abschied von diesem Raum, in dem er den größten Teil seines Lebens mit den Nachtseiten des menschlichen

Charakters konfrontiert worden war, würde mit Wehmut verbunden sein. Was hatte sich mit den Jahren hier nicht alles verändert, der Overheadprojektor neben der Tür, die Klimaanlage, der er seine entzündeten Augen verdankte, Monitore versperrten den Blick aufs Regal, in dem die Souvenirs seiner Nordlandreisen ihren Platz hatten. Nur der Stuhl, auf dem Rhomberg saß, war der alte, zweimal aufgepolstert und neu bezogen. Er wusste, die Kollegen machten sich hinter vorgehaltener Hand über ihn lustig. Das Büro des Hauptkommissars glich, abgesehen von der Technik, mehr einem behaglichen Wohnzimmer als dem Arbeitsplatz eines Kriminalbeamten.

Verstärkt wurde dieser Eindruck durch hölzerne Vogelkäfige, in denen vier Pärchen ›Fischers Unzertrennliche‹ lebten. Es waren unscheinbare kleine Vögel, deren Eigenart darin bestand, dass sie paarweise lebten; starb ein Partner, steckte der andere den Kopf unter den Flügel, hörte auf zu fressen und verabschiedete sich. Die Vögel waren das Erbe der Frau, mit der Rhomberg zwanzig Jahre zusammengelebt hatte, bis sie vor fünf Jahren an Leukämie starb. Seitdem war Rhomberg allein. Die ›Unzertrennlichen‹ hatten ihm über das Gefühl hinweggeholfen, alles fehle seinem Körper, alles in ihm sei Rauch. Was allein noch in seinem Körper steckte, war die Gewissheit eines Mangels an Zukunft.

Die Unzertrennlichen hatten ihm unter Kollegen den Ruf eingebracht, ein überaus eifriger Beamter zu sein, der sogar an Feiertagen ins Büro kam. In Wahrheit kam er nur wegen der Vögel, um sie zu füttern und ihnen Gesellschaft zu leisten. Es könnte auch umgekehrt sein, dachte er manchmal, wenn er mit vor Einsamkeit plappernder Stimme mit den Unzertrennlichen über sein Älterwerden redete, das qualvolle Bewusstsein, nur dieses eine Leben zu haben. Wie eine Milchtüte trug er das Datum des Verfalls, nur kannte er es nicht. In solchen Momenten stellte er sich die Frage, ob er sein Leben als Polizeibeamter verfehlt hatte.

Rhomberg hatte einen Mord, der in nichts einem anderen glich. Das konnte bedeuten, dass Motiv und Täter etwas waren, womit er noch nie zu tun gehabt hatte. Im Fall Wallburk gab es keinen Vergleichspolimorphismus. Am Wochenende hatte er sich durchgerungen, im Fahndungscomputer seinen Interpol Zugangscode einzugeben, um die Violent Crime Datenbank des FBI nach ähnlichen Fällen zu überprüfen. Bis jetzt ohne Ergebnis. In München war die Abteilung für Verhaltensforschung damit beschäftigt, ein Täterprofil zu erstellen. Die Zeit drängte. Bei Wallburk handelte es sich um eine international bekannte Persönlichkeit, der Druck der Öffentlichkeit war enorm. Die Titelseiten der Boulevardpresse waren noch voll von Begriffen wie ›Monster‹, ›Ungeheuer‹, ›das Andere‹, man bezeichnete die Arbeit der Polizei als ineffizient und gab der Befürchtung Ausdruck, es könnte sich nur um den Anfang einer Serie von bestialischen Mordfällen handeln. Wenn Rhomberg auf dem Weg zur Arbeit an einem Zeitungsstand vorbeikam und die Schlagzeilen las, verwünschte er seinen Beruf und fragte sich, welcher Teufel ihm die Jagdhundnase umgebunden hatte. Ausgerechnet ihm. Die meisten seiner Kollegen waren Pragmatiker, kriminalistische Macher. Er war eher ein Mann der Möglichkeiten. Ein Einzelgänger. Schon sehr früh hatte er den unbeachteten Raum entdeckt, der den still Lebenden offensteht.

Die Erfahrung hatte Rhomberg gezeigt, dass es bei schwer durchschaubaren Fällen unerlässlich war, nicht nur das Umfeld des Opfers zu durchleuchten, sondern auch dessen Leben.

Die Vorlieben, Sport, Hobbys, die Frauen. Er hatte die Vita eines Opfers oft bis in die Kindheit zurückverfolgt und war dabei auf unscheinbarste Hinweise gestoßen, die später zur Ergreifung eines Täters führten.

Man sucht immer nach einem Einstieg, dachte Rhomberg. Er war aufgestanden und hatte seine Wanderung wieder aufgenommen, die durch einen Anruf des Staatsanwalts unterbrochen worden war. Während der ganzen Zeit der Ermittlung bisher war er das Gefühl nicht losgeworden, dass er am Tatort etwas gesehen hatte, das nach einer Deutung verlangte. Dass dort etwas war, das er nicht verstand. Jeder Mörder spricht eine Sprache, die er bewusst wählt. Das Aquarium. Die Blendung. Warum blendet man einen Menschen auf diese Weise? Warum macht man sich die Mühe? Der Täter wollte gar nicht verhindern, dass die Tat entdeckt würde. Im Gegenteil. Er hatte sich Zeit gelassen. Damit bemerkt wird, dass man auf ausgeklügelte und grausame Art zu töten vermag. Und er wollte etwas mitteilen. Aber was? Rhomberg war klar, dass er dieses Verbrechen grundlegend missverstand oder falsch interpretierte.

Er war vor den Vögeln stehen geblieben, nahm ein Tuch und legte es über die Käfige. Sofort hörte das Zwitschern auf. Manchmal störten ihn die Vögel beim Denken. Problematisch wurde ihr lebhaftes Gezwitscher, wenn er telefonierte. Nicht selten hatten ein Staatsanwalt oder Untersuchungsrichter ihre Ausführungen unterbrochen und gefragt, sagen Sie, Rhomberg, sitzen Sie in Ihrem Büro oder machen Sie einen Spaziergang im Englischen Garten? Rhomberg setzte seine Wanderung fort. Eines stand fest, der Weg zum Täter oder dessen Auftraggeber konnte nur über die Vergangenheit des Galeristen führen – ein weiter Weg, der mehr als fünfzig Jahre umfasste. Rhomberg hatte sich durch Charakterportraits gewühlt, die aus alten Unterlagen zusammengetragen und auf den neuesten Stand gebracht und erweitert worden waren. Er hatte sich an den Wochenenden durch Kataloge und Ausstellungsverzeichnisse der ›Wallburk Gallerys‹ gearbeitet und Fachbücher über die Kunst des zwanzigsten Jahrhunderts gelesen, ein Gebiet, das ihm fremd war. Die moderne Malerei hatte ihn erschreckt. Sie offenbarte eine fantastische Möglichkeit des menschlichen Hirns, die Wirklichkeit ad absurdum zu führen. Das bedeutete auch, dass der kriminellen Fantasie eine unüberschaubare Vielfalt an Möglichkeiten zur Verfügung stand, Sachverhalte zu verschleiern und Ermittler auf falsche Fährten zu locken. Wenn man einen Menschen blau denken konnte oder grün oder einfach nur als farbiges Zeichen, geriet die Spurensuche in eine ganz neue Dimension.

Wallburk hatte in dieser »dreidimensionalen Kunstwelt« gelebt. Durch sie war er zu Erfolg und Reichtum gekommen. Rhomberg musste also versuchen, diese Welt zu begreifen und Wallburks Leben bis in seine feinsten Verästelungen sichtbar zu machen. Dazu brauchte er Ruhe. Ruhen hieß für Rhomberg, alle Aspekte eines Falls aufnehmen, ohne zu urteilen.

Im Verlauf der Ermittlungen waren im In- und Ausland bisher mehr als hundert Personen vernommen worden. Ehemalige Mitarbeiter Wallburks, Anwälte, Ärzte, das Haus- und Wachpersonal. Was Rhomberg und seine Leute in Erfahrung gebracht hatten, zerfloss bei genauem Hinschauen wie Gelatine in der Sonne. Die Rekonstruktion des Tatverlaufs hatte mehr Fragen aufgeworfen als beantwortet. Wie waren die Täter ins Haus gelangt, ohne Spuren zu hinterlassen? Die Alarmanlage samt den Notstromakkus war fachmännisch abgeschaltet worden. Nichts war zerstört oder zerbrochen, es gab weder DNA-Abdrücke noch eine Tatwaffe. Am Beckenrand gefundene Hautschuppen stammten vom Opfer selbst. Die forensischen Untersuchungen der Kriminaltechniker waren ergebnislos geblieben. Einen Hoffnungsschimmer gab es, der Kriminologe John Bond hatte ein Verfahren entwickelt, das es ermöglichen sollte, selbst sorgfältig abgewischte Fingerabdrücke auf Metall wieder sichtbar zu machen. Der Prozess war aufwendig und in der Praxis bisher nur selten angewandt worden, dennoch hatte Rhomberg darauf bestanden. Bis ein Ergebnis vorlag konnten Wochen vergehen.

Das Seltsame am Fall Wallburk war, es gab anscheinend kein Motiv. Einer von Rhombergs Vorgängern, der legendäre Kriminalrat Rubner, hatte die Motive bei Kapitalverbrechen vereinfacht in drei Kategorien eingeteilt: Raub, Gewinnsucht also, wobei für die Ermittlung oft nicht feststand, worin der Gewinn lag. Verbrechen aus Rache oder religiösem Fanatismus und solche, deren Ursache in einer psychischen Deformation zu suchen war.

Im Fall Wallburk schienen die Umstände auf die zweite Kategorie hinzuweisen. Aber auch hier fehlten jegliche Anhaltspunkte. Wallburk selbst kam Rhomberg, je länger er sich mit ihm beschäftigte, vor wie ein Phantom. Ein Nest von Widersprüchen. Kalt und hilfsbereit. Einzelgänger und brillanter Gesellschafter. Skrupelloser Geschäftsmann und sensibler Intellektueller. Großer Reichtum, auf schwer durchschaubaren Kanälen über die ganze Welt verteilt. Ein mysteriöses Tötungsdelikt, das mit einem Freispruch geendet hatte, machte Rhomberg Kopfzerbrechen, weil es nicht in das ohnehin brüchige Gesamtbild von Wallburk paßte.

Das Gesamtbild des Ermordeten – ein Puzzle. Man konnte kein Puzzle legen, solange die Hälfte der Teile noch in der Schachtel war. Täglich landeten Informationen über Wallburks Leben auf Rhombergs Schreibtisch. Es war gerade die Fülle dieses Materials, die der Entstehung eines klaren Bildes in die Quere kam. Die Vita des Galeristen war erstaunlich, sie entsprach dem Klischee vom ›American Dream‹. Wallburks Vater, ein erfolgreicher jüdischer Wirtschaftsanwalt in Wien, war mit seiner arischen Frau und dem fünfzehnjährigen Sohn Heinrich Ernst dem Terror der Nationalsozialisten rechtzeitig entkommen. Die Familie war über Holland, die Schweiz und England in die USA emigriert. Daniel Wallburk arbeitete ab dem Frühjahr 1938 in der renommierten New Yorker Kanzlei Entwistle, Leu & Partner. Aus Heinrich Ernst war Henry geworden, ein ehrgeiziger junger Mann, der 1946 das College mit den besten Zeugnissen abgeschlossen und angefangen hatte, in Harvard Jura zu studieren. Drei Jahre nach Kriegsende kehrte die Familie nach Europa zurück. Henry brach das Studium ab und schrieb sich an der Wiener Akademie für Bildende Künste bei Paris Gütersloh ein. Um das Studium und sein für einen Studenten aufwendiges Leben zu finanzieren, fing er an, mit Armeerestbeständen zu handeln. Wie Rhomberg den Akten entnehmen konnte, ein lukratives Geschäft, dessen Einkünfte Wallburk erlaubten, 1964 in der Wiener Traungasse eine kleine Galerie zu eröffnen. Seine ersten Erfolge erzielte er mit dem Versand von Kunstdrucken der Maler um den Kreis des ›Blauen Reiter‹ und Künstlern des Bauhauses.

Mit dreiundzwanzig heiratete Wallburk eine ungarische Modefotografin. Ein Jahr später war er geschieden. Er verkaufte Galerie und Versandhandel, kehrte nach Amerika zurück, wo er 1967 in Santa Monica die erste seiner ›Wallburk Art Gallerys‹ gründete. Bei allen Unternehmungen schien Wallburk gute Karten gehabt zu haben, bereits 1969 folgten in New York und Chicago Partnerschaften mit angesehenen Kunsthändlern. Wallburk besaß die seltene Gabe, in kurzer Zeit das Vertrauen von Künstlern zu gewinnen und sie durch lukrative Verträge an seine Galerien zu binden. Mitte der Siebzigerjahre verlegte er einen Teil seiner Tätigkeit zurück nach Europa. In London und Paris wurden Galerien eröffnet, die auf amerikanische Avantgarde spezialisiert waren. Wallburks Imperium wuchs. Er wurde berühmt. Selbst große Namen rissen sich darum, von ihm vertreten zu werden. Durch Wallburk war der Zugang zu Biennalen und Museen langfristig gesichert.

In den Katalogen der ›Wallburks Art Gallerys‹ tauchten neben Amerikanern wie Pollok, Sam Francis oder Rauschenberg immer öfter die Namen europäischer Künstler auf, Giacometti, Picasso, Georges Braque. Später der in Rom lebende Amerikaner Cy Twombly und der Italiener Xavier Sarno. In diese Zeit der rastlosen Erweiterung seines Imperiums fiel die Ehe mit Robert Wallburks Mutter, Soirée Beaucancour, eine um dreißig Jahre jüngere Künstlerin, die in Paris Selbstmord beging, als ihr Sohn zwei Jahre alt war. Im selben Monat wurden in Italien ›Wallburk Fine Art Rom‹ und in Zürich die ›Wallburk & Hoffmann Gallerys‹ gegründet. Neun Monate nach Soirée Beaucancours Suizid heiratete Wallburk die junge Kinderbuchautorin Sabrina von Sarnhoff.

Sosehr Rhomberg versuchte, aus diesen Fakten den Privatmann und Menschen Wallburk sichtbar zu machen, es gelang ihm nicht. Keine engen Beziehungen, Ehen auf Distanz. Anscheinend auch keine Freunde. Es gab weder Sportvereine noch irgendwelche Hobbys. Die Hälfte seines Lebens schien Wallburk in seinem rastlosen Schaffen mit nichts anderem beschäftigt gewesen zu sein als der Vermittlung und Vermarktung von Kunst. Bei der Durchsicht von Wallburks Bibliothek war Rhomberg aufgefallen, viele der kunsthistorischen und philosophischen Werke waren mit Vermerken versehen, die sich auf Darstellungsversuche des ›Nichtdarstellbaren‹ bezogen. Solche Sätze ließen sich als Hinweise lesen, dass abstrakte Kunst für Wallburk ein Gefäß für das Unfassbare war.

Auch für den Sohn war Henry Wallburk über seinen Tod hinaus schwer zu fassen geblieben. Aber anscheinend hatten seine Mörder eine Lücke in dieser Festungsmauer entdeckt, die den Blick auf etwas freigab, das dem Burgherren zum Verhängnis werden sollte. Was war es? Wie entdeckt man Dinge, die man mit weit geschlossenen Augen sieht, ohne sie wirklich wahrzunehmen? Und wer hatte die Krumen gestreut, die jemanden locken sollten? Diese Fragen kreisten in Rhombergs Kopf. Sie wurden lauter und drängender, je mehr das Gefühl von Ohnmacht sich breitmachte. Wohin er sich wandte, überall stieß er gegen eine Wand des höflichen Bedauerns.

Die Jahre nach der Entlassung aus der Untersuchungshaft hatte Wallburk zurückgezogen gelebt. Zugang zur Villa hatten von wenigen Ausnahmen abgesehen nur die Haushälterin und Männer des Wachpersonals, die das Anwesen rund um die Uhr im Auge behielten. Mit zwei Personen hatte Wallburk nach dem Verkauf seiner Galerien im Jahr 1996 öfter zu tun gehabt: Mark Weinberg, Wirtschaftsberater und Anwalt. Und Doktor Jean Pière Bouvier, der langjährige Hausarzt. Weinberg und Wallburk kannten sich seit ihrer Studienzeit in Harvard, sie hatten, was Verträge und Firmengründungen betraf, ein halbes Jahrhundert zusammengearbeitet. Weinberg war ein weltweit operierender Wirtschaftsanwalt, er saß in mehr als einem Dutzend Aufsichts- und Verwaltungsräten, und hatte als Berater von Großbanken und Chemie-Konzernen einen ausgezeichneten Ruf. Seit Jahren war Weinberg durch die Folgen einer Kinderlähmung an den Rollstuhl gefesselt.

Das Gespräch in der Kanzlei hatte bei Rhomberg ein zwiespältiges Gefühl hinterlassen, das er nicht erklären konnte; es hatte sich eingestellt, als er im Konferenzzimmer darauf wartete, von Weinberg empfangen zu werden. Das halbrunde Zimmer mit englischen Möbeln und goldgerahmten Stichen an getäfelten Wänden atmete Gediegenheit und Macht. In solch einer Atmosphäre kam Rhomberg sich klein und unbedeutend vor, als der Sohn eines Schneiders eben, der er ja war. Er verwünschte dieses Gefühl, konnte aber dagegen nichts machen. Die Kapitalströme, die sich hier über die polierte Mahagonifläche des Konferenztisches ergossen, waren flüssige Macht und die Vermutung lag nah, dass manches große Vermögen nur noch als Bits auf unsichtbaren Konten um die Welt unterwegs war.

Vor seinem Besuch hatte Rhomberg mit der Abteilung JJW 3 in Berlin Kontakt aufgenommen. Ihre Existenz war nur wenigen bekannt. Es handelte sich um die Zusammenarbeit zwischen der Sektion Wirtschaftskriminalität, der mobilen Ermittlungsgruppe, von Zoll- und Steuerbehörden und der Finanzaufsicht. Ihre Aufgabe bestand darin, neuen Formen von Profitkriminalität entgegenzutreten: Insidermanipulationen, feindliche Übernahmen und Unternehmenszerschlagungen. Die Antwort lag wenige Stunden später auf Rhombergs Tisch. Sowohl Weinberg als auch Wallburk hatten eine saubere Weste.

Als Rhomberg in das Arbeitszimmer des Anwalts geführt wurde, war er überrascht. Da saß ein hässlicher alter Mann mit großen dunklen Augen, die ihn in ihrem raschen Schauen an einen Menschenaffen erinnerten. Dieser Eindruck wurde weggewischt durch die Art, wie Weinberg sprach, leise und doch sehr deutlich, seine Sätze waren von einer ungezwungenen

Eleganz. In dem mehr als einstündigen Gespräch war er höflich, aber zurückhaltend gewesen. Jede Frage des Kommissars war durch eine Gegenfrage neutralisiert worden. Dies hinterließ bei Rhomberg den Eindruck, der Anwalt betrachtete ihn als subalternen Idioten, der nicht über den Tellerrand seines Beamtendaseins hinaussah. Seine Fragen nach einem möglichen Täterkreis hatte Weinberg mit einem leichten Achselzucken quittiert. Ach wissen Sie, Herr Hauptkommissar, hatte er in gönnerhaftem Tonfall gesagt, Henrys Tod erscheint mir vor allem als eine außergewöhnliche und völlig unerklärliche Tat. Sicherlich mag er durch Neider manchem Druck und mancher Spannung ausgesetzt gewesen sein, welcher erfolgreiche Geschäftsmann wäre das nicht, aber ich kann nicht glauben, dass einer dieser Herren so weit gegangen wäre. Aber schließlich bekommen wir alle nur die Oberfläche eines anderen mit und können die Tiefen darunter nicht sehen. Das galt ganz besonders bei Henry. Und doch, ich möchte sagen, diese Tat ist überraschend abseitig.

Weinberg hatte zur Wand geblickt, wo Glaskästen mit auf Nadeln gespießten Insekten hingen. Sehen Sie dort, fuhr er nach einer kurzen Pause lächelnd fort, in meiner freien Zeit steige ich zu den liliputanischen Gemeinschaften einer Insektenwelt hinab, die von Gesetzen regiert wird, die genauso finster und strikt sind wie die unseren. Der Mensch hat noch nicht eingesehen, dass dieses großartige Universum aus Zangen, Stacheln und Giften lange vor uns diesen Planeten bevölkert hat und ihn, auf seine Art, regiert und uns überleben wird. Mord, Totschlag, wie auch immer, Herr Hauptkommissar, sind die heimlichen Herrscher dieser Erde.

Damit war das Gespräch beendet. Weinberg hatte Rhomberg eine Liste mit den Namen all der Leute versprochen, die aus geschäftlichen Gründen in Auseinandersetzungen mit Wallburk verwickelt gewesen waren. Da gab es schon den einen oder anderen harten Strauß auszufechten, hatte Weinberg gesagt, gewiss, Henry war hart, in jeder Beziehung, aber er war immer korrekt.

Und privat, hatte Rhomberg gefragt.

Privat? Henry hatte kein Privatleben. Er kannte keine Freunde, nur Gelegenheiten. Wenn Du das Gift eines anderen schluckst, im Glauben Du könntest ihm helfen, wirst Du es stattdessen in Dir bewahren, das war einer der Sätze, die ich von ihm oft gehört habe. Henrys Freunde waren die Bilder. Besonders die Bilder von Xavier Sarno.

Rhomberg ging zum Waschbecken in der Ecke des Zimmers. Er spritzte sich Wasser ins Gesicht. Er war müde. Immer dieselben Gedanken. In letzter Zeit hatte es Momente gegeben, in denen er Mitleid mit Wallburk empfunden hatte. Ein Leben lang diese Einsamkeit inmitten von Menschen. Irgendwo im Zusammenspiel von Ursache und Wirkung fand Rhomberg plötzlich einen leeren Raum, der sich in seinem Kopf um das Wort ›Gefährten‹ auftat. Laut wiederholte er es sich im Spiegel. Ja, das war es, was ihm selbst fehlte, seit Christiane tot war. Ich sollte mir einen Hund anschaffen, dachte er, ich könnte mich um ihn kümmern und auf meine Spaziergänge an der Isar mitnehmen.

Als er an den Schreibtisch zurückging, kam ihm der Gedanke lächerlich vor. Er hatte mit den Vögeln genug zu tun. Er zog das Dossier von Jean Pière Bouvier aus einem Stapel Akten.

Doktor Bouvier war 1949 als Sohn eines aus Algier stammenden Kinderarztes und einer deutschen Klavierlehrerin in Straßburg geboren. Er hatte in Paris und Brüssel Medizin studiert und anschließend mehrere Jahre in den USA, Taiwan und Singapur an Kliniken gearbeitet. Seit zwanzig Jahren praktizierte Bouvier als Allgemeinmediziner in München. Sein Ruf als vielseitiger Arzt reichte weit über die bayerische Landesgrenze hinaus. Wer bei Bouvier einen Termin haben wollte, musste sich Wochen, wenn nicht Monate gedulden. Sein Erfolg hing mit ungewöhnlichen Therapien zusammen, er verband klassische Lehrmeinungen mit Homöopathie und Traditioneller Chinesischer Medizin und war, wie Rhomberg von verschiedener Seite erfahren hatte, ein einfühlsamer Psychologe. Seine Patienten, vor allem die Frauen, verehrten ihn.

Als Rhomberg den Arzt zum ersten Mal in seiner Praxis an der Königinstraße aufgesucht hatte, war er über die Vielzahl von Bildern zum Teil namhafter Künstler überrascht gewesen. Im Empfang und im Wartezimmer gab es kaum einen freien Platz an den Wänden. Rhomberg war von einem Mann im weißen Mantel begrüßt worden, der sich als Praxishilfe und Sekretär vorstellte. Die Damen in der Anmeldung seien zur Zeit beide in Urlaub. Er hatte den Besucher ins Wartezimmer geführt und gebeten, einen Augenblick Platz zu nehmen. Bevor er den Raum verließ, war er in der Tür stehen geblieben und hatte Rhomberg mit einem raschen Blick gemustert. Dieses sekundenlange Stehen war Rhomberg aufgefallen, eine Reglosigkeit, die er zuvor noch nie an einem Menschen gesehen hatte. Der Mann stand nicht wie eine Wachspuppe oder ein Pantomime. Er stand wie in einem Film, der durch einen Defekt des Projektors abrupt angehalten wird, so dass ein Einzelbild auf der Leinwand stehen bleibt.

Der Arzt war klein. Als er den Körper von der Tür weg und zu Rhomberg hindrehte, wurde sichtbar, dass er einen Buckel hatte. Bouviers Gesicht und seine Hände waren hingegen von einer makellosen Schönheit. Obwohl Rhomberg es sich im Lauf seines Berufs zum Prinzip gemacht hatte, sich bei der Beurteilung seines Gegenübers Zeit zu lassen und nicht sofort in Kategorien zu denken, ärgerte er sich über seine reuevolle Höflichkeit, die er Menschen gegenüber an den Tag legte, die in ihm einen unbenennbaren Widerwillen auslösten.

Bouvier war von ausgesuchter Freundlichkeit, als er Rhomberg in sein Ordinationszimmer bat. Auch hier waren die Wände dicht mit Bildern behangen. Rhomberg hatte bei Ermittlungen selten ein Entgegenkommen erlebt wie der Arzt es zeigte. Er beantwortete Fragen rasch und sicher und unterstrich seine Sätze mit kleinen Bewegungen der schlanken Hände. Rhomberg war fasziniert vom Zauber seiner Sprache: der leichte französische Akzent seines Deutsch, das nicht auszumachende spezifische Merkmale trug.

Er habe Wallburk seit seiner Zeit als Assistenzarzt in Paris gekannt, sagte er, sei er ein leidenschaftlicher Galeriebesucher und Sammler gewesen. Leider hätten seine Mittel damals nicht ausgereicht, Arbeiten von Künstlern zu erwerben, die bei Wallburk gezeigt worden waren. Xavier Sarno, zum Beispiel.

Ob man sagen könne, er sei mit Wallburk befreundet gewesen?

Befreundet sei zu viel gesagt. Henry Wallburk habe keine Freunde im eigentlichen Sinn dieses Wortes gehabt. Ein Bekannter, das sei der bessere Ausdruck. Für Wallburk hätten sich Beziehungen nach Mustern geordnet. Man sei in die Kategorie des Näherseins oder in die des Abstandes gekommen. Niemals in die des Naheseins. Sie hätten manchmal über Kunst diskutiert, über das verlorene Wissen um die Verwendung von Pigmenten und über jene Zeit, als Malerei noch als Kunst der Künste galt.

Bouvier sei lange Jahre sein Hausarzt gewesen. Ob Wallburk an irgendwelchen Krankheiten gelitten habe?

Nein. Henry Wallburk sei bis ins hohe Alter ein kerngesunder Mensch gewesen, abgesehen von einem periodisch wiederkehrenden Herpes im Schambereich und den schwachen Augen. Dieses Problem habe sich nach der Behandlung mit einem Pflanzenextrakt von den Pescadores-Inseln nicht nur stabilisiert, sondern verbessert. Ob das von Bedeutung sei?

Alles sei von Bedeutung, hatte Rhomberg leicht gereizt geantwortet. Bei einem Mord sei alles von Bedeutung. Ob Bouvier sich vorstellen könne, warum jemand dieses Verbrechen begangen habe?

Beim besten Willen, diese Frage übersteige seine Fantasie. Wallburk habe Neider gehabt, gewiss, auf geschäftlicher Ebene, aber um eine solche Tat zu begehen, bedürfe es eines anderen Motivs. Als er von dem Mord erfahren habe, sei ihm der Gedanke an eine rituelle Hinrichtung gekommen. Aber das sei absurd. Wallburk habe Sekten und die Hierarchie der Kirchen verabscheut. Ob der Kommissar das Buch ›Vengeance‹ von Benderezki kenne? Es handle von einem Maler, der aus Hass auf seinen Galeristen verrückt und zum Mörder geworden sei.

Er kenne das Buch nicht, hatte Rhomberg geantwortet. Aber man habe diese Möglichkeit in Betracht gezogen. Die meisten Künstler, die durch Wallburk vertreten worden waren, lägen längst unter der Erde. Außerdem, eine Zusammenarbeit mit ›Wallburk Gallerys‹ sei für alle Beteiligten in der Regel äußerst lukrativ gewesen.

Bouvier hatte sich in seinem Sessel vorgebeugt, seine Haltung drückte Konzentration und Interesse aus, wie sie das wohl auch bei einem Patienten getan hätte. Der weiße Mantel war zur Seite gerutscht. Rhomberg sah das Revers eines Kaschmirsakkos. Er erinnerte sich an die Werkstatt seines Vaters, die in hellblaues Seidenpapier gewickelten Stoffballen, die mit einer Sorgfalt behandelt worden waren, als handelte es sich um neugeborene menschliche Wesen. Er selbst hatte sich vor zwei Jahren einen Anzug aus Jhelum Kaschmir anstelle eines neuen Autos geleistet.

Ein Gedanke schoss Rhomberg durch den Kopf, während Bouvier ihn unverwandt aufmerksam ansah. An einer Bartstoppel von Wallburks Leiche war ein Kaschmirfaden gefunden worden, der, wie sich später herausgestellt hatte, von einer Weste des Ermordeten stammte.

Der Herr Kommissar verstünde wohl etwas von Stoffen, hatte Bouvier plötzlich lächelnd gesagt und sich weiter nach vorne gebeugt, als erwartete er, dass Rhomberg die Qualität seines Sakkos prüfen würde.

Sein Vater habe eine Schneiderwerkstatt besessen, hatte Rhomberg geantwortet. Er sei erstaunt, man fände erstklassiges Kaschmir heutzutage nur selten, selbst hochbezahlte Manager würden von der Stange kaufen. Ob er und Wallburk denselben Schneider gehabt hätten?

Samuel Hirst in der Beaverstreet. Leider sei Hirst schon alt. Er gehöre einer aussterbenden Spezies an.

Rhomberg war aufgestanden. Er werde Bouvier vermutlich noch einmal belästigen, hatte er gesagt. Eine Frage noch. Wallburk habe sein Haus rund um die Uhr von Sicherheitsleuten bewachen lassen. Warum? Aus Angst um seine Bilder oder aus Angst um sein Leben?

Bouviers Gesichtsausdruck war nachdenklich, als er kopfschüttelnd antwortete, die Bewachung sei vermutlich wegen der Bilder erfolgt. Angst? Nein. Gewiss nicht, er habe Wallburk in den Wochen vor seinem Tod nur einmal gesehen, an ihm aber weder Unsicherheit noch Anzeichen von Angst feststellen können. Überhaupt, Henry Wallburk habe zu jener Kategorie von Menschen gehört, der Angst weitgehend fremd sei.

Mord aus heiterem Himmel?

Bouvier hatte die Tür geöffnet und war zur Seite getreten, um Rhomberg den Vortritt zu lassen. Er möchte bezweifeln, ob dieser Himmel heiter gewesen sei, hatte er geantwortet.

Ob es einen Grund für diese Annahme gäbe?

Nein. Nur ein Gefühl.

Rhomberg legte das Dossier zurück auf den Stapel. Das grüne Licht am Display des internen Telefons blinkte bereits seit Minuten. Er schaute auf die Uhr. Halb vier, er hatte noch zwei Stunden Zeit, bis der Vortrag begann. Wie oft schon hatte er die Gespräche mit Weinberg und Bouvier im Geist rekapituliert. Irgendetwas hatte er übersehen. In beiden Fällen war er mit dem Eindruck ins Präsidium zurückgekehrt, dass man ihm etwas verheimlichte. Vielleicht war es sogar ohne böse Absicht geschehen und er hatte die falschen Fragen gestellt. Weinberg war mit allen Transaktionen seines Klienten vertraut gewesen, er kannte die Kanäle, durch die Wallburks Millionen geflossen waren, er kannte alle Personen, die unter den Geschäftspraktiken der ›Wallburk Art Gallerys‹ vielleicht gelitten hatten. Verschwieg Weinberg etwas, um sich selbst zu schützen?

Bei Bouvier wusste er nicht, was ihn von Anfang an misstrauisch gemacht hatte. Seine Beflissenheit, mit der er auf alle Fragen eingegangen war? Ich lege zu viel Wert auf Stimmen, dachte Rhomberg, ich habe mich durch seine Sprache übertölpeln lassen, ich habe zu wenig auf seinen Mund geachtet. Münder waren bei einer Vernehmung das Wichtigste für Rhomberg. Münder verrieten Unsicherheit oder Selbstgefälligkeit oder irgendeine andere Eigenschaft im Charakterspektrum. Für ihn war ein Mund das Differenzierteste im ganzen Gesicht. Man konnte erkennen, wie ein Mund sich in Gefühllosigkeit verhärtete oder aus Schmerz weich wurde. Was hatte Bouviers Mund ihm verraten? Er würde den Arzt noch mal um ein Gespräch bitten müssen.

Etwas wollte ihm nicht aus dem Kopf. Es gab weder ein Testament noch eine Stiftung. Es gab außer Robert Wallburk niemand, der vom Tod des Galeristen profitiert haben könnte. Der Sohn war Alleinerbe. Rhomberg hatte in den letzten Jahren mehrere Tötungsdelikte aufzuklären gehabt, bei denen direkte Erben, Ehegatten, Söhne, Töchter, die Täter waren, ohne dass sie sich die Hände schmutzig gemacht hätten. Durch die Globalisierung war das Angebot an Auftragsmördern enorm gestiegen und damit die Brutalität, mit der Taten durchgeführt wurden. Unter Berücksichtigung aller Fakten schied Robert Wallburk als Verdächtiger vorläufig aus.

Klopfen riss Rhomberg aus seinen Gedanken. Maria Keberle öffnete die Tür nur halb und blieb auf der Schwelle stehen. Die junge Frau war Rhomberg vom Kommissariat als Assistentin zugeteilt worden. Er mochte Maria, ihr fröhliches Wesen, obwohl der sächsische Dialekt und ihre großen Füße ihn störten. Seine Christiane hatte Schuhnummer vierunddreißig gehabt. Maria hatte mehrmals versucht, das Gespräch auf sein Privatleben zu lenken, aber seine Vergangenheit oder Eigenarten seines Charakters zu enthüllen, wäre für Rhomberg eine zu laute Geste gewesen.

Sie haben das Telefon abgestellt, Herr Kommissar, sagte die Frau mit leisem Vorwurf in der Stimme, jemand von der Presseabteilung der ›Frankfurter‹ wollte mit Ihnen sprechen. Die Sache sei eilig.

Eilig, wiederholte Rhomberg geistesabwesend, alles ist eilig. Kennen Sie die Geschichten von ›Sancho & Dolores‹?

Die Frau blickte ihn erstaunt an. Diese Comicfiguren? Wie kommen Sie darauf?

Nur so. Die beiden kennen ein Rezept gegen die Eile.

Maria Keberle schüttelte ihre roten Locken. Vergessen Sie den Vortrag nicht, sagte sie. Fünf Uhr, im Sophiensaal. Sie fahren mit dem Chef. Alles o. k.?

Als die Tür sich geschlossen hatte, saß Rhomberg mit geschlossenen Augen da. Er hörte das Blut in seinen Ohren. Nach ein paar Minuten stand er auf und nahm das Tuch von den Käfigen. Er lauschte auf die erwachenden Zwitscherlaute der Vögel.

Langsam ging er zum Schreibtisch und nahm ein Notizbuch aus der Schublade. Um fünf Uhr musste er vor Vertretern von Polizei und Datenschutz einen Vortrag über die Einführung der biometrischen Gesichtskontrolle halten. Merkmale wie Mund, Nase und Kieferknochen sollten es künftig gestatten, Personen auch dann zu identifizieren, wenn sie sich einen Bart wachsen oder minimale kosmetische Eingriffe vornehmen ließen. Rhomberg würde vor übertriebenen Erwartungen warnen; die Ermittler waren mit ihrem Latein am Ende, sobald Vermummte von der Kamera erfasst wurden.

Er steckte das Notizbuch in die Tasche und pfiff zu den Vögeln hin. Ich komm noch mal vorbei, sagte er. Kann spät werden.

V

Er fuhr mit Patrik zum Viktualienmarkt. Es war sein erster Ausflug nach dem Krankenhausaufenthalt. Als sie über den Marienplatz gingen, versuchte Rob, um Zeitungsstände einen Bogen zu machen. Er prüfte die Gesichter von Leuten, die ihnen entgegenkamen. Würden sie in ihm den Sohn des Ermordeten erkennen? Auf alten Zeitungsstapeln, die vor seiner Haustür auf die Müllabfuhr warteten, waren ihm die Schlagzeilen der Boulevardblätter nicht entgangen: ›Achtzigjähriger Kunstmagnat verstümmelt im Aquarium seiner Grünwalder Villa‹, ›Greiser Kunsthändler von Sadisten geblendet‹. Rob fragte sich, ob die Täter Zeitungen lasen. Verfolgten sie die Arbeit der Polizei in der Presse?

Du hast Dich in letzter Zeit rar gemacht, sagte er, gibt es im Verlag etwas, das Ihr mir verheimlicht?

Nichts Neues. Die ›Chronos‹ – Leute lassen sich Zeit mit der Antwort. Elsbeth ist fleißig wie eine Waldameise. Ich versuche ein vernünftiges Leben zu führen. Patrik hatte eine Pause gemacht, jetzt seufzte er ein wenig. Weißt Du, Rob, sagte er, ich habe wieder jemanden gefunden, der mir hilft. Eine Frau. Es ist die Liebe – die Zeit der Dummheiten.

Patrik hatte so gleichgültig gesprochen, als parodierte er eine uralte Geschichte. Im Grunde war es auch eine, Patriks Liebesabenteuer waren vergänglich wie Schnittblumen.

Sie liefen durch eine Landschaft aus Fruchtpyramiden und Salatbergen. Die Besuche auf dem Markt waren für Rob Rituale. Immer dieselben Wege. Er liebte den Laden von Schlemmermeier, eine Hochburg aller Feinde der Askese und all der farblosen Nichtesser dieser Stadt. Eingehüllt in unbeschreibliche Gerüche hingen dort rauchgeschwärzte Würste und Schinken von der Decke, fein oder grob, getrüffelt oder mit schwarzen oder weißen Pfefferkörnern gespickt. Rob liebte die Stände mit Gewürzen und Kräutern. Er konnte viel Zeit damit verbringen, sich mit Marktfrauen zu unterhalten. An seinem Lieblingsstand verkaufte eine alte Frau neben verschiedenen Olivenöl- und Zitronengrassorten auch Bonsaibäume. Rob war fasziniert vom Gedanken, dass man mit jahrelanger geduldiger Chirurgie einem Baum, kaum größer als eine Hand, das Aussehen eines dreißig Meter hohen und hundert Jahre alten Riesen geben konnte.

Rob und Patrik ließen sich Zeit bei ihrem Bummel über den Markt. Sie kauften Fischsemmeln und Essiggurken und setzten sich schließlich in den Biergarten vor dem Valentin-Brunnen. Rob erinnerte sich an die Zeit, als Patrik und er angefangen hatten, Jura zu studieren und bei einem Spaziergang über den Viktualienmarkt zugeben mussten, dass die Juristerei für sie der falsche Weg sei. Patrik hatte unter seiner zunehmend fülliger werdenden Erscheinung gelitten und Rob um sein Aussehen beneidet. Das lag zwanzig Jahre zurück. Inzwischen hatte Patrik mit Sumo-Ringen angefangen und hüllte sich in bunte Farben.

Auf dem Weg zum Auto kamen sie noch mal am Stand der alten Frau vorbei. Patrik deutete auf eine Schildkröte, die zwischen Büscheln von Petersilie und Zitronengras hervorgekrochen war. Die Frau war seinem Blick gefolgt und ließ das Tier mit einem raschen Griff unterm Tisch verschwinden. Wenn das jemand sieht, lieber Himmel, sagte sie, die Lebensmittelbehörde. Ich nehme sie nur mit, wenn meine Enkelin in den Ferien ist.

Rob war abrupt stehen geblieben. Die Schildkröte, sagte er. Seine linke Hand war flach auf den Tisch gestützt, der Kopf gesenkt. Habe ich Dir einmal von der Schildkröte in Vaters Arbeitszimmer erzählt?

Muss lang her sein. Kann mich dunkel erinnern. Ein Kunstwerk, nicht wahr?

Eine antike Skulptur in Form einer Schildkröte. Mit ihr haben die Geschichten von ›Sancho & Dolores‹ begonnen. Ich wusste schon damals, dass meine Helden aussehen sollten wie Vaters Skulptur. Verrückt, findest Du nicht?

Jede verrückte Idee hat irgendwo ihren Anfang, antwortete Patrik. Cervantes hat Don Quijote während seiner Zeit als Galeerensträfling erfunden. Hast Du eine Ahnung, ob das Ding noch existiert?

Rob schüttelte langsam den Kopf. Weiß nicht, sagte er, ich habe die Schildkröte seit Jahren nicht mehr gesehen. Das letzte Mal, als Vater mir zum Abitur gratulierte. Ich fahr nach Grünwald und schau, ob die Skulptur noch da ist. Kommst Du mit?

Rob hatte keinen Schlüssel. Als er läutete, kamen zwei Riesenschnauzer die Einfahrt herabgerannt. Die Rüden kannten Rob nicht, sie gehörten zur dritten Generation von schwarzen Schnauzern im Haus Wallburk und waren noch Welpen, als Robs Vater aus der Untersuchungshaft entlassen worden war. Paula rief die Hunde zurück und öffnete das Tor.

Die Frau trug ihre Strickjacke über dem grauen Schürzenkleid. Sie sah müde aus, ihre Augen waren gerötet, als ob sie geweint hätte. Obwohl Rob die Haushälterin kannte, seit er fünfzehn war, hatte sich nie ein herzliches Verhältnis zu ihr eingestellt, Paula war zurückhaltend und wortkarg. Sie hatte nur seinen Vater respektiert.

Während sie durch den Park zum Haus hinaufgingen, vorbei an Hochstammrosen und Rhododendronwäldchen, überlegte Rob, was aus dem düsteren Bau werden sollte. Sie nahmen den Weg durch den Wintergarten. In Rob hatte sich etwas gesträubt, durch die Halle zu gehen, wo das Aquarium stand. Die Räume im Parterre verströmten jenen muffigen Geruch alter Schränke, in denen wertvolle Gegenstände aufbewahrt werden und Staubwischen bei Todesstrafe verboten ist. Die lindgrüne Kommode, in der er als Kind sein Lieblingsspielzeug versteckt hatte, eine Zündholzschachtel mit den Knöchelchen eines Maulwurfs, war verschwunden. Er blickte in den ovalen Spiegel, der noch immer an seinem alten Platz hing. Wie schon als Schüler stand er mit seinen eckigen Schultern gerader als gerade, den Kopf höher erhoben als seine Größe es erlaubte. Dazu war sein Körper eine Spur nach hinten geneigt. Es war bestimmt richtig, was die hinter ihm stehende Haushälterin von ihm denken musste: er sieht aus wie ein hochmütiger Mensch. Wie alle sich täuschten, dachte er, während sie auf die Treppe zugingen. Ich stehe so gerade, um gegen die Krümmung zu protestieren, die ich in diesem Haus erfahren habe.

Im ersten Stock hingen Papierarbeiten von Le Corbusier und Feininger im verdunkelten Flur. Rob stand vor der Tür zum Kinderzimmer. Sollte er sie öffnen? In diesem Raum würde er die Schildkröte bestimmt nicht finden. Er nahm die Brille ab und drückte die Klinke, sanft und leise, wie bei einem Besuch im Krankenhaus. Die Behutsamkeit, mit der er die Tür zunächst nur einen Spalt breit öffnete, ließ in ihm das Gefühl entstehen, als sei er während des Treppensteigens um dreißig Jahre in der Zeit zurückgereist und beträte den Raum in der Erwartung, sich selbst darin anzutreffen, lesend, vielleicht schlafend, eine Katze im Arm.

Rob blickte sich im Zimmer um. Hier hatte er gelebt bis er ins Internat kam und später noch ein Jahr, als er zu studieren begann. Es ist ein Kinderzimmer, dachte er, es ist das Zimmer eines Zehnjährigen. Irgendwo im Lauf der Jahre ist das Zimmer stehen geblieben, während ich immer älter wurde.

Die Jalousien waren herabgelassen, durch die Lamellen drang schwaches Tageslicht. Im Zimmer hatte sich nichts verändert, seit er ausgezogen war. Der Kleiderständer mit Marionetten, die Ziehharmonika neben dem Schreibpult. Rob ging zum Bücherregal. In einem Fach standen lebensgroße Köpfe aus Pappmaché. Es waren Frauenköpfe mit dunklen Perücken und langen Wimpern. Sie standen aufgereiht wie Noten einer Musik, die nur an ihn gerichtet war, unvergesslich, und deren Sinn er nach all den Jahren immer noch suchte. Rob nahm einen Kopf. Er ging ans Fenster und kurbelte mit der freien Hand die Jalousie hoch.

Sie war schön, sagte er leise. Sie war schön. Während er auf den Kopf blickte, steckte er einen Moment wieder in kurzen Hosen. Er hörte die rhythmische Stimme seines Vaters: ›Sie hat in einer Pariser Mansarde den Gashahn geöffnet.‹ Seine Mutter, seine richtige Mutter, die er nie kennengelernt hatte, weil sie sich in einer Pariser Mansarde das Leben nahm.

Der Kopf in seiner Hand war leicht. Rob erinnerte sich, wie er als Junge manchmal in derselben Haltung hier am Fenster stand und sich vorstellte, wie sein Vater es mit dem Kopf getrieben und ihn dabei zufällig gezeugt hatte.

Patrik war in der Tür stehen geblieben. Er schaute auf den Kopf in Robs Hand. Sieht aus wie in einem Friseurladen, sagte er unsicher grinsend. War das Dein Spielzeug?

Meine Mutter, antwortete Rob. Meine richtige Mutter. Vaters zweite Frau. Sabrina war meine Stiefmutter.

Er hielt Patrik den Kopf hin. Ist sie nicht schön, fragte er.

Patrik drehte den Kopf so, dass ein Lichtstrahl schräg auf das Gesicht fiel. Es war kein Kunstwerk. Das Pappmaché war an Wangen und Stirn von feinen Rissen umsponnen wie ein Stein von den Haarwurzeln des Kerbel. Die aufgemalte Schminke war an den Lippen abgeplatzt. Dennoch vermittelte der Kopf den Eindruck von einer jungen südländisch wirkenden Frau. Ein schönes Gesicht, ernst, von sanfter Trauer überschattet.

Patrik blies rasch alle Luft aus den Backen. Du hast mir von ihr nie erzählt, sagte er.

Rob hob die Schultern. Er reckte sich, als wollte er zeigen, mit alldem sei er längst fertig geworden. Ich habe von ihr selbst erst erfahren, als ich sieben Jahre alt war, sagte er. Meine Kinderwelt stürzte ein, als Vater eines Tages wie beiläufig erwähnte, Sabrina sei nicht meine leibliche Mutter. Diese hier, Rob deutete auf den Kopf, hätte in der Mansarde eines Bildhauers den Gashahn geöffnet, als ich zwei Jahre alt war. Es sei ein Unfall gewesen. Vater sprach nicht gern über diese Zeit. So seltsam sich das anhören mag, es gibt von meiner Mutter nichts, keine Briefe, kein Bild, nur ein zerrissenes Foto, der Kopf und ein Arm fehlen. Es zeigt eine schlanke Frau in hellem Kostüm, sie trägt ein Netz mit Orangen.

Es entstand ein längeres Schweigen. An meinem zwölften Geburtstag kam Vater in dieses Zimmer, begann Rob wieder, er würde versuchen, das Gesicht meiner Mutter sichtbar zu machen, sagte er, dreidimensional, als Skulptur. Ich möge ihm dabei helfen. Wir würden zusammen Papiermaché kaufen. Die Streifen aus braunem Papier fühlten sich an wie Bandagen. Ich half sie in Knochenleim zu tauchen und über einen Kürbis zu legen. Ich wunderte mich über Vaters Geduld und sein Geschick bei der Arbeit. Aus Modellierpaste formte er Nase, den Mund, die Ohren und das Grübchen am Kinn. Die Augen hatte er bei einem Tierpräparator besorgt. Als der Kopf trocken war, schminkten wir ihn, wir klebten Mutter Wimpern an und setzten ihr die Perücke auf.

Rob nahm Patrik den Kopf aus der Hand und stellte ihn zurück ins Regal. Mutters erster Kopf, sagte er, den hat Vater gemacht. Die anderen sind alle von mir. Bis ich sechzehn war, habe ich versucht, mir ihr Gesicht lebendig zu halten, indem ich es immer wieder neu schuf. Eine Zeit lang war ich überzeugt, dass Mutter lebte und ich ihr irgendwann begegnen würde. Dieser Gedanke war wie ein Wal, eine Art Moby Dick, der unter der Wasseroberfläche jahrzehntelang große Strecken zurücklegt. Wenn ich hartnäckig an ihm festhielt, würde er eines Tages auftauchen und sich in eine Frau verwandeln.

Patrik hatte angefangen, im Zimmer hin und her zu gehen, die Arme auf dem Rücken verschränkt. Was hat Dein Vater sonst noch alles erzählt, fragte er.

Wenig. Erstaunlich wenig, wenn man bedenkt, dass er zwei Jahre mit dieser Frau verheiratet war und einen Sohn gezeugt hat. Dennoch, ich glaube, Vater hat meine Mutter geliebt. Sie war jung und schön, und sie war eine talentierte Bildhauerin. Sie kam aus der Meisterklasse von Germain Richier das heißt immerhin etwas. Ihr Mädchenname war Soirée Beaucancour. Mutter kam aus einfachen Verhältnissen, Arbeiterkreisen. Ihr Vater war Mitglied der kommunistischen Partei. Guter Schachspieler, er hat mehrere Meisterschaften gewonnen. Mutter ist früh aus diesem Milieu ausgebrochen. Sie wollte Künstlerin werden. Bevor sie Vater geheiratet hat, lebte sie mit einem Maler zusammen, Jacques Aluard. In dessen Atelier ist sie gestorben.

Hat sie Deinen Vater verlassen?

Er hat diese Frage nie beantwortet. Sie sei nach Paris gefahren, um ihre kranke Mutter zu sehen.

Rob hatte zögernd gesprochen. Ich hätte nicht hierherkommen dürfen, dachte er. Nicht heute. Nicht an einem Tag, der so gut angefangen hatte. Er spürte, wie sein Herz schneller schlug. Seine Gedanken waren weit in die Vergangenheit hinein ausgebreitet gewesen. Warum war er überhaupt hier? Der Entschluss ins Elternhaus zurückzukehren, war durch die Schildkröte auf dem Viktualienmarkt ausgelöst worden. Jahrzehntelang hatte er dem Wunsch widerstanden, die Skulptur des Vaters in der Hand zu halten. Es war Angst gewesen, abergläubische Scheu, dass das unfassbare Etwas, das ihn damals aus dem Spiegel angeblickt hatte, sich seiner wieder erinnern könnte. Obwohl sein Herz noch immer rascher schlug, verspürte Rob jetzt keine Angst. Ich muss die Schildkröte finden, dachte er, dann hat der Spuk ein Ende.

Er wandte instinktiv den Kopf. Die Haushälterin stand in der Tür. Sie hielt den Zipfel ihrer Schürze in den Händen wie einen Blumenstrauß. Entschuldigen Sie, Herr Robert, sagte sie, ich wollte nur fragen, ob Sie oder Herr Hajek eine Tasse Tee haben möchten.

Gern, Paula. Wir kommen runter in die Küche.

Die Frau blieb unschlüssig stehen, blickte auf den Schürzenzipfel, während sie weitersprach. Herr Doktor Weinberg hat das Wachpersonal entlassen, sagte sie, ich weiß nicht, ob er Sie benachrichtigt hat. Er sagte, das Haus sei durch die Alarmanlage und die Hunde ausreichend geschützt. Ich fühle mich nicht wohl, so ganz allein, nach allem, was hier passiert ist. Ich bin froh, dass Doktor Weinberg mir auch zum Ersten gekündigt hat.

Rob hob überrascht den Kopf. Er hat Ihnen gekündigt, fragte er. Das hat Weinberg nicht mit mir besprochen. Was er in all den Jahren nie getan hatte, jetzt fasste er die Frau mit einer behutsamen Geste am Arm. Darüber reden wir noch, Paula, sagte er. Ich will nur rasch ins Arbeitszimmer von Vater.

Er blickte ihr nach, wie sie mit kleinen eckigen Schritten den Gang entlanglief. Er hatte Paula nie verstanden. Die Verstohlenheit. Die Art, wie sie, sobald seine Stiefmutter ins Zimmer trat, in ihrer Tätigkeit innehielt und sich beeilte, etwas anderes zu tun, als sei ihr das, was sie gerade tat, verboten.

Bevor sie das Zimmer verließen, warf Rob einen Blick auf das Schreibpult. Neben Büchern von Wilhelm Busch stand ein Marmeladeglas mit eingetrocknetem Inhalt – ein Überbleibsel aus der Zeit als er es mit kindlichen Beschwörungsritualen versuchte. Er hatte die Comichefte von Liz Marenga verschlungen. Als Zehnjähriger hatte er seine Zehennägel mit Schwarztee gekocht und den Sud in winzigen Dosen dem Essen seines Vaters beigemischt, in der Hoffnung, der würde ihn eines Tages so lieben, wie seine Schulkameraden es von ihren Vätern erzählten.

Sie gingen in den Ostflügel des Hauses, wo das ›Sanctuarium‹ lag, so hatte Sabrina den verbotenen Raum immer genannt. Das ›Sanctuarium‹ – in Robs Erinnerung eine Welt aus Büchern, Bildern und Gerüchen. Gerüche, so ausgeprägt und lebendig wie Farben, die in die Luft gemalt waren. Er konnte sie übereinanderschichten und auffächern, als mischte er einen Regenbogen. Es gab die milden Schwaden des Weihrauchs, Bergamotten, Zimt und Mimosen waren zu einem Reigen vereint, der über den Tönen aus Amber, Bibergeil und der Essenz des Moschustiers lag. Rob hatte lang geglaubt, dass er mit seinen Händen und seinem Herzen die Duftwelt des Vaters riechen konnte.

Der Raum roch nicht mehr. Die Luft war leer. Die Essenzkrüge auf dem Kaminsims waren mit Tondeckeln verschlossen. Rob musterte den Raum. Fast zwanzig Jahre waren vergangen, seit er das letzte Mal hier war. Das blaue Triptychon von Xavier Sarno hinter dem Schreibtisch war verschwunden. An der Wand waren drei lichtgeschonte Flecken. Der Tisch war bis auf die Gallé-Lampe und eine lederne Schreibunterlage leer. Rob öffnete die Schubladen. Keine Schildkröte. Lesebrillen, eine Lupe. Der Füllhalter aus Schildpatt. Auf einem Löschblatt lag eine angebissene Birne: lila-blau-grün. Ein Ungeheuer aus Sporen und Fäulnis, das im Dunkeln vor sich hingeschimmelt, sich verwandelt und im Gegensatz zu seinem Vater weitergelebt hatte. Das Geschenk seiner Mutter war unauffindbar.

Sie ist weg, sagte er. Er nahm die Brille ab und fasste sich mit Daumen und Zeigefinger an die Nasenwurzel. Die Schildkröte ist weg. Er deutete auf eine Stelle neben der Gallé-Lampe. Als ich das letzte Mal hier war, lag sie noch da.

Ein wertvolles Stück, fragte Patrik, der inzwischen die Vorhänge zurückgezogen hatte.

Weiß nicht, Patrik. Für mich war sie wertvoll. Für Vater anscheinend auch. Er schien in die Farbe verliebt gewesen zu sein. Als ich ihn einmal fragte, welche Bewandtnis es mit der Schildkröte habe, woher sie komme, ob sie sehr alt sei, wurde seine Stimme ganz weich. Die Skulptur sei aus Ägypten und vermutlich im dritten Jahrhundert vor Christus entstanden.

Über die Herkunft des Materials wisse man wenig. Ein sehr seltener Stein. Er hatte auf die abgesplitterte Stelle im Panzer geblickt während er fortfuhr, das Besondere an dem Kunstwerk sei seine Farbe. Dieses unvergleichliche Blau: eine Farbe wie der Himmel oder die Hölle. Wie Trauer und Glück, beides bis an die Grenzen des Unerträglichen. Ob ich das verstünde.

Was hast Du geantwortet?

Kann mich nicht mehr erinnern. Ich war zu durcheinander. Ich hatte Vater nur einmal so reden gehört, als er Verse zitierte. Damals war ich ein Kind. 1973. Hier, in diesem Zimmer.

Rob wandte sich zur Tür. Gehen wir, sagte er. Vielleicht hat Vater die Skulptur in den Safe im Keller getan.

Sieben Schritte zur Tür, eine Reise zurück ins Erwachsenenleben. Rob blieb einen Augenblick stehen. Der Kandinsky ›Improvisation 10‹ neben dem Bücherschrank war Anlass zu höflichen, aber entschieden geführten Diskussionen zwischen dem Vater und Sabrina gewesen. Seine Stiefmutter hatte die Ansicht vertreten, Raubkunst aus der Nazizeit müsse den Eigentümern zurückerstattet werden, der Vater hatte die amerikanischen Anwälte der Kläger als Mafia bezeichnet und war bei seiner Behauptung geblieben, er habe das Bild von dem Kölner Kunsthändler Ferdinand Möller rechtmäßig erworben. Die Zeit hatte ihm anscheinend recht gegeben, das Bild hing immer noch an seinem Platz.

Schau mal. Patrik stand mit schräg gelegtem Kopf vor dem Bücherschrank. Ich wusste nicht, dass Henry Wallburk sich mit esoterischer Literatur beschäftigt hat, sagte er, passt irgendwie nicht.

Rob war seinem Blick gefolgt. Jetzt öffnete er die Glastür des Schranks und nahm das Buch, auf das Patrik gedeutet hatte. ›Die Gnosis‹, Eugen H. Schmitt, ›Grundlagen der Weltanschauung einer edleren Kultur‹, Jena 1907, Band II. Rob saugte die Wangen ein, wie er es immer tat, wenn er über etwas grübelte.

Rasch überflog er die Titel auf den Buchrücken im Regal. Abgesehen von einer Sammlung der Baudrys's European Library von 1834 ›British Novels and Romances‹ waren es ausnahmslos Werke zum selben Thema: ›Mystik des Mittelalters‹.

Diese Bibliothek – ein Ort, dem er manchmal einen scheuen Blick zugeworfen, ihn aber nie betreten hatte. Seltsam, Patrik, sagte er, von dieser Seite habe ich Vater überhaupt nicht gekannt.

Er schloss die Glastür und verließ mit Patrik den Raum. Erst als er bereits auf dem Flur stand, bemerkte er, dass er das Buch noch in der Hand hielt. An der Treppe drehte er sich zu Patrik um. Geh schon voraus in die Küche, ich möchte noch rasch einen Blick in Vaters Schlafzimmer werfen.

Es war ein kleiner Raum im Nordturm der Villa. Fünfeckig, mit schmalen hohen Fenstern zum Wald. Eine Zelle, dachte Rob. Es gab keine Bilder an den Wänden, keinen Teppich, nacktes Parkett. Ein Eisenbett, das Rob an Betten in Krankenhäusern erinnerte. Ein Glastisch mit Leselampe. Stapel mit Katalogen der ›Wallburk International Gallerys‹. Die Kataloge waren das einzig Persönliche in diesem spartanischen Raum. Sein Vater hatte sich bei jedem Katalog um die editorische Arbeit gekümmert, Überprüfung der Fahnen, der Druckqualität, Länge und Inhalt der begleitenden Texte. Außer den Katalogen gab es im Turmzimmer nichts, was auf eine persönliche Beziehung schließen ließ. Es gab keine Fährten zu Henry Wallburk.

Es war wohl unvermeidbar gewesen, dass der Vater in der Wahrnehmung der Gesellschaft ein verschwommenes Bild abgab, dachte Rob. Aber war es möglich, dass die Meinung der Gesellschaft ihm gleichgültig war? Und wenn, war es mangelnde Sensibilität oder bewundernswerte Selbstsicherheit?

Rob blätterte im Katalog der Sarno-Ausstellung von 1990 in New York. Großformatige Bilder, vorwiegend Blau, monochrome Flächen, die noch im Druck eine rätselhafte Strahlkraft besaßen. Rob konnte das an Bewunderung grenzende Engagement seines Vaters für diesen Künstler verstehen. Er setzte sich auf die Bettkante und knipste die Lampe an. Einige Bilder im Katalog waren angekreuzt und mit Datum versehen. Unlesbare Kürzel in der winzigen Schrift des Vaters. Als Rob weiterblätterte, fiel ein Zeitungsausschnitt auf den Boden. Während er sich danach bückte, sah er, dass es eine Kritik über eines seiner Bücher war.

Vater hat meine Arbeit also verfolgt, dachte er. Er spürte wie sein Gesicht heiß wurde. Zärtlichkeit gegenüber dem ihm unbekannten Mann. Vielleicht hatte auch er den Vater nie richtig wahrgenommen. Sein Blick fiel auf die Glasvase neben der Lampe. Das Wasser war verdunstet. Über den Rand hing, gekrümmt und vertrocknet, eine einzelne Blume. Der Vater hatte anscheinend bis zuletzt an der Gewohnheit festgehalten, eine Gardenie am Revers seiner Anzüge zu tragen. Eitelkeit? Ein romantischer Zug? Wie passte das zum mönchischen Inventar dieses Zimmers?

Die Lampe flackerte und erlosch. Ein Wackelkontakt oder die Birne war ausgebrannt. Rob ging mit dem Blatt ans Fenster und drehte die Jalousie spaltbreit hoch. Der Artikel war vom fünfzehnten Januar 1996. Er war von einer Frau geschrieben, Judith von May. Er erinnerte sich, dass es eine gute Kritik und er stolz gewesen war, im ›Spiegel-Magazin‹ auf zwei Seiten besprochen worden zu sein.

Der Text war mit »Odysseen des Zufalls« überschrieben. Er begann mit einem Zitat von Walter Benjamin: ›Um 1840 gehörte es in Paris vorübergehend zum guten Ton, Schildkröten in den Passagen spazieren zu führen. Der Flaneur ließ sich sein Tempo gern von ihnen vorschreiben. Wäre es nach Benjamin gegangen, so hätte der Fortschritt diesen ›pas‹ lernen müssen.‹ Die Autorin knüpfte an dieses Zitat an.

›Die Helden in Wallburks Geschichten waren einst Menschen: Sancho, Spitzenverkäufer in einer Porsche-Filiale und seine Schwester Dolores, Maklerin auf dem Frankfurter Börsenparkett. Was für eine Wende des Schicksals, als sie am Festtag des heiligen Eusebius, dem Schutzpatron der Pfandleiher, Makler und Pferdehändler, bei einem Flugzeugabsturz durch jene Metamorphose geschleudert wurden, aus der sie eines Morgens mit der gleichen Plötzlichkeit in einer neuen, ihnen bis dahin unbekannten Gestalt erwachten und lange Zeit, bereits auf allen vieren laufend und schwimmend, dachten, sie träumen. Sie waren in einer Welt gelandet, in der es weder Aktienkurse noch Hochleistungsmotoren gab – sie hatten sich in Schildkröten verwandelt.

Märchenhaft und romantisch sind nicht nur Bilder und Sprache in Wallburks Erzählungen, es sind die Helden selbst. Sancho, der ältere Bruder, ist umhüllt von einem Panzer, den selbst ein Autobus nicht zu zertrümmern vermag; Dolores hingegen trägt ein verletzliches Knorpelkostüm. Beide haben sie Brillen: Dolores eine, die das Kleine groß aussehen läßt, Sancho trägt einen Zwicker, der das Große derart verkleinert, daß es seine Schrecken verliert. So bilden sie eine Symbiose aus Vorsicht und Kühnheit – gemeinsam gelingt es ihnen in einer rasenden Welt auf dem schmalen Grat zwischen Gefahr und Sicherheit zu balancieren, voll Neugier, jedoch ungeachtet der Zeit.

In manchen Passagen erinnern Wallburks Helden an den Protagonisten in Dumas' ›Mohicans de Paris‹, der auf Abenteuer auszieht, indem er einem Fetzen Papier folgt, den er dem Wind überlassen hat; er erhebt Einspruch gegen die Betriebsamkeit der Straße, indem er sich der absichtslosen Neugier des Flaneurs überläßt …

Unwillkürlich fragt man sich als Leser, woher der Erfolg von Wallburks Comic-Geschichten bei Jung und Alt kommen mag. In einem Interview hat der Autor erklärt, er vermute, daß der Mensch in seinem Innersten nicht den schnellsten Weg von hier nach dort bevorzuge, sondern die Odysseen des Zufalls. Das Labyrinth sei die Heimat des Zögernden. Seine Helden nähmen die Lizenz zur Langsamkeit für sich voll in Anspruch.‹

Rob faltete das Blatt und steckte es in die Tasche. Was mochte sein Vater gedacht haben, als er diesen Text las? Er, dessen Leben aus Beschleunigung bestand? Er ging zu den Wandschränken und öffnete eine Tür. Hemden, weiß-blau gestreift mit Monogramm, englische Clubkrawatten, Unterwäsche. Ein vertrauter Geruch schlug ihm entgegen, der Geruch seiner Jugend, als er im Arbeitszimmer des Vaters ängstlich und staunend darauf gewartet hatte, dass der ihn ansprach. Bergamotten, Amber, Duft von Moschus. Rob atmete tief ein. Den Atem anhaltend ging er zum nächsten Schrank. Graue und dunkelblaue Anzüge mit Westen, Smoking, der Frack. Morgenmäntel, Regenmäntel, ein pelzgefütterter Lodenmantel. Geruch von Stoff. Nichts sonst. Auf dem Boden des Schranks stand ein Segeltuchkoffer mit Lederbeschlägen. Er fing an den Koffer zu füllen, wahllos erst, Hemden, Unterwäsche, Schals und Krawatten. Dann fing er an, Kleidungsstücke auszuwählen, die er von früher her kannte, den bordeauxroten Morgenmantel aus

Seide, eine hellbraune Wildlederjacke, zwei Strickwesten aus Kaschmir, den schwarzen Krokodilledergürtel, den Sabrina aus Hongkong mitgebracht hatte. An der Innenseite der Tür war ein Spiegel. Als Rob sich aufrichtete, um den Koffer aus dem Schrank zu zerren, begegnete er seinem Gesicht. In zwanzig Jahren werde ich aussehen wie Vater, dachte er, dieselbe Nase, ein Mund, der trotz der vollen Lippen irgendwie schmal wirkt.

Er hatte Mühe mit dem Reißverschluss. Er schleppte den vollen Koffer die Treppe hinunter und ging in die Küche. Hier hatte sich nichts verändert, der Holztisch vor dem Fenster zum Kräutergarten stand am alten Platz, sogar die riesigen altmodischen Kühlschränke gab es noch, die sein Vater wegen der Eismaschinen aus Amerika mitgebracht hatte. Rob setzte sich zu Patrik und Paula, die sofort aufsprang, um Tee einzugießen.

Doktor Weinberg hat Ihnen gekündigt, Paula, begann Rob. Hat er einen Grund genannt?

Die Frau unterbrach ihn mit einer schroffen Handbewegung. Hat er nicht, sagte sie, aber das macht mir nichts aus. Bitte, verstehen Sie mich, Herr Robert, ich kann hier ohnehin nicht länger bleiben. Ich mache seit Tagen kein Auge zu, man achtet auf jedes Geräusch. Ihr Vater war sehr großzügig, finanziell geht es mir gut. Sie brauchen sich um mich keine Sorgen zu machen. Ich geh zu meiner Schwester nach Passau. Die Frau hatte jetzt beide Hände auf die Tischplatte gestützt; trotz des schütteren Haars und ihres hageren Körpers wirkte sie zäh, ein Eichenklotz, auf dem man jahrzehntelang Feuerholz spaltet.

Natürlich, Paula, ich kann Sie verstehen. Wann wollen Sie gehen?

Am liebsten heute. Um drei geht ein Zug vom Starnberger Bahnhof.

Und was soll mit den Hunden geschehen?

Die nehm ich mit. Herr Doktor Weinberg hat gesagt, ich dürfe sie mitnehmen. Meine Schwester hat einen Bauernhof, dort haben sie's gut.

Setzen Sie sich doch, Paula. Ich habe ein paar Fragen. Können Sie sich an eine kleine Skulptur in Form einer Schildkröte erinnern, die auf Vaters Schreibtisch stand?

Die Schildkröte? Die Unterseite war eine Art Spiegel? Ich erinnere mich, ja, die hab ich seit einer Ewigkeit nicht mehr gesehen. Vor zehn Jahren hat Ihr Vater die Ledereinlage auf dem Tisch reparieren lassen, ich musste alle Sachen ins Schlafzimmer bringen. Da war die Schildkröte schon weg.

Haben Sie eine Ahnung, wo sie sein könnte? Vielleicht im Safe?

Die Frau schüttelte den Kopf. Im Safe? Der Safe im Keller ist leer. Ihr Vater hat den Inhalt schon vor Jahren zur Bank gebracht. Vielleicht weiß Doktor Weinberg Bescheid. Sie zögerte einen Moment, ehe sie fortfuhr, ich bin mit Kommissar Rhomberg und den Herren von der Versicherung die Inventarliste durchgegangen, soweit ich mich erinnere, bei den Skulpturen war die Schildkröte nicht drauf. Doktor Weinberg hat eine Kopie von der Liste. Sie zögerte wieder, ihre flinken Äuglein richteten sich auf Rob. Doktor Weinberg hat von allem eine Kopie, sagte sie.

Sie mögen Doktor Weinberg nicht besonders?

Die Frau schüttelte den Kopf und trocknete sich die Hände an der Schürze ab. Einfach so, sie waren nicht nass. Es steht mir nicht zu, mich über Doktor Weinberg zu äußern, sagte sie. Arm genug ist er dran.

Allerdings, sagte Rob zerstreut. Noch etwas, Paula, die Tiere im Aquarium, die hätte ich beinahe vergessen.

Darum hat sich die Sekretärin von Doktor Weinberg gekümmert. Sie sind von einer Tierhandlung abgeholt worden.

Rob war aufgestanden. Können Sie sich vorstellen, wie der Täter ins Haus gelangt ist, fragte er.

Es ist mir ein Rätsel, Herr Robert. Ich war schon früh am Morgen in der Waschküche. Als ich in die Halle kam, sah ich, was passiert ist. Ich habe dem Herrn Kommissar erzählt, dass zwei Tage vor dem Unglück auf der Veranda ein Feuer ausgebrochen war, nichts Schlimmes. Ein Deckenstrahler hat gebrannt. Wir mussten die Hunde einsperren, als die Feuerwehr kam. Die Alarmanlage war ein paar Stunden außer Betrieb. Da hätte sich einer ins Haus schleichen können.

Und zwei Tage verstecken, bis er zuschlägt?

Die Frau machte eine hilflose Handbewegung. Sie schaute nach links, dann nach rechts, als traue sie ihren Worten nicht ganz. Der Herr Kommissar hat das auch merkwürdig gefunden, sagte sie. Die Hunde waren am Morgen eine Stunde im Haus, die hätten einen Fremden gerochen. Sie blickte auf den Koffer. Soll ich Ihnen helfen, Herr Robert?

Danke. Geht schon, Paula. Aus der Halle klangen die Schläge der Standuhr. Als er den Kopf der Mutter zu modellieren versuchte, waren die Schläge der Uhr oft die einzigen Geräusche im Haus gewesen. Der Kopf – er wusste plötzlich nicht mehr, welche Farbe die Glasaugen hatten. Wenn Patrik jetzt sagen würde, sie seien grün, er müsste ihm glauben. Komme gleich, rief er und eilte die Treppe hinauf ins Kinderzimmer. Er nahm den Kopf, den er mit seinem Vater gemacht hatte und blickte ihm in die Augen. Sie waren braun. Dann wickelte er ihn in einen Kissenbezug und ging zurück in die Küche.

Jetzt wollte er den Abschied rasch hinter sich bringen. Danke, Paula, sagte er, danke für alles. Er streckte der Frau die Hand hin und wunderte sich, wie kalt die ihre war. Ich werde Sie bei Ihrer Schwester besuchen, Sie müssen mir die Adresse aufschreiben ...

Sie verließen das Haus durch den Lieferanteneingang. Als Rob den Koffer im Auto verstaut hatte, atmete er auf. Ich hab einen miserablen Charakter, Patrik, sagte er, mit Paula bin ich nie warm geworden.

Patrik nickte. Versteh ich. Ich kann auch verstehen, warum sie keinen Mann gekriegt hat.

Du täuschst Dich, mein Lieber. Paula hat einen Sohn. Sie nennt ihn ihren ›Schmieröldeppen‹. Josef arbeitet in einer Garage, er kümmert sich um mein Auto.

Der Austin wollte nicht anspringen. Die Batterie war fast leer, als der Motor doch mit einem schrecklichen Geräusch anfing zu laufen. Schweigend fuhren sie zurück in die Stadt. Es hatte angefangen zu regnen. Hinter Rob hupten Autos. Er war ein zerstreuter Autofahrer, oft vergaß er den Blinker zu betätigen, manchmal bremste er ohne ersichtlichen Grund oder überfuhr eine Ampel bei Rot. Als sie beim Deutschen Museum waren, sagte er, ich setz Dich beim Büro ab, Patrik, sag Elsbeth, ich komme morgen vorbei. Ich will zu Weinberg, er hat die Urne von Vater. Vielleicht weiß er, wo die Schildkröte ist.

VI

In der Maximilianstraße fand er einen Parkplatz direkt vor Weinbergs Kanzlei. Die Namenreihe der Anwälte auf der Messingtafel war länger geworden, seit er das letzte Mal hier war. Die Frau beim Empfang sprang auf, als sie Rob sah. Ach, Herr Wallburk, schön Sie zu sehen. Tut mir leid, die Geschichte mit Ihrem Vater. Schrecklich. Ich habe eine Gänsehaut gekriegt, als ich davon erfuhr. Sie zögerte einen Moment, wenn Sie im Konferenzzimmer ein paar Minuten Platz nehmen wollen, sagte sie dann, Herr Doktor Weinberg hat noch Besuch.

Rob hatte das Gesicht der Frau beobachtet, während sie sprach. Ihre beweglichen Nasenflügel, die blassgrauen Augen hinter der Brille. Sie wittert den Kontostand von Weinbergs Klienten, dachte er.

In dem Moment öffnete sich eine Tür und Kommissar Rhomberg trat in den Flur. Er war wie immer elegant, Blazer mit Einstecktuch und dezent gestreifter Krawatte. In der Hand hielt er einen Regenschirm. Herr Wallburk, sagte er in herzlichem Tonfall, während er auf Rob zukam. Welche Überraschung, ich sehe, der Patient ist wieder auf den Beinen. Ich habe heute Morgen versucht, Sie anzurufen, aber Sie nahmen nicht ab.

Rhomberg schien über die Begegnung erfreut zu sein. Der Fall Ihres Vaters bereitet uns weiter Kopfzerbrechen, fuhr er fort, aber wir kommen scheibchenweise voran. Ob Rob später am Nachmittag oder morgen früh auf einen Sprung im Präsidium vorbeischauen könnte? Er möchte ihm etwas zeigen.

Morgen früh wäre ihm lieber, antwortete Rob.

Die Empfangsdame kam mit einem Glas Wasser und begleitete Rob vor die Tür von Weinbergs Büro. Er war nur einmal in dem Raum gewesen, als es um die Gründung seines ›S&D-Verlags‹ gegangen war. Der Anwalt saß mit dem Rücken zum Besucher am Schreibtisch. An den Wänden zwischen den Fenstern hingen Glaskästen mit auf Nadeln gespießten Insekten. Weinberg umgab sich mit totem Ungeziefer wie ein Hypochonder mit Arzneien. Er stand im Ruf, eine der größten Insektensammlungen weltweit zu besitzen; Schwerpunkte waren mediterrane Wespenarten und Libellen im Mündungsgebiet des Amazonas. Trotz seiner Behinderung unternahm Weinberg die abenteuerlichsten Reisen, um ein seltenes Exemplar seiner Sammlung einverleiben zu können.

Er schwenkte den Stuhl mit einer raschen Handbewegung zur Tür.

Robert, Junge, schön Dich zu sehen, rief er und streckte Rob die Hand hin. Der Tod von Henry war ein schlimmer Schlag. Komm, setz Dich.

Rob war erschrocken über das Aussehen des Anwalts. Seine dunklen Affenaugen lagen tief im Gesicht. Er hatte ihn als eher massigen Mann in Erinnerung, jetzt saß ein geschrumpftes Wesen vor ihm, das den Eindruck erweckte, als hätte man ihm alle Flüssigkeit entzogen. Ungewöhnlich war, der stets mit Sorgfalt gekleidete Anwalt trug einen Trainingsanzug und Turnschuhe.

Du bist überrascht, sagte er lächelnd, in meinem Alter kann man sich leisten, sportlich in seinem Bentley zu sitzen. Sein Gesicht wurde ernst. Ich hatte eine Blasenoperation, sie haben die Prostata gleich mit rausgeschnitten. Es hat gedauert, bis ich wieder auf dem Damm war. Wem sage ich das, Du hast auch allerhand durchmachen müssen, Robert. Soweit es in der kurzen Zeit möglich war, habe ich mich um Deine Angelegenheiten gekümmert. Ich war es Henry schuldig.

Seine Augen waren Robs Blick gefolgt, der noch auf die Turnschuhe schaute. Ich empfange zur Zeit keine Klienten, sagte er. Nur Rhomberg, er war schon zum dritten Mal hier. Der Kerl lässt nicht locker. Glaubt, Henry und ich hätten eine Leiche im Keller. Ich musste ihn leider enttäuschen.

Er seufzte ein wenig, schwenkte den Stuhl zum Schreibtisch und nippte am Wasserglas. Neben dem Telefon lag ein Apfel, Weinberg entdeckte ein Wurmloch, er ging mit dem Kopf nah heran, dann drehte er den Apfel, bis das Loch in eine andere Richtung zeigte. Ja, Robert, begann er wieder, Henry ist ins Reich der Schatten eingetreten, wie wir es alle einmal müssen, um von dem Hornissennest unserer Laster erlöst zu werden. Das verstehst Du nicht, Du bist noch zu jung.

Rob hatte sich vorgebeugt. Er schüttelte den Kopf. Du redest von Lastern, Mark, sagte er, ich möchte über Vater reden. Du weißt, ich kannte ihn kaum. Es kommt mir so vor, als hätte niemand Vater wirklich gekannt. Außer Dir vielleicht, Ihr beide habt fast fünfzig Jahre miteinander verkehrt.

Mag sein, Robert, ich habe von Deinem Vater nur einen Bruchteil seines Wesens kennengelernt. Weinberg öffnete eine Schublade und nahm eine Zeichenmappe heraus. Vielleicht ist das ein Stein im Mosaik von Henrys Charakter, sagte er, ich wollte Dir die Blätter schon lange zeigen.

Rob hatte die Mappe geöffnet. Der Inhalt bestand aus etwa einem Dutzend Aquarellen in Pastelltönen. Braun, Grau. Die Blätter wirkten auf Rob wie Bilder vom Inneren eines Bienenkorbs, dunkel und doch von einem Licht durchflutet, dessen Ursprung nicht auszumachen war. Steinerne Bienenkörbe, in deren Waben Menschen sich vom Lärm der Welt zurückziehen können.

Wer hat die gemacht, fragte er.

Dein Vater. Als er in Wien bei Gütersloh Malerei studiert hat. Vielleicht wäre er ein guter Maler geworden, vorausgesetzt, man hätte seine Botschaft verstanden.

Botschaft? Welche Botschaft meinst Du?

Er hat selten darüber geredet. Henry glaubte, in der Malerei sei längst alles ausgedrückt worden, was es auszudrücken gibt. Die einzige Möglichkeit, Neuland zu betreten, seien die Farben. Er glaubte an eine Rückbesinnung auf die Reinheit natürlicher Pigmente, auf alte Materialien, sie seien den heutigen synthetischen Farben zwar an Vielfalt unterlegen, an Ausdruckskraft und durch die allegorische Bedeutung des Gemalten jedoch weit überlegen.

Welche Gründe hatte Vater, die Malerei an den Nagel zu hängen?

Weinberg zuckte die Achseln. Schwer zu sagen. Vielleicht wusste er, dass seine Begabung nicht ausgereicht hätte, um ein ganz Großer zu werden. Er wollte lieber ein guter Kunstvermittler sein als ein mittelmäßiger Künstler. Als Henry anfing, seine Geschäfte aufzubauen, hat er seine ganzen Arbeiten vernichtet. Diese Blätter hat er mir lang vorher geschenkt. Er bat mich, sie ebenfalls zu verbrennen. Ich habe es nicht übers Herz gebracht. Zwei der Aquarelle hängen bei mir im Haus. Möchtest Du die Mappe haben?

Danke, Mark. Rob spürte, wie sein Gesicht rot wurde. Das ist eine wunderbare Überraschung, sagte er leise.

Weinberg deutete auf einen Stapel Papiere. Der Fall Wallburk, sagte er. Henry hat mir vor Jahren eine Vollmacht gegeben, die mich berechtigt, alles Nötige zu regeln, wenn ihm etwas zustoßen sollte. Du bist ein reicher Mann, Robert. Wenn Du einverstanden bist, werde ich mich um die Erbschaftsangelegenheiten kümmern. Kein leichtes Unterfangen, bei dem Labyrinth, in das Henry seine Finanzen eingebaut hat.

Das meiste habt Ihr zusammen ausgeheckt, nehme ich an.

So ist es. Bis auf die letzten zehn Jahre. Da ist Henry oft seine eigenen Wege gegangen. Interessen in Indien und China und wer weiß wo sonst noch überall. Ich habe nie erfahren, warum er das getan hat. Ich weiß auch nicht, warum er den Plan, ein Sarno-Museum zu bauen, von einem Tag auf den anderen aufgab. Lass mir Zeit, um Durchblick zu gewinnen. Ein paar Tage, bis der Kopf wieder klar ist.

Brauchst Du eine Vollmacht?

Weinberg nickte. Machen wir später, sagte er. Er blickte auf die Maximilianstraße hinaus. Der Regen war stärker geworden. Du hast Dich sicher gefragt, wer zu einer solchen Tat fähig gewesen sein könnte, fuhr er nach einer Weile fort. Hast Du eine Antwort gefunden?

Dasselbe wollte ich Dich fragen, antwortete Rob. Hatte Vater Feinde, denen dieser Mord zuzutrauen wäre?

Über Weinbergs Gesicht huschte ein Lächeln. Feinde ja, sagte er. Das heißt … Schau, Robert, die Welt der großen Geschäfte hat mit Moral wenig zu tun. Hass, Rache, Neid, Abschreckung. Die Gemeinschaft der schwerreichen Sammler ist auf eine geheimnisvolle Weise miteinander verknüpft – Juden mit Christen und Moslems, Kopten mit arabischen Scheichs, russische-orthodoxe mit chinesischen Funktionären. Der Schauer der Transaktionen rieselt durch sie wie der Wind durch ein Weizenfeld. Kunst ist ein Segment. Henry war ein Geschäftsmann in großem Stil. Millionen gingen durch seine Hände. Und er war kein bequemer Mensch.

Er ließ sich Zeit, bis er langsam weitersprach. De mortuis nil nisi bene, Du weißt, Robert, Dein Vater war einer meiner engsten Freunde. Du hast gefragt, wie er war. Wer er war. Den Teil, den Henry mich hat von sich wissen lassen, möchte ich durch eine Allegorie andeuten.

Weinberg zeigte auf einen Glaskasten. Hymenoptera, sagte er. Henry hat sich über meine Passion oft lustig gemacht. Siehst Du dieses honigfarbene Tierchen dort in der Ecke?

Rob war seiner Bewegung gefolgt. Jetzt schaute er auf ein fingergliedgroßes Insekt, das ihn aus Halsabschneideraugen starr anblickte. Eine Dolchwespe aus Burma, fuhr Weinberg fort. Was dieses elegante Ungeheuer mit dem Engerling des Rosenkäfers anstellt, ist alles andere als appetitlich. Es lähmt den Käfer durch einen Stich und deponiert sein Ei auf ihm. Die geschlüpfte Larve beginnt ein Loch in ihren lebenden Untergrund zu nagen und es dauert nicht lang, dann ist sie im Inneren des paralysierten Riesen verschwunden. Sie lebt in ihm wie im Schlaraffenland – allerdings, sie muss vorsichtig sein im Umgang mit ihrem lebendigen Speisevorrat, ein Bissen zu viel könnte tödlich sein, ihr Opfer würde vorzeitig sterben und sie mit Leichengift überschwemmen.

Weinberg schaute in den Regen hinaus, während er fortfuhr, also frisst die Larve zunächst alle nicht lebensnotwendigen Körperteile, Blutlymphe, Fettgewebe, die Muskeln. Zuletzt sind die Nervenzentren und das Rückengefäß an der Reihe. Ein kluges Verhalten. Die Nahrung bleibt frisch bis zum Schluss. Die Wespe verlässt einen kunstvoll ausgehöhlten Sack.

Er nahm den Apfel, legte einen Finger aufs Wurmloch und biss vorsichtig hinein. Eine Allegorie, sagte er kauend, in mancher Hinsicht trifft sie auf die Tätigkeit erfolgreicher Manager zu. Um ehrlich zu sein, auch auf Henrys. Geschäftlich wie im privaten Leben. Henry beanspruchte Menschen, die mit ihm zu tun hatten mit Haut und Haaren. Er fraß sie gewissermaßen von innen her auf. Geschäftspartner, Feinde, Frauen, Freunde, sofern er überhaupt Freunde besaß. Nicht, dass er es aus böser Absicht getan hätte. Er war eben so.

Du denkst an die Käufer der Galerien? Das alles liegt doch Jahre zurück.

Weinberg nickte. Sicher, sagte er, aber man sollte daran denken, dass das Gedächtnis von Enttäuschten erstaunlich vital ist. Ich habe die Verhandlungen geführt, als Henry sich entschlossen hatte, sein Kunstimperium auf den Markt zu bringen. Die meisten Käufer machten sich große Hoffnungen, bei einigen gingen sie nicht in Erfüllung. Es fehlte die charismatische Figur. Henry verstand nicht nur etwas von Kunst, er wusste, wie man Menschen gewinnt. Ich höre ihn noch heute, seinen vertrauten gedehnten Tonfall, wenn er jemanden zu überzeugen versuchte, seine Stimme bahnte sich ihren Weg in dein Hirn, er hätte behaupten können, draußen vor dem Fenster winkt Picasso dir zu, es wäre möglich gewesen, dass du ihm glaubst.

Ja, und mit noch etwas hatten seine Partner nicht gerechnet: Den Galerien fehlte der erstklassige Fundus. Die Sarnos, Picassos, Rothkos, Klees und Kandinskys hatte Henry vor dem Verkauf seiner Geschäfte in Privatsammlungen oder Museen untergebracht. Die neuen Besitzer der ›Wallburk International Gallerys‹ saßen in wunderschönen aber weitgehend leeren Kunsthüllen.

Du willst sagen, Vater hat die Käufer betrogen?

Aber nein. Im Gegenteil. Dazu war er zu klug. Er hat alles offengelegt. Henry hat die Käufer immer wieder vor den immensen Schwierigkeiten dieses Geschäfts und der Möglichkeit eines Scheiterns gewarnt. Natürlich waren einige enttäuscht, als die Geschäfte nicht so liefen, wie sie es erwartet hatten. Das schafft böses Blut.

Weinberg warf den Apfelrest in den Papierkorb. Aber ich wüsste nicht einen unter ihnen, dem ich diesen Mord zutrauen würde, sagte er. Bartelli und Whitman waren natürlich enttäuscht, dass Henry die beiden Kandinskys aus der Bloomberg Collection kurz vor Vertragsunterzeichnung ans ›MOMA‹ verkauft hat. Aber er hatte sie davon in Kenntnis gesetzt. Ich bin sicher, insgeheim haben sie ihn trotzdem bewundert. Hoffmann ist ein anderer Fall, aber der macht ja in Zürich noch immer gute Geschäfte.

Weinberg kniff die Augen zu einem Spalt zusammen. Er sah aus, als wollte er die Fülle seiner Gedanken auf ein Hundertstel ihres Umfangs zusammenquetschen. Nein, sagte er, von diesen Leuten kommt als Täter keiner in Frage.

Wer dann, Mark?

Darüber habe ich mit Rhomberg auch geredet. Er hält es für möglich, dass es sich um einen Fall von Erpressung handeln könnte. Vielleicht wurde Henry erpresst, geschäftliche Gründe, von denen ich nichts wusste, die könnte es natürlich gegeben haben. Henry weigert sich und wird ermordet.

Auf diese Weise? Davon hätten die Täter nichts gehabt. Die Kuh schlachten, von der man sich Milch erhofft?

Das habe ich dem Kommissar auch gesagt. Anscheinend

denkt er einen Schritt weiter. Kann sein, dass er mehr weiß, als wir. Aber das behält er für sich. Rhomberg ist ein erfahrener Mann. Wir haben über den Begriff ›Mord‹ diskutiert, die unterschiedlichen Motive und Blickwinkel, aus denen heraus der Kriminalist einen Mord beurteilt. Er hat ein Beispiel gebraucht: Manche Christen behaupten, Jesus sei von den Juden ermordet worden. Tatsache ist, es war eine Hinrichtung. Eine Religion, in deren Zentrum eine Hinrichtung steht, hat zweifellos einen absurden Charakter, hat Rhomberg gesagt und gefragt, stellen Sie sich vor, anstelle des Kreuzes wäre es eine Guillotine gewesen oder ein Erschießungskommando – wie würde die religiöse Symbolik heute wohl aussehen? Entscheidend sei, dass diese Hinrichtung zwingend war, damit das Alte Testament in einem neuen Gewand auferstehen und für die Nachwelt bewahrt werden konnte. Ein kluger Gedanke. Erstaunlich für einen Beamten.

Weinberg hatte die Ellbogen auf den Schreibtisch gestützt und das Kinn auf seine verschränkten Finger gelegt. Seine dunklen Augen fixierten Rob. Weißt Du, Robert, sagte er leise, es ist vielleicht ein allzu weit gespannter Bogen, aber um bei Rhombergs Beispiel zu bleiben: Was wollten die Mörder durch die Hinrichtung Deines Vaters über seinen Tod hinaus bewahrt wissen?

Mit der Frage kommen wir auf ein heikles Gebiet, Mark, sagte Rob. Ich habe schon gedacht, ob Vater nicht in eine Fälscheraffäre verwickelt gewesen sein könnte. Dass er zum Beispiel nach Rothkos oder Sarnos Tod ›unbekannte Spätwerke‹ in Auftrag gab, um sie über Auktionen in den Kunstmarkt zu schleusen. Ich erinnere mich, wie er einmal erwähnte, er hätte in London Eric Hebborn getroffen, den berüchtigten Fälscher, dessen ›Old Masters‹ im British Museum, in der Sammlung

Rothschild und wer weiß wo sonst noch hängen sollen; die Bilder Hebborns zu enttarnen sei praktisch unmöglich, hatte Vater gesagt, sie seien mit denselben Materialien und unter denselben Bedingungen gemalt wie die Originale. Der Gedanke mag verrückt sein, Mark, gesetzt den Fall, es sei so gewesen und Vater hätte sich im Alter, vom Gewissen geplagt, dazu entschlossen, die Wahrheit über die Bilder publik zu machen, wie hätten die Fälscher reagiert? Nehmen wir an, sie erfahren von Vaters Absicht und beschließen den Verräter zu töten, um das Geheimnis zu wahren, wäre das nicht eine logische Erklärung für die Tat?

Daran habe ich auch gedacht, Rob. Nur, auf solche Praktiken hätte Dein Vater sich niemals eingelassen. Nicht aus moralischen Gründen, sondern weil das künstlerische Original ihm heilig war. Für ihn waren Fälscher Reliquienschänder. Übrigens, Hebborn ist längst tot, er starb vor Sarno unter mysteriösen Umständen in Rom. Rhomberg hat Nachforschungen angestellt, es war in Zusammenhang mit dem Mann, den Henry aus Notwehr erschoss. Der Verdacht lag nahe, dass er einem Fälscherring angehört hatte, der versuchte, Henry zu erpressen. Soweit Rhomberg sich in die Karten schauen lässt, das Ergebnis scheint negativ gewesen zu sein.

Rhomberg ... Rob hatte gedankenverloren auf die Glaskästen mit den Insekten geblickt, Rhomberg wollte auch wissen, ob Vater mit obskuren Logen oder Sekten Kontakt gehabt haben könnte, sagte er. Vielleicht weil er in seiner Bibliothek Bücher über die Gnosis gefunden hat. Ein absurder Gedanke, findest du nicht?

Absurd? Ich hatte Klienten, die Mitglieder von Geheimlogen waren oder immer noch sind, gebildete, scharfsinnige Leute, Anwälte, Ärzte, Bankiers. Es geht um Einfluss und Macht.

Auch Freimaurer und Rosenkreuzer haben sich mit gnostischem Gedankengut befasst.

Weinberg lehnte sich zurück und schwenkte den Rollstuhl zum Fenster. Ein Lächeln huschte über sein Gesicht. Du kannst beruhigt sein, Rob, Dein Vater hatte mit solchen Leuten nichts zu tun, da bin ich ganz sicher. Allerdings, es gab kaum etwas, wofür Henry sich nicht interessiert hätte, als Zuschauer gewissermaßen. Er hat spirituelles Gedankengut auf die Tauglichkeit für sein irdisches Wohlbefinden geprüft. Edward Tonellis Buch ›Pflückt Rosenknospen, so lange es geht‹, Spinoza, Rinpoche Nyima, die Gnostiker, aber auch den Sufismus und Dschelaleddin Rumi. Dein Vater hat keinen intellektuellen Steigbügel ausgelassen. Er war ein Meister darin, sich aller möglichen Dinge zu bedienen. So seine Beschäftigung mit der Kabbala. Wir haben uns manchmal bei einem Glas Wein darüber unterhalten. Mein Großvater war Großrabbiner in Bukarest. Weinberg lachte leise, die Kabbala, fuhr er fort, Henry spöttelte, die Kabbala ginge den Weg aller Worte, Mystagogen würden sie verwässern, die Theologen, die ganze Bigotterie, die sich um einen Glauben bildet und am Dogma herumbuchstabiert. Ja, und an der Gnosis hat Henry der Gedanke fasziniert, dass der Mensch unsterblich ist, weil er nie geboren wird. Der Mensch ist in allem. Den biblischen Satz ›Spalte das Holz, hebe einen Stein auf …‹, hat er zitiert, wenn er einen Gesprächspartner verunsichern wollte.

Weinberg holte eine Taschenuhr aus der Schublade. Wegen der Pillen, sagte er seufzend, alle zwei Stunden muss ich diese Dinger schlucken. Und Alkohol soll ich auch keinen trinken. Ehe wir es vergessen, Robert, im Schrank dort ist die Urne mit Henrys Asche. Als der Leichnam von der Pathologie freigegeben wurde, musste man sich entscheiden. Du warst im Krankenhaus und zu schwach, als dass man mit Dir hätte reden können. Dein Vater hatte vor langer Zeit einmal erwähnt, dass er kremiert werden möchte. Staub und Wasser seien die edelsten Bestandteile unseres flüchtigen Daseins, meinte er.

Rob war zum Wandschrank gegangen und hatte die Tür geöffnet. Zwischen leeren Glaskästen entdeckte er einen runden Behälter, eine Art stählerne Trommel. In dem Ding ist die Urne, hörte er Weinberg sagen, ein wenig pietätlos, verzeih, aber mir bereitet der nackte Anblick eines solchen Gefäßes ein mulmiges Gefühl, Du siehst Dich selbst in solch einer Verpackung und fragst Dich, war das alles. Eine ähnliche Box verwende ich zum Transport von Insekten.

Rob überlegte einen Moment, ob er fragen sollte, wie die Dolchwespe aus Burma hierher ins Büro gelangt war, vielleicht in diesem Behälter. Aber er schwieg und klemmte die Box unter den Arm. Sie war schwer, schwerer, als er gedacht hatte. Danke schön, Mark, sagte er, ich dank Dir, dass Du Dich um alles gekümmert hast. Eine Frage noch. Erinnerst Du Dich, auf Vaters Schreibtisch lag eine kleine Steinskulptur in Form einer Schildkröte? Die Bauchseite war als Spiegel geschliffen. Ich finde sie nirgends. Hast du eine Ahnung, wo sie sein könnte?

Weinberg dachte einen Augenblick nach, dann schüttelte er den Kopf. Eine Schildkröte? Nein, nicht dass ich wüßte, sagte er. Sie müsste auf der Inventarliste sein. Meine Sekretärin gibt Dir eine Kopie. Sie hat auch alle Unterlagen und Schlüssel für die Banksafes in der Schweiz. Ich habe den Kommissar nur über den Safe bei der Deutschen Bank informiert. Bei den Schweizern schaust Du besser erst nach und informierst mich dann über den Inhalt.

Eine Viertelstunde später schloss Rob die Tür seines Austin

auf. Er legte die Box mit der Urne und die Safeunterlagen auf den Rücksitz. Erst jetzt sah er den Strafzettel an der Windschutzscheibe und legte ihn zu den anderen unerledigten Parkbußen ins Handschuhfach. Einen Augenblick blieb er unschlüssig stehen, dann holte er die Box wieder vom Rücksitz. Er lief die paar Schritte zum Kosttor und kaufte im Blumenladen, wo seine Stiefmutter Kundin gewesen war, eine Gardenie.

Auf der Maximilianstraße setzte er sich ins Café gegenüber der Oper und bestellte einen doppelten Calvados. Die Box stellte er neben sich auf den Stuhl. Als der Kellner gegangen war, schraubte er den Deckel ab und legte die Gardenie auf die Urne.

Der große Wallburk in einem Insektenbehälter, sagte er leise, wer hätte das gedacht. Er hob das Glas und prostete der Urne zu. Morin Père & Fils, Deine Marke, Vater, habe ich recht? Er trank das Glas in einem Zug leer und spürte wie der Apfelbrand heiß die Kehle hinunterlief. Ich hätte zuerst etwas essen sollen, dachte er. Er bestellte noch einen Calvados und jetzt merkte er, wie er sachte in einen Zustand sorglosen Wachseins hineinglitt.

Wieder prostete er der Urne zu. Wie gefällt Dir die Allegorie Deines Freundes, Vater, sagte er, hat er recht, wenn er Dich mit der Dolchwespe vergleicht?

Rob versuchte sich den Mann vorzustellen, dessen Asche neben ihm in einer Blechbüchse ruhte. War der große Wallburk einer, der nur sein Talent kultiviert und darüber sein Gefühlsleben vergessen hatte, nicht zufällig, sondern mit voller Absicht? Du würdest es nicht ertragen haben, wenn Dir der Zutritt zu den Hallen des Erfolgs versagt geblieben wäre, nicht wahr, Vater. Aber während Dein Name an Bedeutung gewann und Du zu einer Ikone der Kunstwelt wurdest, hast Du Dich mehr und mehr nach wirklicher Größe gesehnt. Deshalb Deine Beschäftigung mit spirituellen Gedankenpalästen. War es vielleicht so?

Rob bestellte einen dritten Calvados. Ich werde ein Taxi nehmen, überlegte er. Das Pärchen am Nebentisch war seinem Selbstgespräch mit amüsiertem Lächeln gefolgt. Er nickte der Frau zu und hob sein Glas, um der Urne erneut zuzuprosten. War es wirklich so, Vater, sagte er. Hast Du erkannt, dass die Leute in den Museen neben einem ›Ruf‹ herliefen, nicht neben einem Mann aus Fleisch und Blut? Dein Name deckte Dich zu wie der Deckel auf Deiner Urne.

Rob zahlte und ging mit einem Gefühl der Erleichterung zum Taxistand. Die Traurigkeit würde später kommen, das wusste er.

VII

Rob hatte mit Patrik abgemacht, ihn beim Sumo-Training in der Reitschule am Englischen Garten abzuholen. Er machte das öfter, um nach einem langen Tag im Atelier auf andere Gedanken zu kommen. Sumo – der japanische Ringkampf, ein Sport, der vom Mörderinstinkt und vom Hass geläutert war. In ihm hatte Rob die friedliche Art des Sich-Messens gefunden, wie sie in seinen Geschichten von ›Sancho & Dolores‹ vorkam. Trotz ihres enormen Körpergewichts, ihrer Muskeln, ihres Kampfgeistes und ihrer Behendheit, glichen die Sumotori fleißigen Elefanten, die, ob Sieger oder Verlierer, ohne eine Gemütsregung zu zeigen, friedlich auf ihre Plätze zurücktrabten. Rob erinnerten die Männer an Bäume, fest verwurzelte, atmende Bäume. Sie hatten keine verkniffenen Gesichter, wie man sie in Karatehallen antrifft, keine Grimassen, keine fiesen Tricks, Würgegriffe oder Handkantenschläge. Verletzt wurden Sumotori nur, wenn zwei dieser blitzschnell aufeinander losstürzenden Muskelpakete außerhalb der Kampfmatte übereinanderstürzten. Es geschah nie mit Absicht. Patrik hatte erzählt, sein schärfster Kontrahent, ein zum Katholizismus konvertierter Türke, schlief auf einem mit Weihwasser gefüllten Wasserbett, um des göttlichen Beistands sicher zu sein, dass er trotz seiner fast zweihundert Kilogramm niemanden verletzte.

Rob fuhr mit dem Handrücken über die Stirn. Er spürte noch einen leichten Kopfschmerz, obwohl er am Morgen zwei Aspirin geschluckt hatte. Ihn überfiel jene sanfte Melancholie, die das letzte Geschenk des Weins ist. Ich vertrage den Alkohol nicht mehr, dachte er, während er zusah, wie ein neues Paar von Kämpfern der ›flachen Gattung‹ – die ›nicht mit dem Bauch angreifen‹ – auf die Matte trat. Auch plagte ihn ein Anflug von schlechtem Gewissen, dass er hier beim Training seines Freundes herumsaß, statt an einer neuen Folge der ›Sancho & Dolores-Geschichten‹ zu arbeiten. Sein Rhythmus war gestört. Die innere Uhr schlug so unregelmäßig wie sein Herz, wenn er nachts oft stundenlang wach lag. Beim Zeichnen hatte er stets das Gefühl gehabt, dass er die Zeit damit anhielt; er lebte gründlicher, dachte weniger nach, dafür aber das, was er dachte, zu Ende. Durch das Zeichnen und Schreiben seiner Comic-Geschichten fand eine Art von Verdauung statt. Die fehlte ihm jetzt.

Er dachte an den Morgen, als er die Urne seines Vaters in den Kleiderschrank gestellt und dann einen Platz für den Kopf gesucht hatte. Als er gerade in die Lederjacke des Vaters geschlüpft war, kam der Anruf von Rhomberg. Der Kommissar hatte ihn gebeten, er möge erst am späten Nachmittag ins Präsidium kommen, er sei in einer dringlichen Angelegenheit außer Haus. Erleichtert war Rob direkt in den Verlag gefahren. Fräulein Elsbeth hatte gute Nachrichten: ›Chronos‹ war bereit, den Vertrag ohne gravierende Änderungen zu unterschreiben, und das Internationale Comic-Festival Fumetto in Luzern bot ihm einen eigenen Saal an, in dem er die Arbeiten der letzten fünf Jahre zeigen konnte.

Ich getrau mich gar nicht, unser Glück zu verschreien, hatte Fräulein Elsbeth geflüstert, es läuft wie geschmiert. Dabei hatte sie dreimal auf die Holzplatte des Zeichentisches geklopft. Christine Holm, die für Reinzeichnungen zuständige Graphikerin, hatte es weniger altmodisch ausgedrückt, Mensch, Rob, megageil, der Laden brummt wie verrückt.

Während er zusah, wie die Körper der Kämpfer klatschend aufeinanderprallten, dachte er an Christine. Nach der Trennung von Ana hatte er auf einer Geschäftsreise nach Prag mit der hübschen jungen Frau ein Verhältnis angefangen, das er später bereute. Es war eine Berührung gewesen, die keine Fingerabdrücke hinterließ. Sie hatten in nichts den gleichen Geschmack, ihre Neigungen unterschieden sich in allem, und doch hatte Rob in der Flüchtigkeit ihrer kurzen Beziehung etwas Verheißungsvolles empfunden. Es tat ihm wohl, an den ersten Kuss auf dem Hradschin zu denken, an den lauen Wind, der die hellen Haare an den Schläfen aufgewirbelt hatte. Es tat ihm wohl, an ihr Lachen zu denken, als sie ganz außer Atem gesagt hatte, Rob, denk nicht so viel. Manchmal habe ich das Gefühl, dass Du Dich nicht nach dem Leben sehnst, sondern nach einer Offenbarung, die dem Leben erst seinen Sinn schenken könnte.

Durch Christine hatte er die erstaunliche Erfahrung gemacht, dass er nicht mehr zwanzig war. Sie hatte ihn zu einer Floßfahrt auf der Isar überredet. Er saß zwei Stunden lang auf einem Bierkasten neben der Blaskapelle und beobachtete die jungen Leute. Die Freundinnen von Christine waren alle in ihrem Alter, zwischen zwanzig und fünfundzwanzig. Sie redeten alle gleichzeitig, jede mit allen und gleichzeitig mit einem Bestimmten, der seinerseits redete und dabei auch noch verstehen wollte, was die anderen sagten. Sie redeten alle in einem hellen, begeisterten Ton, aber sie brachten meistens nur halbe Sätze zustande, über Kleider, Partys, Liebaber, Musik.

Rob hatte das Gefühl gehabt, dass sie nur an sich hera⟨n⟩ was schnell durch sie hindurchrauschte. Von Christi⟨ans⟩ ter Freundin hatte er das Wort ›Moz‹ aufgeschnappt⟨.⟩ eine Weile gedauert, bis er begriff, dass Mozart in der Ruinensprache angekommen war. Instinktiv hatte er das Bedürfnis verspürt, Mozart vor diesen netten jungen Leuten zu warnen. Am Abend war er allein nach Hause gegangen. Er wusste jetzt, dass er alt war.

Irgendwo schlug jemand einen Gong. Das Training war beendet. Rob blieb auf seinem Gartenstuhl sitzen, bis Patrik aus der Garderobe kam.

Na, Rob, hast Du nicht Lust, ein paar Pfund anzusetzen, sagte er, als sie zum Auto gingen. Er fasste Rob am Arm. Ich hatte heute Nacht eine geniale Idee, fuhr er fort, ich werde sie patentieren lassen. Damit wäre das Energieproblem ein für alle Mal gelöst. Stell Dir vor, wir alle, Männlein und Weiblein, Schwarze und Weiße, sogar die Veganer, nehmen mit ihrer Nahrung Fett auf. Ein Teil davon wird wieder entsorgt. Scheiße ist des Pudels Kern. Ein Perpetuum mobile. Du brauchst Scheiße nur in Energie zu verwandeln. Was sagst Du dazu?

Hört sich gut an, Patrik, sagte Rob. Und wie funktioniert Deine Metamorphose?

Patrik unterbrach ihn mit einer wegwerfenden Handbewegung. Keine Ahnung, sagte er lachend, das Problem lösen clevere Chinesen mit links. Ich schlage vor, wir fahren zum Franziskaner und trinken ein Bier, ich habe einen mordsmäßigen Durst. Einverstanden?

Rob nickte. Ich habe nicht lang Zeit, sagte er, um fünf treffe ich Rhomberg.

Er parkierte den Wagen in der Tiefgarage an der Oper. Als sie die Straße zum Franziskaner überquerten, kamen ihnen zwei junge Frauen mit einem Hund entgegen. Rob blickte ihnen nach und wäre beinah über den Randstein gestolpert. Bei manchen entflammt sich die Leidenschaft an einem Rauhaardackel, sagte Patrik, was machen die mitternächtlichen Sehnsüchte?

Weiß noch nicht, bin erst seit Kurzem wieder unter den Lebenden, antwortete Rob. Er war sich plötzlich bewusst geworden, dass er den Frauen aus einem gleichgültigen Reflex heraus nachgeschaut hatte. Bist du schon so abgebrüht, dachte er, dass dich das tändelnde Spiel unter den Geschlechtern nicht mehr interessiert?

Als sie im Poststüberl des Franziskaner bei einem Weizenbier saßen, kam Rob auf die Unterhaltung mit Weinberg zu sprechen. Er erzählte Patrik vom allegorischen Hinweis auf das Verhalten der Dolchwespe und der Ähnlichkeit mit dem seines Vaters.

Nicht gerade eine Liebeserklärung, sagte Patrik, glaubst Du, dass die beiden sich mochten?

Sie brauchten einander, antwortete Rob. Vater brauchte Weinberg für die Organisation seiner juristischen Irrgärten, und Weinberg brauchte Vater, weil er durch ihn an eine Klientel herankam, die nicht nur aus Banken und Industriellen bestand. Er wollte eine Etage höher. Er wollte in die verschwiegene Welt der immens reichen und besessenen Sammler. Eine Welt von Süchtigen.

Die beiden waren anscheinend ein erfolgreiches Gespann. Hat Weinberg von der Schildkröte etwas gewusst?

Er sagte, er könne sich an die Skulptur nicht erinnern. Ich glaube kaum, dass Weinberg oft Gelegenheit hatte, in Vaters Arbeitszimmer zu kommen. Sie trafen sich meistens bei Böttner und gingen dann in die Kanzlei.

Patrik winkte der Bedienung und bestellte abgebräunte Milzwurst mit Kartoffel-Gurkensalat. Ins Arbeitszimmer kam also nur Paula, sagte er nach einer Weile.

Und Bouvier, der Hausarzt. Vater hat ihn manchmal im ›Heiligtum‹ empfangen.

Patrik kaute gedankenverloren. Paula, fing er wieder an, Du hast selber gesagt, Du seist mit ihr nie richtig warm geworden. Ich auch nicht. Wo war sie eigentlich, als Dein Vater ermordet wurde?

Im Krankenhaus bei ihrer neunzigjährigen Mutter. Sie hat das Haus früh am Morgen verlassen. Wie kommst Du auf Paula?

Patrik betrachtete seine leere Gabel, als würde er von ihr eine Antwort erwarten. Weiß nicht, Rob. Ich hatte plötzlich so ein Gefühl.

Rob stand auf. Eine Eingebung wie das Perpetuum mobile? Ich muss, Patrik. Rhomberg wartet. Zahlst Du mein Bier?

VIII

Rhomberg hängte sein Sakko über die Stuhllehne und lockerte die Krawatte. Er ging zu den Käfigen der ›Unzertrennlichen‹ und schaute, ob Wasser in den Glasschalen war. Er war müde und wäre am liebsten nach Haus gegangen, aber das Treffen mit Rob Wallburk war wichtig. Er bedauerte, dass der Termin auf den Nachmittag verschoben werden musste. Am Morgen war eine Nachricht von den Kollegen der Kripo Passau auf seinem Schreibtisch, Paula Guttner sei tot. Ertrunken. Passanten hätten die Leiche im alten Donauhafen entdeckt.

Der zuständige Beamte hatte Rhomberg später erklärt, dass ein dringender Verdacht auf Mord bestünde, am Hals der Toten seien Würgemale festgestellt worden. Was selten vorkam, Rhomberg nahm anstelle des Zugs den Dienstwagen und fuhr nach Passau. Die Ärztin in der Gerichtsmedizin bestätigte, dass die Frau erwürgt worden war, bevor der oder die Täter sie ins Wasser warfen. Wenn der Mord an Paula Guttner in einem Zusammenhang mit Henry Wallburks Tod stand, gab es eine neue, wenngleich nicht weniger rätselhafte Spur. Rhomberg hatte sich für Paula Guttner zu interessieren begonnen, als sich durch Aussagen des Klinikpersonals herausgestellt hatte, dass ihre Angaben falsch waren. Sie hatte sich weder bei ihrer Mutter im Krankenhaus Sanitas aufgehalten noch ihre Schwester auf deren Hof in Elmau besucht.

Bestand ein Bezug zwischen den Mördern Henry Wallburks und der Haushälterin? War Paula Guttner getötet worden, weil sie Kenntnis von etwas erlangt hatte, das den Tätern gefährlich werden konnte? Rhomberg ging zum Schreibtisch und ließ sich in den Stuhl fallen. Die Autofahrt hatte ihn erschöpft. Er fühlte sich überfordert. Es war das erste Mal in seiner Laufbahn, dass er das Gefühl hatte, bei einem Fall kapitulieren zu müssen. Es war alles schwerer für ihn. Polizeiarbeit lief letzten Endes darauf hinaus, die Veränderungen und Bewegungen einer Gesellschaft zu verstehen und zu interpretieren; aber im Gegensatz zu der Zeit, als Rhomberg bei der Polizei angefangen hatte, fanden Veränderungen immer rascher statt. Dennoch war es nicht schwerer, heute Polizist zu sein als früher. Nur eben schwerer für ihn. Es ist das Alter, dachte er, es wird Zeit, dass ich nach Island verschwinde.

Dieser Mangel an Energie war neu. Wenn er in letzter Zeit auf seinem Weg zum Präsidium an der Ecke Theatiner-Maffeistraße vorbeikam, blickte er manchmal zu den Fenstern des Hauses hinauf, wo sein Vater vierzig Jahre lang eine Schneiderwerkstatt hatte. Eigentlich wäre er selber gern Schneider geworden, er liebte den Geruch von teuren Stoffen, besonders den der Merinowolle; als Kind hatte der Vater ihn manchmal erwischt, wie er zwischen Stoffballen schlief. Später hat er vom Gemischtwarenladen seines Onkels geträumt, wo sich fast alles fand, was es auf der Welt gab, so dass die Welt draußen gar nicht zu existieren brauchte. Jetzt fragte er sich immer öfter, was ihn dazu gebracht hatte, ausgerechnet Polizist zu werden, statt die Schneiderei zu übernehmen. Er erinnerte sich an seine Mutter, die ihm dieselbe Frage gestellt hatte und er wusste auch noch die Antwort: Gerechtigkeit, Mutter.

Mit den Jahren waren seine Illusionen aufgebraucht.

Er wusste, dass Gerechtigkeit, wie er sie sich als junger Mann erträumt hatte, nicht existierte. Er war sich bewusst, dass in jedem Menschen ein gewisses Maß an krimineller Energie verborgen lag. Auch in ihm. Er hatte sich in Reykjavik an einem Fischkutter beteiligt, der Touristen in die Fjorde und zu den vorgelagerten Inseln brachte. Das Einkommen aus diesem Geschäft war nirgends versteuert. Rhomberg hatte kein schlechtes Gewissen. Im Gegenteil. Manchmal überkam ihn nach ein paar Gläsern Wein sogar ein Rumpelstilzchengefühl, ach, wie gut, dass niemand weiß …

Gerechtigkeitsdenken und zugleich der ständige Kampf mit dem inneren Schweinehund waren Themen, die ihm in den ›Sancho & Dolores-Geschichten‹ von Rob Wallburk gefielen. Er hatte in den letzten Wochen einige Hefte gelesen, erst aus beruflicher Neugier, später mit echtem Interesse. Er mochte Sanchos Kampf gegen die habgierigen ›Frösche mit den grauen Bäuchen‹ und er mochte die Zaubertricks seiner Schwester Dolores, die es verstand, Wolken am Himmel festzubinden und Fische daraus regnen zu lassen. Bei Büchern gefiel ihm, wenn er lachen konnte. Wenn er vor dem Einschlafen das Gefühl hatte, ein Geschenk bekommen zu haben.

Er blickte auf die Uhr. In ein paar Minuten würde Wallburk hier sein. Er nahm ein Kuvert aus der Schublade und legte es auf den Tisch. Er hatte beschlossen, Rob Wallburk zunächst nichts von der Ermordung der Haushälterin zu erzählen. Erst mussten sie über den Brief reden.

Um fünf Uhr rief Frau Keberle an und meldete, Herr Wallburk sei soeben eingetroffen, ob der Herr Kommissar bereit sei, ihn zu empfangen. Eine fast herzliche Begrüßung, wie unter guten Bekannten. Das Gespräch begann mit unverfänglichen Themen, das monogame Verhalten der ›Unzertrennlichen‹,

Rhombergs in ein paar Jahren anstehende Pensionierung, das Häuschen auf Island. Rob fragte, was der Kommissar dann mit seiner vielen Freizeit anzufangen gedenke.

Lesen, Herr Wallburk, lesen und fischen. Es gäbe eine Menge Bücher, die zu lesen ihm sein Beruf keine Zeit gelassen habe. Über die Normannen, Alfred den Großen zum Beispiel. Ob Rob sich für die Eroberungszüge der Wikinger interessiere?

Rob schüttelte den Kopf. Nein, sagte er, leider, in der Schule habe er sich für Geschichte nicht begeistern können, das Interesse sei später gekommen. Rob hatte plötzlich ein Gefühl von Scham dem Mann gegenüber, als hätte er eine Schuld entdeckt, die er vor ihm verborgen hielt. Er hatte Rhomberg falsch eingeschätzt. Jetzt glaubte er mitunter Schalk in seinen Augen aufblitzen zu sehen, schrulligen Humor, der ihn jünger aussehen ließ. Er wirkte wie ein Mann, der die Aufgaben des Beamten mit den Augen Rousseau des Zöllners betrachtet – er erfüllt seine Pflicht, achtet jedoch darauf, dass sein Verstand nicht ganz von ihr verschluckt wird.

Unvermittelt kam Rhomberg auf den Grund des Treffens zu sprechen. Er nahm das Kuvert und zeigte Rob den Brief. Der sei von seinem Vater, sagte er, an ihn adressiert. Es sei eine Panne passiert. Henry Wallburk habe den Brief am Morgen seines Todes einem der Wachleute mit dem Auftrag gegeben, ihn in Robs Briefkasten zu werfen. Der Mann habe das nach Dienstschluß auf seinem Heimweg erledigen wollen. Dann die Entdeckung des Mordes. Im Durcheinander der Vernehmungen habe er den Brief vergessen und erst beim Tausch der Dienstwagen wiedergefunden. Rhomberg faltete den Brief auseinander und reichte ihn Rob.

Die Schrift sah aus, als sei der Füllfederhalter über das Blatt gerast und die Spitze vor lauter Hast immer wieder im Papier stecken geblieben. Es war wie von kleinen Schrotkugeln durchlöchert.

»Wuschel,
ich weiß nicht, warum Du als Junge geglaubt hast, ich könnte fliegen. Lange Zeit glaubte ich selbst an diesen Flug – bis ein Ereignis in mein Leben trat, über das ich mit Dir sprechen muss. Du könntest davon betroffen sein. Erwarte Dich Freitagabend. Sag Paula, wann Du kommst.
Dein Vater«

Es trat ein längeres Schweigen ein, bis Rhomberg leise fragte, wie Rob den Inhalt des Briefs beurteile.

Den Inhalt des Briefes ... wiederholte Rob. Er hatte halb hingehört. Wuschel – was dieses Wort alles aufriss. Sein Vater hatte ihn nur einmal so genannt, als er mit Sabrina vom Augenarzt kam und feststand, dass er sein Leben lang eine Brille tragen würde. Er war damals zehn. Wuschel. Ein Kosewort. Rob war vom Wunsch wie besessen gewesen, den Vater für dieses Wort zu belohnen. Ein Geschenk wollte er ihm machen. Ein großes Geschenk. Als er am nächsten Tag auf dem Heimweg vom Optiker mit Sabrina über den Flohmarkt gelaufen war, hatte er einen Stand entdeckt, wo ein alter Mann Orden verkaufte. Ein Orden für den Vater. Er hatte aus der Haushaltskasse zwanzig Mark genommen, um den schönsten aller Orden kaufen zu können. Aber in der Nacht hatte ihn das Gewissen gequält. Man würde Paula verdächtigen. Am Morgen hatte er den Geldschein zurück in die Kasse gelegt.

Der Inhalt des Briefs ... hörte er Rhomberg seine Frage wiederholen.

Robs Gedanken kehrten zurück zum Papier in seiner Hand. Es musste etwas geschehen sein, das den Vater erschüttert habe, sagte er nach einer Weile. Er fände es mehr als erstaunlich, dass der Vater einen solchen Brief überhaupt verfasst habe.

Auch ihn erstaune es, sagte Rhomberg, nach allem, was er inzwischen über Henry Wallburk in Erfahrung gebracht habe. Er schnäuzte sich mit einem riesigen Taschentuch ein paar Mal kräftig die Nase, ehe er fortfuhr, Rob möge verstehen, dieser Brief könne für die Aufklärung des Falls von Bedeutung sein. Die Rekonstruktion des Motivs. Er frage sich, welches Ereignis Henry Wallburk zum Schreiben dieses Briefs gebracht habe.

Er habe keine Ahnung, antwortete Rob zerstreut, beim besten Willen, nein.

Angst, fragte Rhomberg.

Angst? Er könne sich nicht vorstellen, dass sein Vater vor jemandem Angst gehabt habe.

Rhomberg hatte Rob den Brief aus der Hand genommen und betrachtete ihn jetzt so aufmerksam, als würde er ihn zum ersten Mal sehen. Die Kriminalgraphologen seien der Auffassung, beim Schriftbild handle es sich um das eines Menschen, der von Zeitnot und Ängsten bedrängt werde, sagte er. Offen gestanden, er selbst halte nicht viel von Graphologie. Die Erfahrung habe ihn gelehrt, dass der Körper oft weniger bestechlich sei als der Geist. Man könne das auch Instinkt nennen. Wäre es denkbar, dass Robs Vater erpresst worden sei?

Denkbar, ja, antwortete Rob. Weinberg habe gesagt, bei Geschäften von ›Wallburk International Gallerys‹ sei es mitunter zu Situationen gekommen, mit denen man sich nicht nur Freunde schaffte. Er erzählte von der Allegorie mit der Dolchwespe und fügte hinzu, er halte es für absurd, hier

Brücken zu schlagen zu einer Hinrichtung wie der seines Vaters.

Hinrichtung, ja, Sie sagen es, antwortete Rhomberg. Dieser Meinung sei auch er, bei aller Vorsicht. Dann müsse das Motiv also ein anderes sein. Als Henry Wallburk wegen Totschlags angeklagt war, seien die Richter zunächst auch vom Versuch einer Erpressung durch das Opfer ausgegangen. Robs Vater habe das aber bestritten. Es sei Notwehr gewesen. Ein Überfall. Er habe sich die Akten angesehen, der Vita des Toten sei damals offensichtlich zu wenig Beachtung geschenkt worden. Pereira habe als junger Mann mit Kunst zu tun gehabt.

Mit antiker Kunst, er wisse das von Weinberg.

Rhomberg nickte. Raubkunst aus Mesopotamien und Ägypten.

Das sei von zeitgenössischer Kunst ziemlich weit entfernt.

Man verfolge eben jede Spur, auch wenn sie noch so weit in die Vergangenheit führe. Die wahren Zusammenhänge seien vermutlich mit Henry Wallburk ins Grab gesunken.

In die Urne, sagte Rob.

Natürlich, in die Urne. Wallburk sei ja kremiert worden. Zu rasch. Man habe die Leiche auf Drängen von Doktor Weinberg zu rasch freigegeben. Heute sei er der Auffassung, die Pathologie habe einiges bei ihrer Arbeit versäumt. Rhomberg deutete auf den Brief. Wenn man davon ausgehe, es handle sich nicht um Erpressung aus geschäftlichen Gründen, Steuerhinterziehung et cetera, welche Möglichkeiten gäbe es, die den Tod von Henry Wallburk in einem plausiblen Licht erscheinen ließen? Ihn beunruhigte eine Stelle im Brief, wo angedeutet sei, etwas im Leben des Vaters könne auf den Sohn übergreifen.

Ob der Kommissar damit sagen wolle, dass er in Gefahr sei, fragte Rob.

Rhomberg hob die Schultern ein wenig und blickte zu den Käfigen. Ein Vogel hatte angefangen, nervös zu zirpen, die anderen fielen ein, die schrillen Töne schwollen zu einem ohrenbetäubenden Stakkato an, um nach wenigen Sekunden ebenso plötzlich zu verstummen. Indirekt vielleicht, ja, begann Rhomberg wieder zögernd. Ob Rob in letzter Zeit etwas aufgefallen sei, es müsse sich um nichts Spektakuläres handeln, Telefonanrufe, seltsame Briefe, E-Mails. Ob Rob sich beobachtet fühle?

Nein, nichts von alledem.

Vielleicht sehe er Gespenster, sagte Rhomberg. Dennoch, ein brauchbarer Hinweis und wir hätten vielleicht den Schlüssel zur Lösung des Verbrechens in der Hand.

Rhomberg nahm ein Blatt Papier. Es verschaffe ihm Klarheit, wenn er die Dinge geschrieben vor sich sehe, sagte er. Vereinfacht betrachtet gäbe es also zwei Möglichkeiten, die das Ereignis beträfen: ein materielles Motiv und ein immaterielles. Im ersten Fall könne es sich um Dinge wie Bilder oder Skulpturen handeln. Im zweiten um Wissen. Ob Rob ihm folgen könne?

Rob blickte auf das Blatt, das Rhomberg vor ihn hingelegt hatte. Die Sätze waren in Blockschrift geschrieben, rot und gelb unterstrichen. Im Fall von Kunst sei Rob als Erbe betroffen, fuhr der Kommissar fort. Ob er anhand der Inventarlisten wisse, was ihn erwarte? Wenn ja, ob es Dinge von außergewöhnlichem Wert gäbe, die Henry Wallburk unter keinen Umständen, selbst wenn sein Leben bedroht gewesen wäre, aus der Hand gegeben hätte, und deren Aufbewahrungsort man durch den Mord nun hoffe, vom Erben in Erfahrung zu bringen? Rob möge ihn ausreden lassen, sagte Rhomberg, er sei noch nicht fertig. Die Täter wollten also zeigen, dass sie auf grausame und perfekte Art zu töten verstünden. Was wollten sie mitteilen? Vielleicht das: wenn du nicht machst, was wir von dir verlangen, wird es dir wie dem da ergehen. Ob Rob von außergewöhnlichen Dingen Kenntnis habe, die sich längere Zeit im Besitz seines Vaters befunden hätten? Nicht Handelsware, sei sie noch so erlesen und teuer, er spreche von Dingen, die man mit allem Geld der Welt nicht kaufen könne, die nur für gewisse Sammler einen ideellen Wert darstellen würden?

Während Rhomberg sprach, hatte Rob spontan an den Kopf gedacht, der jetzt bei ihm zu Haus auf dem Zeichentisch stand. Unsinn, natürlich. Sein Vater habe sich nur für Kunst des zwanzigsten Jahrhunderts interessiert, sagte er. Die Bilder in der Villa seien nach kurzer Zeit ausgetauscht, in die Galerien zurückgebracht oder von der Wand weg verkauft worden. Mit einer Ausnahme, Arbeiten des Italieners Xavier Sarno seien oft monatelang im Salon oder im Esszimmer gehangen. Für Sarno habe sein Vater ein besonderes Faible gehabt, er möchte fast sagen, Bewunderung, oder mehr noch, Verehrung.

Auch die Sarnos seien schließlich in den Handel gelangt, sagte Rhomberg. Er sei bei seinen Ermittlungen auf einen interessanten Aspekt gestoßen. Ob Rob von einer ›Merz-Stiftung‹ im Schweizerischen Zug gehört habe?

Rob schüttelte den Kopf. ›Merz-Stiftung‹, fragte er. Klingt nach Kunstbüchern oder Verlag.

Weder noch, antwortete Rhomberg. Es gäbe drei Gründe für den rasanten Anstieg der Preise von Sarno-Gemälden: die aggressive Verkaufsstrategie seitens der Galerie sei der eine. Ferner habe, als der Fundus sich zu leeren begann, besagte ›Merz-Stiftung‹ begonnen, in großem Stil Bilder von Sarno zu kaufen. Geld habe dabei keine Rolle gespielt.

Das alles beträfe seinen Vater wohl kaum ...

Je nach Sicht der Dinge, sagte Rhomberg. Immerhin seien Henry Wallburk und Doktor Weinberg Mitglieder des Stiftungsrates von ›Merz‹ gewesen. Er komme nun zum dritten Grund für die Preisexplosion: Zur gleichen Zeit habe ein gewisser Alain Warring angefangen, bei Sotheby's und Christie's Arbeiten aus der blauen Periode von Sarno zu ersteigern. Auch hier habe Geld anscheinend keine Rolle gespielt. Die Lose erreichten astronomische Höhen. Ein pikantes Detail: Warring wurde seit 1998 in den Akten von Interpol als ›Torpedo‹ geführt.

›Torpedo‹?

Ganz recht. Unter ›Torpedo‹ verstünde man im Jargon des Milieus Agenten, die auf zweifelhafte Geschäfte spezialisiert seien. Geldwäsche, Hehlerei, Erpressung. Jetzt zögerte Rhomberg einen Moment, bevor er leise fortfuhr, wenige Tage vor dem Tod von Robs Vater sei Warring in einem Hotel in Beirut ermordet aufgefunden worden. Der Täter habe seine Augen mit Mezatrinsäure verätzt. Mehr könne er im Moment dazu nicht sagen. Die Behörden im Libanon ließen sich Zeit.

Rob hatte die Brille abgenommen und presste die Handballen gegen die Augenhöhlen. Wenn er müde war oder erregt, fingen seine Augen an zu tränen. Eine Verbindung zum Mord an Vater, sagte er, ob der Kommissar nun doch zur Annahme neige, der Vater könnte in zweifelhafte Geschäfte verwickelt gewesen sein?

Er halte es nicht für völlig ausgeschlossen, antwortete Rhomberg, aber wie gesagt, einen direkten Zusammenhang zwischen dem Mord und geschäftlichen Dingen sehe er nicht.

Rhomberg blies über das Blatt in seiner Hand, als würde er fürchten, es könnte anfangen zu brennen. Er habe vorhin von der Möglichkeit eines immateriellen Motivs gesprochen, fuhr er fort. Um Wissen. Ob Rob es für möglich erachte, dass sein Vater über Wissen verfügte, das für jemanden gefährlich oder, aus anderer Sicht, sogar ›heilig‹ gewesen sein könnte? Weit hergeholt, vielleicht. Rob möge noch einen Augenblick zuhören. Der Verrat von geheimen Ritualen, blasphemische Äußerungen, Schändung heiliger Schriften, alles das könnten Gründe sein, einen Menschen nicht nur zu töten, sondern zu opfern. Sühnemorde aus religiöser Verblendung. Zweitausend Jahre Zivilisation, man brauche nur mit dem kleinen Finger zu kratzen, und schon käme die rituelle Kriegsbemalung unter dem Firnis wieder hervor.

Bei der Ungeheuerlichkeit der Tat ließe sich an ein solches Motiv durchaus denken, sagte Rob. Er habe mit Weinberg darüber gesprochen. Wenn Rhomberg auf die Bücher in der Bibliothek anspiele, nach allem, was er über seinen Vater wisse, der habe sich aus intellektueller Neugier mit esoterischen Themen beschäftigt, Gnosis, Kabbala, den Geheimlehren der Sufis. Er sei längere Zeit in Indien gewesen und habe sich dort mit dem Buddhismus auseinandergesetzt. Sein Vater habe auch Bücher über Astrophysik und Chemie mit derselben Begeisterung gelesen wie andere Liebesromane.

Indien, sagte Rhomberg, er wisse Bescheid. In Kerala.

Er war zu den Käfigen gegangen und deckte sie sorgfältig zu. Bei Beginn ihres Gesprächs sei die Rede von materiellen und immateriellen Motiven für ein Verbrechen gewesen, fuhr er fort. Man könne beides freilich auch als Einheit betrachten. Soviel er wisse, in fast allen Religionen gäbe es ›heilige Bilder‹.

Rob lächelte. Nicht im Haus Wallburk, sagte er, in seinem Elternhaus habe er nur Bilder der klassischen Moderne gesehen.

Ja, das sei es dann wohl für heute. Rhomberg reichte Rob den Brief. Den könne er mitnehmen. Es sei eine Kopie, das Original müsse er vorläufig behalten.

Er begleitete Rob zur Tür. Eine Frage sei ihm gerade noch eingefallen. Sarno, Robs Vater habe das Haus des Malers in Orbetello gekauft, um auf dem Grundstück ein Museum zu bauen, die ›Fondation Wallburk‹, ausschließlich für Werke von Xavier Sarno. Ob Rob sich vorstellen könne, warum dieses Projekt sang- und klanglos aufgegeben worden sei.

Dasselbe habe ihn Weinberg gefragt. Nein, auch ihm sei es ein Rätsel. Er kenne Sarnos Haus nicht, beabsichtige jedoch in nächster Zeit nach Orbetello zu fahren, dort befänden sich ein Modell des Museums und Pläne von Alessandro Dino.

Dino? Der Name komme ihm bekannt vor, sagte Rhomberg, ja, jetzt erinnere er sich, ein berühmter Architekt. Wenn er nicht irre, von ihm habe sich doch der Hausarzt von Henry Wallburk kürzlich ein Haus im Herzogpark bauen lassen. Doktor Bouvier. Ob Rob den Arzt kenne?

Flüchtig, antwortete Rob. Er sei ihm ein paar Mal in der Villa begegnet, wenn er seinen Vater oder die Stiefmutter besuchte.

Die Besuche seien privat oder beruflich gewesen?

Das wisse er nicht so genau. Sabrina, die Stiefmutter, sei bettlägerig gewesen, bevor sie vor elf Jahren starb. Der Vater habe Bouvier wegen der Augen konsultiert. Anscheinend erfolgreich.

Welches Verhältnis Rob zu dem Arzt gehabt habe, Bouvier sei eine der wenigen Personen in Henry Wallburks Bekanntenkreis, der in den letzten Jahren näheren Kontakt zu ihm hatte.

Die Frage sei leicht zu beantworten, sagte Rob. Er halte Bouvier für aalglatt. Und eitel. Einen Pfau. Sabrina habe ihn wie alle Frauen vergöttert. Ihm sei es ein Rätsel, warum der Vater Bouvier als Hausarzt ausgesucht hatte.

Da könne Rob sehen, mit welch rätselhaften menschlichen Regungen ein Kriminalbeamter sich herumschlagen müsse, gerade einer wie er, der ständig mit den Psychologen auf Kriegsfuß stünde, sagte Rhomberg schmunzelnd. Ob Rob Zeit fände, an einer neuen Geschichte von ›Sancho & Dolores‹ zu arbeiten?

Es schwirre allerhand Zeug im Kopf herum, antwortete Rob, an Ideen fehle es nicht, aber es falle ihm schwer, sie zu ordnen.

Rhomberg nickte. Begreiflich, sagte er. Ortswechsel seien hilfreich bei dunklen Gedanken. Rob möge auf seiner Reise nach Italien das Handy mitnehmen und ab und zu laden. Wenn etwas sei, seine Nummer habe er ja.

IX

In der Nacht hatte Rob von den Vögeln geträumt. Sie waren kreischend über den Kopf seiner Mutter hergefallen, hatten die Wimpern aus Dachshaar ausgezupft und die Perücke zerzaust. Als er aufwachte, musste er auf die Toilette. Es gab noch immer diese Augenblicke von Panik, in denen er sich vorstellte, der Krebs hätte Metastasen gebildet, die von den Ärzten nicht entdeckt worden waren. Solche Nächte waren schlimm. Vor der Operation und dem Tod des Vaters war er an seine Arbeit gegangen, wenn er nicht schlafen konnte. Jetzt gelang es ihm nicht einmal, einen Bleistift in die Hand zu nehmen. Er saß im Pyjama des Vaters am Zeichentisch und wartete, bis vor den Fenstern der Morgen heraufzog.

Rob hatte seine Arbeit immer geliebt. Ohne sie war er in einem Zustand latenter Verzweiflung, die zunahm, je mehr er sich anstrengte, seine Gedanken auf ein Thema zu konzentrieren. Dabei hatte er seit jeher zwei Probleme, die miteinander zusammenhingen: die Kunst und sein Leben. Im Leben war er ziemlich unentschlossen und ein wenig verkommen. In der Kunst war er frei, das zu sein, was er am liebsten sein wollte: ein Mensch, der dem sterbenden Leben um sich Entschlossenheit und Harmonie verlieh.

Auf dem Zeichentisch lag das Manuskript zur Überarbeitung, das er in Griechenland angefangen hatte. Er ließ die

Seiten über seine Fingerkuppen gleiten, hörte dem leisen Klatschen zu und verspürte dabei eine Art Wehmut, wie einer, der in einem alten Pass blättert. Wie lange würde es noch dauern, bis er ›Sancho‹ wieder auf seinen geduldigen Reisen würde begleiten können?

Um sieben trank er einen Espresso und zwei Gläser Wasser ohne Kohlensäure. Dann zog er sich an. Bevor er den Anwalt treffen würde, der seinen Vater im Prozess wegen Totschlag verteidigt hatte, wollte er zur Deutschen Bank, um nachzuschauen, was sich dort im Safe befand. Er war zu früh und musste warten, bis die Türen geöffnet wurden. Der Safe war auf den Namen der Stiefmutter registriert, sein Vater hatte nur eine Vollmacht besessen. Der Inhalt war enttäuschend. Rob hatte insgeheim gehofft, die Schildkröte zu finden. Eine Schmuckschatulle mit zwei Saphirbroschen und ein Bündel Briefe, die Sabrinas Mutter an ihre Tochter geschrieben hatte, als sie in Frankfurt studierte. Eine italienische Pistole ›Bernardelli Practical 8 mm‹, mehrere ungeöffnete Schachteln Munition. Er überlegte, ob er den Safe kündigen sollte, entschloss sich aber, ihn vorläufig zu behalten. Er steckte die Schlüssel in die Tasche, in der sich die Unterlagen für die Schweizer Banken befanden. Dann ging er zum Devisenschalter und wechselte Euros in Franken.

Nach dem Gespräch mit Rhomberg hatte Rob das Bedürfnis gehabt, mehr über den Prozess zu erfahren, in dem sein Vater wegen Totschlags angeklagt war. Das Verfahren hatte mit Freispruch geendet, damit war auch für Rob dieses Kapitel erledigt gewesen. Unangenehme Dinge nahm er zur Kenntnis, um sie rasch zu vergessen. Erst Monate später hatte der Prozess angefangen, ihn erneut zu beschäftigen. Der Vater hatte nie mit ihm darüber gesprochen, er wusste nur, was Duffner und Weinberg oder Zeitungen über den Fall berichtet hatten. Noch ein weißer Fleck im Phantombild des Vaters. Jetzt wollte Rob wissen, wer der fremde Mann war, der mit dreiundfünfzig Jahren von einer Kugel getroffen im Park seines Elternhauses gestorben war.

Doktor Duffner hatte den Vater während des Prozesses täglich gesehen und mit ihm lange Gespräche geführt. Er kannte seine Reaktion auf eine völlig veränderte Umwelt. Rob hatte sich den Vater oft im Untersuchungsgefängnis vorgestellt. In seiner Zelle. Allein. Ohne Bilder. Ohne die Gardenie im Knopfloch. Bei einem Gefangenen ging es im Gegensatz zu einem Menschen in Freiheit darum, sich hinter der Maske zu häuten. Es gab nichts zu imitieren, als das, was er war. Es gab keinen Ausweg für ihn, außer nach der Wahrheit in sich selber zu suchen. Vielleicht war der Vater deshalb verändert, als Rob ihn nach dem Freispruch zum ersten Mal sah.

Der Anwalt war Juniorpartner in der Kanzlei Weinbergs. Er galt als brillanter Strafverteidiger und hatte sich als junger Jurist durch den Freispruch der Entführer des Kreuzfahrtschiffes ›Explorer II‹ einen Namen gemacht. Zur Zeit hatte er eine Woche Ferien und spielte in Feldafing von früh bis spät Golf, um sein Handicap auf unter zehn zu verbessern. Rob hatte ihn über sein Handy erreicht und war überrascht gewesen, mit welcher Herzlichkeit Duffner bereit war, ihn über Mittag zu treffen, obwohl für den Nachmittag ein Turnier angesagt war.

Max Duffner wartete auf der Terrasse des Clubhauses. Er war klein und gedrungen und kämpfte seit Rob ihn kannte mit seiner Figur. Duffners rosiges Jungengesicht schien bei allem, was er sagte, zu lächeln. Weinberg hatte während des Prozesses einmal zu Rob gesagt, lass Dich nicht täuschen, der Max, weißt

Du, ist ein beinharter Bursche. Lässt sich nicht reinschauen. Der würde Dir auch noch vom Lustmord an seiner dreijährigen Tochter mit einem Lächeln auf den Lippen erzählen.

Duffner begrüßte Rob mit einem Händedruck, der für einen Mann seiner Größe ungewöhnlich kräftig war. Mark hat angerufen, sagte er, wollte mich informieren. Eine abscheuliche Geschichte, das mit Ihrem Vater. Ich hatte versucht, Sie zu erreichen, aber Sie waren im Krankenhaus. Ich habe davon erst später erfahren. Kommen Sie, was möchten Sie trinken?

Rob bestellte Gin Tonic. Seit dem letzten Treffen bei der Entlassung seines Vaters waren drei Jahre vergangen. Damals hatte Rob den Eindruck gehabt, Duffner verfüge über unbegrenzte Zeitreserven, dass zugleich aber eine Uhr in ihm tickte, die Menge und Wert der Informationen ganz genau festhielt, die er seinem Gegenüber preiszugeben bereit war. Heute saß Rob ein entspannter Golfer gegenüber, dessen Finger mit einem roten Plastik-›T‹ spielten.

Ich hatte gestern ein Gespräch mit Rhomberg, begann Rob. Der Kommissar war der Ansicht, im Prozess habe man sich zu wenig mit dem Vorleben des Toten beschäftigt. Er meinte wohl, dass es aus heutiger Sicht Berührungspunkte geben könnte, die zur Aufklärung des Mordes an Vater beitragen würden.

Rob schwieg einen Moment, ehe er zögernd fortfuhr. Sie wissen, mein Verhältnis zu Vater war kein besonders intimes. Ich habe das Bedürfnis, etwas mehr über ihn zu erfahren, vielleicht um etwas mehr über mich selbst zu erfahren. Der Wunsch, die Welt zu verstehen, die sich in seinen Augen gespiegelt hat. Seit seiner Entlassung habe ich Vater nicht mehr gesehen. Ich möchte wissen, wie er mit der Untersuchungshaft umging. Wie er das Leben in einem zehn Quadratmeter großen Raum aushielt.

Duffner trank einen Schluck Wasser. Er blickte über den Golfrasen hinab auf den Starnberger See. Wie bei der ersten Begegnung fielen Rob die Augen des lächelnden Mannes auf. Sie hatten eine ungewöhnliche Farbe, weder blau noch grün, es war ein metallisches Changieren, hart und durchlässig zugleich, ihr Ausdruck schwankte je nach Licht zwischen Kälte und Wärme.

Pereira ... was möchten Sie über Pereira erfahren, fragte Duffner. Oder sollten wir lieber erst über Ihren Vater reden?

Das überlasse ich Ihnen.

Fangen wir mit Pereira an. Wenn Sie einen Moment warten, meine Sekretärin hat ein paar Daten zusammengestellt. Das meiste dürften Sie bereits wissen.

Duffner ging ins Clubhaus und kam nach ein paar Minuten mit einem Laptop zurück. Pereira, Jean Philip. Geboren in Algier, wir haben hier zwei Geburtsdaten, 1946 und 1947, das zweite dürfte das richtige sein. Der Vater war Beamter bei der Verwaltungsbehörde, die Mutter Übersetzerin bei der italienischen Botschaft. Einziges Kind. 1962 Umzug der Familie nach Paris. Jean Philip studiert Journalismus und Fotografie. Sein Studium finanziert er durch den Verkauf von Anteilscheinen an einer zwielichtigen Gesellschaft, die ihre Gewinne mit geleasten Spielautomaten macht. Als die Firma in Konkurs geht, arbeitet Pereira zwei Jahre mit einer Organisation zusammen, die auf Schmuggel von Kunstgegenständen aus dem Nahen und Mittleren Osten spezialisiert ist. Ihr Kopf ist ein Ägypter mit Namen Mnemijan. 1970 wird Pereira verhaftet, nach ein paar Tagen lässt man ihn laufen. Es fehlen Beweise. Mehr konnten wir nicht erfahren, die Akten in Kairo und Paris waren verschwunden, es wird vermutet, die Zollbehörden hätten ihre Finger im Spiel. Ja, nun wendet Pereira sich dem Journalismus zu und macht eine erstaunlich steile Karriere. Er gehört zur skrupellosen Sorte von Skandaljournalisten, die vor keiner Peinlichkeit zurückschreckt. Er wendet sich sogar gegen seine ehemaligen Kumpane, bringt den Chromwell-Fall ins Rollen und lässt die Fälschergruppe um Bonatelli auffliegen. Sie erinnern sich? Die Brüder Bonatelli hatten die Blätter der Minotaurus-Serie am Fließband produziert, so akkurat, dass der alte Picasso die gefälschte Unterschrift von seiner nicht unterscheiden konnte. Darf ich fragen, warum Sie das interessiert?

Sie haben Bonatelli erwähnt. Könnte es sein, dass Pereira selbst Mitglied eines Fälscherrings war, der versucht hatte, Vater zu erpressen? Weinberg und Rhomberg schließen diese Möglichkeit allerdings aus.

Duffner schüttelte entschieden den Kopf. Ich denke, die beiden haben recht. Mit Fälschern hatte Ihr Vater nichts zu tun. Er verachtete Leute, die Kunst aus zweiter Hand zu ihrem Geschäft machen. Eine Ausnahme bildete Eric Hebborn. Ihr Vater bewunderte sein Können und hielt manche der gefälschten Gainsboroughs für besser als die Originale.

Woher wusste Vater, dass die Bilder falsch waren?

Hebborn hat in zwei Fällen die Fälschung eingestanden.

Es gibt noch einen Grund, warum ich angefangen habe, mich für Pereira zu interessieren, fuhr Rob fort. Rhomberg hat mich auf den Gedanken gebracht. Könnte es sein, dass Vater ermordet wurde, weil er Pereira erschoss? Mord aus Rache?

Der Verdacht liegt nahe, sagte Duffner. Die Polizei hat genau recherchiert, Pereira hatte weder Verwandte noch Kinder. Er war Einzelgänger. Nie verheiratet. Keine Freunde. Hat Rhomberg Ihnen das nicht gesagt?

Doch, hat er. Aber es könnte noch andere Verbindungen geben.

Duffner hob die Schultern ein wenig, gewiss, sagte er. Es entstand ein längeres Schweigen. Eine entfernte Verbindung zwischen Pereira und Ihrem Vater könnte es allerdings geben, begann Duffner wieder zu sprechen, während er auf den Bildschirm des Laptops blickte. Durch das grelle Licht war die Schrift blass und nur verschwommen zu erkennen. Als der Fall abgeschlossen und Ihr Vater in Freiheit war, habe ich durch Zufall erfahren, dass ein belgischer Künstler, mit dem Pereira für Mnemijan gearbeitet hatte, Mieter des Ateliers war, in dem Ihre Mutter sich das Leben nahm.

Alluard?

Jacque Alluard. Ein Künstler mit zweifelhaftem Interesse für Kunst aus Ägypten.

Alluard war mit Mutter befreundet, bevor sie Vater geheiratet hat.

Ihr Vater hat sich dazu nie geäußert.

Also vielleicht doch ein Zusammenhang?

Ein kümmerlicher Faden, sagen wir so. Ich glaube nicht, dass diese Geschichte für den Verlauf des Prozesses von Bedeutung gewesen wäre. Denken Sie nur, die Begegnung zwischen Pereira und Alluard lag mehr als dreißig Jahre zurück.

Rob horchte in sich hinein. Plötzlich wieder dieses Ziehen in der Leistengegend, das er am Morgen verspürt hatte. Fast amüsierte es ihn. Du wirst ein Hypochonder, dachte er. Duffner beobachtete ihn lächelnd. Was denken Sie, fragte er.

Rob schüttelte den Kopf. Nichts, sagte er, nichts, was mit unserem Gespräch zu tun hat. Darf ich Sie um eine ehrliche Antwort bitten?

Nur zu. Fragen Sie.

Glauben Sie, dass Vater Pereira aus Notwehr erschossen hat?

Duffner schloss den Deckel des Laptops. Er wirkte einen

Moment abwesend, während er einen Golfhandschuh aus der Tasche zog. Ich musste daran glauben, sagte er endlich. Ihr Vater hatte nie von etwas anderem gesprochen. Obwohl, ich hatte es Ihnen während des Prozesses gesagt, es gab Ungereimtheiten, die mich bis heute an der offiziellen Version zweifeln lassen. Stellen Sie sich vor, Ihr Vater kommt aus der Tür des Wintergartens, sieht den Fremden mit einer Pistole auf sich zukommen, er zieht seine Smith & Wesson aus der Tasche und drückt ab. Er, der selten eine Waffe mit sich trug. Tut ein Mann wie Henry Wallburk so etwas? Ihr Vater war ein besonnener Mensch. Spontane Emotionen waren ihm fremd. Es sieht so aus, als hätte er sich bedroht gefühlt und deshalb die Waffe eingesteckt, bevor er das Haus verließ. Obwohl er es bestritten hat, auch vor Gericht, ich bin überzeugt, dass es einen Wortwechsel gab. Dass etwas zur Sprache kam, das ihn sekundenlang die Fassung verlieren ließ.

Und was, denken Sie, könnte das gewesen sein?

Ich weiß es nicht. Die Wahrheit über diese Sekunden hat Ihr Vater mit ins Grab genommen. Ich glaube, die Zeitungen könnten recht gehabt haben, als sie von Erpressung schrieben.

Rob überlegte, ob er sagen sollte ›in die Urne‹, aber er fragte, Erpressung? Kommissar Rhomberg hält Erpressung für nicht sehr wahrscheinlich.

Rhomberg wird Ihnen nicht alles auf die Nase binden. Es gibt viele Gründe für Erpressung. Verzeihen Sie, aber Henry Wallburk war eine schillernde Figur in der Kunstwelt. Lassen Sie mich auf den Prozess zurückkommen. Es war nicht leicht, Ihren Vater rasch freizubekommen. Nicht so sehr wegen des Tatverdachts, da war die Situation einfach. Aber seit den späten Sechzigerjahren hat sich ein psychologischer Weichspüler ins Strafrecht geschlichen. Freud'sches Liebäugeln mit dem

Täter. In unserem Fall mit dem Angreifer. Einbrecher, Schläger, Gewaltverbrecher, sie sind Opfer ihrer unseligen Lebensumstände; im weitesten Sinn sind sie also für ihre Tat nicht verantwortlich. Schuld trägt die Gesellschaft. Wir könnten lang darüber diskutieren. In der Flut der Analysen dieser Jahre überwiegt eine von ehemaligen Akteuren beeinflusste Umdeutung zu einem kulturellen Erweckungserlebnis. Verharmlosung verdrängt dabei die Geburt des Terrorismus aus dem Ungeist der Pseudorevolutionäre. Der Fall Wallburk liefert ein gutes Beispiel. Pereira war ein cleverer Journalist und er war ein Ganove. Ein Mann, der für Geld für vieles zu haben war. Selbst wenn Ihr Vater von ihm nicht mit einer Spielzeugpistole, sondern mit einer durchgeladenen Kalaschnikow bedroht worden wäre, die Meinung der linksgrünen Menschenfreunde war vorgefasst und klar: Millionenschwerer Kunstmagnat erschießt im Park seiner Villa einen Journalisten, vielleicht um zu verhindern, dass der über ihn eine peinliche Story veröffentlicht. Krumme Geschäfte mit Raubkunst, schwarze Konten in Liechtenstein, Bestechung. Vielleicht frei erfundene Geschichten. Dennoch, Erpressung könnte im Spiel gewesen sein, aber selbst wenn, deswegen erschießt man doch keinen Menschen, selbst wenn der mit der Waffe im Anschlag vor Sie hintritt. Sie müssen sich also erschießen lassen, bevor Sie Ihren Angreifer umbringen dürfen. Außerdem, da war Ihr Vater derselben Ansicht, wir Deutschen sind ein Volk von Neidern.

Vater nannte den Rummel um die ›Révolution introuvable‹ einen anarcho-marxistischen Veitstanz von Wohlstandsrebellen, sagte Rob. Wenn Sie an seiner Version zweifelten, warum haben Sie nicht versucht, die ganze Wahrheit zu erfahren?

Juristisch reichte mir seine Version. Ich konnte die Richter damit überzeugen. Ihr Vater hätte meine Fragen auch nicht beantwortet. Ihn schien der Prozess zu langweilen. Ich hatte den Eindruck, dass er die Untersuchungshaft als freiwillige Klausur aufgefasst hat, die dazu diente, sich mit Dingen zu beschäftigen, für die das Berufsleben ihm keine Zeit gelassen hatte.

Sie waren fast jeden Tag bei ihm. Sogar an den Wochenenden. Worüber haben Sie mit Vater gesprochen?

Die Strategie der Verteidigung. Die Konstruktion der Beweisführung hatte ihn interessiert. Über Indien. Im indischen Subkontinent sah er ein großes Potential für westliche Kunst. Ja, und dann über Bücher natürlich. Ich bin Freimaurer, wir haben über die Loge geredet, über ihre Anfänge im Mittelalter. Über Rosenkreuzer. Ihr Vater wusste erstaunlich viel über die Gnosis, er kannte das Buch ›Sepher Jezirah‹ der Kabbala, ein Text, der normalerweise nur die ›Eingeweihten‹ beschäftigt.

Sie kannten das Buch?

Ein wenig. Bevor ich zur Juristerei wechselte, habe ich Religionsgeschichte studiert. Eine Zeit lang wollte ich zu den Jesuiten. Von der Unerfreulichkeit des Ortes abgesehen, ich kann Ihnen versichern, es waren unvergessliche Stunden, die ich mit Ihrem Vater verbracht habe.

Was hat diese Gespräche für Sie so unvergesslich gemacht?

Die geistige Überlegenheit Ihres Vaters. Sein Wissen. Die Vielseitigkeit seines Denkens. Er war ein Pragmatiker, dennoch interessierte er sich für okkulte Bereiche. Ich erinnere mich gut, wie er einmal sagte, mein lieber Duffner, wenn man sich im Feld des sogenannten Wissens, das wir uns teilweise erschlossen haben, umschaut, wird einem bewusst, dass es Bereiche der Dunkelheit geben kann; den submarinen Teil des Eisbergs, der unser Wissen ist. Zu Ihrer Frage, was diese Gespräche mit Ihrem Vater so unvergesslich gemacht hat: Ich glaube, es war seine Unberührtheit von allen Einflüssen, die ihn von seinem Weg hätten abbringen können.

Rob dachte an die Blechtrommel mit der Urne. Vater hatte sich von seinen Geschäften längst gelöst, sagte er. Er hat die Galerien verkauft. Welchen Weg sah er noch vor sich?

Duffner streifte den Golfhandschuh über seine linke Hand und betrachtete sie, als sei er mit dem Ergebnis zufrieden. Ich glaube nicht, dass Ihr Vater sich bereits am Ende seines Lebensweges sah, sagte er. Er machte eher den Eindruck eines Mannes, der noch einiges vor sich hat. Vielleicht drücke ich mich ungeschickt aus, ich hatte den Eindruck, dass er neben seinem für alle sichtbaren Lebenswerk noch etwas anderes, Unsichtbares geschaffen hatte oder noch immer dabei war, es zu schaffen, das er vor der Welt verborgen hielt. Mehr kann ich dazu nicht sagen.

Haben Sie mit Vater über Kunst gesprochen? Ich meine, über seine Arbeit als Galerist?

Kaum. Er sprach manchmal über die zentrale Bedeutung von Farben. Zum Beispiel über die magische Macht von Blau. Dabei kam er immer wieder auf den italienischen Maler Xavier Sarno. Ihn schien er von allen seinen Künstlern am meisten geschätzt zu haben.

Hat er zu verstehen gegeben, warum?

Er hat es das Wunder der Farbe genannt. Das Blau in Sarnos Bildern. Ich kann das nicht beurteilen, ich kenne nur die Abbildungen in den Katalogen. Sarno hat mit sehr seltenen Pigmenten gearbeitet.

Malerei mit natürlichen Farben war für Vater immer wichtiger geworden, sagte Rob, er meinte, es sei absurd, ein Kunstwerk mit denselben Farben zu malen, mit denen ein Mercedes lackiert wird.

Duffner nickte. Er nahm die Brille ab und legte sie neben den Laptop. Sein Blick richtete sich auf Rob, ein blaues Hervorstarren aus seinem Jungengesicht, Rob hatte das Gefühl, als huschten zahlreiche Blicke zu ihm hin und schweiften dann ab, wie bei einem Leuchtturm. Eine Frage haben Sie mir noch nicht gestellt, sagte er lächelnd, warum Ihr Vater auf diese bestialische Weise sterben musste.

Hätte ich noch. Nur, ich fürchte, auch Sie wissen darauf keine Antwort.

Sie sagen es. Aber ein Gefühl sagt mir, jede Antwort, die uns durch den Kopf geht, hat mit der Tat nichts zu tun. Duffner zögerte einen Moment und zeichnete mit der Handschuhhand eine Schleife in die Luft. Ich meine, fuhr er fort, der demonstrative Tod Ihres Vaters steht mit etwas in Zusammenhang, dessen Wesen uns im Augenblick unbekannt ist.

Wie meinen Sie das? Glauben Sie, der Mord könnte mit den spirituellen Studien etwas zu tun haben, mit denen Vater sich eine Zeit lang befasst hat?

Spirituelle Studien – ich höre einen spöttischen Tonfall. Duffner hob die Achseln ein wenig. Ich bin Realist, sagte er lächelnd, ich glaube nicht an solche Dinge. Ihr Vater hat übrigens auch nicht daran geglaubt. Vielleicht kennen Sie die Geschichte von Niels Bohr. Über die Tür seiner Skihütte in Tisvilde war ein Hufeisen genagelt. Auf die Frage eines Freundes, ob er denn an solch einen Hokuspokus glaube, soll Bohr geantwortet haben, natürlich nicht, aber ich habe gehört, dass er auch hilft, wenn man nicht daran glaubt.

Duffner blickte auf die Uhr. Tut mir leid, sagte er, ich muss mich entschuldigen. In einer halben Stunde beginnt das Turnier. Ich bin mit Bouvier verabredet, Sie kennen ihn, den Arzt Ihres Vaters. Wenn Sie Fragen haben, rufen Sie an. Wir könnten in den nächsten Tagen zusammen essen. Die Küche im Clubhaus ist ausgezeichnet.

Als Rob auf den Parkplatz kam, fuhr ein schwarzer BMW-Geländewagen neben seinen Austin. Es dauerte lang, bis die Tür sich öffnete und Doktor Bouvier ausstieg. Er war elegant und dunkel gekleidet wie stets, wenn Rob ihm begegnet war. Wieder war Rob erstaunt über Bouviers makellos schönes Gesicht mit der hohen Stirn; es war ein Gesicht, das durch seine edlen Proportionen den buckligen Leib darunter dem Gespött preiszugeben schien.

Robert Wallburk, rief er, ach, welche Überraschung. Sie hier, ich wusste nicht, dass Sie Golf spielen. Davon hat Ihr Vater mir nie etwas erzählt.

Mit spinnenhaft flinken Schritten kam er auf Rob zu und schüttelte ihm die Hand. Ich wollte Sie schon lang anrufen und zum Lunch bitten, aber Ihr Freund Hajek hat energisch abgeraten, er meinte, Sie seien nach der Operation noch nicht ganz auf dem Damm. Aber wie ich sehe, er hat ein bißchen geschwindelt.

Jedes Mal, wenn Rob mit dem Arzt zusammengetroffen war, hatte ihn dessen Herzlichkeit überrascht. Er war aus diesem Mann nie ganz schlau geworden, den seine Patienten vergötterten. Bouviers Augen hinter der randlosen Brille strahlten, als er ohne Robs Antwort abzuwarten in gedämpftem Ton fortfuhr, der Tod Ihres Vaters hat mich getroffen wie der eines Bruders, obwohl, ich fürchte, dass diese Zuneigung einseitig war. Aber wer kann schon sagen, wie es in unseren Herzen aussieht.

Rob wusste nicht, was er antworten sollte. Er schämte sich seiner Unsicherheit diesem schmächtigen Mann gegenüber. Sie sind mit Doktor Duffner verabredet, sagte er ausweichend.

Der Arzt hatte auf seine Schuhe geblickt; er drehte dabei einen Absatz im Sand, als wollte er einen Käfer zerquetschen. Plötzlich ging ein Ruck durch den zierlichen Körper. Er warf einen Blick auf seine Rolex. Sie haben recht, sagte er, es wird langsam Zeit. Sie müssen wissen, ich bin der geborene Masochist, ich spiele Golf, um zu verlieren. Und außerdem mag ich die Atmosphäre auf solchen Golfplätzen nicht. Wie hat Ihr Vater gesagt, wo zu viel Geld ist, wird die Schale unserer Seele brüchig.

Solche Sätze habe ich von Vater selten gehört, sagte Rob.

Ich auch, Herr Wallburk. Wahrhaftig. Aber manchmal überraschte er einen mit solchen Bemerkungen. Eigentlich würde ich lieber Robert zu Ihnen sagen, ich kannte Sie ja schon, als Sie noch fast in kurzen Hosen steckten. Sie müssen mir versprechen, dass wir uns zum Lunch treffen. Abgemacht?

Bouvier drehte sich um und ging, den Schatten der Bäume suchend, zum Clubhaus.

Rob setzte sich in den Austin und drehte das Radio an, Klassiksender, Symphonie Nr. 3 von Franz Schubert. Die Begegnung mit Bouvier hatte ihn verwirrt. Der Arzt war ein Mann, den er nicht einordnen konnte. Er passte zu keinem der Charaktere, die in seinen Geschichten vorkommen könnten. Was war es nur, das die Menschen zu diesem Mann mit dem schönen Gesicht und dem verunstalteten Körper hinzog? Sabrina hatte Bouvier bewundert, seinen Einsatz für eine Lepraklinik in Nepal oder die finanzielle Unterstützung für die Organisation ›Ärzte ohne Grenzen‹, Bouviers Vorträge waren auf Monate hinaus ausverkauft, er sprach über das ›einfache Leben‹, den ›achtsamen Umgang mit der Natur‹. Seine Bücher waren in ein Dutzend Sprachen übersetzt und erschienen in hohen Auflagen. Die ›Philosophie der Ernährung‹ war ein Longseller und galt in Amerika als eine Art Bibel für übergewichtige Menschen. Frauen flogen Bouvier zu, obwohl er nie eine feste Bindung eingegangen war. Neider sprachen von seiner Homosexualität, aber auch dafür gab es keine Beweise. Bouvier behandelte Frauen, als seien sie, jede für sich, Preziosen von unschätzbarem Wert. Rob kannte keine, die nicht stolz gewesen wäre, beim Montagslunch im Dreisternerestaurant ›Käfer‹ an seinem Tisch zu sitzen. Er beriet seine Patientinnen bei der Garderobe, beschenkte sie an Geburtstagen mit einem zu ihrem Typ passenden Parfum oder einem Strauß lachsfarbener Rosen. Womit mochte er Vater bedacht haben, um sich dessen Sympathie zu erwerben, dachte Rob.

Er startete den Motor und legte den Gang ein. Der Himmel war nun wolkenverhangen. Vor einer Woche war er mit der Urne des Vaters unterm Arm aus Weinbergs Kanzlei gekommen. Später, als er der Asche zuprostete, hatte er gewusst, dass die Traurigkeit irgendwann kommen würde. Jetzt war sie da.

Er verließ den Parkplatz und fuhr, ohne es zunächst zu merken, in ein fremdes Land hinaus.

X

Er hatte sich am Morgen entschlossen, den Mittagszug nach Zürich zu nehmen. Jetzt saß Rob am Schreibtisch, um Papiere zu ordnen, die er für die Galerie Hoffmann und die Banken brauchen würde. Sein Blick fiel auf eine Ameise, die auf seinen rechten Arm zukrabbelte. Da er das Töten von Tieren zu vermeiden suchte und sich schämte, vor einer Ameise Reißaus zu nehmen, rutschte er mit dem Arm ein wenig zur Seite. Die Ameise folgte seiner Bewegung und kletterte am Arm hoch, lief über die Schulter, den Hals und den anderen Arm wieder hinab auf den Fahrplan. Er ertappte sich bei einem Gefühl von Stolz, dass er die Ameise über seinen Körper hatte klettern lassen, ohne sie zu töten. Was hätte Vater an meiner Stelle getan, dachte er plötzlich. Und was mussten Menschen denken, wenn sie einen Mord wie den an seinem Vater begingen? Welche zynische Macht konnte das sein, von der Duffner gesprochen hatte?

Eine Stunde später saß er im Intercity. Das Allgäu zog an den Fenstern des Speisewagens vorbei, Hügel im malvenfarbenen Licht des Nachmittags, kleine Seen, bedeckt von quecksilbrigen Schuppen, die der Föhnwind an den Ufern aufraspelte. Rob hatte Schweizer Rotwein bestellt, Clèvner, einen leichten Tischwein, der kühl getrunken wurde. Sein Vater hatte ihn zu Wild und Tafelspitz den französischen Weinen vorgezogen.

Auf dem Stuhl neben ihm hatte jemand eine Illustrierte vergessen. Auf dem Titelblatt war eine blonde Frau im Abendkleid abgebildet. Rob dachte an Patrik. Der Freund hatte eine verschwiegene Vorliebe für die abwesenden Frauen aus solchen Magazinen und bis zu einem gewissen Grad konnte Rob ihn verstehen. Patriks Liebe brauchte Distanz. Er wünschte sich seine Angebeteten am liebsten auf den Mond, um sie auf diese Entfernung umso inbrünstiger lieben zu können. In Zürich würde Ana auf ihn warten und Rob fragte sich, wie die Begegnung ausgehen würde, auf Abstand bedacht, wie Ana es sich damals beim Abschied gewünscht hatte, oder würde es eine Spur jener stillen Vertrautheit geben, wie sie eine Zeit lang zwischen ihnen geherrscht hatte?

Auf dem Weg zum Bahnhof hatte Rob bei Hugendubel eine Biographie über Xavier Sarno gekauft. Der Maler hatte in den letzten zwanzig Jahren im Leben seines Vaters zunehmend eine wichtige Rolle gespielt. Rob hatte die Bewunderung für die Arbeiten des Italieners anfangs nicht verstanden. Es gab andere große Künstler wie Mark Rothko oder Ed Reinhard, die durch ihre monochromen Gemälde Weltruhm erlangt hatten. Das Unverständnis war einer seltsamen Faszination gewichen, als an einem regnerischen Herbstmorgen ein Triptychon Sarnos in der Halle der Villa aufgehängt wurde. Jetzt verstand er den Vater besser. Das Blau des Bildes besaß keine optisch fassbare Tiefe, kein Ende, keine Endlichkeit. Es floss fort in eine kristalline Unendlichkeit, in der es weder Zeit noch Raum zu geben schien. Dennoch hatte sich in Rob etwas gewehrt, die Bewunderung seines Vaters zu teilen – nur weil der Vater Sarno verehrte.

Dieser Trotz war durch den Tod sinnlos geworden. Die Werke Sarnos zu verstehen, war vielleicht ein Weg, den Vater in seiner Beziehung zur Kunst zu verstehen. Der Autor der Biographie, James Waterspill, hatte ›Wallburk Gallerys‹ von Anfang an nahe gestanden, er hatte die meisten Beiträge für Sarno-Kataloge oder Kommuniqués für die Presse geschrieben. Wie der österreichische Kunstprofessor Redwitz in seinem Buch, ›Das unbekannte Genie‹, hatte auch Waterspill den Versuch unternommen, das Leben Sarnos zu rekonstruieren – ein Unterfangen, das aus Gründen mangelnder Fakten scheitern musste. Umso kenntnisreicher und umfassender war der Œuvrekatalog, der frühe Arbeiten der naturalistischen Periode ebenso wie Portraits, Skizzen, Entwürfe und die späten, berühmt gewordenen blauen Arbeiten umfasste.

Rob betrachtete das Foto Sarnos auf der Innenseite des Umschlags. Es zeigte den Dreißigjährigen vor mediterraner Kulisse. Sarno hatte zu der Zeit sein Auskommen mit Portraitzeichnungen in mondänen Hafenstädtchen verdient. Er stand vor einer leeren Leinwand und hielt den Pinsel in der Hand, als wäre er eine Zigarre. Kein schöner Mann. Ein markanter Kopf, der an den französischen Schauspieler Belmondo erinnerte. Sarnos Blick war auf die pastellfarbenen Häuser an der Mole von Portofino gerichtet. Er schien zu pfeifen. Rob stellte sich vor, wie er zu dem zarten feuchten Ton die Lippen spitzte, als würde er die sanfte Berührung des Pinsels erwarten.

Sarno hatte sich Jahrzehnte als Straßenmaler über Wasser gehalten, bis er 1973 die um dreißig Jahre jüngere Tochter eines Bauunternehmers aus Orbetello heiratete. Das Paar bezog mit dem unehelichen Sohn der Frau und zwei Deutschen Schäferhunden einen zum Haus umgebauten Lagerschuppen an der Lagune des Argentario.

Waterspill beschrieb die folgenden Jahre im Leben Sarnos als ›undurchsichtig und schwer zu erforschen‹. Die Familie lebte von selten gewordenen Bildverkäufen und der Unterstützung des Schwiegervaters, bis die Frau Sarno verließ, das war Anfang der Achtzigerjahre, und zu einem Architekten nach Grosseto zog. Der Autor beschrieb den Abstieg eines Mannes, der zunehmend dem Alkohol verfällt, sich schließlich wegen Körperverletzung eines Polizisten vor Gericht verantworten und zwei Monate ins Gefängnis muss. Dieser Aufenthalt fällt in die Zeit, als Wallburk mit Frau Sabrina und Sohn Robert im Hotel Pelikano auf dem Argentario eine Woche Ferien verbringt. Der Direktor des Hotels bittet den Galeristen, einen Blick auf die Bilder eines Künstlers zu werfen, der ihm Geld schuldet und die Arbeiten als Pfand hinterlegt hat.

Waterspill schrieb, Wallburk hätte Interesse an den Bildern gezeigt, jedenfalls sei es nach dessen Entlassung zu einem Kontakt mit Sarno gekommen. Er zitiert ein Gespräch vom siebten August 1985 in Paris: ›Henry Wallburk sprach von einer der bedeutendsten Entdeckungen seines Berufslebens, als er zwischen Genrearbeiten und Skizzen im Haus Xavier Sarnos auch Leinwände von höchster Vollendung und farblicher Dichte gefunden habe.‹

Rob legte die Fahrkarte zwischen die Seiten. Der Wein im Glas war warm, er hatte vergessen die Flasche in den Kühler zu stellen. Vor dem Fenster Rapsfelder, Vogelscheuchen in Schrebergärten, auf deren Armstummel Saatkrähen hockten.

Sein Blick kehrte zurück zu Waterspills Buch. Solche Zitate irritierten ihn. ›Henry Wallburk entdeckt ein Genie ...‹ – Rob wusste, sein Vater hatte sich selten um die Förderung von Künstlern bemüht und an Entdeckungen glaubte er nicht, sie ›seien so selten wie sechs richtige Zahlen im Lotto‹. Sein Credo hatte stets gelautet: ›Setz auf Pferde, die gewonnen haben.‹ Log

Waterspill oder hatte sein Vater gelogen? Wie viel war wahr an dieser Geschichte?

Rob schlug das Buch wieder auf. Die folgenden Kapitel waren ein Hymnus auf den Entdeckerinstinkt seines Vaters. Noch im Jahr des ersten Besuchs bei Sarno hatte Wallburk dem Bauunternehmer Grundstück und Haus abgekauft, in dem der Maler sein Gnadenbrot durch das Kolorieren von Bauzeichnungen erhalten hatte. ›Wallburk Gallerys‹ erwarben den Fundus an Bildern aus dreißig Jahren sowie im Fall des Todes sämtliche Rechte auf den künstlerischen Nachlass. Sarno bekam das Wohnrecht bis ans Lebensende und eine großzügige Apanage, die ihm ermöglichen sollte, frei von Existenzsorgen arbeiten zu können. Zum ersten Mal in seinem Leben verfügte Sarno über Geld. Unverhofftes Altersglück also für einen vergessenen Maler, der als uneheliches Kind eines portugiesischen Hafenarbeiters und einer sizilianischen Puppenspielerin zur Welt gekommen war.

Im September 1984 wurde Sarno in das private Nervensanatorium Santa Maria in Rom eingeliefert. Er halluzinierte, hörte Stimmen. Er erzählte der behandelnden Ärztin von Begegnungen mit Tiepolo und seinen Söhnen und behauptete, beim Tod Caravaccios in den Sümpfen der Feniglia an dessen Seite gewesen zu sein. Im Frühjahr 1985 wurde Sarno in ein Pflegeheim bei Grosseto verlegt, wo er kurz nach Ostern an einer Gehirnblutung starb.

Waterspill zitierte Wallburk anlässlich eines der letzten Besuche im Atelier des Malers: ›Sarno wirkte zunehmend vergesslich, sein Arzt hatte den Verdacht geäußert, Sarno könnte an beginnendem Alzheimer erkrankt sein. Dennoch malte er jeden Tag bis zu zwölf Stunden. Er setzte sich zu seinen Flaschen und Töpfen mit Pigmenten wie zu einer erlesenen Mahlzeit, dabei trug er einen geblümten Bademantel und Gummisandalen. Mit einem Geologenhammer zerkleinerte er winzige Gesteinsbrocken, wobei er Krumen mit einem Strohhalm auf ein Blatt Seidenpapier pustete, bevor er sie in eine Schale mit Mohnöl gleiten ließ. Wenn er sich, was selten geschah, umwandte, um mit mir ein paar Worte zu wechseln, zerbrach er sich wie ein Kind den Kopf über die außerhalb seiner Arbeit liegende ›Wirklichkeit‹, einen Ort, wo Menschen lachen und Kinder gebären könnten.‹

Rob blickte in die beginnende Dämmerung hinaus. Seine Gedanken waren bei Xavier Sarno, aber der Zug hatte es zu eilig, als dass er sich vorstellen konnte, wie ein Mann sich ein Vierteljahrhundert nicht von der Stelle rührt und, unbewegt vom Strom der Zeit, seine Bilder malt. Rob trank einen Schluck Wein und wischte mit dem Handrücken Tropfen vom Kinn, die seine Zunge nicht erreichen konnte.

In Waterspills Buch war ein Schwarz-Weiß-Foto von Sarnos verwinkeltem Holzhaus an der Lagune, darunter die Marmorfassade des renovierten Gebäudes von ›Wallburk International Gallerys‹ in New York. Hier hatte vier Jahre nach Sarnos Tod die erste Ausstellung stattgefunden. An der Fifth Avenue waren einem erlesenen Publikum und den Medien neun großformatige Arbeiten des italienischen Malers präsentiert worden. Es sei ein schwüler Juniabend gewesen, schrieb Waterspill, beim Empfang habe eine feierliche Stimmung geherrscht. Anderntags berichtete die Fachpresse von einer ›fateful hour‹ für die Zeitgenössische Kunst. Die »New York Times«, Kunstbulletins, die Kuratoren des ›MOMA‹, Robert Evans und Esther Dawn, überschlugen sich in der Beurteilung des wie durch ein Wunder entdeckten Genies Xavier Sarno. Nach einer Stunde sei die Ausstellung ausverkauft gewesen, zu Preisen, die bei den Auktionshäusern Sotheby's und Christie's mehr als nur Erstaunen ausgelöst hätten. Das Angebot an Sarnos Werken sei vergleichsweise klein, hatte die Galerie verlauten lassen, über die tatsächliche Anzahl der vorhandenen Arbeiten wurde Stillschweigen bewahrt.

Eine fürs kommende Jahr angekündigte Ausstellung ließ auf sich warten. Es gab Sammler, die sich in Listen eintragen ließen, um unter den ersten zu sein, wenn neue Arbeiten Sarnos auf den Markt kommen würden. Der Italiener war innerhalb eines Jahres nicht nur weltberühmt, er war zur Fama geworden.

Terminänderungen von Ausstellungen wurden von ›Wallburk Gallerys‹ mit dem Hinweis begründet, einige Arbeiten müssten von Spezialisten gereinigt, auf neue Keilrahmen gezogen und wissenschaftlich erfasst werden. Dabei sei Sorgfalt geboten, Sarnos Technik habe die Bilder zu äußerst zerbrechlichen Kunstwerken gemacht.

Inzwischen hatte die Fachwelt begonnen, nach Ursachen für die geheimnisvolle Leuchtkraft und Tiefe in Sarnos Blau zu forschen. Darüber, dass der Künstler mit Naturfarben gearbeitet hatte, herrschte Einigkeit. Seine Malerei war ephemer und doch, durch Verwandlung der pulverisierten Steine und Erden, letztlich die Zeit überdauernd. Waterspill zitierte Wallburk in einem Gespräch mit dem Direktor des Guggenheim Museums in Venedig 1989: ›Immer steht hinter Sarnos Gemälden auch eine uralte Geschichte.‹

Kern dieser Geschichte war die Herkunft der von Sarno verwendeten Materialien. Und hier lag das Geheimnis. Kuratoren und Restauratoren vertraten die Ansicht, ein Teil des Geheimnisses bestünde aus der Grundierung von Sarnos Gemälden. Als junger Mann hatte der Maler sich einige Monate in der

Hippieszene auf Bali aufgehalten und dort von einheimischen Künstlern gelernt, Leinwände mit in der Sonne getrocknetem Reismehl zu präparieren. Verdünnter Leim aus Yakleder als Bindemittel sei zudem ein Grund für die Faszination, die Sarnos Blau auf den Betrachter ausübe. Aber woraus bestand dieses Blau?

Dass es sich um eine seltene Art von Lapis handeln musste, war den Experten klar. Aber um welche? Der Kunstkritiker Northrop Frye fühlte sich durch Sarnos Blau an Malereien in Höhlentempeln im Nordosten Afghanistans erinnert, die unweit der berühmten Lapislazuli-Minen von Badakhshan liegen. Marco Polo hatte sie 1271 besichtigt und später berichtet, ›angesichts des göttlichen Blaus habe er mit Tränen gekämpft‹. Die Seltenheit des mühevoll dem Stein abgerungenen Ultramarins, die oft gefahrvolle Reise von der schwer zugänglichen Region am Oberlauf des Oxus im Norden des Hindukusch bis nach Europa, hatte den Preis für Ultramarin in unerschwingliche Höhen getrieben. Nicht nur die Frage, welchen Stein Sarno für sein Blau benutzt haben mochte, auch woher der meist mittellose Maler das Geld gehabt hatte, beschäftigte Kunsthistoriker wie Experten.

Waterspill ließ die Frage nach der Herkunft des geheimnisvollen Blaus offen. Er schloss seinen Text mit einem Zitat aus Wallburks Eröffnungsrede vom vierten November 1991 anlässlich einer Ausstellung bei ›Colnaghi & Wallburk‹ in London: ›Auf Ihre Fragen vermag ich nur eine Antwort zu geben: auch mir ist es nicht vergönnt gewesen, Xavier Sarnos Geheimnis um die Herkunft der von ihm verwendeten Pigmente zu lüften. Noch wenige Monate vor seinem Tod hatte er sich geweigert, auf meine Fragen eine Antwort zu geben, er war auf fantastische Geschichten ausgewichen und hatte gedroht, mit dem Malen aufzuhören, wenn man ihn nicht in Frieden ließe. Materialproben aus dem Atelier ergaben keine Übereinstimmung mit der in seinen Bildern verwendeten Farbe. Sarno hat sein Geheimnis mit in den Tod genommen. Was für die Kunstwelt zählt: Dieser große Maler hat versucht, das Unsichtbare in dieser Welt für uns sichtbar zu machen.‹

Rob klappte das Buch zu und steckte es in seine Reisetasche. Hatte Waterspill die Zitate erfunden oder stammten sie tatsächlich von seinem Vater? Bei aller Bewunderung für das Werk Xavier Sarnos, die Vermarktung seiner Bilder war ein Geniestreich der PR-Maschinerie von ›Wallburk International Gallerys‹ gewesen. Solch ein Erfolg schafft Neid. Und Neid schafft Hass, hatte Rhomberg gesagt. Was konnte der Vater gemeint haben, als er in seinem Brief von einem Ereignis schrieb, von dem der Sohn betroffen sein könnte?

Der Zug fuhr über die Schweizer Grenze. Eineinhalb Stunden bis Zürich. Rob hatte Hunger, aber er wollte ihn aufsparen für das Abendessen mit Ana. Er würde ihr den Brief seines Vaters zeigen. Oder waren sie einander inzwischen zu fremd geworden, um über solche Dinge zu reden? Es hatte zwischen ihnen immer Tabuzonen gegeben, in denen gewisse Dinge unausgesprochen bleiben mussten. Angst vor zu großer Intimität. Rob erinnerte sich, wenn Ana bei ihm über Nacht geblieben war oder an langen Wochenenden, nie hatte sie etwas zurückgelassen. Keine Creme, kein Buch, keinen Schal. Als er ihr einmal anbot, im Schrank ein Fach für sie frei zu machen, hatte sie kopfschüttelnd geantwortet, ob er noch nie etwas von Voodoo gehört habe? In Ghana habe der Direktor des Instituts ihr eindringlich ans Herz gelegt, persönliches Eigentum niemals an fremden Orten zurückzulassen. So könnte ein Fremder unversehens Macht über sie erlangen. Auf Robs Frage ›ein

Fremder …?‹, hatte sie leise gesagt, entschuldige, sei nicht bös. So war's nicht gemeint …

Die Kluft der Nähe. Leise und distanziert war auch ihr Abschied gewesen. Ich werde Dir schreiben … natürlich, leb wohl … Es war eine Art Schmerz gewesen, aber kein Leid. Der leblose Händedruck zeugte von einer ehrlichen geistigen Erschöpfung. Ana war auf einem Küchenstuhl gesessen und hatte schweigend zugeschaut, wie er seine Sachen zusammenpackte und in den Koffer stopfte. Die Zahnbürste war schütter, er warf sie weg. Der Pyjama hatte an der Schulter ein Loch, er warf ihn weg. Rob sortierte die Dinge mit der Miene eines Archäologen, der Funde aus einem fernen Zeitalter sortiert. Bücher, Skizzen, Entwürfe für Geschichten mit ›Sancho & Dolores‹, die ihm, während er sie überflog, wirklicher vorkamen, als das, was im Augenblick geschah.

Ana hatte in der ›Kronenhalle‹ reserviert. Der Oberkellner Santo begrüßte sie mit Frau Doktor Krögel und begleitete sie zu einem kleinen Ecktisch. Sie schien hier bekannt zu sein, man grüßte und lächelte ihr zu. Ana gehört zu den seltenen Menschen, durch die sich das Licht verändert, wenn sie einen Raum betreten, dachte Rob. Er liebte die Atmosphäre dieses Restaurants, die Bilder an den holzgetäfelten Wänden, Picasso, Braque, den schönsten Miro, den Rob je gesehen hatte. Es roch nach Zigarren und Leder, auf den Tischen standen Sträuße von Blumen, die die Jahreszeiten gerade anboten.

Während Santo Rotwein in die Gläser goss, erkundigte sich Ana, ob Rob die Folgen der Operation gut überstanden habe. Ausgezeichnet, antwortete er rasch, es gehe ihm blendend. Dabei horchte er in sich hinein, ob es ihm tatsächlich blendend ging. Ana warf ihm einen prüfenden Blick zu, graue, nachdenkliche Augen umschattet von seidigen Wimpern, die zu rascheln schienen, wenn sie wegen eines überraschenden Geräusches plötzlich blinzelte. Auf die Gesundheit, sagte sie, und hob ihr Glas.

Es wäre nicht nötig gewesen, dass Du im Florhof wohnst, fuhr sie fort, während Rob die Speisekarte studierte. Ich habe in der Kirchgasse vom Institut eine riesige Wohnung. Es gibt ein Gästezimmer mit eigenem Bad. Ich würde Dich nicht beißen. Übrigens, die Wohnung steht die nächsten Wochen leer, ich bin im Iran, vorausgesetzt, die politische Lage spitzt sich nicht zu.

Wieder ein Auftrag des Max Planck Instituts?

Ana nickte. Vorläufig der letzte. Wir untersuchen die Gesteinsformationen im Hinterland der Königsstadt Tacht-e-Dschamschid. Die Griechen brannten sie im vierten vorchristlichen Jahrhundert nieder. Gespenstisch, das solltest Du sehen, dieses Nebeneinander von eben erst Entworfenem und bereits wieder Zerstörtem. Das Unglück, vernichtet zu sein, bevor man gelebt hat ... Hörst Du mir überhaupt zu?

Natürlich. Du hast von Tacht-e-Dschamschid schon früher erzählt. Rob hatte eine leichte Gereiztheit in Anas Stimme gespürt. Habe ich ihr wirklich zugehört, dachte er. Habe ich ihr jemals zugehört? Sie mit ihren Worten in mich hineingelassen, so dass mein innerer Gedankenstrom umgeleitet worden wäre?

Mir war gerade eingefallen, wer passt auf den Kater auf, wenn Du auf Reisen bist, fragte er. Während er die Frage stellte, hatte er sie schon bereut. Ana hätte sie als versteckte Neugier auffassen können, ob es in ihrem Leben einen neuen Mann gäbe.

Zur Zeit ist niemand da, der sich um Seidenfuß kümmert, sagte Ana lächelnd, meine Schwester spielt Theater in Wien, die meisten Leute hier werden von ihm nicht akzeptiert. Ich hatte gedacht, vielleicht könntest Du ...

Ich nehme den Kater nach München, natürlich, Ana. Rob war über die Wendung des Gesprächs überrascht und erleichtert. Er freute sich, den Kater eine Zeit lang bei sich zu haben. Vor sieben Jahren hatte er Ana ein winziges rotbraunes Fellknäuel geschenkt, aus dem schließlich Seidenfuß schlüpfte. Es war zur Zeit der ersten größeren Erfolge mit seinen Comic-Geschichten, Fräulein Elsbeth hatte sich der Flut von herrenlosen Tieren kaum erwehren können, die Kinder vor die Tür des Verlags brachten. Rob alias Sancho, Beschützer jeder hilflosen Kreatur, würde sich ihrer schon annehmen. Aus dem halb verhungerten Kätzchen war ein riesiger Kater geworden, der sogar einem Schäferhund Respekt einzujagen vermochte.

Die gespannte Stimmung war verflogen. Während des Essens erzählte Ana von ihrer Arbeit im Iran und dem Plan, sich ein ›sabbatical year‹ gönnen zu wollen. Sie hatte vor, Australien und Neuseeland zu bereisen, ohne an Termine denken zu müssen. Er glitt an dem vorbei, was sie sagte, studierte ihr Gesicht, die schwarzen Pünktchen im Grau ihrer Iris, das Heben der Haut an ihrem Hals bei jedem Herzschlag. Als er später von seinem in Griechenland gedrehten Film über die ›Frösche mit den grauen Bäuchen‹ zu sprechen begann, versuchte er, sich an nichtssagende Worte zu klammern, in der Hoffnung, sie würden Klarheit bringen, Vernunft. Er sprach von der Schwierigkeit, sich auf neue Geschichten zu konzentrieren.

Kunststück, sagte Ana. Erst die Krankheit, dann der Tod Deines Vaters. Hat die Polizei eine Ahnung, wer hinter der Tat stecken könnte? Ich weiß ja nur, was in den Zeitungen stand.

Die Polizei ermittelt anscheinend in verschiedene Richtungen; Inspektor Rhomberg bleibt in seinen Äußerungen vage. Wenn ich ihn recht verstanden habe, denkt er nicht nur an ein Motiv aus materiellen Gründen.

Woran dann?

Rob zuckte die Achseln. Weiß nicht. Sühnemord aus religiösem Wahn vielleicht. Der Tatort hätte ihn an eine rituelle Hinrichtung erinnert.

Mord aus ideellen Motiven? Dein Vater? Ich hätte Henry Wallburk zugetraut, dass er seine Sarnos dem Teufel andreht, aber ich sehe ihn nicht im Kreis religiöser Fanatiker.

Ich auch nicht. Aber sogar der pragmatische Duffner sprach von einer mysteriösen Macht, deren Existenz uns im Augenblick unbekannt ist. Ich will Dir was zeigen.

Rob holte den Brief seines Vaters aus der Tasche und reichte ihn Ana. Einer der Wachmänner hätte ihn mir bringen sollen, sagte er, im Durcheinander um Vaters Tod hat er nicht mehr daran gedacht. Schließlich ist der Brief bei Rhomberg gelandet. Was hältst Du davon?

Ana blickte konzentriert auf das Blatt. Langsam hob sie den Kopf. Das passt nicht zu Deinem Vater, sagte sie, die Schrift auch nicht. Dieses Ereignis, was könnte er damit gemeint haben? Hat Rhomberg sich dazu geäußert?

Indirekt. Es gäbe ein breites Spektrum von Möglichkeiten. Er hat zum Beispiel gefragt, ob sich irgendwelche sakralen Gegenstände in Vaters Besitz befunden hätten. Er sprach von ›heiligen Bildern‹, die als Teil des Erbes nun in meinen Besitz gelangen würden.

Eine verrückte Idee. Hat Dein Vater solche Bilder besessen?

Soviel ich weiß, nein. Ich erinnere mich an eine byzantinische Ikone, die im Schlafzimmer von Sabrina hing. Eine Darstellung des Abendmahls. Sonst gab es bei uns im Haus nur

Zeitgenössische Kunst, abgesehen von ein paar chinesischen Vasen.

Ana legte den Brief neben ihre Serviette. Jetzt lächelte sie, als sie sagte, das mit dem Fliegen, hast Du als Junge wirklich geglaubt, Dein Vater könnte fliegen?

Kann ich Dir nicht sagen. Es ist zu lang her. Vater war oft wochenlang nicht zu Haus, manchmal konnte ich mir gar nicht mehr vorstellen, wie er aussah. Da erfindet man verrückte Geschichten. Vielleicht wollte ich ihn mir als ein Sonderwesen vom Leib halten, weil ich ihn liebte.

Ana hatte den Brief wieder vor sich hingelegt. Den Zeigefinger an die Lippen gepresst, starrte sie auf das Papier. Sakrale Dinge, begann sie nach einer Zeit des Schweigens, bist Du sicher, dass Dein Vater nichts Derartiges besessen hat? Einen Ring, ein Kreuz, ein Amulett? Antiker Schmuck kann für gewisse Menschen eine sakrale Bedeutung besitzen. Ana zögerte einen Moment, bevor sie fortfuhr, Du hast mir einmal von einer Skulptur erzählt, die im Arbeitszimmer Deines Vaters auf dem Schreibtisch stand. Eine Schildkröte aus Stein. Ich erinnere mich, Du sagtest, sie sei Anlass gewesen, dass die Helden Deiner Geschichten Schildkröten wurden. Gibt es die Skulptur noch?

Sie ist verschwunden. Paula wusste auch nicht, wo sie sein könnte.

War die Skulptur alt?

Vermutlich. Ich habe mit Vater nur einmal über die Schildkröte geredet. Er meinte, es sei ein Kunstwerk aus Ptolemäischer Zeit, Ägypten, etwa drittes Jahrhundert vor Christus.

Könnte die Schildkröte ein sakraler Gegenstand sein?

Rob hob die Achseln. Keine Ahnung. In manchen Kulturen gelten Schildkröten als heilige Wesen.

Ana nickte. Indien, China, Japan, sagte sie. Auch im alten Ägypten. Letztes Jahr war ich in Bangkok, dort gibt es einen buddhistischen Tempel. ›Wat Po‹, in den Teichen leben schwarze Wasserschildkröten. Sie gelten als ›Seelenwohnungen‹ von Menschen, die sich auf dem Weg durch irdische Existenzen ins Nirwana befinden. Die Tiere sind heilig. Ana machte eine flüchtige Handbewegung, als wollte sie einen Gedanken wegwischen. War nur so eine Idee, sagte sie. Du kannst ja bei Gelegenheit mit Rhomberg darüber reden.

Sie reichte Rob den Brief. Dieses mysteriöse Ereignis, Dein Vater wollte Dich warnen. Aber wovor? Ihr Finger strich federleicht über Robs Handrücken. Pass auf Dich auf, sagte sie.

Es ging auf Mitternacht, als sie die ›Kronenhalle‹ verließen. Es hatte angefangen zu regnen. Beim Kunsthaus trennten sie sich nach einer scheuen Umarmung. Rob sah Ana nach, wie sie mit ihren kleinen raschen Schritten in Richtung Kirchgasse zwischen den Häusern verschwand.

XI

Sie stand vornübergebeugt am Ufer eines Teichs, in dem schwarze Schildkröten schwammen. Ein Mann trat neben sie und legte seinen Arm um ihre Schulter. Das Unglück, vernichtet zu sein, bevor man gelebt hat, sagte die Frau ohne den Blick von den Schildkröten zu wenden. Der Mann löste seinen Arm und ging weg.

Rob fuhr aus dem Traum hoch. Zehn Minuten nach sechs. Pünktlich zu dem Zeitpunkt, an dem seine Atmung vom linken zum rechten Nasenloch wechselte. Die verstopfte rechte Nasenhälfte öffnete ihr Ventil, dafür schloss sich jenes der linken. Ein Phänomen, über das schon Sabrina den Kopf geschüttelt hatte. Aber es war so, wo auch immer auf der Welt Rob sich befand, ungeachtet der Zeitverschiebung, pünktlich um zehn nach sechs wachte er auf, um den Gezeitenwechsel seiner Atmung mitzuerleben. Sogar im Krankenhaus hatte seine Nase sich an diesen Rhythmus gehalten.

Kurz bevor er das Hotel verließ, rief Patrik an. Er habe vergessen, Rob möge Ana Grüße ausrichten und bei Sprüngli Champagner-Truffes für sie kaufen. Ob das alles sei, fragte Rob. Jawohl, das sei für den Augenblick alles. Rob möge auf sich aufpassen.

Der zweite besorgte Rat in zwölf Stunden. Der gute Patrik. Es hatte eine Zeit gegeben, wo Rob glaubte, Patrik sei in Ana verliebt. Nach langem Nachdenken war er zum Schluss gekommen, dass Patrik nicht Ana liebte, sondern ihre Liebe zu ihm.

Er lief durch die Altstadt zur Bahnhofstraße. Um zehn Uhr hatte er einen Termin bei Julius Bär. Rob mochte Zürich, die von Kriegen verschonten alten Häuser am Fluss, und den Blick über den See auf die Berge. Die spröde Art der Bewohner stand für ihn in krassem Gegensatz zur idyllischen Kulisse; er erinnerte sich, dass sein Vater die Finanzwelt Zürichs einmal als akkumuliertes Erbe der Reformation bezeichnet hatte.

Rob wusste nicht, was ihn in der Bank erwarten würde. Während er an der Limmat entlang zur Gemüsebrücke lief und den Stockenten zusah, versuchte er sich den Inhalt des Safes vorzustellen. Vermutlich war es ein Schranksafe wie der gepanzerte Tresor im Keller der Villa. Vielleicht hatte sein Vater einige seiner Lieblingsbilder dem Handel entzogen und in der Bank eingelagert, bis die ›Fondation Wallburk‹ fertig sein würde.

In der Bank wurde er von einer alterslosen Blondine in den Besucherraum geführt. In ihrer appetitlichen Reizlosigkeit gehörte sie zu jenem Archetypus von Sekretärin, der sich über Jahrzehnte wiederholt. Nach wenigen Minuten erschien ein kleiner Mann und reichte Rob seine Karte. Ernest Copecci, Deputy Head of Equities, stand in Prägedruck auf dem Papier. Freut mich, Sie kennenzulernen, Herr Wallburk, sagte er leise. Ich habe mit Ihrem Vater mehr als zwanzig Jahre zusammengearbeitet. Ein schreckliches Unglück. So sinnlos, Doktor Weinberg hat mich informiert.

Copeccis Händedruck war ledrig und trocken. Rob konnte sich kaum vorstellen, dass der Mann irgendetwas schrecklich finden könnte. Sein Gesicht schien im Kunstlicht nur aus kobaltblauen Augen zu bestehen, technischen Linsen hinter Glas.

Möchten Sie zuerst den Inhalt des Safes in Augenschein

nehmen, fragte er umständlich, wir können danach in aller Ruhe über das andere reden. Er blickte auf die Uhr. Um elf wird Doktor Weinberg anrufen, er möchte Sie sprechen.

Gut, sagte Rob, zuerst den Safe.

Sie gingen durch die hell erleuchteten Gänge des Souterrains. Die Tresorräume seien durch Panzertüren und Überwachungskameras gesichert, sagte Copecci, die Dokumentation im Archiv reiche fünf Jahre zurück. Ob Rob den Code und die Schlüssel bei sich habe?

Rob deutete auf seine Tasche. Er habe alles bei sich, sagte er. Copecci zog sich zurück. Jetzt stand Rob allein in dem schmalen Raum vor der Tresortür. Er stellte den Code ein und drehte nacheinander die Schlüssel. Die Tür glitt mit einem leisen Schmatzen zur Seite. Der Raum war bis auf einen Tisch und zwei kleine Samsonite-Aktenkoffer leer. Die Stellregale für Bilder lehnten zusammengeklappt an der Wand.

Rob wischte seine Handflächen an den Ärmeln der Lederjacke ab. Er verspürte eine seltsame Erleichterung, die er sich zunächst nicht erklären konnte. Er schloss einen Moment die Augen. Surren wie von einer großen Motte – die Ventilation hatte sich automatisch eingeschaltet. Was hatte er befürchtet? Etwas, das die Vorstellung von seinem Vater noch mehr verwischt hätte?

Er holte einen Stuhl aus dem Vorraum und legte die Koffer auf den Tisch. Einer der beiden kleinen Schlüssel passte. Lederne Aktenmappen. Rob fing an zu blättern. Verträge und Werkverzeichnisse von Künstlern, Mark Rothko, Francis Bacon, Lucien Freud, Cy Twombly, Sarno, Tàpies. Ein handschriftliches Testament, das aus zwei Sätzen bestand, die besagten, dass Rob Alleinerbe und Doktor Mark Weinberg Testamentsvollstrecker sei. Das Datum stand neben der Unterschrift, der vierte November 1997. Sein Vater hatte das Testament also vor der Untersuchungshaft verfasst.

In einem Umschlag mit der Aufschrift ›Xavier Sarno‹ waren der Vertrag zwischen ›Wallburk International Gallerys‹ und dem Künstler sowie Listen mit Namen und Adressen von Kunden, die Sarnos gekauft hatten: Museen, öffentliche Institutionen, private Sammler, einige mit Filzstift durchgestrichen. An die Listen waren Karten geheftet mit Angaben zu den Bildern, Datum, Masse, öffentliche Ausstellungen und, bei Zweitverkäufen, Provenienz. Zu jedem Bild gab es zwei Fotos, eines schwarz-weiß, das andere beschriftet und farbig.

Rob nahm ein in Noppenfolie gewickeltes Paket und riss das Klebeband auf. Es enthielt die Ikone, die in Sabrinas Schlafzimmer neben dem Schminktisch hing. Die Darstellung des Abendmahls war beschädigt; das Blau des Tischtuchs wies Oxidflecken und an mehreren Stellen Kratzspuren auf. Rob betrachtete das Gesicht des Heilands, um dessen Mund ein geheimnisvoll wissendes Lächeln spielte. Er erinnerte sich an ein Gespräch mit seinem Religionslehrer, dem er die Frage gestellt hatte, ob es denkbar wäre, dass der Nazarener, als er beim Abendmahl von Verrat sprach, den Verräter selbst längst bestellt hatte, um den Jüngern zu zeigen, wie die Welt in Wirklichkeit ist. Pater Lutger hatte die Hände in die Luft geworfen und war zwei Schritte zurückgewichen, als wollte er sagen, Satan weiche von mir.

Rob legte die Ikone zurück in den Koffer. Vielleicht, dachte er plötzlich, vielleicht hatte sein Vater das alles nur inszeniert und ihn bestellt, um der Welt zu zeigen, wer Henry Wallburk in Wirklichkeit war. Aber wie sah diese Wirklichkeit aus?

Er öffnete den zweiten Koffer. Darin eine Mappe mit Architekturplänen des Bureaus A.C. Dino in Genua, die den Bau der ›Fondation Wallburk‹ betrafen. Korrespondenz mit dem Architekten, der sich für die Überweisung des Honorars bedankte. In einem Schreiben vom 2. August 1996 drückte Dino sein Bedauern aus, dass Signor Wallburk beschlossen habe, das Projekt nicht weiterzuverfolgen. Was mochte den Vater bewogen haben, seinen Lebenstraum ad acta zu legen?

Rob nahm ein in Seidenpapier gewickeltes Päckchen und löste die Verschnürung. Knistern, als würde eine Katze an der Wirbelsäule einer Maus nagen. Er hielt seine Finger einen Augenblick ruhig. Die Ventilation hatte sich automatisch wieder abgeschaltet. Es war still. Wieder das Rascheln. Dann hielt er in der Hand, was seit Kindertagen in seiner Fantasie gelebt hatte: die Schildkröte. Von ihr war ein Rest geblieben, der Reptilkopf, die Halspartie, ein schmaler Rand des Panzers. Wo einmal der Spiegel war, klaffte ein breiter Spalt, in dem das Neonlicht sich wie in einer Sternwabe spiegelte. Rob entdeckte Löcher, winzige kreisrunde Löcher. Unvorstellbar, dass sein Vater das angerichtet hatte. Aber wer war es dann? Warum hatte der Vater die wertlosen Reste der Skulptur im Tresor aufbewahrt?

Rob wickelte die Schildkröte wieder in Seidenpapier und steckte sie zum Testament in seine Tasche. Bevor er die Tür schloss, blickte er noch mal zurück. Der Raum erinnerte ihn an die Theaterkulisse in einem Stück von Beckett. Ein zellenartiger Raum, ein leerer Stuhl. Nichts Einsameres auf der Welt als ein leerer Stuhl, hatte er damals gedacht.

Er läutete, damit jemand ihn abholen kam. Im Sitzungszimmer erwartete ihn Copecci. Er blickte vom Computer auf, als Rob eintrat und kam ihm entgegen. Bitte, nehmen Sie Platz, sagte er und deutete auf einen ledergepolsterten Sessel. Wenn Sie mich einen Augenblick entschuldigen, ich benötige zwei Informationen, die im Computer nicht gespeichert sind.

Rob blickte sich um. Der Raum war bis zur Decke mit dunklem Holz getäfelt. Neben der Tür hing ein gerahmter Kunstdruck von Leonardos Mona Lisa. Rob hatte beim Anblick des Bildes immer ein ungutes Gefühl gehabt; für ihn war das berühmte Lächeln stets das Lächeln einer Frau gewesen, die gerade ihren Liebhaber verspeist hat.

Als Copecci zurückkam, sah er Rob vor dem Bild. Normalerweise hängt dort ein Hodler, sagte er mit entschuldigendem Lächeln, das Bild ist zur Zeit als Leihgabe in der Münchner Pinakothek.

Ich weiß nicht, wie weit Doktor Weinberg Sie in die finanziellen Angelegenheiten Ihres Vaters eingeweiht hat, begann er, als sie wieder am Tisch saßen. Soweit ich informiert bin, lief ein beträchtlicher Teil über die Vermögensverwaltung der Kanzlei. Abgesehen von gewissen Konten unseres Klienten natürlich. Vor zwei Tagen haben wir Doktor Weinberg sämtliche Unterlagen per Kurier zustellen lassen, vermutlich hatte er noch nicht Zeit, sich alles anzusehen. Wir haben das Wesentliche aus den Jahren 1990 bis 2003 zusammengefasst, Kontenbewegungen, Galerie- und Privatkonten sind getrennt, ebenso die devisenspezifischen Transaktionen mit unserer Filiale auf Cayman.

Copecci strich über sein Handgelenk, als würde die Uhr ihn schmerzen. Rob blickte auf die Papiere, die Copecci über den Tisch geschoben hatte. Er verstand nicht viel von finanziellen Dingen; Fräulein Elsbeth hatte sich stets um seine Finanzen gekümmert und alles mit dem Steuerberater besprochen. Er überflog die Zahlenreihen, sein Blick blieb schließlich an mehreren mit Filzstift unterstrichenen Beträgen hängen.

Sie sehen, sagte Copecci leise, von den enormen Summen, die im Lauf der Jahre über unser Haus geflossen sind, ist das hier geblieben.

Rob blickte noch immer auf die Zahlen. Es waren unbedeutende Beträge in Schweizer Franken, Euros und US-Dollars; unbedeutend im Verhältnis zu dem, was nach Weinbergs Einschätzung des Erbes ihn hier hätte erwarten sollen. Es entstand ein unbehagliches Schweigen. Wieder verspürte Rob diese seltsame Art von Erleichterung, die er beim Anblick des leeren Tresorraums empfunden hatte. In dem Moment läutete das Telefon. Copecci murmelte eine Entschuldigung, dann reichte er Rob den Hörer. Doktor Weinberg, sagte er.

Die Stimme des Anwalts klang ruhig. Er habe mehrmals versucht, Rob über das Handy zu erreichen, sagte er. Er halte jetzt die Unterlagen über fast, Weinberg wiederholte das Wort ›fast‹, über fast alle Vermögenswerte des Verstorbenen bei in- und ausländischen Geldinstituten in den Händen. Ja, und nun habe er eine erstaunliche Entdeckung gemacht. Vermutlich sei es übertrieben gewesen, als er Rob vor ein paar Tagen einen reichen Mann genannt habe. Es sei zwar immer noch genügend vorhanden, er nehme das jedenfalls an, aber von dem immensen Vermögen Henrys sei anscheinend nicht allzu viel übrig. Er sage bewusst ›anscheinend‹. Wann Rob zurück in München sei?

Er habe einiges zu erledigen, antwortete Rob. Vontobel und die Galerie Hoffmann stünden auf seinem Programm. Und, wenn die Zeit reiche, ein Besuch bei van Napier im Kunsthaus. Morgen sei er zurück.

Gut, sagte Weinberg, dann möge er am Freitag möglichst früh in die Kanzlei kommen.

Rob reichte Copecci den Hörer. Doktor Weinberg wird mich über die finanzielle Situation meines Vaters aufklären, sagte er. Eines würde mich interessieren, wohin sind die enormen Summen, von denen Sie vorhin sprachen, eigentlich geflossen?

Copeccis Zungenspitze huschte einen Moment wie in Erwartung einer Köstlichkeit über die Oberlippe. Er hob die Achseln. Ich habe nicht alles im Kopf, sagte er, aber als ich erfuhr, dass Sie kommen würden und weil es sich um eine recht ungewöhnliche Angelegenheit handelt, habe ich mir einige der Überweisungen angesehen. In mehreren Fällen gingen die Beträge an dieselben Personen zurück, die in der Galerie ein Gemälde gekauft hatten. Nur waren die Beträge dann doppelt so hoch.

Sie meinen, die Galerie hat die Bilder zum doppelten Preis zurückgekauft?

So wird es wohl sein. Jedenfalls zu weit höheren Preisen. Und noch etwas. Oft gingen hohe Beträge an die ›Merz-Stiftung‹ in Zug. Deren Konten wurden bei uns geführt. Ihr Vater war sowohl im Verwaltungs- als auch im Stiftungsrat. Doktor Weinberg bis 1996 übrigens auch. ›Merz‹ zahlte bis zur Auflösung der Stiftung im Herbst 2000 große Summen in Euro an einen gewissen Alain Warring.

Copecci blickte auf seine gepflegten Fingernägel. Dieser Warring ist eine schillernde Figur, fuhr er fort. Wir kennen ihn, weil er Mitte der Achtzigerjahre zwei Gemälde von Chirico bei der Bank als Sicherheit hinterlegt hatte. Die Bilder erwiesen sich als Fälschungen von Eric Hebborn. Ich habe Ihren Vater einmal auf Warring angesprochen, aber er ging nicht darauf ein. Das sei schon in Ordnung, meinte er.

Copecci schwieg einen Moment. Es war, als überprüfe er diesen letzten Teil der Unterhaltung, um Wort für Wort ihre Stichhaltigkeit festzustellen, wie man einen Mechanismus überprüft. Was ich nicht begreifen konnte, sagte er schließlich, dass ein Geschäftsmann vom Kaliber Ihres Vaters zu einem Zeitpunkt, als der New Market sich auf rasanter Talfahrt befand, seine Papiere zu Niedrigstkursen verschleuderte, um Geld für ›Merz‹ flüssigzumachen.

Haben Sie eine Erklärung?

Ich sagte schon, die Transaktionen Ihres Vaters in dieser Zeit waren für uns ein Rätsel. Ich dachte, Sie wüssten besser Bescheid.

Rob schüttelte den Kopf. Leider nein, sagte er, mein Verhältnis zu meinem Vater war nicht besonders nah gewesen. Übrigens, Alain Warring ist tot. Ermordet. Geblendet wie Vater. Ich habe noch eine Bitte, können Sie feststellen, wann Vater das letzte Mal im Tresor gewesen ist?

Copecci hatte erstaunt aufgeblickt. Im Tresor ... fragte er, natürlich. Es wird ein paar Minuten dauern.

Sie sagten, die Dokumentation der Überwachungskameras würde fünf Jahre im Archiv aufbewahrt. Ich würde mir die Aufnahmen des letzten Besuchs von Vater gern ansehen.

Das Datum kann ich Ihnen jetzt bereits sagen. Die Aufnahmen herauszusuchen kann bis zum Nachmittag dauern. Ich werde die Leute von Securitas informieren. Sie haben in der Stadt bestimmt noch etwas zu tun?

So ist es. Rob stand auf und nahm seine Tasche. Die Papiere lasse ich hier, sagte er, Doktor Weinberg hat alles in Kopie. Ich komme um drei.

Copecci begleitete Rob zum Lift. Er hatte die Brille abgenommen. Sein Gesicht sah plötzlich nackt aus, beinahe hilflos. Bevor er Rob die Hand reichte, sagte er, erlauben Sie mir eine Frage. Warum wollen Sie die Aufzeichnungen sehen? Es ist jetzt eigentlich sinnlos, oder, Copecci hob die Schultern ein wenig, wie soll ich sagen, es ist zwecklos.

Zwecklos gewiss, antwortete Rob, aber sinnlos? Vielleicht versuche ich an meinem Vater etwas zu entdecken, das mir bisher unbekannt war.

Die Besprechung mit Volker Dönhoff von der Bank Vontobel brachte Rob ähnliche Erkenntnisse wie bei Julius Bär. Auch hier waren zwischen 1993 und 2002 große Beträge an ›Merz‹ und ausländische Geldinstitute überwiesen worden. Volker Dönhoff war ein Mann Anfang fünfzig; er war Deutscher, sah sehr deutsch aus, blond – vielleicht färbt er die Haare, dachte Rob –, hochgewachsen und von einer preußischen Steifheit, die seine humorvoll blitzenden blauen Augen Lügen straften. Er war Rob sympathisch, nicht zuletzt, weil er seinen Vater über die geschäftlichen Beziehungen hinaus als Menschen verehrt und gemocht zu haben schien. Die beiden hatten sich zu Besprechungen meist in der Kronenhalle oder im Grill des Baur au Lac getroffen.

Wenn ich ehrlich sein darf, Herr Wallburk, in dem Zeitraum, über den wir uns unterhalten, ist mir Ihr Vater mitunter sehr seltsam vorgekommen. Verändert. Er hat Transaktionen angeordnet, die aus ökonomischer Sicht kaum nachvollziehbar waren.

Können Sie sich an ein Beispiel erinnern?

Dönhoff nickte. Ein Fall, bei dem ich die Akteure persönlich gekannt habe, sagte er, die Witwe eines der bedeutendsten Kunstsammler der Schweiz hatte in ihrem Privatmuseum zwei frühe Gemälde von Sarno, die ihr Mann bei Sotheby's ersteigert hatte. Eines Tages tauchte bei der alten Dame ein Kunstagent aus London auf. Alain Warring, vielleicht haben Sie den Namen schon irgendwann einmal gehört. Er wollte die Sarnos und unterbreitete ein ungewöhnlich verlockendes Angebot. Da die Sammlung aus Erbschaftsgründen aufgelöst werden sollte, wurde man sich zu einem Preis einig, der nicht nur die Erbengemeinschaft, sondern auch Sarno-Liebhaber überraschte. Der Betrag für die Bilder war von Ihrem Vater an diesen Warring überwiesen worden. Direkt an ihn, nicht an die ›Merz-Stiftung‹. Das ist nur ein Fall. Solche Transaktionen haben die Kontostände Ihres Vaters natürlich rasch dezimiert.

Es sieht fast so aus, als hätte Vater die Bilder durch einen Strohmann zurückkaufen lassen, sagte Rob. Aber dann müssten sie irgendwo sein.

Oder er hat sie weiterverkauft, an einen Kunden, der bereit war, jeden Preis für einen Sarno zu zahlen.

Dann müsste das Geld irgendwo sein.

Die Welt ist klein geworden. Es gibt viele Banken. Außerhalb von Europa. Denken Sie an Cayman, Brunei, Malaysia. Doktor Weinberg müsste Bescheid wissen. Ihr Vater hielt sich oft in Indien auf.

Dönhoff rührte in seinem Espresso. Das klingt alles hübsch logisch, fuhr er fort, eines macht mich bei der Geschichte stutzig, im Kunsthandel ist es bei Millionengeschäften üblich, dass die Galerie das entsprechende Bild einem Interessenten in Kommission anbietet. Erst wenn der Käufer gezahlt hat, erhält der Verkäufer sein Geld. Die Bank wird kurzfristig eingeschaltet, bis zur Übergabe des Kunstwerks. Es handelt sich um einen Überbrückungskredit zu einem relativ hohen Zinssatz. Ihr Vater war ein außergewöhnlich erfolgreicher Geschäftsmann, es fällt mir schwer zu entscheiden, worin er besser war, als Kunstkenner oder als Vermarkter von Kunst. Henry Wallburk war ein korrekter Mann, gnadenlos hart, aber immer korrekt. Wer mit ihm zu tun hatte, wusste das und war gewarnt. Ich konnte mir nie erklären, warum Ihr Vater zum ungünstigsten Zeitpunkt seine Aktienpakete verschleuderte, um riskante Kunstgeschäfte zu tätigen. Nehmen wir an, er nahm den Verlust der Wertpapiere in Kauf, weil er durch den Rückkauf der Bilder einen weit größeren Gewinn erwartete, dann hätte dieser Gewinn in schwindelnden Höhen angesiedelt sein müssen.

Denken Sie an van Gogh. Wenn ich mich nicht täusche, vor ein paar Wochen wurde ein van Gogh in New York für über hundert Millionen ersteigert.

Van Gogh, ja. Bei aller Wertschätzung, Sarno war kein van Gogh. Und bis es so weit war, hat es fast hundert Jahre gedauert. Nehmen wir einmal an, es sei so gewesen, dann kommen wir wieder zu Ihrer Frage: Wo ist das Geld? Hat Ihr Vater ein Testament hinterlassen?

Ich habe es im Tresor der Bank Bär gefunden, antwortete Rob. Datiert 1997. Es sind nur zwei Sätze: Alleinerbe Robert Wallburk, Doktor Weinberg soll als Testamentsvollstrecker fungieren.

Dönhoff schüttelte langsam den Kopf. Seltsam, sagte er, Ihr Vater hat das Testament also vor dem Prozess geschrieben. Glauben Sie, dass es eine spätere Fassung gibt?

Fragen Sie mich etwas Einfacheres. Ich habe Vater nach seiner Entlassung nur zweimal gesehen, als ich ihn vom Gefängnis nach Hause fuhr und drei Jahre später als Toten.

Verstehe. Wie man es dreht, eine merkwürdige Geschichte. Es stünde eine gewisse Logik hinter dem Rückkauf der Bilder, wenn er sie für das geplante Museum in seinen Besitz bringen wollte. Aber zu dem Zeitpunkt hatte er den Plan ja bereits aufgegeben. Gesetzt den Fall, Ihr Vater hat die Bilder weiterverkauft, wo sind die Käufer, die bereit waren, solche Summen zu zahlen? Und da ist noch etwas, das gegen diese Annahme spricht: Warum hat Ihr Vater zur Zeit, als er das Testament verfasst hat, den Kandinsky verpfändet?

Die ›Improvisation 10‹ im Arbeitszimmer?

Dönhoff nickte. Genau die, sagte er. Ich weiß nicht, wo das

Bild jetzt hängt. Ihr Vater hatte den Kandinsky bei der Bank für einen Millionenkredit hinterlegt. Wir machen solche Geschäfte eigentlich nicht, aber zwischen unserem Senior und Ihrem Vater bestand so etwas wie eine Freundschaft. Es gab eine Abmachung, dass das Bild unter der Bedingung einer entsprechenden Versicherung in der Villa an der Wand bleiben konnte.

Ich begreife das nicht, sagte Rob. Ist der Kandinsky noch immer im Besitz der Bank?

Noch immer. Dönhoff hob wie entschuldigend die Schultern. Die anfallenden Zinsen werden aus dem Rest der Guthaben abgebucht. Ich hatte gedacht, Sie wüssten Bescheid. Nun, ein Beinbruch ist es wohl nicht, das Bild dürfte in der Zwischenzeit das Doppelte wert sein.

Rob stand auf. In seinem Bauch hatte es angefangen zu rumoren, so laut, dass er fürchtete, Dönhoff könnte es hören. Ich komme mir vor wie in einem verrückten Traum, sagte er und nahm mit einer langsamen Bewegung die Brille ab. Doktor Weinberg hat vermutlich von allen Unterlagen eine Abschrift, fragte er dann.

Hat er. Wenn Sie Fragen haben, rufen Sie an. Er reichte Rob seine Karte. Unter der Handynummer können Sie mich immer erreichen.

Ja, doch eine Frage habe ich, sagte Rob. Es scheint so, als hätten Sie meinen Vater gemocht. Können Sie sagen warum?

Über Dönhoffs Gesicht huschte ein Lächeln. Mögen konnte man Henry Wallburk eigentlich nicht, sagte er, aber es war auch unmöglich, ihn nicht zu mögen. Klingt paradox, ich weiß. Dönhoff zog ein längliches Feuerzeug aus der Tasche. Damals habe ich noch Zigarren geraucht, fuhr er fort, obwohl ich das Ding nicht mehr brauche, trage ich es immer mit mir herum. Bei unserem letzten Treffen hier in der Bank hat Ihr Vater mir das Feuerzeug geschenkt. Mit meinem Monogramm eingraviert. Ich war völlig perplex. Dieses Geschenk hat unserer letzten Begegnung eine Bedeutung gegeben, die sie damals gewiss nicht gehabt hat. Erst durch seinen Tod wurde mir das wieder bewusst.

Beide schwiegen einen Moment. Dann fragte Rob, können Sie sich vorstellen, dass Vater sich mit esoterischen Dingen beschäftigt hat? Dass er Mitglied einer Loge oder ähnlichen Vereinigung gewesen ist?

Ihr Vater? Dönhoff verschluckte ein Lachen, als er fortfuhr, das glaube ich kaum. Wir haben uns einmal über Echnaton unterhalten. Ihr Vater bewunderte Echnaton, er bewunderte die alten Ägypter dieser Periode, sie haben das diesseitige Leben vor ein vages Jenseits gestellt. Ich glaube, Ihr Vater hat sich über das Jenseits nie groß Gedanken gemacht. Warum fragen Sie?

Ich dachte an die merkwürdige Art seines Todes.

Merkwürdig, allerdings, sagte Dönhoff, um nicht zu sagen unheimlich. Jetzt, nachdem seit den merkwürdigen Transaktionen Ihres Vaters einige Zeit vergangen ist, habe ich das Gefühl, als müssten wir das Unheil geahnt haben. Es gab unübersehbare Hinweise, das irrationale, vielleicht sogar panische Verhalten eines besonnenen Mannes. Aber keiner von uns hat etwas gesagt, auch Doktor Weinberg anscheinend nicht. So ist es immer. Keiner flüstert auch nur, solang der Jongleur auf dem Hochseil ist, man sitzt da, schaut zu und tut seine Weisheit kund, wenn das Unglück geschehen ist.

Dönhoff streckte Rob die Hand hin. Tut mir leid, sagte er, mehr kann ich im Augenblick nicht für Sie tun.

XII

Rob überquerte die Bahnhofstraße und ging zur Konfiserie Sprüngli. Am Paradeplatz entdeckte er in einem Kiosk zwei seiner Comicbücher, ›Abendgarderobe für Nacktschnecken‹ und ›Die Frösche mit den grauen Bäuchen‹. Im Jahr der Trennung von Ana hatte er an den Geschichten gearbeitet, vierzehn Stunden am Tag, um über nichts anderes nachdenken zu müssen. Wie viel hundert Jahre waren seither vergangen? Er kaufte zwei Schachteln Champagner-Truffes, eine für Ana, die andere würde er Patrik mitbringen. Im Café nebenan trank er zwei Gläser Wasser. Das Gespräch mit Dönhoff hatte ihn mehr bewegt, als er sich zunächst eingestehen wollte. Während er auf die Passanten vor den Fenstern blickte, kam er sich noch immer vor wie im Theater. Gleich würde der Vorhang fallen und alles wäre nicht wahr. Er bestellte ein drittes Glas Wasser. Auf die Frage der Bedienung, ob er sonst etwas möchte, antwortete er mit einem stummen Kopfschütteln.

Er hatte nichts gewusst. Von alldem hatte er nichts gewusst. Solang der Jongleur auf dem Hochseil ist, sitzen sie da, schauen zu und warten … hatte Dönhoff gesagt. Zum ersten Mal in seinem Leben empfand Rob Mitleid mit seinem Vater.

Um drei Uhr war er wieder in der Bank Bär. Die Blondine vom Empfang brachte ihn in einen fensterlosen Raum im Souterrain. Er wurde von einem jungen Mann in grauer Uniform erwartet. Die Aufnahmen der Überwachungskamera waren schwarz-weiß und teilweise unscharf. Der Vater hatte den Tresor am 4. März 2002 morgens um zehn Uhr dreiunddreißig aufgesucht. Genau drei Monate, nachdem er aus der Untersuchungshaft entlassen worden war. Die Aufnahme zeigte den Vater von hinten. Er trug die Lederjacke, die Rob in der Villa mitgenommen hatte und jetzt anhatte.

Der Vater war viereinhalb Minuten im Tresor geblieben, mit einem Aktenkoffer wieder in den Vorraum getreten und in Begleitung einer Bankangestellten zum Lift gegangen. Rob fragte, ob er sich den letzten Teil noch mal ansehen könne. Wieder ging der Vater den Gang entlang. Den Kopf gesenkt, die Schritte langsam und schleppend, als sei er tief in Gedanken und würde nicht auf seinen Weg achten.

Rob dachte an den Mann, den er am ersten Tag des Prozesses aus dem Zuschauerraum des Landgerichts heraus beobachtet hatte. Der Vater hatte keine Akten bei sich, als wollte er sagen: ›Ich habe alles im Kopf.‹ Es hatte zu seiner unnachahmlichen Selbstsicherheit gepasst, mit der er sich auf den ihm zugewiesenen Stuhl setzte. Keine Spur von Arroganz. Er schien einfach nur die Gewissheit zu haben, dass es nichts gab, das er nicht mühelos bewältigen könnte. Rob war sicher, dass er nichts von dieser Gewissheit wusste, das hätte sie geschmälert, nein, er ›selbst‹ war diese Gewissheit.

Augen von einem intensiven Blaugrau. Es war nicht leicht gewesen, die Augen des Vaters zu betrachten, ohne das Gefühl zu bekommen, man sei taktlos. Es waren amüsierte, kalt abschätzende Augen. Wenig Sanftmut. Hin und wieder zuckten die Brauen bei einer Bemerkung des Staatsanwalts, wie die Nase eines Jagdhundes zuckt, wenn er Witterung aufnimmt. Rob hatte das Gerichtsgebäude an diesem Morgen in der

Überzeugung verlassen, dass sein Vater zu jener seltenen Spezies gehörte, der es mühelos gelingt, sich alles Störende vom Leib zu halten, ja sogar, so paradox es klingt, die Tatsache, dass er krank werden oder sterben könnte. Und er hatte sich gefragt, ob dieser Mann irgendwann einmal in seinem Leben unvergesslich geliebt hatte. Seine Mutter zum Beispiel.

Rob unterschrieb eine Quittung und verließ die Bank. Irgendetwas hatte den Vater nach seiner Entlassung aus der Untersuchungshaft verändert. Aber was? Während Rob in Richtung Limmat weiterging, empfand er wieder dieses seltsame Gefühl von Erleichterung, das ihn trotz der üblen Nachrichten den ganzen Morgen begleitet hatte. Erleichterung, dass aus seinem Vater plötzlich ein ganz normaler Mensch geworden war, der Fehler beging. Bei jedem Schritt über die Quaibrücke schrumpfte der Vater neben ihm, während er selber wuchs. Am Bellevue begegneten sie einander auf Augenhöhe.

Rob war um vier Uhr mit Ana am Stierbrunnen verabredet. Sie wollten ins Kunsthaus, um sich die beiden Sarnos anzuschauen, die 1987 auf Beschluss der ›Kunstfreunde Zürichs‹ gegen erheblichen Widerstand des Finanzkomitees bei ›Wallburk & Hoffmann Gallerys‹ angekauft worden waren.

Na, wie war Dein Tag, fragte Ana. Warte, lass mich raten. Du siehst aus, als hättest Du eine Überraschung erlebt ...

Allerdings. Während sie die Rämistraße hinaufliefen, erzählte Rob, was er von Copecci und Dönhoff über seinen Vater erfahren hatte.

Ana hatte lächelnd zugehört. Du wirst schon nicht verarmen, sagte sie und hängte sich leicht bei ihm ein. Armut schneidet von allem ab und Reichtum schirmt von allem ab. Bleib Du nur schön in der Mitte.

Darum geht es mir nicht, sagte Rob, ich frage mich nur, warum Vater das alles gemacht hat. Wo sind die Bilder geblieben? Komm, wir müssen uns beeilen, van Napier wartet seit einer Viertelstunde.

Rob hatte seinen Besuch von München aus bei dem Direktor des ›Kunsthauses‹ angemeldet. Sein Vater und van Napier waren auf eine lockere Art befreundet gewesen, seit der um dreißig Jahre jüngere Kunstmanager die Leitung des ›Hauses der Kunst‹ in München übernommen hatte. Rob erinnerte sich an die wundervollen Liliensträuße, die der bohemienhaft wirkende Holländer seiner Stiefmutter ins Haus geschickt hatte.

Ole van Napier begrüßte Ana mit einem galanten Handkuss. Was für eine Überraschung, sagte er und wandte sich an Rob. Frau Doktor Krögel lebt einen Stock unter mir, ich meine das natürlich rein räumlich. Er war alt geworden, seit Rob ihn das letzte Mal gesehen hatte. Die schulterlange blonde Mähne war verschwunden, van Napier hatte kein einziges Haar mehr auf dem Kopf und einen fahlgrauen struppigen Schnurrbart mit rostbraunen Spuren von Nikotin. Schnupftabak, sagte er lächelnd, die letzte Möglichkeit seinem Laster treu zu bleiben, seit die Fitnessspießer den Rauchern das Leben schwer machen.

Rob hatte sich gefreut, van Napier zu sehen, er hatte den unkonventionellen Ausstellungsmacher immer gemocht, ja eine Zeit lang für seine Zivilcourage sogar bewundert. Van Napier hatte sich mit Ausstellungen zum Thema ›Sehnsucht nach Gott‹ nicht nur Freunde gemacht. Als Kurator für Video-Kunst am New Yorker ›MOMA‹ hatte er die Tauglichkeit der ›Zehn Gebote‹ für eine heutige Ethik hinterfragt. Die Ausstellung war zu einem Skandal geworden. Erzkonservative Kreise der amerikanischen Rechten hatten van Napiers Homosexualität angeprangert und ihn schließlich so weit gebracht, dass er verbittert nach Europa zurückgekehrt war. Rob erinnerte sich an van Napiers Lebensgefährten, einen argentinischen Tänzer, der die schönsten Blumensträuße komponiert hatte, die man sich denken konnte.

Was macht Fidelio, fragte Rob, schwelgt er noch immer in seinen Rosen?

Fidelio? Van Napier strich vorsichtig über seinen Schnurrbart, als fürchtete er, dabei ein Haar auszureißen. Fidelio war ein Irrtum, sagte er. Ich bin weise geworden und lebe nach dem Grundsatz, lieber eine gute Flasche Wein auf dem Tisch als einen Skorpion im Bett. Er wurde wieder ernst. Eine abscheuliche Geschichte, das mit Deinem Vater. Weiß man, wer ihn umgebracht hat?

Die Polizei jongliert mit allerhand Theorien. Ich weiß nicht, was inzwischen passiert ist. Der Kommissar scheint ein tüchtiger Mann zu sein.

Weinberg hat mich angerufen, gleich nachdem er von Henrys Tod erfahren hatte. Du warst im Spital noch unter dem Messer. Wie geht's?

Im Augenblick bin ich zufrieden.

Van Napier führte Rob und Ana eine Treppe hinab und blieb vor der Tür eines Transportlifts stehen. Wir müssen einen Stock tiefer, sagte er, der Keilrahmen des Sarno musste im Atelier an den Kreuzen verstärkt und die Leinwand neu gespannt werden.

Der Sarno? Ich dachte, das Kunsthaus besitzt zwei Bilder?

Dachte ich auch. Als ich nach Zürich kam, hatte mein Vorgänger eines der beiden Bilder verkauft. Er konnte einem Wahnsinnsangebot aus England nicht widerstehen; für den Erlös konnten die ›Kunstfreunde‹ sich ein paar alte Träume verwirklichen. Julian Freud, Kiefer und noch ein paar kleinere

Sachen. Heute bereuen sie es. Es sieht so aus, als sei die ganze Welt hinter Sarnos Arbeiten her. Der Markt ist ausgetrocknet. Aber ich glaube, das bessere der beiden Bilder ist noch immer im Haus.

Weiß man, wer das Bild gekauft hat?

Ein Privatmann aus London. Ich kann mich erkundigen.

Alain Warring?

Warring? Weiß nicht, könnte sein.

Van Napier öffnete die Tür zu den Ateliers. Hier wurden die hausinternen Reparaturarbeiten durchgeführt. Es roch nach Lösungsmitteln und Harz. Während van Napier die Havitt-Strahler einschaltete, erzählte Rob, was er von Copecci und Dönhoff erfahren hatte. Sowohl das Geld als auch die Bilder scheinen sich in Luft aufgelöst zu haben, sagte er.

Merkwürdig, sagte van Napier, meinst Du, Dein Vater könnte die Bilder für sein Museum gekauft haben?

Zur Zeit dieser Käufe war das Projekt bereits gestorben.

Van Napier schüttete eine Prise Tabak auf die Kuhle hinter dem Daumen des rechten Handgelenks und zog das Pulver in die Nasenlöcher. Du wirst schon nicht am Hungertuch nagen, sagte er lächelnd. Irgendwo müssen die Bilder ja sein. Sie werden wieder auftauchen. Es wäre ein Fest für den Kunstmarkt, stell Dir vor. Seit Jahren ist kein Sarno in den Handel gekommen, weder bei Sotheby's noch bei Christie's. Seltsam an der Geschichte ist, man hat sogar versucht, während des Umbaus bei Getty in Santa Monica einen Sarno aus dem Depot zu stehlen.

Van Napier war zu einer drehbaren Plattform in der Mitte des Raums gegangen, auf der ein etwa zwei mal drei Meter großes Bild mit der Rückseite zum Betrachter an Stahlbügeln hing. Van Napier drehte die Plattform um hundertachtzig Grad.

Rob hörte, wie Ana neben ihm die Luft einsog und den Atem anhielt. Das Bild hatte etwas Atemraubendes; eine auf den ersten Blick monochrome Fläche von tiefstem Blau, die erst nach längerer Betrachtung eine hypnotische Sogwirkung auslöste. Nach ein paar Sekunden intensiven Schauens hatte Rob den Eindruck, als würde eine ebenso intensive Energie auf ihn zurückstrahlen. Es schien, als hätte das Bild einen Dialog begonnen, nicht in Form von Frage und Antwort, sondern einen unartikulierten Dialog in einer ihm fremden Sprache.

Van Napier drehte das Licht der Havitt-Strahler eine Spur stärker. Ich staune immer wieder über die Wirkung von Sarnos Bildern, sagte er. Sie haben etwas Sakrales. Wo vor ein paar Jahren noch die wunderbaren Farbtafeln Mark Rothkos zum meditativen Abheben einluden, bringt heutzutage ein Filmprojektor eine leere Lichtfläche auf die Leinwand. Füllen muss der Betrachter sie mit seinen eigenen Geschichten. Sarno hat diese Experimente zerstört. Seine Bilder führen uns zurück zu den frühen mesopotamischen Tempelmalereien und zugleich weit voraus in eine geheimnisvoll verschleierte Zukunft. Vielleicht wirken seine Arbeiten deshalb so überzeugend, weil der moderne Gott sich in unserem Alltag aufgelöst hat. Die Gottesvorstellung ist persönlich geworden. Mag sein, es klingt überspannt, wenn ich sage, durch die metaphysische Transparenz in Sarnos Bildern kann der Mensch sich als Teil der Schöpfung sehen.

Van Napier hatte während der letzten Sätze auf Ana geblickt, über deren Gesicht ein leises Lächeln huschte. Sie haben recht, sagte sie in nachsichtigem Tonfall, aber so weit würde ich nicht gehen. Es ist ein wundervolles Bild, ganz gewiss. Von einer überirdischen Erfahrung zu reden, kommt mir als Wissenschaftlerin ein wenig gewagt vor. Ich kann in Sarnos Bildern ein geohistorisches Prinzip erkennen; eine Lage liegt über der anderen, deckt sie zu und macht scheinbar unkenntlich, was unter ihr ist, bis sie schließlich selber zum Sediment wird. Was mich fasziniert, ist die Farbe. Welchen Stein mag Sarno verwendet haben, um diese Wirkung zu erzielen? Lasurstein aus dem Hindukusch? Haben Sie sich darüber Gedanken gemacht?

Van Napier lachte. Was glauben Sie, sagte er, natürlich. Heerscharen von echten und selbst ernannten Experten haben sich mit der Frage beschäftigt. Bis heute ohne schlüssiges Ergebnis. Man weiß nur, dass es sich mit großer Wahrscheinlichkeit um Pigmente aus den Bergen am Oberlauf des Oxus handeln muss. Waterspill hat darüber geschrieben, ›Sar-e-Sang‹ zum Beispiel, der ›Ort der Steine‹. Oder die Lapislazuli-Minen von Badakhshan. Es soll dort geheime Stollen geben, die seit Jahrhunderten verschüttet sind.

Rob war dem Gespräch mit halbem Ohr gefolgt. Sein Blick war noch immer auf das Bild gerichtet. Er hatte eine Zeit lang die Vorstellung gehabt, die blaue Leinwand sei ein Ort und er könnte in ihm leben, wie man in einem Land lebt. Als van Napier die Havitt-Strahler ausschaltete, war die blaue Fläche im schwachen Licht der Deckenbeleuchtung fast schwarz.

Ihr müsst mich entschuldigen, sagte er, in einer halben Stunde kommt Ron Davison von der ›Modern Tate‹; es geht um eine Rothko-Ausstellung im nächsten Frühjahr. Er wandte sich an Rob. Wie lang bleibst Du in Zürich?

Bis morgen Nachmittag. Wir könnten uns zum Mittagessen in der Kronenhalle treffen.

Abgemacht. Ich bringe Maddox mit, er ist Kurator beim ›MOMA‹, einer der kompetenten Leute, was die Malerei mit Naturfarben angeht.

XIII

Eine Stunde später stand Rob vor Anas Haustür an der Kirchgasse. Ana hatte ein kaltes Abendessen eingekauft, sie wollte Rob ihre neue Wohnung zeigen und er sollte sich mit Seidenfuß anfreunden, bevor er ihn nach München mitnehmen würde. Die Häuser an der Kirchgasse waren von Kriegen verschont geblieben und fast alle mehr als fünfhundert Jahre alt. In dieser Gegend hatten Marx und Lenin und für kurze Zeit auch James Joyce gelebt.

Als sie die Treppe hinaufgingen, fragte Rob, hat Dich der Sarno überhaupt nicht beeindruckt?

Ja doch. Natürlich hat er mich beeindruckt. Und wie. Deshalb meine Reaktion. Ich frage mich allerdings, ob es allein das Blau ist, was uns an Sarnos Bildern so fasziniert. Was ist Blau? Steht eine Farbe nicht immer in Verbindung mit einer anderen Farbe? Der Himmel ist nicht blau, er wird es durch das Zusammenwirken verschiedener anderer Faktoren. Außerdem, Du kennst meine Skepsis allem gegenüber, was nach Weihrauch riecht. Das ist meine hugenottische Erziehung.

Rob lächelte. Da bist Du in Zwinglis Stadt genau richtig, sagte er. Mir hat man im Internat geraten, schleunigst den Tisch zu wechseln, an den ein Reformator sich hinsetzt.

Anas Wohnung war dunkel, mit niedrigen Holzdecken. Es

roch nach Gebratenem. Ich dachte, Du wolltest kalte Sachen einkaufen?

Den Kalbsbraten habe ich heute Morgen gemacht. Den kriegst Du jetzt kalt. Geh schon in die Stube. Ich bin gleich da.

Rob stellte seine Tasche neben den Kachelofen und setzte sich in einen Schaukelstuhl. Wie Anas Wohnzimmer in München strahlte auch dieser Raum eine behagliche Bewohntheit aus; das Geheimnis lag wohl darin, dass alle Dinge ihren richtigen Platz hatten, wie Steine in einem japanischen Sandgarten. Die Souvenirs ihrer Reisen waren zu einem farbenfrohen Mantel verwoben, in den Ana sich hüllen konnte, wenn sie erschöpft von ihrer Arbeit nach Haus kam.

Er erschrak, als etwas Dunkles, Schweres auf seinem Schoß landete. Seidenfuß war lautlos aus der Küche gekommen; jetzt lag er quer über Robs Knien, ließ die Pfoten entspannt herabhängen und blickte auf einen Lampenschirm als wäre er eine Maus. Rob hätte jetzt am liebsten die Schuhe ausgezogen, aber dafür war der Abstand zwischen ihm und Ana zu groß geworden. Der Kater hatte angefangen zu schnurren. Aus der Küche drang Klappern von Geschirr. Rob setzte Seidenfuß auf den Boden und ging den Geräuschen nach. Ana stand mit dem Rücken zu ihm an einem Tisch. Wunderbare altmodische Gerätschaft an den Wänden, Kupferpfannen, gusseiserne Töpfe, Hackmesser mit speckig glänzenden Holzgriffen, gezeichnet von jahrzehntelangem Gebrauch. Summen eines vorsintflutlichen Kühlschranks. In dieser Höhle roch es nach Knoblauch und gedünsteten Zwiebeln. Hier war kein Platz für den beängstigend weiten Atem der Rätsel, die Rob umgaben, seit er das Krankenhaus verlassen hatte. Das hier war der warme Bauch der Wohnung, Anas Altar, auf dem sie das archaische Sakrament des Kochens darbrachte.

Bin gleich so weit, sagte sie über die Schulter. Sie warf einen Blick auf den Kater, der seinen Rücken an Robs Schienbein rieb. Siehst Du, sagte sie, er hat Dich nicht vergessen.

Während des Essens redeten sie über Belangloses. Keiner stellte Fragen. Ihrer Abmachung folgend umgingen sie all jene Stellen, an denen Vergangenheit archiviert war oder Zukunft geplant werden könnte. Später kam Rob auf die Gespräche bei den Banken. Er erzählte vom Video, das seinen Vater bei seinem letzten Besuch im Tresor zeigte. Er war verändert, sagte er, alles an Vater war verändert. Seine Haltung, der Gang.

Und die Schrift, sagte Ana, wie er den Brief schrieb. Weißt Du, was mir gerade durch den Kopf ging? Das eigentliche Testament Deines Vaters ist nicht das aus dem Tresor, sondern der Brief. Dein Vater wollte Dir etwas Wichtiges mitteilen. Davor wurde er ermordet.

Daran habe ich auch gedacht. Aber was wollte er mitteilen? Wurde er ermordet, damit mich diese Mitteilung nicht erreicht? Meinst Du, er wollte mir sagen, wo sich die Bilder befinden? Oder, wenn er sie weiterverkauft hat, wo er das Geld deponiert hat?

Das vielleicht auch. Ana schüttelte nachdenklich den Kopf. Ich könnte mir vorstellen, dass es um mehr ging. Um etwas, wovon wir keine Ahnung haben. Ist nur so ein Gefühl. Sie stand auf. Möchtest Du Käse oder heiße Pfirsiche in Cointreau?

Rob entschied sich für die Pfirsiche. Im Safe habe ich die Schildkröte gefunden, sagte er, das heißt, was von ihr übrig ist.

Er holte das Päckchen aus der Tasche und wickelte die Reste der Skulptur aus.

Ana beugte sich über den Tisch. Dann stand sie auf. Die Brille, sagte sie. Seit einem Jahr brauche ich für knifflige Dinge eine Brille. Sie zog die Skulptur zu sich heran. Ich habe sie mir ganz anders vorgestellt, sagte sie leise. Ihr Gesicht nahm jenen konzentrierten Ausdruck an, mit dem ein Uhrmacher sich über ein zerbrochenes Meisterwerk beugt. Rob beobachtete sie, den gesenkten Kopf, das im Nacken mit einem Band zum Pferdeschwarz gefasste Haar. Die ersten grauen Fäden, dachte er. Ana strich mit der Daumenkuppe über die Bruchstellen im Panzerrand. Rob wunderte sich über die Flinkheit ihrer Finger, man bemerkte sie erst, wenn sie bei der Arbeit war, wie jetzt, tastend, prüfend, oder mit dem Geologenhammer oder dem Pinsel. Er erinnerte sich, wie sie einmal mit Streichhölzern ein gebrochenes Amselbein geschient hatte.

Ich brauche eine Lupe, sagte sie. Hast Du die Löcher gesehen?

Als hätte jemand Proben entnommen …

Mit einem Bohrer. Aber warum? Warum wurde das Kunstwerk verstümmelt? Kannst Du Dir vorstellen, dass Dein Vater das getan hat?

Rob hob die Achseln. Eigentlich nein, aber langsam bin ich so weit, dass ich mir alles vorstellen kann. Nur, warum hätte er das tun sollen?

Ana schien ganz in die Betrachtung der Skulptur versunken. Zentimeter für Zentimeter tasteten ihre Finger unter der Lupe über den aufgebrochenen Stein. Eine Art Pyrit, sagte sie, solche Lasursteine findet man im Norden Pakistans, van Napier hatte von Badakhshan gesprochen. Aber für diese Gegend scheint mir der muschelige Bruch zu filigran. Sie nahm ihre Serviette, schüttete Mineralwasser darauf und feuchtete die Bruchstelle an.

Siehst Du? Jetzt sieht man das Blau, sagte sie, es entsteht durch die in Silikatgitter eingeschlossenen Schwefelverbindungen. Mineralogen haben für solche Mineralpigmente eine Formel, Natrium-Calcium-Aluminium-Silikat ... Plötzlich lächelte sie, als ihr bewusst wurde, dass Rob Bahnhof verstand. Verzeih, sagte sie, ich hab ganz vergessen, dass Du nicht von der Zunft bist.

Kann man feststellen, woher die Skulptur kommt, fragte Rob. Vater sprach von Ägypten.

Das mit Sicherheit nicht. Pyrite mit splittrigem Bruch gibt es in Nordafrika nicht. Man müsste eine Probe entnehmen. Aber auf die Idee ist schon jemand vor uns gekommen. Weißt Du, was ich gedacht habe, während ich den Stein untersuchte?

Ich bin kein Hellseher.

Ana schüttelte ungeduldig den Kopf. Manchmal geht die Fantasie mit mir durch, sagte sie. Wenn das Blau der transparenten Partikel stärker hervortreten würde, könnte man glauben, Sarnos Bilder seien mit Pigmenten dieses massakrierten Kunstwerks gemalt.

Sarno hat die Schildkröte niemals gesehen.

Bist Du sicher? Sarno hatte offensichtlich ein Faible für Experimente mit natürlichen Farben.

Rob schwieg einen Moment, bevor er sagte, eine verrückte Idee, Ana, denkbar wäre es. Für ein ideales Blau hätte Vater die Skulptur wahrscheinlich geopfert. Dann hätte er gelogen, als er behauptete, er wisse nicht, mit welchen Farben Sarno gearbeitet hat.

Was tut ein Geschäftsmann nicht alles, um aus einem attraktiven Geheimnis Kapital zu schlagen. Das geheimnisvolle Blau in Sarnos Bildern – wenn das nicht verkaufsfördernd ist. Die Sache lässt sich leicht klären. Wenn Du nichts dagegen hast, ich könnte die Schildkröte einem Freund von mir geben. Piet Lichtenberg ist Professor an der ETH, er hat neben Geologie auch Archäologie studiert und forscht privat auf diesem Gebiet. Sein Hobby ist der Mittlere Osten. Du kennst van Napier gut genug, ihn könntest Du fragen, ob er Dir vom umgeschlagenen Rand der Leinwand des Sarnos eine Materialprobe verschaffen kann. Dann wüssten wir Bescheid. Einverstanden?

Ana hatte die Brille neben die Skulptur gelegt. Ihr Gesicht war rot vor Begeisterung. Prima Idee, sagte Rob, ich treffe van Napier morgen Mittag. Wie heißt der Typ bei der ETH? Vielleicht kennt ihn van Napier.

Ich würde lieber nicht über die Skulptur reden. Sag ihm, ich sei aus wissenschaftlichen Gründen an der Zusammensetzung der Pigmente interessiert.

Sie saßen einen Augenblick schweigend am Tisch und blickten auf den Kater. Seidenfuß lag in seinem Korb auf dem Rücken, manchmal zuckte eine Pfote, er träumte von seiner eigenen Schlaffheit und Wärme. Ich hole noch Wein, sagte Ana. Während sie aufstand, streifte ihr Handrücken leicht über Robs Schulter. Du könntest inzwischen das Geschirr in die Küche bringen ...

Rob hatte im Klang ihrer Stimme jene Abgeklärtheit gespürt, die ihm abging. Ana hat ihre Liebe überwunden, ohne sie zu zerstören, dachte er, sie hat sie zu einer Freundschaft heranreifen lassen.

Er stellte die Teller aufeinander und brachte sie in die Küche. Es war halb elf. Eigentlich wollte er keinen Wein mehr. Er war müde. Als Ana kam, sagte er, nur noch ein Glas. Du musst aufschreiben, wie ich Seidenfuß füttern muss. Braucht er für den Zoll irgendwelche Papiere?

Ich richte für morgen alles her, sagte Ana, ich habe einen kleinen Weidenkäfig, tut mir leid, ich weiß, Du hasst Gepäck. Und Seidenfuß hasst den Käfig.

Das Gespräch kehrte zurück zu Belanglosem. Um elf stand Rob auf. Als sie vor die Tür traten, wurden im Treppenhaus Stimmen laut. Es blieb keine Zeit, etwas Persönliches zu sagen und Rob war froh darüber. Es blieb auch nichts zu sagen. Er wollte den ermüdenden Wiederholungen aus dem Weg gehen, die zu jeder Liebe gehören und die sie schließlich auslaugen und töten.

XIV

Die Galerie ›Wallburk & Hoffmann‹ lag an der Rämistraße, fünfzig Meter bergan von der Kronenhalle entfernt. Außer einem briefkastengroßen Schaufenster, in dem das Schwarzweiß-Foto einer Arbeit des Künstlers McCarthy gezeigt wurde, deutete nichts darauf hin, dass sich hinter dem schmiedeeisernen Tor eine der renommiertesten Galerien Europas befand. Rob war eine Stunde zu früh. Er war um fünf Uhr nach wirren Träumen erwacht und hatte nicht mehr einschlafen können.

Im Gegensatz zum barocken München waren in der Zwinglistadt die meisten Restaurants um diese Zeit noch geschlossen. Rob ging über das Bellevue zum See und schaute zu, wie eine alte Frau Enten fütterte. Seine Tabletten fielen ihm ein; er hatte sie in der Wohnung vergessen. Die Croissants, die er zum Frühstück gegessen hatte, lagen ihm im Magen und er spürte wieder dieses leise Rumoren im Bauch. Er dachte an die beschwichtigenden Worte des Professors, aber ich bitte Sie, nur keine schwarzen Gedanken, Herr Wallburk, das kommt schon in Ordnung, alles braucht seine Zeit. Langsam ging er zurück zur Galerie. In der Vorhalle waren Handwerker beschäftigt, die Wände für eine bevorstehende Vernissage zu weißen. Die Sekretärin teilte ihm mit, dass die Galerie erst ab vierzehn Uhr geöffnet sei, ob sie ihm helfen könne?

Ich bin mit Herrn Hoffmann verabredet, sagte Rob, Robert Wallburk.

Robert Wallburk ... fragte die Frau. Sie steckte den kleinen Finger ins Ohr, als ob sie Wasser herausschütteln wollte. Natürlich, Herr Wallburk. Sie warf einen Blick auf ihre Agenda, Sie werden erwartet.

Kurt Hoffmann erinnerte Rob in manchen Dingen an seinen Vater. Die anglophile Eleganz, was die Kleidung betraf. Die Vorliebe für englische Wagen. Rob glaubte sich zu erinnern, dass sein Vater einmal gesagt hatte, wir haben denselben Schneider, den alten Hirst in der Beaver Street.

Hoffmann war ein großer hagerer Mann mit einer militärischen Haltung; obwohl sein Haar weiß war, wirkte er jugendlich und voll Energie. Sein Werdegang war erstaunlich. Bis vierzig war er als Diplomat für das Auswärtige Amt tätig gewesen und hatte sich nach dem Tod seines Vaters dank eines beträchtlichen Erbes dem zugewandt, was ihn seit seiner frühen Jugend beschäftigt hatte: der Kunst. Wallburk und Hoffmann waren ideale Partner, vor allem was die Kontakte des ehemaligen Diplomaten zu Persönlichkeiten aus Politik und Wirtschaft betraf. Hoffmanns leichter, müheloser Konversationston, der so ungekünstelt wirkte, machte ihn auf den ersten Blick sympathisch, obgleich Rob klar war, dass es sich um eine professionelle Haltung handelte, die scheinbare Intimität des geübten Diplomaten. Hoffmann hatte so viele Jahre damit verbracht, Menschen liebenswürdig zu behandeln und seine Herablassung vor ihnen zu verbergen, bis er es schließlich zu einer außerordentlich professionellen Aufrichtigkeit gebracht hatte, die ganz natürlich wirkte.

Hoffmann kam mit ausgestreckten Armen auf Rob zu. Mein Gott, wie lange ist es her, seit wir uns das letzte Mal gesehen haben? Zehn Jahre? Fünfzehn? Eine Ewigkeit. Sie sind in der Zwischenzeit ein erfolgreicher Künstler geworden. Er legte Rob den Arm leicht auf die Schulter und führte ihn zu einem Ledersessel vor dem Kamin.

Rob war sprachlos über die Herzlichkeit, mit der er empfangen wurde. Hoffmann begrüßte ihn so ausdauernd, als hätte er Rob schmerzhaft entbehrt und als verlangte ihm die Wiedersehensfreude besondere Standfestigkeit ab. Rob war nicht sicher gewesen, wie die Begegnung ausgehen würde. Hoffmann hatte gegen seinen Vater mehrmals Prozesse angestrengt und verloren; die ehemaligen Partner waren nach dem Verkauf von Wallburks Anteil Feinde geworden.

Es ist noch früh, sagte Hoffmann lächelnd, aber ich möchte mit Ihnen auf eine Gewohnheit zurückkommen, die Henry und ich jahrelang hochgehalten haben, nach einem guten Geschäft gönnten wir uns ein Glas Port. Sie wissen ja, in den letzten Jahren hat es zwischen Henry und mir Ärger gegeben, aus heutiger Sicht Bagatellen. Schwamm drüber. Ich hätte mit dem alten Knaben gern die Friedenspfeife geraucht.

Hoffmann stellte zwei Kristallgläser und eine Karaffe auf den Tisch. Porto Valdouro, sagte er, die Lieblingsmarke von Henry. Er hob sein Glas. Auf Henry, sagte er. Er wischte sich mit dem Taschentuch den Mund ab. Eine abscheuliche Geschichte, fuhr er fort, Ihr Vater hatte ja immer schon eine gewisse Vorliebe für extravagante Todesarten, aber dass das passieren musste. Weiß die Polizei, wer der Täter sein könnte?

Ich glaube, man tappt noch im Dunkeln.

Den Eindruck hatte ich auch. Vor ein paar Tagen war die Kripo zum dritten Mal hier. Sie wollten wissen, ob Henry Feinde gehabt hat. Was sagt man da? Natürlich hatte er Feinde, aber auf eine Art, wie jeder erfolgreiche Geschäftsmann sie hat. Henry war ein beherrschender Mann, nicht herrschsüchtig, aber beherrschend. Strahlend, überlegen. Das haben sogar die Frauen zu spüren bekommen.

Die Frauen? Ich hatte den Eindruck, Frauen seien im Leben von Vater eine Nebensache gewesen.

So war es auch, bis zu einem gewissen Grad. Er hat sich ein einziges Mal darüber geäußert, freilich ohne dabei das Wort ›Liebe‹ in den Mund zu nehmen. Es gebe nur drei Dinge in einer Beziehung, hat er gesagt, Begierde, Schönheit und Geborgenheit. Alle drei seien vergänglich. Am vergänglichsten sei die Begierde.

Hoffmann nahm sein Glas und hielt es gegen das Licht. Übrigens, diese Gläser, sie waren ein Geschenk Ihrer Stiefmutter Sabrina zur Gründung der Partnerschaft ›Wallburk & Hoffmann‹. Ich war damals verliebt in Sabrina. Aber wer war das nicht. Sie war kein Püppchen, sie war schön. Kennen Sie die Geschichte mit Weinberg? Weinberg war der engste Vertraute von Henry. Ich hatte sogar manchmal den Eindruck, dass Ihr Vater Weinberg brauchte, um ›ganz‹ zu sein; ich hoffe, Sie verstehen, was ich meine. Ich hatte damals Bedenken, ob das intime Verhältnis andauern würde, nachdem Henry dem guten Weinberg die Verlobte abspenstig gemacht hatte.

Sabrina? Weinbergs Verlobte? Davon hatte ich keine Ahnung.

Ihre Stiefmutter und Weinberg waren ein Paar, bis Henry Sabrinas spröden Liebreiz entdeckte und ihr den Hof machte, en passant und dennoch erfolgreich, etwas anderes war bei Henry nicht denkbar. Nach der Hochzeitsfeier im ›Goldenen Hirschen‹ in Salzburg fuhr Weinberg spät nachts nach München zurück. Anscheinend betrunken, ausgerechnet er, der sonst keinen Tropfen Alkohol angerührt hat. Bei der Mangfallbrücke passierte der Unfall. Weinberg war eingeschlafen. Seitdem ist er teilweise gelähmt.

Rob hatte erstaunt zugehört. Ein Unfall, sagte er, ich dachte, Weinberg sei aufgrund der Folgen einer Kinderlähmung im Rollstuhl?

So lautet die offizielle Version. Man hat nie darüber geredet. Ich habe von der Geschichte erst durch meine Frau erfahren. Sie wissen, Ada war Sabrinas jüngere Schwester.

Lebt Ada nicht mehr?

Sie ist vor zwei Jahren gestorben. Krebs wie Sabrina. Lassen Sie uns über etwas Vergnüglicheres reden. Was führt Sie zum alten Hoffmann?

Rob brauchte Zeit für eine Antwort. Ich wollte mehr über Vater erfahren, sagte er. Als Kind habe ich ihn in meiner Fantasie oft umgedichtet und darauf gewartet, dass aus der Dichtung Wahrheit werden würde. Er war, wie soll ich sagen, Vater war für mich wie ein Fremder. Es war schwer, ihm nah zu kommen.

Niemand kam Henry nah. Er war ein Geheimniskrämer, ein gottverdammter Geheimniskrämer. Ich habe in meiner ganzen Laufbahn als Diplomat niemanden gekannt, der die Kunst des Geheimnisses so beherrscht hätte wie Henry.

Jetzt hatte leiser Ärger in Hoffmanns Stimme gelegen, abgeschliffen von der Zeit, die hinter beiden lag. Ich fürchte, ich kann Ihnen mit meinem Wissen nicht dienen, fuhr er leise fort. Das wenige Private, das es zwischen uns gab, habe ich Ihnen gesagt. Alles andere wissen Sie vermutlich bereits, Henrys Instinkt, sein ›Siebter Sinn‹, der ihn Kunst und Geschäft auf geniale Weise verbinden ließ. Ich habe mich oft gewundert, wo Henry am Beginn seiner Karriere das Geld für den Ankauf von Bildern wie Picassos ›Garçon à la pipe‹ oder van Goghs

›Dr. Gachet‹ hernahm. Der ›Gachet‹ wurde später für zweiundachtzig Millionen bei Christie's versteigert. Es war einfach großartig, wie es ihm gelungen ist, die Ausstellung ›Le feu sous cendres‹ zustande zu bringen. Es war Marc Rothko, der Henry den Titel suggerierte. Er hatte ihn bei Martin Buber gefunden, in den Erzählungen der Chassidim: ›Feuer suchst Du? Du findest es in der Asche.‹ Kunst hatte für Henry etwas mit einem Hineinhorchen in die schöpferische Kraft der Geschichte zu tun, dem Aufdecken und Weitertragen von Urstoffen. Daher wohl auch seine ungewöhnliche Begeisterung für die Arbeiten von Sarno. Es war das ›Feuer‹, das er bei vielen zeitgenössischen ›Kunstmachern‹ vermisst hat.

Glauben Sie, dass das ein Grund für den Verkauf der Galerien gewesen ist?

Hoffmann wiegte den Kopf. Ich weiß nicht so recht, sagte er, das habe ich mich auch schon gefragt. Es muss noch einen anderen Grund gegeben haben, aber wie gesagt, wir haben darüber nie gesprochen. Seit der Zeit, in der Henry angefangen hatte, seine Geschäfte aufzubauen, ist der Kunsthandel nicht schwieriger geworden, nur eben ganz anders.

Hoffmann schenkte die Gläser voll, während er weitersprach. Schauen Sie, sagte er und machte eine vage Handbewegung in Richtung eines kleinen Bildes, das neben dem Schreibtisch an der Wand lehnte. Matisse, ›Nu couché vu de dos‹, eine außergewöhnliche Arbeit. Sie stammt aus der Whitney Collection. Henry hat das Bild im Lauf von dreißig Jahren viermal verkauft. Jetzt ist es aus einem Nachlass wieder bei mir gelandet. Ein Kunstwerk, das Jahrhunderte überdauern wird. Heute gibt es Kunstwerke, die sind nur ein Gerücht. Es gibt Künstler, die nicht existieren und deren Werke gleichwohl heiße Ware sind. Es gibt Galerien, die stellen nichts aus und bringen dennoch die kommenden Stars der Kunstszene hervor – mitunter sind es die Besitzer dieser fiktiven Galerien selber. Es gibt Kunstkollektive, die bestehen aus einer einzigen Person und es gibt einzelne Künstler, die als Gruppe auftreten – geschaffen von einem fiktiven Kunstkollektiv. Eine Rose ist keine Rose und es gibt keine schwarze Milch. Oder es gibt sie doch, jedenfalls als Metapher. Man nennt das Oxymoron.

Er hob sein Glas und prostete Rob zu. Verstehen Sie, sagte er, in Anbetracht dieser Zustände könnte ich mir vorstellen, dass Henry sich dachte, mir reicht's. Schließlich war er ein schwerreicher Mann. Andererseits war gerade er einer, der ganz genau wusste, wie man Märkte manipuliert. Ich bin überzeugt, dass Henry nach den ersten großen Auftritten mit Werken von Sarno in seinen Galerien, mehrere Bilder in namhaften Versteigerungshäusern wie Sotheby's oder Christie's platziert hat, um sie durch Strohmänner zu horrenden Preisen hochsteigern zu lassen. Die paar Prozent Kommission und den Aufpreis schluckte er spielend. Es war ein Pappenstiel im Vergleich zu den Rekorderlösen, die er später für die Arbeiten erzielte, nachdem sich das Ergebnis der Auktion in Sammlerkreisen herumgesprochen hatte.

Rob trank sein Glas aus. Er spürte die Wirkung des Portweins, nicht unangenehm, auf eine sanfte wattige Weise. Er dachte an das Gleichnis mit der Dolchwespe. Was Hoffmann gesagt hatte, deckte sich mit den Ausführungen Weinbergs.

Eines wüsste ich gern, sagte er, Sie haben bestimmt von den merkwürdigen Umständen beim Tod von Vater erfahren. Kommissar Rhomberg sprach von einer Ähnlichkeit mit Opfermorden, wie sie bei manchen Sekten anscheinend immer noch Brauch sind. Können Sie sich vorstellen, dass Vater zu einer Sekte Kontakt gehabt hat?

Hoffmann hatte erstaunt aufgeblickt, dann lächelte er. Henry? Henry und eine Sekte? Beim besten Willen, nein, Henry war überzeugter Agnostiker, er verabscheute den bigotten Klerus ebenso wie esoterische Spinnereien. Nein, da befindet sich die Polizei auf der falschen Fährte.

Aber Vater hatte sich mit der Gnosis beschäftigt. In den letzten Jahren ist er oft in Indien gewesen. Wissen Sie, was er dort wollte?

Wir haben darüber gesprochen, nicht über die Gnosis, über Indien. Er hat mit dem Gedanken gespielt, die Galerietätigkeit auf den Fernen Osten auszudehnen, Indien, China, Korea. Er glaubte, das seien die künftigen Märkte und wollte in einer Art Joint-Venture-Verfahren dort Fuß fassen. Aus heutiger Sicht hatte er recht. Ich hielt das zum damaligen Zeitpunkt für eine riskante Idee. Hier fällt mir eine merkwürdige Geschichte ein, es war das einzige Mal, dass Henry einen unbekannten Künstler in sein Programm aufgenommen hatte, probeweise, mit einer einzigen Ausstellung in Brüssel. Delveaux hieß er, ein ziemlich heruntergekommenes Subjekt. Er lebt jetzt in einem Künstlerheim in Cochin, das Henry mit dem Besitzer einer Hotelkette in Kerala gegründet hat. Der Mann heißt José Benedict, ein Inder portugiesischer Abstammung. Steinreich, Kunstsammler, Mäzen einer grünen Bewegung, die sich ›Earth Group‹ nennt.

Könnten Sie mir die Adresse besorgen?

Natürlich. Ich muss meine Sekretärin fragen, sie hat die Korrespondenz aufbewahrt. Dieser Delveaux hat unlängst geschrieben, ob wir an einer Ausstellung mit neuen Arbeiten interessiert wären. Schreckliches Zeug. Wir haben natürlich abgelehnt.

Rob blickte auf die Uhr. Es wird langsam Zeit, sagte er, mittags bin ich mit van Napier in der Kronenhalle verabredet, dann fahre ich nach München zurück.

Hoffmann stand auf. Grüßen Sie Napier, sagte er, ich treffe ihn morgen, das Kunsthaus ist am Matisse interessiert. Wegen der Adresse rufen Sie am besten bei meiner Sekretärin an, Frau Bauen, sie ist morgen wieder im Haus. Tut mir leid, dass ich Ihnen über Ihren Vater nicht mehr sagen kann, obwohl wir zwanzig Jahre in diesen Räumen Wand an Wand gearbeitet haben, mindestens zwei Tage in der Woche. Henry war ein Mann, der zu vielen Dingen eine paradoxe Einstellung hatte, nicht widersinnig, aber paradox.

Hoffmann war vor der Tür stehen geblieben und strich mit einer Hingabe über seinen kleinen gepflegten Schnurrbart, als würde ein Musiker sein Instrument stimmen. Ehe ich es vergesse, sagte er, ich hätte Ihnen ohnehin geschrieben, Henry hat bestimmt noch einige Rosinen in seinem Besitz, nachdem er die Galerien verkauft hat. Er nahm oft sogenannte Ladenhüter aus dem Handel, die sich später als Renner erwiesen. Ein paar hat er behalten. So hat es Beyeler für sein Museum in Riehen gemacht. Vielleicht hat Henry sogar noch einen Sarno in seinem Depot. Wenn Sie die Absicht haben, einige der Bilder zu verkaufen – bevor Sie sich an Sotheby's wenden, denken Sie an den alten Hoffmann.

Rob überlegte einen Moment, ob er Hoffmann von den Gesprächen bei den Banken erzählen sollte, aber etwas hielt ihn zurück. Ich bin noch nicht dazugekommen, mich um den Nachlass ernsthaft zu kümmern, sagte er, der Tod von Vater, dann das Krankenhaus, es war ziemlich viel auf einmal.

Verstehe. Es hat Zeit. Warten Sie, ich habe noch etwas für Sie. Hoffmann ging an den Tisch zurück und nahm ein Kuvert. Das haben wir beim Umbau der Galerie im Arbeitszimmer Ihres Vaters gefunden, sagte er. Ich hätte es Ihnen längst schicken sollen, aber irgendwie ist es in Vergessenheit geraten.

Hoffmann ging mit bis zum Tor. Wenn Sie wieder einmal in Zürich sind, sagte er und reichte Rob seine weiche Hand, melden Sie sich. Ich wohne immer noch am Zürichberg. Sie sollten meine Sammlung von Präcolumbiana anschauen.

XV

Rob ging die Rämistraße bis zur Kronenhalle hinab. Es war kurz vor zwölf, er hatte eine halbe Stunde Zeit, bis van Napier kommen würde. Das Restaurant war noch fast leer. Er setzte sich an denselben Tisch, an dem er tags zuvor mit Ana gesessen hatte. Der Kellner begrüßte ihn mit Dottore Krögel und brachte Brot und Butter. Rob roch den herben Duft der Blumensträuße, malvenfarbene Blüten, deren Namen er nicht kannte. Sein Blick glitt über die Bilder; einige waren in den Achtzigerjahren bei ›Wallburk‹ gekauft worden: der kleine Bonnard, ›Mädchen mit Regenschirm‹ und ein früher Picasso, ›Maler vor der Staffelei‹. In diesem Raum war Rob Hoffmann zum ersten Mal begegnet, damals war er knapp zwanzig.

Rob nahm die Brille ab. Bilder, Blumensträuße, die Gesichter der Kellner waren nun leicht verschwommen. Es war ein Blick, der den Dingen die Schärfe nahm. Rob erinnerte sich, wie er beim Anblick des toten Vaters die Brille in die Tasche gesteckt hatte. Der verschwommene Blick –. Konnte ein Mann, der in der Welt der großen Geschäfte eine solche Rolle gespielt hatte, seine Würde bewahren? Vielleicht, wenn es in seinem Leben so etwas wie eine Zwangsläufigkeit gab. Ein Schicksal, für das er nichts konnte und das ihn in seinem Sog mitriss. Und wenn er dazu stand. Zu sich selbst stehen, auch das gehörte zur Würde. Wie hätte sein Vater reagiert, wenn es darum gegangen wäre, seine Würde zu retten? Man bewahrt seine Würde, wenn man der Versuchung widersteht, zu leugnen. Mut zur Aufrichtigkeit also. Aufrichtigkeit vor den anderen und vor sich selbst. Hätte der Vater in seinem Brief etwas klarstellen wollen? Wäre das geforderte Treffen Anlass zu einem unerhörten Geständnis geworden?

Rob setzte die Brille wieder auf und zog das Kuvert aus der Tasche. Ein silberner Füllfederhalter, Visitenkarten, ein Schuhlöffel aus Elfenbein. Rob nahm ein unscharfes Schwarz-Weiß-Foto. Er, in kurzen Hosen, wie er den Kiesweg zur Villa hinaufläuft. Der in die Kamera winkende Knirps – stand ihm nicht damals schon ins verwackelte Gesicht geschrieben, dass er in die eigene Zukunft blickte? Dorthin, wo der inzwischen zur vollen Unschärfe herangewachsene Mann nun versuchte, Licht in die Vergangenheit seines Vaters zu bringen und dabei fand, was er zu erleben versäumt hatte?

Mit einem Gefühl von Rührung steckte er das Foto mit den anderen Sachen ins Kuvert. Das Erscheinen von van Napier riss ihn aus seinen rückwärtsgewandten Gedanken. Der Holländer war in Begleitung eines kleinen korpulenten Mannes, dessen rotes Gesicht eine ansteckende Freundlichkeit ausstrahlte. Steven Maddox gehörte anscheinend zu jenen Menschen, für die sich das Leben jenseits aller Gewitterwolken abspielt. Wie Rob von van Napier später erfuhr, hatte der Kurator des ›MOMA‹ mehrere lebensgefährliche Operationen überstanden und nur noch wenige Jahre zu leben. Maddox sprach ein perfektes Deutsch. Er sei das Produkt einer Berlinerin und eines Besatzungssoldaten in der geteilten Stadt, sagte er.

Sie bestellten St. Galler Bratwurst mit Rösti und einen Liter Reserve. Während des Essens erzählte Maddox von einer Begegnung mit Robs Vater. Ein harter Brocken, sagte er, Ihr Vater wich kein Jota von seinen Bedingungen ab, lieber ließ er das Geschäft sausen. Nun, wir waren damals skeptisch, was die Preisentwicklung bei Sarno betraf, heute bereuen wir es. Wir haben nur zwei der großen Spätwerke, die Kronjuwelen hat die ›Tate Modern‹ in London geschnappt. Maddox' runde Kinderaugen richteten sich auf Rob. Sarnos Blau, fuhr er fort, die ganze Kunstwelt zerbricht sich den Kopf über die Herkunft der Pigmente. Hat Ihr Vater irgendwann einmal eine Bemerkung gemacht, woher Sarno das Material gehabt haben könnte?

Rob schüttelte den Kopf. Leider, antwortete er, ich habe mit Vater nie darüber gesprochen. Es mag sich seltsam anhören, wir gingen jeder eigene Wege.

Kann ich verstehen, sagte Maddox lächelnd, mein Vater ist vor ein paar Tagen achtzig geworden, wir haben seit zwanzig Jahren kein Wort miteinander geredet. Vielleicht hat Piet Ihnen von meinem Interesse an klassischen Maltechniken erzählt. Seit Jahren versuche ich herauszufinden, wie Sarno dieses verdammte Blau auf die Leinwand gekriegt hat.

Und, sind Sie Sarno auf die Schliche gekommen? Ich kenne nur, was Waterspill geschrieben hat. Es ist nicht gerade erhellend.

Allerdings. Ich weiß nicht viel mehr, aber vielleicht etwas anderes, sagte Maddox und winkte dem Kellner, um noch eine Portion Rösti zu bestellen. Ich bin durch einen Text des Mystikers Zynna auf eine interessante Geschichte gestoßen, fuhr er fort. Das kostbarste Lapislazuli kam zu Beginn des Mittelalters über Bamyian nach Europa. Es zu gewinnen war so schwierig, als wollte man versuchen, einem Stein Blut abzuzapfen. Seit Papst Pius V. den Farbencode für die Liturgie festgelegt hat, ist dieses Blau der Muttergottes vorbehalten. Lapislazuli wurde mit Gold aufgewogen, es war so kostspielig, dass nur wenige reiche Fürstenhäuser und der Vatikan es sich leisten konnten, in ihren Diensten stehenden Künstlern kleine Mengen zukommen zu lassen. Michelangelo und die Sixtinische Kapelle sind so ein Beispiel. Zynna sah im Blau der Himmelskönigin ein Zeichen, er nannte es ›Heiligen Urstoff‹. Ihn wollte er finden. Zynna war siebzig Jahre alt, als er von Zypern zu einer Reise aufbrach, die ihn zu den Quellen des Oxus und in den Wahnsinn führen sollte. Er glaubte, dass dort, wo das ›göttliche‹ Blau aus dem Fels gebrochen wurde, der Ursprung der Welt sei.

Maddox hatte sich zurückgelehnt und für ein paar Sekunden die Augen geschlossen. Ich esse zu viel und trinke zu schnell, schnaufte er. Meine Frau behauptet, ich benehme mich wie ein Wildschwein. Wo war ich stehen geblieben? Ach ja, nun kommt das Erstaunliche in Zynnas Text, in Sar-e-Sang erfuhr er von einem Steinhändler aus Hazrat Said das Geheimnis der Farbgewinnung, jener Methode, deren Sarno sich vermutlich bedient hatte. Um aus dem Stein das reine Lapislazuli-Blau gewinnen zu können, mussten sämtliche Unreinheiten entfernt werden. Der Farbhersteller, Zynna nennt ihn an mehreren Stellen ›Schamane‹, musste drei Tage lang wie ein Bäcker Teig kneten, eine Masse, die aus zermahlenem Lapis, Harz, Wachs, Gummi und Leinöl bestand. Anschließend kam die Masse in eine Schüssel mit Aschenlauge und wurde wieder geknetet, bis die Flüssigkeit mit Blau gesättigt war. Dieses ›blaue Wasser‹ kam in eine saubere Schale, die so lange stehen blieb, bis die Flüssigkeit verdunstet und nur das blaue Pulver übrig war: das reine Lapislazuli.

Van Napier hatte auf die Uhr über dem Buffet geblickt. Er zog die Schnupftabakdose aus der Tasche und nahm eine Prise. Das erklärt noch nicht, woher der Stein kam, sagte er, Waterspill und Beaversox sprechen vom Tal von Koran, andere vermuten die Minen in der Nähe von Bamiyan. Übrigens, man findet Lapislazuli auch in Chile, in Sambia und in einigen kleinen Minen in Sibirien.

Maddox' Lächeln war nachsichtig, als er langsam fortfuhr, immer hübsch mit der Ruhe, Ole, sagte er. Nur das Lapislazuli aus Afghanistan ist von der hohen Qualität, von der wir hier sprechen. Natürlich gab sich auch Zynna nicht damit zufrieden. Er wollte wissen, wo der Stein gebrochen wurde, nach dem nicht nur der christliche Westen, sondern auch die Herrscher des Reichs der Mitte und die Mogulfürsten so gierten. Von einem Steinhändler erfuhr er, dass es wenige Meilen von Sar-e-Sang entfernt, im Tal des Kokcha, seit vorchristlicher Zeit Lapislazuli-Minen gab, deren Blau alles übertraf, was das menschliche Auge jemals gesehen hatte. Die schönsten Steine habe man ›surpar‹ genannt, ›rote Feder‹. Zynna fand es verblüffend, dass das schönste Blau als Rot beschrieben wurde. Der Steinhändler erklärte ihm, woher der Name kam: das Blau sei das Innere des Feuers, das Herz der Flamme. Das ›Herz der Welt‹. Den Ort, wo dieser Stein gefunden wurde, habe man ›Nur‹ genannt, was in der Sprache seiner Vorväter so viel bedeute wie der ›Thron Gottes‹. Allerdings seien die Stollen seit Hunderten von Jahren verschüttet. Man habe sie unzugänglich gemacht und zu geweihten Orten erklärt. Männer, die in den Minen gearbeitet hätten, seien unfruchtbar geworden und manche sogar in geistiger Umnachtung oder eines grässlichen Todes gestorben. Die Dörfer um Sar-e-Sang seien verwaist und hätten sich in Geisterstätten verwandelt. Zynna schreibt weiter, der Steinhändler habe ihm beim Abschied einen faustgroßen Brocken Lapislazuli geschenkt.

Auch Zynna starb anscheinend im Wahnsinn, fuhr Maddox fort, auf den letzten Seiten seiner Aufzeichnungen spricht er von einem blauen Engel, der ihm den Weg zum ›Thron Gottes‹ gezeigt hätte. Vielleicht hatte er die geheimen Stollen gefunden, bevor er seine Tagebücher einem Benediktinermönch übergab. Ich bin dieser Geschichte nachgegangen. Wenn etwas Wahres daran sein sollte, wäre das Lapislazuli-Blau, wie es von Rubens, Dürer, Tizian und anderen Größen dieser Zeit benutzt worden war, bestenfalls zweite Qualität gewesen. Die Stollen im Tal des Kokcha waren damals nämlich bereits seit mehr als tausend Jahren verschüttet. ›Surpar‹ war nur in vorchristlicher Zeit gewonnen und verkauft worden. Wer waren die Käufer? Die Ägypter vermutlich. In Ägypten wurde Lapis nur als Stein verwendet, nicht als Pigment; die Künstler gewannen blaue Farbe aus fein gemahlenem Glas. Zur Zeit der Ptolemäischen Herrschaft waren am Nil aus Lapissteinen Schmuck und Kultgegenstände für die Tempelpriester hergestellt worden. Was lässt sich daraus schließen? Wenn ich Sarnos Bilder betrachte und ihr Blau mit dem großer Malerei im Lauf der Geschichte vergleiche, stelle ich fest, dass sein Blau an Eindringlichkeit und Tiefe alles übertrifft, was mir in meinem Beruf je begegnet ist. Daran dachte ich, als ich kürzlich in der National Gallery vor Michelangelos ›Grablegung‹ stand. Eine farblose Maria Magdalena, das Gewand der Gottesmutter unvollendet – vielleicht hatte Michelangelo während des Malens gehofft, ›Surpar‹ zu bekommen und das Bild, als er die Hoffnung schwinden sah, in seinem unvollendeten Zustand belassen. Wenn Sarno mit ›Surpar‹ aus den Minen von ›Nur‹ gearbeitet hatte, wie war er an die Steine herangekommen? Er müsste einen Gegenstand aus Ptolemäischer Zeit besessen und damit experimentiert haben. Das hatte er ja bereits vor seiner ›blauen‹ Periode getan, zur Zeit, als er anfing, monochrome Bilder mit Naturfarben zu malen.

Van Napier hatte den Kopf geschüttelt. Jetzt klappte er die Schnupftabakdose zu. Eine hübsche Geschichte, sagte er, zweifellos, aber warum haben die Experten sich nicht längst damit beschäftigt? Wer war dieser Zynna überhaupt?

Maddox' Stimme war langsam geworden, als er antwortete. Auf Zynna bin ich erst kürzlich gestoßen, sagte er, seine Schriften liegen vergessen in der Bibliothek der theologischen Fakultät in Bologna. Zynna war zu Beginn des sechzehnten Jahrhunderts ein angesehener Theologe, seine Vorlesungen galten hauptsächlich der Gnosis und der Auslegung des Alten Testaments in der Kabbala. In späteren Jahren wandte er sich dem Mystizismus zu und unternahm längere Reisen in den Mittleren Osten.

Gut, nehmen wir an, der Text von Zynna sei glaubwürdig, sagte van Napier, aber sei mir nicht bös, Deine Schlußfolgerung erscheint mir reichlich romantisch. Ich spiele jetzt den ›Advocatus Diaboli‹, wie soll der mausarme, von Gläubigern bedrängte Sarno an ein antikes Kunstwerk gekommen sein? Er war ungebildet, seine Frau desgleichen, sie wussten vermutlich nicht einmal, wo Afghanistan liegt oder wer die Ptolemäer waren. Er hockte in seiner Malklause und musste beim Schwiegervater betteln, um Farben kaufen zu können.

Vielleicht kam er gerade deshalb auf den Gedanken, Farben selbst herzustellen, antwortete Maddox. Es gibt verrückte Zufälle. Was findet man nicht alles in Trödlerläden oder auf Flohmärkten. Mensch, Ole, mir gefällt die Geschichte, zugegeben, sie entbehrt nicht einer gewissen Romantik, Maddox griff nach seinem Weinglas, aber stellt Euch vor, Sarno hätte seine Bilder mit den Pigmenten einer ägyptischen Gottheit gemalt.

Oder mithilfe eines Gebrauchsgegenstandes aus ptolemäischer Zeit, sagte Rob, eines Spiegels zum Beispiel.

Maddox' grauer Blick wandte sich ihm zu. Er hob sein Glas. Natürlich, sagte er, auch das wäre denkbar. Aus dem Lapis wurden Dosen und Kämme geschnitten, Alltagsgerät für den vermögenden Adel. Wie kommen Sie darauf?

Mir fiel etwas ein, antwortete Rob. Es wäre möglich, dass mein Vater Sarno einen Gegenstand aus Lapis für seine Experimente gegeben hat.

Denken Sie an etwas Bestimmtes?

Nein, log Rob, es war nur so eine Idee. Während van Napier sprach, hatte er an Ana gedacht, ›was, wenn Dein Vater Sarno die Schildkröte gegeben hat …‹. Aber es war zu früh, darüber zu reden.

Van Napier blickte wieder auf die Uhr. Tut mir leid, sagte er, um drei habe ich einen Termin beim Zahnarzt. Ich habe die ganze Nacht kein Auge zugemacht. Lasst euch nicht stören. Ich übernehme die Rechnung.

Noch etwas, sagte Rob, Ana Krögel hätte gern eine Materialprobe von Sarnos Blau, sie interessiert sich für die Struktur der Pigmente. Sie meinte, eine winzige Menge der Farbreste an der umgeschlagenen Leinwand würde schon reichen. Lässt sich das machen?

Sollte möglich sein. Ich sehe Frau Krögel jeden Morgen auf der Treppe. Ich werde mit ihr reden.

Als sie später auf der Rämistraße standen und sich voneinander verabschiedeten, van Napier war bereits davongeeilt, reichte Maddox Rob seine Karte. Wir sollten in Kontakt bleiben, sagte er, falls Ihnen doch noch etwas einfällt, ich meine bezüglich des Gegenstandes, an den Sie vorher dachten, rufen Sie an. Oder besuchen Sie mich, wir haben ein kleines Ferienhaus im Engadin. Im Oktober bin ich mit meiner Frau in Europa.

Sie fliegen zurück nach New York?

Heute Abend. Ich hätte noch Zeit. Haben Sie etwas vor?
Ich muss nach München. Vorher hole ich einen Kater.

Maddox hob die Brauen. Einen Kater? Sie meinen, Sie wollen einen Ordentlichen trinken, bevor Sie in den Zug steigen?

Rob musste lachen. Nein, sagte er, einen Kater, eine richtige Katze mit einem Schwanz.

Schade, sagte Maddox, wirklich schade.

XV

Zum ersten Mal seit seiner Berufung ins Hauptkommissariat kam Rhomberg unrasiert ins Präsidium. Er ging in sein Büro, ohne wie gewohnt bei Maria Keberle vorbeizuschauen und ihr Guten Tag zu wünschen. Er schaltete die Espressomaschine ein und ging zu den Käfigen, um zu prüfen, ob noch Wasser und genügend Futter in den Schalen war. Im kleineren der beiden Käfige lag einer der ›Unzertrennlichen‹ auf dem Boden, tot, die Flügel waren gespreizt, der Schnabel stand offen. Es war einer der Jungvögel. Schon der vierte in diesem Jahr. Vor einer Woche war sein Partner tot im Futternapf gelegen. Ein schlechtes Omen, dachte Rhomberg. Er wickelte den Vogel in ein Taschentuch und legte ihn in den Kühlschrank, den er sich privat fürs Büro gekauft hatte. Am Abend würde er das Tier im Englischen Garten beerdigen, an dem Ort, wo Christiane und er die toten Vögel immer beerdigt hatten.

Er blickte auf die Uhr. Robert Wallburk hatte versprochen, um zehn ins Büro zu kommen, das ersparte ihm den Weg nach Grünwald. Er setzte sich an den Schreibtisch, sprang aber sofort auf, als das Fauchen der Espressomaschine ankündigte, dass sie betriebsbereit sei. Rhomberg verabscheute Nespressokaffee; es fehlte der Duft von frisch gemahlenen Bohnen. Es war für ihn ein Ritual, die Sidamo-Bohnen aus dem Äthiopischen Hochland ins Mahlwerk zu schütten und darauf zu warten, bis der leicht bittere Röstgeruch durch den Raum schwebte. Im Stehen trank er den heißen Kaffee, langsam, mit bedächtigen Schlucken. Als wäre es das letzte Mal, dachte er. Den Rapport über die vergangene Nacht würde der Beamte vom Frühdienst schreiben, damit wollte er sich nicht auch noch belasten. Gegen zwei Uhr morgens war in die Villa Wallburk eingebrochen worden. Um zwei hatte man ihn aus dem Bett geholt. Das Haus stand leer, die Haushälterin war tot, die Hunde waren zum Züchter zurückgebracht worden. Als Rhomberg eintraf, war die Spurensicherung mit ihrer Arbeit fast fertig. Soweit man bisher festgestellt hatte, fehlte nichts, keine durchwühlten Schubladen, keine offenen Schranktüren oder Bruchspuren an der Holztäfelung in der Bibliothek. Der Täter hatte Handschuhe getragen und musste im Besitz eines Nachschlüssels gewesen sein.

Und er musste sich im Haus ausgekannt haben. Rhomberg fragte sich, ob der Einbruch etwas mit Wallburks Tod und dem der Haushälterin zu tun haben konnte. Wonach hatte der Eindringling gesucht? Viel Zeit war ihm für sein Vorhaben nicht geblieben. Bis die Bewegungsmelder Alarm ausgelöst hatten, waren fünf Minuten vergangen; die Streifenwagen der Polizei waren sieben Minuten später beim Haus eingetroffen.

Rhomberg blieb allein im Haus zurück, nachdem die Beamten der Spurensicherung abgezogen waren. Er hatte die Türen hinter sich abgeschlossen. An vielen Tatorten war er stundenlang allein zurückgeblieben, um nach etwas zu suchen, von dem er rational nicht hätte sagen können was es war. Bereits auf der Fahrt nach Grünwald hatte er wieder das Gefühl gehabt, dass er nach Wallburks Ermordung bei der Durchsuchung der Villa etwas Entscheidendes übersehen hatte. Er versuchte sich zu konzentrieren. Die Stille, die dunklen hohen Räume, das leere Aquarium in der Halle, das im Dämmerlicht Ähnlichkeit mit einem Sarkophag hatte, all das bereitete ihm ein mulmiges Gefühl. Nicht Angst, es war ein Gefühl von Ekel und leichter Übelkeit. Langsam durchquerte er die Halle und ging ins Esszimmer. Es befand sich etwas im Haus, das der Täter holen wollte oder geholt hatte. Oder er hatte nach etwas gesucht, von dem er annahm, es befände sich im Haus, obwohl es an einem anderen Ort war. Er war vor der anrückenden Polizei nicht geflohen, er hatte die Villa verlassen, weil er fertig war. Womit?

Ein Gefühl sagte Rhomberg, dass er noch mal in Wallburks Arbeitszimmer anfangen musste. Woher der Impuls kam, wusste er nicht. Er ging in den ersten Stock und knipste das Licht an. Rhomberg hatte ein fotografisches Gedächtnis, das ihm bei der Aufklärung von Fällen oft geholfen hatte. Er konnte aus dem Gedächtnis Skizzen von Tatorten anfertigen, die nicht nur maßstabsgetreu waren, sondern auch alle wesentlichen Details enthielten. Er zog die Skizzen der Fotografie vor, ihr Entstehen wurde zum größten Teil vom Instinkt gelenkt. Rhomberg ließ den Blick über die Bücherwände gleiten. Alles schien so zu sein, wie er es in Erinnerung hatte. Auf der Schreibtischplatte der lichtgeschonte Fleck von Wallburks Computer. Die Ermittler hatten das Gerät ins Kriminallabor gebracht; die Festplatte war gelöscht, aber die Spezialisten hofften, Spuren von Aufzeichnungen finden zu können, die Hinweise gaben, mit wem Wallburk vor seinem Tod kommuniziert hatte.

Rhomberg setzte sich in den Stuhl hinter dem Schreibtisch. Seine Augen suchten den Raum ab. Nein, alles war so, wie er es am Tag der Ermordung Wallburks vorgefunden hatte. Plötzlich blieb sein Blick an den Essenz-Krügen auf dem Kaminsims hängen. Der Topf mit dem pagodenförmigen Deckel stand nicht mehr in der Mitte, sondern am Rand. Rhomberg ging zum Kamin. Alle Krüge waren verrückt worden, das zeigten die Staubmuster auf dem Sims. Jemand hatte in den Krügen nach etwas gesucht. Wonach?

Rhomberg öffnete einen Krug nach dem anderen. Sie waren leer. Nur der schwache Duft von Essenzen und Kräutern, Bergamotte, Zimt, Lavendel. Die Öffnungen hatten alle ungefähr denselben Durchmesser. Er steckte die Hand in einen der Krüge und machte eine Faust. Jetzt hatte er Mühe, die Hand herauszuziehen. Der Gegenstand, nach dem der Täter gesucht hatte, war vermutlich nicht größer als eine Männerfaust.

Rhomberg blickte auf seine Faust. Sie lag neben dem Stapel mit Wallburk-Akten auf dem Schreibtisch. Ein Gegenstand nicht größer als eine Männerfaust, murmelte er. Er hasste es, Selbstgespräche zu führen, es war ein Zeichen, dass etwas in ihm nicht funktionierte. Wenn der Einbrecher identisch mit Wallburks Mörder war, warum hatte er erst jetzt, Monate nach der Tat, begonnen, nach diesem Gegenstand zu suchen? Rhomberg blickte wieder auf die Uhr. Es war bereits nach zehn. Er kannte Robert Wallburk als zuverlässigen Menschen, obwohl Ordnung anscheinend nicht gerade seine größte Leidenschaft war. Rhomberg machte sich Sorgen. Wenn der Täter annahm, der rechtmäßige Erbe Henry Wallburks könnte im Besitz des Gegenstandes sein, den er suchte, bedeutete das Gefahr. Er hatte mit dem zuständigen Staatsanwalt mehrmals gesprochen, war aber mit einem wissenden Lächeln abgespeist worden. Man sehe keinen unmittelbaren Zusammenhang, hatte Doktor Wohlfahrt gesagt, Personenschutz rund um die Uhr sei eine kostspielige Angelegenheit, außerdem, Rhombergs Argumente stünden auf tönernen Füßen. Er möge sein Augenmerk lieber auf die merkwürdigen Geschäfte Henry Wallburks richten, diese ›Merz-Stiftung‹ in Zug. Von dort führe vielleicht eine Spur zum Motiv und damit zum Täter.

Rhomberg mochte Wohlfahrt nicht. Der Staatsanwalt hatte eine erstaunliche Karriere hinter sich, Sozialarbeiter, Abitur auf dem zweiten Bildungsweg, Jurastudium, jetzt galt er trotz seiner erst achtunddreißig Jahre als ernsthafter Anwärter für den Posten des Oberstaatsanwalts. Er war ein Arbeitstier, ein Presslufthammer, ein Aufgabenbewältiger ganz besonderer Art. Für Rhomberg war er so etwas wie ein wandelndes Ultimatum.

Kann sein, dass er doch recht hat, überlegte Rhomberg. Er musste seine Aversion Wohlfahrt gegenüber vergessen, die ihn schon oft dazu veranlasst hatte, Vorschläge des Ungeliebten als Schreibtischgeburten ad acta zu legen. Was er in den letzten Tagen von Weinberg und Robert Wallburk über das verschwundene Vermögen und das seltsame Verschwinden der Bilder erfahren hatte, lenkte die Ermittlung in eine neue Richtung. Es war ein Fehler gewesen, er hatte Wallburks Geschäften in der Schweiz zu wenig Beachtung geschenkt, was allerdings auch an Weinbergs Verhalten lag. Der Anwalt hatte seit Beginn der Ermittlungen behauptet, von Sonderkonten bei Schweizer Privatbanken nichts zu wissen. Gegen seine Argumente war auch jetzt wenig einzuwenden. Wallburk habe ihn in den letzten Jahren nicht mehr über alle seine Geschäfte informiert; nach dem Verkauf der Galerien habe Wallburk sich eine Amnestie zunutze gemacht, um ›schwarze‹ Konten in Liechtenstein und auf Cayman ›weiß‹ zu machen. Bisher waren Rhomberg nur Unterlagen der Schweizer Großbanken UBS und CS-City-Group vorgelegen.

Die Rückkäufe der Sarno-Gemälde stellten einen weiteren blinden Fleck im Fall Wallburk dar. Wozu dienten die ruinösen Käufe? Das Museumsprojekt war zu der Zeit bereits gestorben; im Zusammenhang mit der Fondation hätten Wallburks Aktivitäten einen Sinn erkennen lassen. Nachdem Rhomberg mit Robert Wallburk gesprochen hatte, waren die Schweizer Behörden informiert worden; Beamte des Zolldezernats hatten die auf Henry Wallburks Namen lautenden Depots im Genfer Zollfreilager überprüft. Sie waren bis auf eine Mappe mit wertlosen Graphiken leer.

Die Überprüfung der ›Merz-Stiftung‹ hatte ebenfalls zu keinem Ergebnis geführt. Die Stiftung hatte ursprünglich als eine Art Holding für die ›Fondation Wallburk‹ gedient; Aufgabe des Stiftungsrates war die Kapitalbeschaffung für den Bau des Museums und der Ankauf von Bildern. Ein Jahr nach dem Ausscheiden von Weinberg hatte der Zuger Anwalt Franz Wehrli sich aus der Stiftung zurückgezogen. Kurz danach war die ›Merz‹ aufgelöst worden. Wehrli konnte zu den Geschäften nicht mehr befragt werden, er war 2002 bei einem Unfall ums Leben gekommen.

Im Bericht von Europol, der Rhomberg seit vierundzwanzig Stunden vorlag, waren die Wege der zurückgekauften Sarno-Gemälde rekonstruiert worden. Die meisten Bilder waren beim Verkäufer von der Spedition ›Danzas‹ abgeholt und ins Zollfreilager gebracht worden. Von dort kamen sie in verplombten Containern nach Genua und auf ein unter nigerianischer Flagge laufendes Schiff mit Namen ›Aurora‹. Der Frachter war am siebzehnten März 1997 mit der Destination Boston ausgelaufen, dort aber nie angekommen. Es hatte weder eine Verlust- noch eine Schadensmeldung bei Lloyd in London gegeben. Die ›Aurora‹ blieb verschwunden und, da keine Ansprüche von der Reederei in Lagos geltend gemacht worden waren, bald auch vergessen.

Rhomberg merkte den Mangel an Schlaf. Er fasste sich mit beiden Daumen an die Schläfen und begann sie kreisförmig zu massieren. Früher hatte das Christiane gemacht, wenn er spät aus dem Präsidium gekommen war, zu müde, um zu essen. Er wusste, dass dieser Zustand andauern würde, weil etwas Großes und eigentlich Unerhörtes geschah und, auch das wusste er, dass es unheimlicher und gefährlicher war, als er es sich zu Beginn der Ermittlungen hätte träumen lassen. Er versuchte an etwas anderes zu denken. Vielleicht sollte er versuchen, in der Tierhandlung Artmeier ein junges Pärchen ›Unzertrennliche‹ zu kaufen. Kurz vor elf schreckte er aus einem Sekundenschlaf, als Rob ins Zimmer trat.

Es tue ihm leid, sagte er, bis vor Kurzem sei er bei Doktor Weinberg gewesen. Der Anwalt habe ihm die finanzielle Situation seines Vaters noch mal erklärt. Er sei der Meinung, das Geld müsse irgendwo auf der Welt bei einer Bank deponiert sein, vorausgesetzt, die Bilder seien tatsächlich wieder verkauft worden. Vermutlich habe Robs Vater ihm bei dem vorgeschlagenen Treffen den Namen des Geldinstituts nennen wollen. Dazu sei es dann nicht mehr gekommen. Völlig verrückt, was geschehen sei, auch Weinberg sei aus allen Wolken gefallen. Rob nehme an, Rhomberg wisse über alles Bescheid?

Rhomberg nahm die Daumen von den Schläfen. Ja, sagte er, über einiges wisse er wohl Bescheid. Ob Rob eine Tasse Kaffee möchte?

Rob nickte. Gern, sagte er, obwohl, er müsse mit Kaffee leider aufpassen, wegen der Tabletten, die seine Ärzte ihm verschrieben hätten.

Ob er Pantozol nehme, fragte Rhomberg, das stabilisiere den Magen.

Rob blickte erstaunt auf den Kommissar. Pantozol nehme er vor jedem Essen, sagte er, woher Rhomberg das Mittel kenne?

Henry Wallburk, sagte Rhomberg lächelnd, der Fall Wallburk habe sich ihm auf den Magen geschlagen.

Rob hatte bisher im Stehen gesprochen, jetzt setzte er sich auf den Besucherstuhl. Rhomberg habe am Telefon gesagt, in die Villa sei eingebrochen worden, begann er, ob etwas gestohlen worden sei, eines der Bilder im Flur, der Kandinsky?

Es fehle anscheinend nichts, antwortete Rhomberg. Aber er sei auf etwas gestoßen. Der Einbrecher habe in den Essenz-Gefäßen im Arbeitszimmer nach etwas gesucht. Der Gegenstand müsse die Größe einer Männerfaust haben. Ob Rob sich erinnern könne, was sein Vater in den Krügen aufbewahrt habe?

Essenzen, Harz der Boswellia. Er kenne die Namen der Kräuter nicht alle. Als Kind hätten die fremden Gerüche ihn oft in eine Märchenwelt entführt. Der Vater habe den Inhalt der Krüge haufenweise ins Kaminfeuer geschüttet. Dann sei im ganzen Haus ein Geruch wie in katholischen Kirchen gehangen.

Ob Rob sich vorstellen könne, dass das für seinen Vater ein Ritual gewesen sein könnte?

Rob musste lächeln. Ein Ritual wie bei einer Messe? Nein, gewiss nicht, sagte er. Es gäbe einen profanen Grund, vielleicht sei es seltsam für einen Galeristen, aber der Vater habe den Ölgeruch von Bildern nicht ausstehen können; in seinem Zimmer seien oft Gemälde gehangen, deren Farbe noch frisch war. Den Geruch habe er versucht, mit Boswellia-Harz zu vertreiben. Ob Rhomberg den Verdacht noch immer nicht ad acta gelegt habe, der Vater könnte mit einer obskuren Geheim-Loge in Verbindung gewesen sein?

Oder die Loge mit ihm, antwortete Rhomberg. Es sei mehr

ein Gefühl, dass die Tat auf eine Weise zu wahnsinnig sei, um wahr zu sein. Er mache sich auch Gedanken, ob der Täter das, was geschehen ist, als Handeln eines Fanatikers zu tarnen versuche.

Rhomberg blickte zu den Käfigen. Während die eine Hälfte seines Hirns anfing die Vögel zu zählen, überlegte die andere, wie viel sie von dem, was sie wusste, preisgeben konnte, ohne die Ermittlung zu gefährden. Einige ›Unzertrennliche‹ hatten bei Robs Erscheinen zu zirpen begonnen, jetzt saßen sie still auf den Stangen und putzten ihr Gefieder. Er habe Rob gebeten, ins Präsidium zu kommen, weil er über seine Mutter sprechen möchte, begann Rhomberg langsam wieder. Rob habe sie zwar nicht gekannt, aber vermutlich hätten zwischen ihm und seinem Vater Gespräche stattgefunden, die den Selbstmord beträfen.

Rob schüttelte den Kopf. Der Vater habe so gut wie nie über seine erste Frau gesprochen, sagte er, eigentlich sei es ja seine zweite gewesen. Und über den Selbstmord erst recht nicht. Er erinnere sich an eine Gelegenheit, als sie den Kopf der Mutter modelliert hätten. Er erzählte von den Köpfen aus Papiermaché, dem zerrissenen Foto. Er wisse von der Mutter wenig, fast gar nichts, schloss er, es gäbe keine Verwandten, die Großeltern seien tot und die meisten Menschen, die seine Mutter gekannt hätten, seien ebenfalls tot oder unauffindbar, verstreut über der Welt.

Der Kopf aus Papiermaché, eine ziemlich ausgefallene Idee sei das, sagte Rhomberg. Ob Rob noch einen Kaffee möchte?

Einer reiche ihm am Morgen, antwortete Rob.

Rhomberg ging zur Espressomaschine während er langsam weitersprach. Er bedaure, dass ein Teil von Robs Herkunft einem Schemen gleiche, sagte er. Es sei kein Trost, aber seine eigene Mutter, hochbetagt und noch bei bester Gesundheit, sei für ihn zeitlebens eine Fremde geblieben. Man könne sich fragen, was für einen Sohn bekömmlicher sei – ein Schemen lasse der Fantasie wenigstens Raum. Jetzt zögerte Rhomberg einen Moment, als überlegte er, ob er weitersprechen sollte. Er möchte Rob eine Geschichte erzählen, sagte er, sie sei längst verjährt, werfe ihre Schatten jedoch bis in die gegenwärtige Zeit. Er habe, wie es ihm in schwierigen Fällen zur Gewohnheit geworden sei, in die Vergangenheit des Opfers zu blicken versucht. Henry Wallburks Zeit in Paris, seine Ehe mit Soirée Beaucancour. Bereits im Frühjahr 1971 seien Zweifel aufgetaucht, ob es sich beim Tod von Soirée Wallburk um Selbstmord gehandelt habe, oder um Mord. Ob Robs Mutter also gezwungen worden wäre, das Gas einzuatmen.

Rob spürte, wie sein Gesicht heiß wurde. Er nahm die Brille ab und bedeckte die Augen sekundenlang mit der Hand. Meine Mutter, sagte er endlich. Der Kopf fiel ihm ein. Er war erstaunt, dass er keinen Schmerz empfand. Ein Kind, das nie einen Kormoran gesehen hat, wird nicht traurig sein, wenn die Kormorane von der Erde verschwinden, dachte er, so geht es mir mit Mutter. Ob Rhomberg Genaueres wisse, fragte er nach einer Weile. Ob es einen Verdacht gäbe?

Noch nicht, antwortete Rhomberg, noch wisse man nicht, wer der oder die Täter gewesen sein könnten. Vorausgesetzt, es sei so gewesen. Aber er folge einer seltsamen Spur. Ob Rob sich an den Namen Alluard erinnere? Jacque Alluard sei der Geliebte seiner Mutter gewesen, bis sie Henry Wallburk kennengelernt und geheiratet habe. Alluard, ein Bildhauer und Maler algerischer Herkunft. Durch das Studium der alten Akten habe er feststellen können, dass Alluard nicht, wie bisher behauptet, in der Seine ertrunken, sondern ermordet worden sei. Geblendet, danach wohl erstickt. Vermutlich habe der Täter die Leiche erst später ins Wasser geworfen. Die Ermittlungen seien aus unerfindlichen Gründen schlampig geführt und offensichtlich verschleppt worden. Die Berichterstattung desgleichen.

Rhomberg machte eine kreisförmige Bewegung mit der Hand. Und genau hier, fuhr er fort, hier werde ein Brückenschlag in die Gegenwart sichtbar. Jacque Alluard und Jean Philip Pereira, der Mann, den Robs Vater aus Notwehr erschossen habe, seien Freunde gewesen. Mehr noch, Komplizen. Sie hätten in einer Wohnung gelebt, bis Alluard mit Soirée in eine Mansarde an der Rue de Tilsit gezogen sei. In den Jahren davor hätten sowohl Pereira als auch Alluard Kontakte zu einem Hehlerring unterhalten, der auf geraubte mesopotamische und ägyptische Grabfunde spezialisiert gewesen sei. Durch eine Indiskretion Pereiras sei der Hehlerring Ende 1970 aufgeflogen und der Kopf der Bande, ein Ägypter namens Mnemijan, verhaftet worden. Auch Pereira sei in Untersuchungshaft gewesen, mangels Beweisen aber freigelassen worden.

Rhomberg blickte wieder auf die Käfige. Er begann zu zählen. Jetzt waren es nur noch acht Vögel. Als Christiane starb, waren es sechzehn gewesen. Er griff nach einem Ordner und legte ihn vor sich auf den Tisch. Ein Bericht der Untersuchungskommission des Innenministeriums vom vierten Juni 1972, sagte er, diese Papiere enthielten sowohl finstere als auch erhellende Fakten. Kurz nach Zerschlagung des Hehlerrings hätten sich in Paris und Umgebung sechs Morde ereignet. Alle Opfer seien den sogenannten gehobenen Kreisen zugehörig gewesen, Ärzte, Anwälte, ein namhafter Politiker, Pière Montfort. Alle Opfer seien Sammler antiker Kunst gewesen. Und, das sei das Verblüffende, alle Opfer seien geblendet und anschließend erstickt worden. Alluards Tod eingerechnet, sieben Morde im Zeitraum zwischen 1969 und 1971. Er habe durch Europol Abgleichungen vornehmen lassen, mit einem ebenso verblüffenden Ergebnis.

Rhomberg tippte mit einem Bleistift auf den Ordner, ehe er mit erhobener Stimme fortfuhr, von 1971 bis zum Tod von Henry Wallburk und Alain Warring, also mehr als dreißig Jahre, sei im westlichen Europa kein Mord mehr mit vergleichbarem Tatprofil in den Akten zu finden. Allmählich beginne der Fall Wallburk in seiner ganzen Komplexität Gestalt anzunehmen. Jetzt hätte er noch eine Frage, Rob möge sie bitte nicht falsch verstehen: ob er sich vorstellen könne, dass sein Vater vom Mord an seiner Frau etwas gewusst habe?

Aber er denke doch nicht, dass sein Vater ...

Nein, das denke er nicht, antwortete Rhomberg, obwohl, auch eine solche Überlegung sei nicht von der Hand zu weisen. Es bestünde vielmehr die Möglichkeit, dass Henry Wallburk versucht habe, den Mörder seiner Frau ausfindig zu machen und, nach Jahren der Suche, Erfolg gehabt haben könnte. Was, wie die Geschichte zeige, zum tragischen Ereignis geführt hätte.

Rob lauschte auf die Geräusche in seinem Bauch, sie waren so laut, dass Rhomberg sie hören musste. Er versuchte sich zu konzentrieren. Was der Kommissar gesagt hatte, entbehrte nicht einer gewissen Logik. Denkbar wäre es, sagte er endlich, es wäre jedenfalls ein Motiv. Vielleicht sei es auch das gewesen, worüber der Vater bei einem Treffen hätte reden wollen. Trotzdem, es blieb die ungewöhnliche Inszenierung der Tat, das alles nach mehr als dreißig Jahren?

Rhomberg hob die Achseln ein wenig. Angst, Hass, Rache,

dies seien Aggregatszustände der Seele, sagte er, diese würden niemals verjähren. Freilich, er müsse zugeben, alles, worüber sie in der letzten Stunde gesprochen hatten, ließe keine gültigen Schlüsse zu. Es zeige Möglichkeiten. Die Täterschaft bleibe im Dunkel.

Er könne keine Antwort erwarten, sagte Rob, er möchte dennoch gern wissen, wie der Kommissar sich das Vorgehen im Fall seines Vaters und dem der Mutter nun vorstelle.

Dazu könne er leider nichts sagen, antwortete Rhomberg, nur so viel, er sei in den letzten Wochen ein Stück weitergekommen. Auch wenn es nur ein Gefühl sei, er habe die Überzeugung, dass er die Mörder Henry Wallburks fassen werde. Vielleicht sei Rob an einigen Überlegungen interessiert, die er im Lauf der Ermittlungen gemacht habe. Manches von dem, was er heute wisse, erinnere ihn an eine 'Ndrangheta Elite, die unter dem Namen ›Santa‹ in den Siebzigerjahren im Süden Italiens entstanden sei. Die ›Santisti‹ seien als Geheimlogen in direktem Kontakt zu Politikern und erfolgreichen Unternehmern gestanden. Er glaube zwar nicht, dass die 'Ndrangheta hinter den Morden stünde, das Konzept könnte jedoch ein ähnliches sein. Die 'Ndrangheta arbeite tentakelhaft. Sie weise eine ›organische Intelligenz‹ auf, wie die der Al Kaida.

Cosa Nostra oder die 'Ndrangheta würde Menschen töten, von einer Hinrichtung wie der seines Vaters habe er nie etwas gehört, sagte Rob.

Man könne sich täuschen, antwortete Rhomberg, Rituale würden bei der 'Ndrangheta eine Rolle spielen. Bei der Aufnahmezeremonie müssten die Novizen sich den Arm mit einem Messer ritzen und das Blut auf ein Bild des Erzengels Michael tropfen lassen, der sei der Schutzpatron der ›Santisti‹. Rituelle Verstümmelung von Verrätern sei in den Statuten festgeschrieben, Abtrennen von Gliedern, Blendung. Man denke an den Fall Getty, dessen abgeschnittenes Ohr. Es gäbe Hinweise auf Steinigungen bei der ›famiglia Montalbano‹, bei denen Frauen bis zu den Schultern, Männer bis zur Taille eingegraben würden. Man kenne das sonst nur bei der Scharia. Wie gesagt, im Fall Wallburk glaube er nicht daran, dass ein mafiaähnliches Syndikat dieses Verbrechen begangen habe, er denke vielmehr an eine Art Loge, die im Verborgenen arbeite, mit Zielen, die man nicht kenne.

Rhomberg machte eine Bewegung als wollte er aufstehen. Er werde Rob auf dem Laufenden halten, sagte er, was seine Pläne für die nächste Zeit seien? Ob er an einem neuen Buch arbeiten würde?

Das nicht, sagte Rob, er möchte nach Italien, das Haus ansehen, in dem Sarno gearbeitet und sein Vater ein Museum geplant habe.

Rhomberg ging mit zur Tür. Eine Bitte, sagte er, Rob möge das Handy eingeschaltet lassen und sich ab und zu bei ihm melden.

Ob der Kommissar glaube, er sei in Gefahr?

Rhomberg schüttelte den Kopf. Nein, natürlich nicht, sagte er lächelnd und jetzt log er, sonst hätte er schon seit längerer Zeit darüber nachgedacht, wie er geschützt werden könne.

Als Rob die Treppe hinabging, überlegte er, was Rhomberg wohl wirklich wusste. Er war sicher, der Kommissar habe ihm etwas verschwiegen. Er dachte an Weinberg, man muss nach dem suchen, was die Polizei nicht preisgibt, hatte er am Morgen gesagt, achte darauf, wenn Du mit Rhomberg sprichst. In dem, was er zurückhält, kann man die Antwort auf die Fragen suchen, wie er denkt und in welcher Richtung er den Täter zu finden glaubt. Rhomberg hatte nur von Möglichkeiten und einer anonymen Täterschaft geredet. Überhaupt, während des ganzen Gesprächs war Rob das Gefühl nie losgeworden, Rhomberg halte kleine versteckte Prüfungen mit ihm ab; nicht, um ihn einer falschen Antwort zu überführen, sondern eher, um ihn in einer Art von väterlichem Besorgtseins zu überwachen.

Rob ging zur Tiefgarage an der Oper. Als er den Parkschein aus der Tasche zog, läutete sein Handy. Es war niemand am Apparat. Das Display war leer. Zum ersten Mal spürte er eine schleichende Angst. Als würde er aus dem Verborgenen heraus beobachtet.

XVI

Die Autofahrt strengte Rob an. Ich hätte statt der Haftschalen die Brille nehmen sollen, dachte er. Vor Mailand hatte es angefangen zu regnen, im Sprühnebel der Vierzigtonner hätte er auf der Tangente Nord die Abzweigung nach Genua ums Haar verpasst. Auch fühlte er sich im VW von Fräulein Elsbeth nicht wohl; im letzten Moment hatte sie ihn überredet, er solle den Austin in der Garage lassen und ihren Golf für die Reise nehmen. Bei einem Oldtimer wisse man schließlich nie, ob er den Geist aufgeben würde.

Rob konnte es noch immer kaum fassen, dass Ana neben ihm saß und in einem Reiseführer blätterte. Sie war eine Woche früher als geplant aus Teheran zurück und nach München gekommen, um Seidenfuß abzuholen. Rob war gerade dabei gewesen, seine Sachen für die Reise nach Orbetello zu packen, als sie vor der Tür stand.

Nach Italien fährst Du, hatte sie mit erstauntem Lächeln gesagt. Und dann, nach ein paar Sekunden unbehaglichem Schweigen, ich habe eine Woche Ferien, würde es Dir etwas ausmachen, wenn ich mitkäme?

Rob war zu überrascht gewesen, um sofort zu antworten. Er freute sich, dass Ana ihn begleiten wollte, aber es fiel ihm schwer, seine Freude spontan zu zeigen. Zwei Stunden später saßen sie in Fräulein Elsbeths Auto und fuhren nach Süden. In ihrer Abwesenheit würde Patrik auf Seidenfuß aufpassen.

Es war Anas Vorschlag gewesen, über Portofino an den Argentario zu reisen. Weißt Du noch, hatte sie gesagt, Portofino und Camogli, unsere erste Reise, Du hattest Deine Sonnenbrille vergessen und ich die Tasche mit den Badeklamotten.

Bei Genua fuhren sie auf die Autobahn Richtung Livorno. Der ständige Lichtwechsel durch die Tunnels irritierte Rob. Er fuhr langsam, hinter ihm hupten Lastwagen. Du wolltest von Rhomberg erzählen, sagte Ana. Rob versuchte sich auf die Straße zu konzentrieren, es hatte angefangen, stärker zu regnen. Gleich, antwortete er, wenn wir von der Autobahn runter sind. Als sie in Ropallo ankamen, riss die Wolkendecke auf und Sonnenstrahlen streiften die im Hafenbecken vor Anker liegenden Yachten. Ich weiß nicht, wie viel Rhomberg verschweigt, begann Rob, was er gesagt hat, klang ziemlich verwirrend, seine Vermutung, Mutter könnte ermordet worden sein, der Einbruch ins Haus oder die ›organische Intelligenz‹ von Geheimlogen. Er meinte damit die 'Ndrangheta. Eine Menge Spuren, aber kein Hinweis, wer die Täter gewesen sein könnten.

Ana schwieg. Sie kaute an ihrem Daumenglied, ein Zeichen, dass sie angestrengt nachdachte. Mir ist bei der Geschichte nicht wohl, sagte sie. Als Wissenschaftlerin bin ich gewohnt, logisch zu denken. Mir fehlen zu viele Teilchen in der Formel, als dass sie aufgehen könnte. Vielleicht sind es gerade die vielen Teilchen, die einer vernünftigen These im Weg sind. Hat Rhomberg gesagt, dass für Dich keine Gefahr besteht?

Hat er. Er sprach von Personenschutz, der sei in meinem Fall aber nicht nötig.

Immerhin, Du bist Henry Wallburks einziger Erbe …

Rhomberg wird wissen, was er zu tun hat. Ich halte ihn für einen aufgeschlossenen und kompetenten Beamten. Ich glaube, ich kann mich auf sein Urteil verlassen.

Dein Wort in Gottes Ohr, sagte Ana, schau nur, da hat sich allerhand verändert. In Portofino mussten sie mit dem Wagen in die neue Tiefgarage. Ana schüttelte verärgert den Kopf. Schade, sagte sie, letztes Mal haben wir das Auto in der Garage beim alten Tillin stehen lassen. Weißt du noch? Auch Rob war enttäuscht, wo früher die Garage mit den grünen Holztoren und einem Dutzend rotgescheckter Katzen war, wurde gebaut. An der Stelle des Zeitungskiosks stand jetzt ein Kran. Sie liefen die paar Schritte zum Hafen hinunter. Das ›Nationale‹ war verändert, der Charme des kleinen Hafenhotels war einem modernen Ambiente gewichen. Sie bekamen ein Doppelzimmer mit Blick auf die Bucht. Rob warf ab und zu einen Blick auf Ana, während er den Anmeldezettel ausfüllte. Eine Zeit lang hatte er geglaubt, sie würde auf einem Einzelzimmer bestehen, nun war er überrascht, dass sie kommentarlos neben ihm stand und die Poster an den Wänden betrachtete. Xavier Sarno, sagte sie, als sie zum Lift gingen. Überall hingen gerahmte Poster von Ausstellungen in New York, Paris oder Rom. Sarno hat ein paar Jahre in Portofino gelebt, hatte der Concierge erklärt, unser neues Fischrestaurant ist nach dem Maler benannt.

Am späten Nachmittag klarte der Himmel auf. Nach einem Spaziergang an der Mole und einem Aperitif auf dem Floß vor der Gritta-Bar gingen sie zu den Brüdern Marinello. Das kleine Restaurant unter den Arkaden war unverändert. An den Wänden hingen Fotografien von alten Segelschiffen und von Xavier Sarno, wie er Stars der Fünfzigerjahre portraitiert. Meist war der Maler nur von der Seite oder von hinten zu sehen, der Blick der Kamera galt dem Modell, Sophia Loren, Marco Ferreri, Edward Kennedy mit seiner Frau. Ein Bild zeigte Sarno auf der Hafenmauer sitzend, neben ihm Alfred Hitchcock. Ana war vor dem Foto stehen geblieben. Ein gut aussehender Mann, sagte sie, ich kann mir vorstellen, dass er bei den Frauen beliebt war.

Du meinst Hitchcock ...

Witzbold.

Sie bestellten Spaghetti à la Marinello; die Hauptsache bei dieser Spezialität waren die kleinen Tintenfische und core di bue, eine Tomatenart, die einer der Brüder selber anpflanzte. Sie redeten wenig. Rob kam sich vor, als sei er seinem alten Leben für immer entkommen, und das, was geschehen war, beträfe einen anderen Menschen. Dieser Zustand hielt an, bis der Teller halb leer war. Na, wie fühlst Du Dich jetzt, fragte Ana.

So gut wie schon lange nicht mehr, antwortete Rob und fing an zu lachen. Er deutete auf Anas Jeansbluse, sie war voll von Spritzern der Tomatensoße. Auch Ana musste jetzt lachen, ich bin ein Ferkel, ich weiß, sagte sie, aber schau Dich an.

Als sie bei Kaffee und Grappa waren, sagte Rob, eigentlich müsste Tillin Sarno gekannt haben, ob der Alte noch lebt? Vom Kellner erfuhren sie, dass Franco Tillin im nächsten Jahr neunzig würde, aber rüstig sei und jeden Abend nach den Fernsehnachrichten vorbeischaue, um ein Glas Rotwein zu trinken. Es war kurz nach zehn, als Tillin über die Piazza auf das Restaurant zuhinkte. Er ging an zwei Stöcken, hinter ihm lief eine Katze. Die Beine machen nicht mehr mit, sagte Ana, aber sonst hat er sich kaum verändert. Tillin hatte die hellen Augen der Norditaliener und trotz seines Alters kaum graue Haare. Rob war aufgestanden und hatte sich vorgestellt. Er habe seinen Wagen früher in Tillins Garage untergestellt, sagte er, er erinnere sich noch an die vielen rotgetigerten Katzen. Ob er ein paar Fragen über Xavier Sarno stellen dürfe, Tillin habe den Maler sicher gekannt.

Der alte Mann setzte sich an ihren Tisch und bekam sein Glas Rotwein, auf Rechnung des Hauses, wie er lächelnd betonte. Ja, das mit den Katzen, sagte er, lang sei's her, jetzt habe er nur noch diese eine, und die sei fast so alt wie er selber. Über Sarno möchten die Herrschaften reden, er wisse schon gar nicht mehr recht, wie oft er mit irgendwelchen Leuten über Sarno geredet habe. Ein komischer Kauz sei der Maler gewesen, ein ›svitato‹, wie die Leute hier sagen. Er habe fast keine Freunde gehabt und wenig geredet. Ständig sei er mit Mischen von Farben beschäftigt gewesen, in seiner Garage habe er den Rost von alten Eisentrümmern gekratzt. Auf die Frage, was er mit dem Zeug anfangen würde, habe er nur gebrummt, mit Kaffee und Cognac vermischt gleiche Rost dem Lodern des Fegefeuers. Ja, und auch Miesmuscheln, die cozze, habe er mit einem Spachtel von der Hafenmole geschabt, ein herrliches Grau ließe sich damit bereiten, klar wie die Augen des heiligen Franz von Assisi. Wer hätte das gedacht, dass aus solch einem Spinner einmal ein berühmter Künstler werden würde.

Tillin trank sein Glas aus. Er wünsche den Herrschaften eine schöne Zeit in Portofino, obwohl, auch das sei nicht mehr das, was es einmal war. Jetzt freue er sich auf sein Bett. Das sei seit sechzig Jahren das gleiche.

Als Tillin über die Piazza verschwunden war, sagte Ana plötzlich, die Miesmuscheln, fast hätte ich den Brief vergessen, Lichtenberg hat die Schildkröte mit den Pigmenten von Sarnos Gemälde verglichen. Ich habe einen Brief für Dich. Lichtenberg hat ihn an meine Zürcher Adresse geschickt. Sie kramte in ihrer Handtasche und legte ein Kuvert auf den Tisch.

Professor Lichtenberg entschuldigte sich für seine akademischen Ausführungen, in Anbetracht der Besonderheit des Objekts erscheine ihm dies jedoch unumgänglich zu sein. Eingangs möchte er Folgendes festhalten: Es bestünden keine Zweifel, dass die Pigmente des Sarno-Gemäldes und jene der von ihm untersuchten Skulptur von identischer Beschaffenheit seien. Beide stammten von einem Halbedelstein aus der Familie Lapislazuli, der zu den einfach brechenden Mineralien gehöre. Sowohl die Materialproben der Schildkröte als die des Gemäldes seien zu Rhombendodekaedern kristallisierte Pigmente. Lapislazuli dieser Qualität enthielte winzige Einschlüsse von Pyrit, ›Katzengold‹, so dass die Steine aussähen wie ein mit Sternen besprenkeltes Firmament. Kein Wunder, dass die Menschen der Antike den Lapislazuli als heiligen Stein betrachtet hätten – er sei für sie das Stein gewordene Abbild des Universums gewesen.

Siehst Du, sagte Ana, ich hatte recht.

Dann hat Vater gelogen. Er hat ein grandioses Spektakel veranstaltet.

Er wollte einen Mythos schaffen, einen Mythos um Sarnos heiliges Blau. Ist doch verzeihlich, oder? Als katholischer Musterknabe solltest Du Verständnis dafür haben.

Rob hatte sich wieder über den Brief gebeugt. Er sei sich bewusst, fuhr Lichtenberg fort, dass er sich mit dem, was er nun schreibe, auf das Gebiet der Spekulationen begebe; dennoch, er sei überzeugt, dass es sich bei der Skulptur von Herrn Wallburk um einen Kultgegenstand aus vorchristlicher Zeit handeln könnte. Der Kultcharakter ließe sich aus der Tatsache herleiten, dass die Bauchseite der Schildkröte ursprünglich als Spiegel geschliffen war. Im alten Ägypten, auch noch in der Spätzeit, also der sechsundzwanzigsten Dynastie, 663 bis 524 vor Christus, unter Psammetich und seinen Nachfolgern, seien Spiegel aus Lapislazuli von Hohen Priestern als Kultgeräte verwendet worden. Häufig hätten sie die Form einer Schildkröte oder die des Kopfes einer Kobra gehabt.

Bisher hatte Rob die gelesenen Seiten zu Ana über den Tisch geschoben. Jetzt stand sie auf und setzte sich neben ihn. Rob merkte, wie seine Handflächen feucht wurden. Zweck der Spiegel sei es gewesen, schrieb Lichtenberg weiter, das Licht der Sonne einzufangen und die Strahlen auf einen ›heiligen‹ Gegenstand zu lenken, ein verehrtes Wesen wie die Katze, den Ibis oder das Abbild eines Herrschers. Er komme nun auf einen wenig erbaulichen Aspekt der Sonnenspiegel zu sprechen. Beim Studium der Schriften des englischen Renaissancegelehrten Joannes Dee sei er auf eine Stelle gestoßen, derzufolge Sonnenspiegel tausend Jahre nach Psammetich als Straf- und Folterinstrumente verwendet worden seien. Diese Art von Gottesgericht sei von einem gnostischen Orden praktiziert worden, in dessen Zentrum der Engel ›Metathron‹ stand. Dessen Name leite sich von den griechischen Worten ›meta‹ und ›thronon‹ ab, was ›den neben dem Thron Gottes Stehenden‹ bedeute. Frevler, die gegen das den ›Metathroniten‹ heilige Buch ›Sepher Jezirah‹, das ›Buch der Schöpfung‹, verstießen, seien die Lider entfernt und die Augen durch das im Spiegel gebündelte Sonnenlicht verbrannt worden. Der Orden soll sieben dieser Spiegel besessen haben, alle aus einem Stein geschnitten, dessen Form dem Antlitz des Engels ›Metathron‹ ähnlich gewesen sei.

Wie bereits erwähnt, es sei reine Spekulation, wenn er behaupte, bei Herrn Wallburks Skulptur könne es sich um einen dieser Spiegel handeln. Die außergewöhnliche Struktur und Seltenheit des Steins sprächen dafür. Über den Orden der

›Metathroniten‹ habe er zu seinem Bedauern nicht mehr in Erfahrung gebracht. Schriften gäbe es anscheinend außer der Quelle Joannes Dee und einem Bericht des koptischen Abtes Capodistria keine. Capodistria habe im Jahr 1689 in einem Brief an den Astronomen Gropius in Antwerpen geschrieben, dass um die Mitte des ersten Jahrtausends nach Christus, im oberen Niltal und am Rand der Libyschen Wüste, sieben dem Engel ›Metathron‹ geweihte Tempel entstanden seien, die nach dem rätselhaften Verschwinden des Ordens Ende des neunten Jahrhunderts von Kopten übernommen und zu Klöstern umgebaut wurden.

Lichtenberg schloss den Brief mit der Frage, was mit der Skulptur geschehen solle, sie befände sich derzeit im Safe seines Instituts. Für Fragen sei er jederzeit offen.

Was sagst Du dazu, fragte Rob nach einer Weile. Wie glaubwürdig ist dieser Professor Lichtenberg eigentlich?

Ana blickte noch immer auf die letzte Seite des Briefs. Piet Lichtenberg kenne ich seit der Studentenzeit, sagte sie. Er war mein Doktorvater, später hat sich eine Art Freundschaft entwickelt. Piet ist Wissenschaftler mit Leib und Seele, ein bisschen Linné, ein bisschen Humboldt. Wenn er mit einem Begriff wie ›Spekulation‹ operiert, muß mehr dahinterstecken.

Ana zögerte einen Moment bevor sie fortfuhr. Die ›Metathroniten‹, sagte sie, der Tod Deines Vaters, die Blendung. Inspektor Rhomberg redet von einer mysteriösen Sekte, die hinter dem Mord stehen könnte. Wenn das keine merkwürdigen Zusammenhänge sind, findest Du nicht?

Und ob ich das finde, Ana. Jacque Alluard, der Freund von Mutter, wurde geblendet, bevor man ihn ins Wasser der Seine warf. Er hatte mit gestohlenen Kunstgegenständen aus dem alten Ägypten gehandelt.

Ana nickte. Nehmen wir an, Alluard ist im Besitz der Schildkröte, sagte sie, statt sie zu verkaufen, schenkt er sie seiner Geliebten und die gibt sie weiter an ihren späteren Mann.

Und der gibt sie Sarno für seine Experimente mit Farben.

Fast zu logisch, sagte Ana. Wer wusste davon? Piet schreibt, der Orden sei laut Capodistria seit Ende des neunten Jahrhunderts spurlos von der Bildfläche verschwunden. Noch etwas macht mich stutzig, wenn es sich bei der Skulptur um einen Sonnenspiegel aus vorchristlicher Zeit handeln sollte, wie konnten die ›Metathroniten‹ wissen, dass der Stein, aus dem der Spiegel hergestellt wurde, Ähnlichkeit mit dem Antlitz des Engels ›Metathron‹ hatte? Zwischen der Gründung des Ordens und der Zeit des Psammetich liegen fast tausend Jahre.

Joannes Dee und Capodistria können sich irren, sagte Rob. Klingt für mich überhaupt alles nach Märchen. Hast Du von Joannes Dee schon gehört?

Nicht viel. Meine Mutter hatte im Alter einen verkrampften Hang zur Esoterik. Sie war im Seniorenheim einem charmanten Guru in die Hände gefallen. Sie haben über Dee geredet. Ich glaube, man hielt ihn für einen Magier, der mit Engeln verkehrte und in die Zukunft blicken konnte. Er sei Berater von Elisabeth der Ersten von England gewesen und soll die Ankunft der Spanischen Armada vor Kap Lizard prophezeit haben, drei Jahre bevor die Schiffe tatsächlich aufgetaucht sind.

Und Capodistria?

Nie gehört.

Rob faltete die Seiten des Briefs und steckte sie ins Kuvert. Wenn es wahr ist, was Lichtenberg schreibt, wäre Rhomberg auf der richtigen Spur, sagte er. Es würde auch zu dem passen, was Maddox über die Lapislazuli-Minen erzählt hat, den geheimnisvollen Ort ›Nur‹, den ›Thron Gottes‹, wo in grauer Vorzeit die Steine gebrochen wurden.

Ana kaute wieder an ihrem Daumenglied. Wenn wir alles, was wir jetzt wissen, in ein Sieb schütten und das Sieb schütteln, was kommt unten raus? Die Skulptur Deines Vaters könnte ein ›heiliger‹ Kultgegenstand sein, in seinem ursprünglichen Zustand wäre er jedenfalls einer gewesen. Und was schließen wir daraus? Wenn Dein Vater Sarno die Schildkröte für seine Experimente gegeben hat, nach der Analyse von Lichtenberg ist daran kaum noch zu zweifeln, wäre die aus den Pigmenten gewonnene Farbe eine ›heilige‹ Farbe. Sarnos vielbeschworenes Blau. Dann wären die damit gemalten Bilder ›heilige Bilder‹.

Rob schüttelte den Kopf. Ein verrückter Gedanke, sagte er. Du meinst, es könnte einen Zusammenhang zwischen Sarnos Gemälden und Vaters Tod geben? Warte, ich bin noch nicht fertig. Das würde bedeuten, dass die Blendung eine Art Sühne für eine frevlerische Tat war. Der Tod von Vater also eine rituelle Hinrichtung, genau das, was Rhomberg vermutet. Und das würde bedeuten, dass es die ›Metathroniten‹ noch gibt. Absurd, ein fanatischer mittelalterlicher Orden im einundzwanzigsten Jahrhundert.

So widersinnig ist dieser Gedanke nicht, Rob. Denk an die Al Kaida, die Fundamentalisten. Oder an die 'Ndrangheta. Nichts ist unmöglich.

Das sagt Rhomberg auch.

Denken wir einen Schritt weiter, sagte Ana, gesetzt den Fall, es ist wie Du sagst, ist es wahrscheinlich, dass, wer immer hinter allem stecken mag, dass diese Person hinter dem ›heiligen‹ Gegenstand und hinter Sarnos Bildern her ist. Und was läge näher, als das eine oder andere bei Henry Wallburks Erben zu suchen. Rob, Du musst Rhomberg anrufen, er muss so schnell wie möglich von Lichtenbergs Schreiben erfahren.

Jetzt? Weißt Du, wie spät es ist?

Das Lokal war inzwischen fast leer. Es ging auf Mitternacht. Morgen früh rufe ich Rhomberg an, sagte Rob, er sitzt jeden Tag schon um sechs in seinem Büro.

XVII

Die Stände am Viktualienmarkt waren bereits eine Stunde geöffnet, als Rhomberg Maiskörner und Hanfsamen für die ›Unzertrennlichen‹ kaufte. Er ließ sich Zeit an diesem Morgen, die für acht angesagte Pressekonferenz hatte er auf den Nachmittag verschoben. Im Café ›Schmalznudel‹ trank er einen doppelten Espresso und blätterte in der ›Abendzeitung‹. Die Lektüre hinterließ bei ihm die Frage, ob es sich überhaupt noch lohnte, die Haare schneiden zu lassen oder sich zu rasieren. Mit Wehmut dachte er an die Zeit, als er mit Christiane nach einem Einkaufsbummel an diesem Tisch beim Frühstück saß und über die Tagesneuigkeiten diskutierte. Die abscheulichen Seiten der Zivilisation übersah sie. Raubüberfälle oder Verkehrskatastrophen interpretierte sie so, dass man den Glauben an die guten Seiten der Menschheit nie ganz verlor. Es gab schließlich auch Flugzeuge, die ihr Ziel sicher erreichten, Häuser, die nicht ausgeraubt wurden und ganz generell waren die Menschen gesund und kamen am Abend nach getaner Arbeit wohlbehalten nach Haus.

Als er kurz vor acht ins Büro gekommen und gerade dabei gewesen war, die Vögel zu füttern, hatte das Telefon geläutet. Es war Rob, der von Lichtenbergs Schreiben erzählte. Rhomberg hatte ihn gebeten, ihm dieses Schreiben so schnell wie möglich per Fax zu schicken. Jetzt lag das Blatt vor ihm auf dem Tisch. Was Lichtenberg schrieb, war eine der vielen Möglichkeiten im Fall Wallburk. Aber sie wies in eine Richtung, in die auch Rhomberg immer öfter dachte. Es war ein vages Gefühl, so wie man spürt, wenn jemand hinter einem den Raum betritt.

Das Material der Datenbank von Europol hatte die Ermittlungen bisher nicht weitergebracht, zumal Länder, die über keine lückenlose Kriminalstatistik über mehrere Jahrzehnte verfügten, kaum erfasst waren; dazu zählten Teile des ehemaligen Ostblocks und der Mittlere Osten. Außerdem war der Zugriff auf Europol-Daten mit einem langwierigen Verfahren verbunden. Wenn nationale Dienste wie Rhombergs Abteilung mit Europol kommunizierten, mussten sie über eine zentrale Anlaufstelle gehen; nur diese Stelle konnte mit den Verbindungsoffizieren, den Europol Liaison Officers, in Den Haag Kontakt aufnehmen. Die Europol-Datenbanken gaben lediglich Hinweise darauf, dass die entsprechenden Daten schon einmal in einer Ermittlung in einem anderen Land aufgetaucht waren.

Auch die Gespräche mit dem Sonderbeauftragten für Sektenwesen in Berlin waren für Rhomberg wenig erhellend gewesen. Doktor Deneke hatte über den ismaelitischen Geheimbund der ›Assassinen‹ promoviert und ein mehrbändiges Werk über den Perser Hasan ibn Sabbāh, den ›Alten vom Berge‹, verfasst. Die Meuchelmorde der ›Assassinen‹ Ende des zwölften Jahrhunderts, denen mächtige Herrscher zum Opfer gefallen waren, hatten allesamt politische Ziele. Bei kurzlebigen Abspaltungen vom Mutterbund der ›Fidāwī‹, der ›sich Opfernden‹, hatte es sich in erster Linie um die syrischen ›Bardia‹ gehandelt; hier war es zu Verstümmelungen gekommen, Abtrennen von Gliedmaßen, in einigen Fällen auch Blendungen.

Bei genauer Betrachtung waren jedoch keine Parallelen zu den Morden im Fall Wallburk erkennbar. Seit den Morden der ›Bardia‹ waren achthundert Jahre vergangen und in dieser Zeit habe es keine vergleichbaren Fälle gegeben, hatte Deneke gesagt, jedenfalls seien ihm aus der Literatur keine Opferrituale mit Blendung bekannt.

In der zermürbenden Erfolglosigkeit der Ermittlungen hatte Rhomberg begonnen, mehr auf die Gestalt der Dinge zu achten, die bisher eine Statistenrolle gespielt hatten, Bücher, Bilder, persönliche Gegenstände aus der Umgebung des Galeristen. Rhomberg hatte seit einiger Zeit eine Änderung seiner Denkgewohnheiten festgestellt; früher hatte er, bevor er auf ein Bild schaute, zuerst die Bildunterschrift gelesen. Jetzt nahm er davon nicht einmal mehr Notiz.

Wenn er wach lag, meistens zwischen drei und vier Uhr morgens, und über den Fall nachdachte, hatte er das Gefühl, als würden seinem Hirn Antennen wachsen; er war sich dann sicher, dass das Geheimnis von Wallburks Tod in einem Gegenstand verborgen lag, der durch seine Hände gegangen war. Aber in welchem?

Lichtenbergs Schreiben und das, was Robert Wallburk am Telefon von der Skulptur erzählt hatte, konnten die Ermittlung in eine neue Dimension lenken. Rhomberg brauchte Resultate. Nicht nur die Staatsanwaltschaft war ungeduldig, auch die Journalisten der Boulevardblätter. Der Schlimmste war Alfred Duden, ein ehemaliger Offizier der Bundesmarine. Duden hatte bei einer Übung ein Bein verloren, was seinen Ehrgeiz ins Unermessliche gesteigert zu haben schien. Er nahm an Skirennen für Behinderte teil, kandidierte für das Präsidentenamt eines lokalen Radsportverbandes, agierte als Wahlhelfer für die Sozialdemokraten und ließ keine Gelegenheit aus, sich als

Enthüllungsjournalist mit hohem ethischen Anspruch von seinen Kollegen feiern zu lassen. Rhomberg wusste nicht, warum Duden ihm so hasserfüllt im Nacken saß. Jede Pressemitteilung wurde zerpflückt und mit sarkastischen Kommentaren in den Bereich berechtigt klingender Zweifel an der Polizeiarbeit gerückt. Rhomberg graute vor der Pressekonferenz am Nachmittag, bei der er einmal mehr mit nahezu leeren Händen dastehen und versuchen würde, mit nichtssagenden Worten seinen Bemühungen einen hoffnungsvollen Anstrich zu geben. Plötzlich fiel ihm ein Gedanke ein, der ihm nachts gekommen war und den er sich zu verwirklichen vorgenommen hatte. Am Morgen hatte er vergeblich versucht, sich zu erinnern. Der Gedanke war einfach. Wenn der oder die Täter wollten, dass man sah, wie sadistisch und sorgfältig der Mord geplant worden war, musste man ihnen zu verstehen geben, dass man sie verstanden hatte. Und dass man sie vielleicht besser verstanden hatte, als dies beabsichtigt war. Er würde sich diesmal nicht mit leeren Händen vor die Presse stellen, sondern behaupten, dass die Polizei eine klare Spur verfolge. Die Polizei habe sich ein deutliches Bild gemacht, über das er aus ermittlungstechnischen Gründen weiter nichts sagen könne. Rhomberg wollte die Mörder dazu bringen, sich zu bewegen. Wild in Bewegung war leichter zu erkennen, als solches, das sich im Dickicht verbarg.

Er blieb noch eine Weile sitzen und dachte über sein Konzept bei der Pressekonferenz nach. Dann griff er nach dem Telefon und wählte die Nummer, die Rob auf dem Brief notiert hatte. Der Anrufbeantworter teilte mit, dass das Geologische Institut der ETH Zürich erst um neun geöffnet sei. Er ging ins Zimmer von Maria Keberle und bat sie, in der Staatsbibliothek nach Material über Joannes Dee und einen gewissen Capodistria zu suchen. Und, fügte er hinzu, vielleicht fände sich ein Hinweis auf die ›Metathroniten‹.

Wie man das schreibe, fragte die Frau, und was das denn sei.

Es handle sich um Leute, die einen Engel anbeten.

Maria Keberle legte den Kopf schräg. Einen Engel ... sie möchte es zuerst übers Internet versuchen, sagte sie in mitleidigem Tonfall, heutzutage gäbe es nichts, was im Netz nicht zu finden sei. Selbst Engel hätten inzwischen Eingang gefunden.

Um neun rief er im Geologischen Institut an und erfuhr, Professor Lichtenberg sei ein paar Tage verreist, er befände sich auf einem Kongress in Toronto und käme erst Ende der Woche zurück. Rhomberg ließ sich die Handynummer geben; er würde, den Zeitunterschied eingerechnet, versuchen, Lichtenberg später zu erreichen.

Bei heiklen Telefongesprächen deckte er die Käfige vorsichtshalber ab. Er wählte die direkte Nummer des Polizeipräsidenten und wurde sofort verbunden. Er sprach eine Viertelstunde, ohne unterbrochen zu werden. Nach seiner Meinung bestünde akute Gefahr für den jungen Wallburk, schloss er, aufgrund der neuen Erkenntnisse, ob wahr oder nicht, er fordere Personenschutz, ehe es zu spät sei. Unabhängig von Lichtenbergs Bericht sei Wallburks Wohnung seit zwei Tagen unter Beobachtung gestellt.

Doktor Schreiber ließ sich Zeit. Hand aufs Herz, ob Rhomberg an die Geschichte von den ›Metathroniten‹ glaube, fragte er endlich. Er wisse nicht viel über dieses Thema, eines sei ihm aber bekannt, die Bekehrung zum Christentum habe häufig auf Unterwerfung beruht, die frühen Gnostiker hingegen hätten gewusst, dass nur die innere Transformation zur Erfüllung führen könne. Auf einem Weg der Gewaltlosigkeit.

Dieses Denken unterscheide sich von fanatischen Glaubensformen, für die Erlösung in einer Belohnung durch pervertierte Autoritäten bestünde, die vor Gewalt und Terror nicht zurückschreckten.

Rhomberg schwieg überrascht. Er war der Meinung gewesen, Schreiber beschäftige sich in der Freizeit am liebsten mit seiner Münzsammlung aus napoleonischer Zeit und höre Operettenmusik. Jedem das Seine, hatte er Rhomberg einmal gesagt, Sie hören Ihren Vögeln zu, ich entfliehe den menschlichen Abgründen mit Lehár und Strauß.

Eine logische Begründung falle ihm schwer, antwortete Rhomberg schließlich. Der Begriff ›Metathroniten‹ sei vielleicht nur eine Art Code für etwas, das sich dahinter verberge. Etwas außerhalb der Vernunft. Etwas, hier zögerte er einen Moment, etwas erschreckend Großes. Von zuverlässiger Seite wisse er, dass es sich bei Professor Lichtenberg um einen seriösen Wissenschaftler handle, der jedes Wort auf die Waagschale lege. Wenn es sich nur um einen esoterischen Schabernack handeln würde, hätte er wohl lieber geschwiegen.

Rhombergs Instinkt habe ihn selten getäuscht, sagte Schreiber, er lasse ihm freie Hand. Eines möchte er aber doch noch betonen, selbst wenn es die ›Metathroniten‹ gäbe, Drahtzieher von Geheimlogen zu entlarven sei erfahrungsgemäß ein zeitraubendes und meist auch fruchtloses Unterfangen. Er schlage vor, Lichtenbergs Hinweis in der Pressekonferenz nicht zu erwähnen. Geheimlogen seien ein gefundenes Fressen für die Meute der Boulevardjournalisten. ›Hausfrauenfutter‹ hätte sein ehemaliger Chef, der alte Rubner, das genannt. Außerdem, ein Hinweis könnte die Ermittlung erschweren.

Rhomberg legte den Hörer auf und ging zu den Käfigen. Er nahm das Tuch und faltete es sorgfältig, bevor er es in einer

Schreibtischschublade verstaute. Das waren Augenblicke, in denen er nicht denken musste. Ein Vogel fing an zu zwitschern, eine zweite Stimme kam dazu. Sie reden miteinander, dachte er, und sie fallen einander nie ins Wort.

XVIII

Nach dem Telefongespräch mit Rhomberg saß Rob im Café ›Raffaele‹ unter den Arkaden auf der Mole und trank einen Espresso. Die junge Bedienung hatte ihn erstaunt angeblickt, als er die zweite Flasche Pellegrino ohne Kohlensäure bestellt hatte. ›Tormentosa‹ sei etwas Schreckliches, wenn man am Abend davor zu viel Wein getrunken habe, hatte sie lächelnd gesagt. Das sei es ausnahmsweise nicht, hatte Rob geantwortet. Er trinke Wasser, weil er Tabletten schlucken müsse, außerdem, Wasser verdünne den Espresso im Magen.

Er blickte der Frau nach. Sie war sehr jung und hübsch und neigte ein wenig zur Fülle. Wie würde sie aussehen, wenn sie das Alter von Ana erreicht hätte? Ana – er spürte wieder diese alte Furcht, jemandem zu eigen zu sein, ohne es zu wollen, oder ohne dass der andere es überhaupt wusste. Rob dachte an die letzte Nacht. Sie hatten seit mehr als drei Jahren zum ersten Mal wieder miteinander geschlafen. Es war anders gewesen als früher. Als hätte die Zeit eine Wand durchlässig gemacht, die zwischen ihnen stand und über die hinweg sie wie auf Zehenspitzen miteinander verkehrt hatten.

Rob sah den alten Tillin mit seiner Katze die Mole entlanghinken. Wind war aufgekommen, der den Mastenwald in sanfte Bewegung versetzte. Zwei Männer fegten mit Reisigbesen die Kanaldeckel auf der Piazza von Laub und Touristenmüll frei. Er dachte an den Morgen in einem trostlosen Landgasthof irgendwo nahe der ungarischen Grenze, als Ana angefangen hatte zu erzählen. Sie hatte die Worte nur mit großer Anstrengung über die Lippen gebracht. Als Kind sei sie von einem älteren Mann vergewaltigt worden; einem Mann, den es, wie sie betonte, nicht mehr gab. Zuerst hatte das Klischee dieses Vorfalls ihn mehr erstaunt als erschreckt. Dann hatte Eifersucht von ihm Besitz ergriffen. Es war ihm nicht möglich gewesen, zu erfahren wie alt sie damals war. Er wusste, dass sie von diesem Augenblick an nicht mehr fähig gewesen war, in der Liebe Befriedigung zu empfinden, es sei, sie beschwor diesen Moment immer wieder herauf – ›das Unglück‹ vernichtet zu sein, bevor man wirklich gelebt hat. Mit diesen Worten hatte Ana die Ruinenstadt Tacht-e-Dschamschid beschrieben. Rob, alle ihre verflossenen Liebhaber, sie waren nur Stellvertreter jener Person, die noch immer in Anas Erinnerung an jenen ersten Akt in ihr lebte. Rob war sich bewusst geworden, dass er die Frau nie besitzen würde. Er hatte dieses Geständnis so empfunden, als hätte Ana sich zu einer bewussten Untreue bekannt. Dieser Mann, von dem er nie erfahren hatte, wer er war und warum es ihn nicht mehr gab, hatte während der ganzen Zeit ihrer Beziehung zwischen ihm und Ana gestanden.

Rob legte einen Zehneuroschein unter die Tasse und stand auf. Als er die Piazza überquerte, läutete sein Handy. Es war niemand am Apparat. Das Display war leer. Wie vor einer Woche in der Tiefgarage spürte er eine schleichende Angst. Als würde er aus dem Verborgenen heraus von jemandem beobachtet.

Gegen Mittag fuhren sie weiter nach Orbetello. Rob wusste nicht, wo Sarnos Haus lag. Es musste sich an der Lagune in der Nähe des Damms befinden, der zur Halbinsel des Argentario führte. Die Schlüssel hatte die Wirtin des ›Noccino‹. Die Tür des Restaurants war geschlossen, im Garten standen die Stühle auf den Tischen. Vielleicht sollten wir uns ein Hotel suchen, sagte Ana, das Restaurant macht erst um sieben auf.

Als sie zum Auto gingen, wurden sie von einer Frau angesprochen. Ob die Herrschaften etwas suchen würden, sagte sie, ihr Name sei Theresa Batolli, sie sei die Wirtin des ›Noccino‹. Sie habe die deutsche Nummer am Wagen gesehen.

Rob stellte sich vor. Über das Gesicht der Frau glitt ein Strahlen. Der Sohn von Signor Wallburk, rief sie und streckte Rob beide Hände hin, sie würden gewiss müde sein von der Reise. Signor Hajek habe heute Morgen angerufen und sie gebeten, ein Hotel zu reservieren. ›Stella Marina‹, ein kleines Hotel im Hafen von Porto Ercole. Ob das recht sei? Signor Wallburk habe auch dort gewohnt, während das Haus von Sarno umgebaut wurde.

Ihnen sei alles recht, sagte Ana, wenn es nur sauber sei.

Die Wirtin war eine rundliche Sardin mit mütterlichen braunen Augen. Im Lokal waren die Vorhänge noch zugezogen. Vor dem Tresen stand ein Kinderwagen für Zwillinge und ein Eimer mit Ginsterzweigen. Von meiner Tochter, sagte die Frau, sie helfe ihr in der Küche. Jetzt werde sie etwas zu essen richten. Was die Signora zu trinken wünsche?

Sie wurden an einen Ecktisch am Fenster bugsiert. Im Gegensatz zu den meisten italienischen Restaurants war das ›Noccino‹ gemütlich, kein Plastik, Holzstühle und Tische, an den niedrigen Wänden verblichene Fotos von Fischkuttern und hageren Männern, die Netze flickten. In einem Rahmen neben der Küchentür fehlte das Foto. Schau, sagte Ana, ein leerer Bilderrahmen, erinnert mich an eine Künstlerin bei der letzten Biennale in Venedig. Vielleicht ist die moderne Kunst nur noch im Verlust erfahrbar, was meinst Du?

Sei nicht so skeptisch, antwortete Rob lächelnd, Sarno beweist doch gerade das Gegenteil.

Das würde Dein Vater behaupten.

Während die Frau Brot und Schinken auf den Tisch stellte, warf sie einen prüfenden Blick auf Rob. Signor Wallburk sei ein feiner Herr gewesen, sagte sie, wahrhaftig, und so bescheiden. Er sei oft hierhergekommen und immer an dem Tisch gesessen, an dem die Herrschaften jetzt säßen. Immer habe er Pläne studiert. Ein Jammer, dass aus dem Museum nichts geworden sei, es wäre ein Segen für die ganze Gegend gewesen. Sie warf einen raschen Blick auf das Kruzifix an der Wand und machte die Andeutung eines Kreuzzeichens. Dass er so habe sterben müssen, fuhr sie kopfschüttelnd fort, man wisse ja nur, was in den Zeitungen stünde.

Ob sein Vater meistens allein im ›Noccino‹ gewesen sei, fragte Rob.

Die Frau schüttelte den Kopf. Anfangs sei er mit Sarno gekommen, sagte sie, damals habe ja noch niemand geahnt, dass der einmal ein berühmter Maler werden würde. Sie hätten sich alle gewundert, Signor Wallburk und Sarno, ein merkwürdiges Paar seien die beiden gewesen.

Merkwürdig – wieso, fragte Ana.

Nun ja, die Frau beugte sich zu Ana herab, vielleicht sei es nicht richtig, darüber zu reden, sagte sie, aber in Orbetello habe man den Maler für ›buono a nulla‹ gehalten, einen Nichtsnutz, der vom Geld seiner Frau lebe. Und, jetzt kam sie noch näher heran, während sie leise fortfuhr, Sarno habe zwei Bauchnabel gehabt, ihr Mann, Gott hab ihn selig, der habe das mit eigenen Augen gesehen, als Sarno einmal in der Lagune gebadet habe. Menschen mit zwei Bauchnabeln stünden mit dem Bösen im Bund und vermochten Staub in Gold zu verwandeln. Mit seinen Bildern sei Sarno das wahrhaftig gelungen.

An den Leibhaftigen glaube er nicht, sagte Rob lächelnd. Sarno sei ein guter Maler gewesen. Ob sein Vater nach Sarnos Tod noch oft gekommen sei?

Ja doch. Meistens kam er allein. Einmal sei er mit einem eleganten Signore im Garten gesessen, der Tisch sei voll mit Plänen gewesen, ihre Tochter habe geglaubt, es sei dieser berühmte Architekt aus Genua gewesen, der Name falle ihr gerade nicht ein.

Dino, sagte Rob, Alessandro Dino.

Ganz recht. Den Namen habe ihre Tochter genannt. Sonst sei Signor Wallburk immer allein gewesen. Ob die Herrschaften zum Abendessen gern Fisch möchten? Frisch gefangenen ›pesce capone‹, den mit dem großen roten Kopf, ihr Sohn sei Berufsfischer und besitze einen eigenen peschereccio.

Du siehst, hier glaubt man noch an den Teufel, sagte Ana, als die Frau in der Küche verschwunden war. Jedenfalls, mit dem ›Noccino‹ hatten wir ein Riesenglück, solche Wirtschaften sterben aus. Dein Vater scheint sich wohlgefühlt zu haben. Die Leute mochten ihn.

Sieht so aus. Ich kann mir Vater hier überhaupt nicht vorstellen. Ich habe ihn nur ein paar Mal in piekfeinen Lokalen erlebt.

Eines der vielen Gesichter des Henry Wallburk, sagte Ana. Bin gespannt auf das Haus von Sarno, sein Atelier muss ausschauen wie die Höhle eines Alchemisten … apropos Alchemist, als ich von Teheran zurückkam habe ich mit Lichtenberg telefoniert. Er befasst sich anscheinend eifrig mit der Herkunft Deiner Skulptur. Er hat herausgefunden, dass eine schwedische Gesellschaft in den Siebzigerjahren Schürfrechte im Koran-Tal erworben hatte. Sie wollten die Stollen finden, wo in der Antike reines Lapislazuli gewonnen wurde. Sie haben ihre Suche später von Sar-e-Sang auf das Tal des Kokcha ausgedehnt, es erstreckt sich dreißig Kilometer nach Süden bis ins Tal des Eskazir. Als die Taliban kamen, mussten sie ihr Vorhaben aufgeben. Lichtenberg vermutet, dass sie keinen Erfolg hatten.

Was haben sie sich davon versprochen? Die meisten Künstler sind heutzutage mit synthetischen Farben zufrieden. Eine Tube Acryl kostet fünf Euro. Außerdem, in größeren Mengen würde Sarnos ›göttliches Blau‹ rasch an Wert verlieren.

Das sagt Lichtenberg auch. Vielleicht haben die Schweden nach etwas ganz anderem gesucht als nur nach Lapislazuli.

Was könnte das sein? Uranhaltiges Gestein?

Gibt es dort nicht. Auch kein Gold oder andere Edelmetalle.

Als sie das ›Noccino‹ verließen, war es zu spät, um zu Sarnos Haus zu fahren. Ana war müde und Rob spürte, dass er zu viel Wein getrunken hatte. Im Hotel wurden sie von einem älteren Mann begrüßt, der an Krücken ging. Er heiße Mario Ecco, sagte er, und sei Besitzer des ›Stella Marina‹. Als Rob seinen Namen nannte, zog wie bei der Wirtin des ›Noccino‹ ein Strahlen über sein Gesicht. Welche Freude, sagte er, den Sohn von Signor Wallburk hier im Haus zu haben. Leider könne er mit dem Gepäck nicht helfen, ein kleiner Unfall mit der Vespa auf der Aurelia. Es sei spät, der Hausdiener sei schon im Bett. Das Zimmer sei dasselbe, in dem sein Vater gewohnt habe, ein Eckzimmer, mit Blick auf den Hafen.

Der Mann kam auf Krücken hinterher in den ersten Stock und stieß die Balkontüre auf. Ein Bilderbuchblick auf das erleuchtete Forte Stella und das Hafenbecken mit Fischerbooten und Yachten. Leises Rollen der Dünung. Er hoffe, das Geräusch störe die Herrschaften nicht, sagte der Mann, das Meer würde im Lauf der Nacht seine Stimme erheben, morgen sei mit Schirokko zu rechnen.

Rob war auf dem Balkon stehen geblieben. Hier hat Vater also gewohnt, wenn er Sarno besuchte, sagte er leise.

Er sei auch später wiedergekommen, sagte der Mann, als Sarno bereits tot war. Er habe das Zimmer umstellen lassen, den Schreibtisch vors Fenster, das Bett an die rückwärtige Wand. Einmal sei er in Begleitung einer jungen Dame gewesen.

Rob drehte sich um. Wann das gewesen sei, fragte er.

Ecco hob die Schultern, dann blickte er auf seine Krücke, als sei er soeben dabei, eine entscheidende Entdeckung zu machen. So genau könne er sich im Moment nicht erinnern, sagte er. Morgen früh werde er nach dem alten Gästebuch suchen.

Schau einer an, sagte Ana, als der Mann gegangen war, Henry Wallburk als Herzensbrecher, wer hätte das gedacht. Ich dachte immer, Dein Vater hätte für Frauen keine Zeit.

Das dachte ich auch, sagte Rob, bis Hoffmann so eine Andeutung machte. Vater hatte Weinberg meine Stiefmutter ausgespannt. Sabrina und Weinberg waren verlobt.

Hat er nie darüber gesprochen?

Du weißt doch, Vater hat außer über Bilder nie von privaten Dingen gesprochen.

Rob ging zur Tür und drehte den Schlüssel um. Das ist neu, sagte Ana, seit wann verschließt Du Zimmertüren?

XIX

Sarnos Haus stand zwischen alten Platanen am Rand der Lagune. Es stammte aus einer Zeit, als die Deutsche Wehrmacht bei Orbetello Hangars für gigantische Wasserflugzeuge hatte errichten lassen. Die Ruinen waren nach Kriegsende gesprengt und die Betonreste als Wellenbrecher vor der Küste im Meer versenkt worden. Das Haus war ursprünglich ein Lagerschuppen für Ziegel und Zement gewesen, im Lauf der Jahre hatte der Maler Anbau auf Anbau folgen lassen, ein hölzernes Labyrinth, das mit hühnerstallgroßen Verschlägen den alten Kern allmählich verschlang. Ein einziger Raum mit hohen Fenstern öffnete sich zur Lagune.

Sie näherten sich dem Haus durch einen verwilderten Garten. Der Weg bestand aus Eisenbahnschwellen. An die Eingangstür war ein Schild genagelt: ›Proprietà privata.‹ Rob probierte mehrere Schlüssel, bis er den passenden fand und die Tür aufstieß. Der Raum war dunkel. Sie tasteten sich durch einen schmalen Gang zu einer Tür, durch deren Lamellen Licht schimmerte.

Jemand hat den Strom abgestellt, sagte Ana. Sie schnupperte. Hier riecht es nach toten Mäusen, fuhr sie fort, ich kenne den Geruch. Seidenfuß bringt manchmal eine Maus nach Haus und versteckt sie. Meistens vergisst er sie dann.

Rob öffnete die Tür. Sie traten in einen hohen Raum

mit Fenstern zur Lagune. In der Mitte stand ein halbrunder Tisch.

Das Museum, sagte Rob, das ist Dinos Modell. Er trat näher an den Tisch heran, während Ana versuchte, eines der Fenster zu öffnen.

Robs Blick glitt über das Architekturmodell hinweg zu den Wänden. Maltische und deckenhohe Regale mit Mörsern und Farbtöpfen; ›Glacie Divae Maria‹, Burgundisches Pech, Venezianisches Terpentin. Die meisten Flüssigkeiten in Gläsern waren eingetrocknet. Bündel von Pinseln in irdenen Töpfen. Mit Gesteinsbrocken gefüllte Weidenkörbe. An Haken hingen unbespannte Keilrahmen von der Decke. Der Raum war weiß gekalkt und wirkte, als seien die Handwerker eben erst abgezogen.

Sarnos Atelier, sagte Rob, diesen Teil des Hauses hat Vater renovieren lassen. Sieht alles so unbenutzt aus. Er ging zurück an den Tisch. Schau Dir das an …

Ana beugte sich über das Modell. Der ebenerdige Bau hatte die Form eines Hufeisens; beide Schenkel ragten weit ins Wasser der Lagune, während der erhöhte Scheitel sich mit einer breiten Glasfront nach Norden hin öffnete. Im Modell waren Inseln von Platanen und Pinien angedeutet, Wasserläufe dazwischen, überspannt von Brücken.

Ein Wahnsinnsprojekt, sagte Ana, alles für einen einzigen Künstler. Dein Vater hätte weit mehr als hundert Bilder gebraucht, um das Museum zu füllen.

Rob hatte nur mit halbem Ohr zugehört. Warum hat er das Projekt von einem Tag auf den anderen fallen gelassen, sagte er. Es war ja alles fast fertig.

Wenn wir das wüssten, wüssten wir vielleicht, wer Deinen Vater umgebracht hat, antwortete Ana. Sie zog ihr Handy aus der Tasche und fotografierte das Modell von mehreren Seiten. Dann wandte sie sich den Maltischen zu. Sieht aus wie bei einem Strahler oder einem Geologen, fuhr sie fort, während sie Gesteinsbrocken aus den Körben nahm und ans Licht hielt. Auf ihrem Gesicht lag gesammelte Konzentration, wie sie ein Blumenzüchter über die erstaunliche Farbe einer seltenen Tulpe empfinden mag. Sarno hat nicht nur mit Lapislazuli experimentiert, fuhr sie fort, das hier sind Auripigmente, Malachit, Azuritkristalle ...

Also doch Lapislazuli, fragte Rob.

Ana schüttelte den Kopf. Natürlich, auch Azurit ergibt ein prächtiges Blau, sagte sie. Aber es unterscheidet sich vom Blau des Lapislazuli. Der behält im Feuer seine Farbe und wird nie mürbe wie Azurit. Übrigens, weißt Du, woher der Zauberspruchname Lapislazuli kommt?

Keine Ahnung, Ana. Ich glaube, das wusste nicht einmal Vater.

Er stammt aus Persien, Lazuli ist die latinisierte Form von ›läzwärd‹, dem persischen Wort für ein königliches Blau.

Was Du alles weißt, sagte Rob. Hätte mich gewundert, wenn wir hier Reste vom Panzer der Schildkröte gefunden hätten. Rhomberg hat gesagt, dass in Sarnos Haus in den letzten Jahren dreimal eingebrochen worden sei.

Wurde etwas gestohlen?

Anscheinend nicht. Nach Aussage der Polizei hat nie etwas gefehlt. Nichts sei zerbrochen gewesen, keine Schränke wurden durchwühlt. Nur die Körbe mit den Steinen seien ausgelehrt und der Inhalt auf dem Boden verstreut gewesen. Das Protokoll stützt sich auf das, was die Putzfrau gesagt hat.

Man könnte meinen, der Einbrecher hätte nach der Formel für Sarnos Blau gesucht, sagte Ana. Oder, falls er Bescheid gewusst hat, nach der Schildkröte. Schau, hier geht's noch weiter. Sie deutete auf eine Treppe im Hintergrund des Raums, auf deren Stufen Bündel von Leinwandrollen lagen. Sie war neu und glich den Leitertreppen, wie sie auf Schiffen verwendet werden.

Rob stieg als Erster hinauf und ließ einen erstaunten Laut hören. Komm, sagte er, Du musst Dir das anschauen.

Sie standen in einem geräumigen, durch zwei schräge Dachfenster erleuchteten Zimmer. Es roch nach Holz. Der Boden war mit Kokosmatten ausgelegt. Bücherregale an den Wänden, in der Mitte ein Bett mit Moskitonetz. Daneben ein niedriger Tisch mit Büchern und der Fernbedienung für eine Stereoanlage von Bang & Olufsen.

Glaube kaum, dass Sarno sich so eingerichtet hat, sagte Rob. Sieht eher danach aus, als hätte Vater vorgehabt, sich während des Museumsbaus hier einzunisten. Seltsam, die Stereoanlage, ich kann mich nicht erinnern, dass Vater zu Haus Musik gehört hätte. Sabrina hat das Radio abgestellt, wenn Vaters Jaguar die Auffahrt heraufkam.

Vor der Stereoanlage standen ein stummer Diener und ein Stuhl. Der Stuhl stand schief, als wäre jemand in Eile aufgestanden und hätte ihn zurückgestoßen. Ana wollte ihn zurechtrücken, aber Rob hielt sie zurück. Die ungerade Position des Stuhls war diejenige, in der sein Vater ihn zurückgelassen hatte. Er durfte die Stellung des Stuhls nicht verändern, das hätte bedeutet, der Vergangenheit ihre Unverrückbarkeit entreißen zu wollen.

Rob nahm die CD aus dem Gerät. Die letzte Musik, die der Vater in diesem Raum gehört hatte: die Kreisleriana von Schumann, Solist war Vladimir Horowitz. Hatte der Vater nach Klängen gesucht, die für ihn eine Bestätigung waren, oder hatte er Melodien gebraucht, die Trost waren, nicht einlullend oder verschleiernd, aber doch auf eine Art besänftigend? Was hatte wohl für eine Atmosphäre geherrscht in diesem verwinkelten Häuschen an der Lagune? Sarno war längst tot, es musste sehr still gewesen sein. Hatte der Vater Selbstgespräche geführt, seine verborgenen Gedanken hier laut werden lassen? In der Art etwa, wie er die Treppe heraufkam, ein Buch oder einen Bleistift in die Hand nahm oder entschied, welches Bild wo und an welcher Wand seines Museums einmal hängen würde?

Im Sommer muss es schrecklich heiß sein unter dem Dach, sagte Ana. Ich kann mir kaum vorstellen, dass ein Henry Wallburk sich im August hier aufgehalten hätte.

Ana hatte recht. Es gab keine Klimaanlage im Raum, nur die beiden Fenster im Dach. War der Vater hier an heißen Sommerabenden nackt am Bettrand gesessen? Hatte er Haare auf der Brust? Rob fiel ein, dass er seinen Vater nie unbekleidet gesehen hatte. Er öffnete eine schmale Tür neben der Treppe. Es war ein begehbarer Kleiderschrank. An den Bügeln hingen Kleidungsstücke, die Rob an seinem Vater nie gesehen hatte; Leinenhosen, Jacken, wie man sie auf Freitagsmärkten für ein paar Euro kaufen konnte. Zuerst zögerte er, die Taschen zu untersuchen, dann überwand er seine Scheu. Sie waren bis auf eine Visitenkarte und ein Päckchen Reispapier leer. Auf der Karte stand »Bangaram Island«, CGH Earth Experience. K. G. Koyamon. Rob steckte sie in die Tasche. In einer Kordhose fand er Augentropfen und ein Rezept von Bouvier für Voltaren Resinat. Hatte der Vater unter Schmerzen gelitten? Er hatte von allem nichts gewusst. Die Toten halten uns gefangen, dachte er, in Wahrheit sind sie vielleicht gar nicht tot.

Er ging zurück ins Zimmer. Ana stand vor der Bücherwand. Romane hat Dein Vater wohl keine gelesen, sagte sie, Biographien von Künstlern, Abhandlungen über moderne Malerei, Platschek, Levy-Strauss. Sie fuhr mit der Hand über die Buchrücken. Hier hat seit einer Ewigkeit keiner sauber gemacht, Du hast etwas von einer Putzfrau gesagt. Kommt die immer noch?

Angeblich einmal im Monat. Weinberg kümmert sich um die Überweisung für ihren Lohn und die laufenden Kosten. Steuern, Hypothekarzins und so. Vater hatte nach Sarnos Tod die Nachbargrundstücke dazugekauft.

Rob nahm ein Buch vom Tisch neben dem Bett. »Rub' Al-Khali, Leeres Viertel«, stand auf dem Umschlag. Als er es aufschlug, stellte er fest, dass es sich um ein anderes Buch handelte: Es war der erste Band ›Die Gnosis‹ – ›Grundlagen der Weltanschauung einer edleren Kultur‹. Der Autor war Eugen Heinrich Schmidt. Den zweiten Band hatte er aus der Bibliothek des Vaters mit nach Haus genommen und ihn dann irgendwo vergessen. Zwischen einigen Seiten lagen farbige Papierstreifen. Sein Vater hatte am Rand mit Bleistift Seitenhinweise notiert und Sätze angestrichen: ›... dass eine Hauptgestalt der kabbalistischen Weltanschauung, der Engel ›Metathron‹, seinen Namen aus den griechischen Worten ›meta thronon‹ ableite, das heißt ›den neben dem Thron Stehenden‹ ... Das erste dieser Bücher der Kabbala ist das Buch ›Sepher Jezirah‹, das große Buch der Schöpfung.‹

Lichtenberg hatte recht mit seinem Hinweis auf Joannes Dee, sagte Rob, schau, hier ist von einem Engel ›Metathron‹ die Rede. Vater hat die Stelle angestrichen, er wusste also von den ›Metathroniten‹. Anders kann ich es mir nicht erklären.

Ana nahm ihm das Buch aus der Hand. Warum steckt es in einem anderen Umschlag, sagte sie. Wollte Dein Vater das

Buch verstecken? Wenn Einbrecher danach gesucht hätten, es wäre nur durch Zufall zu finden gewesen.

Du meinst, diese Bruderschaft könnte nicht nur die Skulptur, sondern auch Beweise gesucht haben, dass Vater Bescheid gewusst hat?

Denkbar, oder? Du solltest Rhomberg noch mal anrufen. Wenn es diese Sekte wirklich gibt und Dein Vater von ihrer Existenz wusste, bedeute das eine Gefahr für sie. Daraus ergäbe sich außer dem Frevel an einem ihnen heiligen Gegenstand ein zusätzliches Motiv für den Mord. Das Unheimliche daran ist, falls das stimmen sollte, diese Leute befinden sich vielleicht mitten unter uns.

Ich rufe Rhomberg an, sagte Rob, das Buch packen wir ein.

Frau Keberle teilte Rob mit, Herr Rhomberg sei auf einer Tagung in Berlin, man erwarte ihn im Lauf des Nachmittags im Präsidium zurück. Gerade als Rob das Handy in die Tasche stecken wollte, läutete es. Niemand war am Apparat. Das Display blieb leer. Das dritte Mal in einer Woche, sagte Rob leise.

Was hast Du gesagt, fragte Ana.

Nichts, antwortete Rob, es war niemand dran. Er fühlte, wie seine Handflächen feucht wurden. Ich glaube, es wäre am besten, wenn wir morgen zurückfahren, was meinst Du?

Einverstanden. Eigentlich wollten wir noch zwei Tage in das Hotel, wo Du mit Deinem Vater einmal die Ferien verbracht hast. Und zum Notariat wolltest Du auch.

Wollte ich. Irgendetwas flüstert mir zu, ich sollte mit Lichtenberg reden. Und mit Rhomberg, nicht nur am Telefon. Irgendetwas liegt in der Luft, ich weiß nur nicht was.

Ana nahm die CD aus dem Gerät und legte sie in die Hülle. Die möchte ich mitnehmen, sagte sie, als Andenken. Also gut, fahren wir morgen. Ich muss ohnehin noch ein paar Tage nach

Tacht-e-Dschamschid. Wir brechen die Zelte dort ab. Das Projekt wird der Regierung zu teuer.

Rob ging zur Treppe. Er hatte wieder das Gefühl, beobachtet zu werden; nicht aus der Nähe, es war ein Blick aus der Ferne, der sich nicht erklären ließ. Die Welt hatte einen Schritt ins Irreale gemacht. Ich muss einen Moment an die Luft, sagte er.

In der Lagune spiegelten sich Wolkenfische. Sie glitten über die glitzernde Fläche, verschluckten das Licht und ließen es an anderer Stelle umso greller hervorbrechen. Der Wechsel zwischen Schatten und Helligkeit war eine Marter für Robs Augen. Er zog Ana ins Haus.

XX

Er ging an Rosenrabatten entlang durch den Hofgarten zum Café ›Tambosi‹. Um sieben war er mit Patrik verabredet, sie wollten zur Eröffnung einer Sarno-Ausstellung im ›Haus der Kunst‹. Rob vernahm das Geräusch seiner Schuhe auf dem Kiesweg. Ein gleichmäßiges Geräusch, das nicht von ihm selbst zu kommen schien. Für Sekunden hatte er das Gefühl, ohne Denken auskommen zu können. Er hatte nie das Bedürfnis verspürt, Verborgenes in seinem Wesen aufzuspüren. Denken macht traurig, hatte Patrik einmal zu ihm gesagt, als er über einer Geschichte von ›Sancho & Dolores‹ brütete. Das Leben stellte sich Rob als ständiges Wechselspiel von verschiedensten Fragen vor, die auf eine Lösung warteten; was jenseits davon lag, war etwas Unausweichliches, das sich davon nicht berühren ließ, wenn er auch noch sosehr darüber nachgrübelte und sich quälte. Diese Art zu denken war das Geheimnis des Erfolgs seiner Comics. Man verstand ihn.

Seit dem Tod des Vaters hatten seine Geschichten sich verändert. Die wenigen Versuche, die er Fräulein Elsbeth zum Lesen gegeben hatte, waren von ihr mit einem sachten Vorwurf kommentiert worden. Ich weiß nicht recht, hatte Fräulein Elsbeth stirnrunzelnd gesagt, etwas ist anders, Herr Robert, diese Geschichten kommen mir vor wie gut verpackte Medikamente, bei denen die Packungsbeilage fehlt. Keiner weiß im Voraus, was zwischen den Buchdeckeln steckt. Das erschwere die Vermarktung, hatte sie hinzugefügt, und verwirre den Leser.

Rob setzte sich an einen Tisch unter den Arkaden. Bis zur Eröffnung der Ausstellung hatte er eine Stunde Zeit. Bald würde Patrik vom Training kommen. Er bestellte einen Espresso und Mineralwasser. Als der Kellner bereits am Gehen war, rief er ihn noch mal zurück. Und einen Calvados, sagte er, Morin Père, wenn Sie den haben.

Er dachte an den Nachmittag, als er im Opern Espresso mit der Urne seines Vaters Zwiesprache gehalten hatte. Inzwischen waren vier Monate vergangen. Ein Gutes hatte diese Zeit, dachte er, ich habe Ana wiederentdeckt. Rob musste sich eingestehen, dass er Ana vermisste und darauf wartete, bis sie aus Tacht-e-Dschamschid zurück sein würde. Er vermisste ihre Sicherheit. Die lakonische Sicherheit ihrer Stimme. Es war eine Sicherheit, die weit über ihre berufliche Kompetenz hinausging, die Sicherheit einer Frau, die sich Zeit nahm für ihre Gedanken, damit sie nachher Ausdruck in Urteilen fänden, die Bestand hatten. Bei manchen Dingen, die Ana über ihn und seinen Vater gesagt hatte, war er sich vorgekommen wie ein Tier, das man während des Winterschlafs ausgräbt und das anfängt, die Welt neu zu entdecken.

Eine getigerte Katze strich zwischen seinen Beinen hindurch. Er erinnerte sich, dass Ana ihm vor ihrer Abreise in den Iran aufgetragen hatte, Seidenfuß kastrieren zu lassen. Er streune zu viel und würde bestimmt noch einmal überfahren. Versprich mir, dass Du mit ihm zum Tierarzt gehst. Rob hatte es versprochen. Als er nach Haus kam, hatte er dem Kater zugeflüstert, keine Angst, mein Lieber, nur über meine Leiche.

Rob entdeckte Patrik, wie er durch den Hofgarten auf das Café zueilte. Seine Eile hatte etwas Rührendes, andauernd schien er über unsichtbare Gegenstände zu stolpern, weil sein Blick auf ein Insekt oder die Blumenrabatten gerichtet war. Halleluja, rief er schnaufend, als er an Robs Tisch trat, Du sitzt beim Schnaps und ich vernachlässige mein Training. In zwei Wochen sind Wettkämpfe in Holland. Bin ich zu spät?

Überhaupt nicht. Macht nichts, wenn wir später kommen. Ich möchte den Leuten von der Presse lieber nicht begegnen.

Patrik fuhr sich mit seinen riesigen Händen durchs Haar. Ich nehme auch einen Calvados, sagte er, Du warst bei Rhomberg. Gibt es etwas Neues?

Das meiste habe ich Dir schon erzählt, antwortete Rob, was sonst alles läuft habe ich keine Ahnung. Rhomberg war heute nicht sehr gesprächig; ich hatte den Eindruck, dass er am liebsten mit seinen Vögeln allein wäre. Soviel ich weiß, hat er mit Lichtenberg Kontakt aufgenommen und mit einem Experten für Sektenwesen gesprochen.

Diesem Sonderbeauftragten in Berlin?

Mit dem konnte er nicht viel anfangen. Jetzt beschäftigt sich ein Professor in Tübingen mit den ›Metathroniten‹. Der Mann ist eigentlich Altphilologe, befasst sich aber seit Jahrzehnten mit gnostischen Lehren und den daraus entstandenen Logen. Er hat ein Buch über diesen Joannes Dee geschrieben.

Patrik lutschte an seinem Zeigefinger. Kommt mir alles spanisch vor, sagte er. Aber irgendetwas muss an der Geschichte wohl dran sein, sonst hätte Rhomberg Dir keinen Wachhund verpasst.

Ein seltsames Gefühl, Patrik. Personenschutz, so heißt das im Jargon der Polizei. Du weißt, dass du rund um die Uhr unter Beobachtung stehst. Ich habe allerdings bis jetzt nicht viel davon bemerkt. Morgen fahre ich nach Zürich, um Lichtenberg zu treffen. Er hat versprochen, mich mit einem altem

Herrn bekannt zu machen, der auf dem Gebiet mittelalterlicher Sekten eine Koryphäe sein soll. Außerdem habe der Mann meinen Vater gekannt.

Wenn Du ein Billet erster Klasse kaufst, kommt es den Freistaat teuer zu stehen, sagte Patrik. Stell Dir erst vor, wenn Du den Flieger nimmst.

Ich weiß nicht, wie die Polizei das anstellen will. Rhomberg hat sich dazu nicht geäußert. Ob immer einer hinter mir her ist?

Ein neues Lebensgefühl, Rob, jetzt darfst Du nicht mehr an Bäume pinkeln. Komm, es wird Zeit.

Die Ausstellung im ›Haus der Kunst‹ war als Retrospektive angekündigt. »Xavier Sarno's Frühwerk 1961–1982«. Es handelte sich um den Zeitraum vor der ›Blauen Periode‹, der großflächigen Arbeiten also, die den Weltruhm des Italieners begründet hatten. Ein Raum war den Anfängen gewidmet, naturalistischen Skizzen und Zeichnungen, mit denen Sarno sich als Straßenmaler über Wasser gehalten hatte. Der Besucherandrang war groß, obwohl es auf neun ging und einige Leute die Ausstellung bereits wieder verließen.

Rob und Patrik gingen rasch durch die Räume im Erdgeschoss. Die Exponate waren chronologisch gehängt; jeder Arbeit war genug freie Wand eingeräumt, um sie voll zur Geltung zu bringen. Beeindruckend, sagte Patrik, aber es haut einen nicht um. Jedenfalls nicht im Vergleich zu dem, was Sarno später gemalt hat.

Rob musste Patrik recht geben. Hier waren fast keine blauen Arbeiten zu sehen, es dominierten Rot- und Brauntöne, monochrome Flächen, die durch Nass in Nass aufgetragene Schichten ihre Tiefe erhielten. Bei den wenigen blauen Bildern handelte es sich offensichtlich um Arbeiten, für die Sarno Indigo-Pigmente verwendet hatte.

Sie waren vor einem Triptychon stehen geblieben und warteten, bis ein vor ihnen stehendes Paar den Blick freigab. Rob wollte Patrik gerade erzählen, was van Napier über Indigo aus Bayana gesagt hatte, als ihm eine junge Frau auffiel. Sie war einen Augenblick vor dem Bild stehen geblieben, dann kam sie zögernd auf ihn zu. In dem Augenblick erkannte Rob die Frau: Sie hatte auf dem Flughafen mit dem falsch geschriebenen Namensschild auf ihn gewartet, als er von Griechenland zurückgekommen war.

Herr Wallburk, nicht wahr, sagte sie. Ich bin Nicoletta Bani. Ihre Stimme war weich und atemlos, als sie fortfuhr. Sie werden sich wundern, dass eine Fremde Sie anspricht. Ich werde Ihnen alles erklären. Haben Sie einen Moment Zeit?

Rob nickte. Gehen wir in die Cafeteria? Er stellte Patrik vor, ein Freund, sagte er, Patrik Hajek. Während sie zum Ausgang liefen, ärgerte er sich, dass er spontan ja gesagt hatte ohne zu fragen, worum es überhaupt ging. Die Cafeteria war überfüllt. Patrik schlug vor, ins Café ›Tambosi‹ zu gehen, es sei ein schöner Abend, zu schön, um ihn in einem Lokal zu verbringen, man sitze dort im Freien unter Arkaden.

Sie warteten, während die Frau zur Garderobe ging. Was die von Dir will, sagte Patrik, eine heimliche Verehrerin? Du Glückspilz. Soll ich verduften?

Um Himmels willen, Patrik, Du weißt, ich bin furchtbar schüchtern. Rob lächelte, außerdem, Ana...

Patrik sog die Backen ein, dann begann er leise zu pfeifen. Pass auf, sagte er, Wiederholungstäter werden mit Lebenslänglich bestraft.

Die Frau kam mit einem leichten Sommermantel und einer

Longchamp-Tasche zurück. Robs Blick folgte ihr, wie sie sich zwischen den zum Ausgang drängenden Menschen bewegte. Sie ist hübsch, dachte er, wie alt mochte sie sein? Dreißig? Fünfunddreißig? Als sie nebeneinander durch den Hofgarten gingen, roch er ihr Parfum, Chanel Nr. 5, dasselbe Parfum, das Christine in Prag benutzt hatte. Eine Weile gingen sie schweigend, bis Rob fragte, Sie haben nicht zufällig vor ein paar Monaten auf dem Flughafen auf mich gewartet?

Stimmt, sagte die Frau. Ihr Name war falsch geschrieben. Tut mir leid. Ich wollte Sie treffen, um Ihnen etwas zu geben. Als Ihr Freund auftauchte, hat mich der Mut verlassen. Es kam mir plötzlich zu lächerlich vor.

Der Tisch, an dem Rob vor zwei Stunden gesessen war, wurde soeben frei; im Aschenbecher glimmte noch der Rest von einem Zigarillo. Am Nebentisch nahm ein Mann im beigen Pullover Platz. Rob glaubte sich zu erinnern, ihn gesehen zu haben, als er am Nachmittag in einer Apotheke seine Medikamente besorgt hatte. Während er einen Stuhl für Nicoletta Bani zurechtrückte, warf er noch mal einen Blick auf den Nebentisch. War das derselbe Mann, den er vorhin gesehen hatte? Etwas an diesem unscheinbaren Wesen schien der Fixierung im Gedächtnis zu widerstehen, als beherrsche der Mann in besonderer Perfektion die Kunst der Tarnung.

Was darf ich für Sie bestellen, fragte Patrik die Frau, ich denke, jetzt wäre Zeit für ein Glas Wein?

Nicoletta Bani schüttelte den Kopf, danke, lieber einen Espresso, sagte sie lächelnd, Kaffee ist für mich das beste Schlafmittel.

Als der Kellner weg war, wandte sie sich an Rob. Seltsam, sagte sie, jetzt sitze ich hier und weiß nicht, wo ich anfangen soll. Sie werden fragen, was will diese Person eigentlich.

Rob sagte nichts. Er beobachtete die Frau, die in ihrer Tasche kramte und ein Päckchen Zigaretten auf den Tisch warf. Ein mediterranes Gesicht, bernsteinfarbene Augen, dichte lange Wimpern. Stört es Sie, wenn ich rauche, fragte sie.

Patrik gab ihr Feuer. Sie sog den Rauch tief ein und schloss einen Moment die Augen, als müsste sie sich konzentrieren. Ich fange am besten bei meinem Onkel an, sagte sie, zuerst muss ich erklären, was ich hier mache. Ich arbeite bei der Alitalia im Ground Management, Public Relations. Bevor ich in München anfing, war ich im Verlag meines Onkels in Bologna, ein bisschen Mädchen für alles, wir hatten nie Geld, ich habe die Korrespondenz erledigt, PR-Arbeit, das Lektorat, alles, was in einem kleinen Betrieb eben anfällt.

Sie drückte die Zigarette aus und zündete eine neue an, bevor Patrik ihr Feuer geben konnte. Eines Tages erschien ein Journalist und bot uns ein Manuskript an, fuhr sie fort. Es ging um Hintergründe im internationalen Kunstbetrieb. Es sei ein Knüller, hatte der Mann behauptet, die Medien würden sich um die Story reißen. Der Autor hieß Jean Philip Pereira.

Rob hatte aufgehorcht. Pereira, sagte er, Jean Philip, der Mann, den mein Vater erschossen hat?

Genau der, sagte die Frau. Pereiras Manuskript hatte zweihundert Seiten. Es war miserabel geschrieben. So etwas schiebt man im Lektorat gern auf die lange Bank. Pereira war hartnäckig, er telefonierte täglich, kam unangemeldet in den Verlag und verlangte einen Vorschuss. Mein Onkel sagte, wenn der Kerl das nächste Mal kommt, wirf ihn raus. Wir drucken keine Enthüllungsgeschichten. Dennoch nahm ich das Manuskript mit nach Haus, bevor ich es am nächsten Tag zurückschicken wollte. Der Titel hatte mich neugierig gemacht: ›Il segreto del blu di Xavier Sarno‹. Sie sprechen ein wenig Italienisch?

Rob nickte. Es reicht, um miteinander zu reden, sagte er. ›Das Geheimnis von Xavier Sarnos Blau‹, ein merkwürdiger Titel. Und ein merkwürdiger Zufall. Erzählen Sie weiter.

Die Frau hatte ihn fragend angeblickt, jetzt fing sie sichtlich erleichtert an, in ihrer Muttersprache zu reden. ›Il segreto del blu di Xavier Sarno‹, ein spannender Titel, finden Sie nicht? Ich nahm mir vor, das Manuskript wenigstens teilweise zu lesen. Eins zu einer Million, vielleicht steckte in dem chaotischen Text das Zeug für eine gute Geschichte. Erfolg konnte der Verlag brauchen. Ich will es kurz machen. Trotz des unbeholfenen Plots und der vielen Fehler im Text – Pereiras Muttersprache war Französisch, das Manuskript hatte er auf Italienisch geschrieben –, erwies sich der Inhalt als unerhört spannend. Pereira musste über beachtliche kunsthistorische Kenntnisse verfügen, so hatte er mehrmals Champollions ›Lettres à Monsieur le Duc de Blacas‹ zitiert. Es waren zum Teil ausschweifende Randgeschichten, aber wie Sie vielleicht erraten, Hauptfigur war ein amerikanischer Galerist mit österreichischen Wurzeln. Überrascht Sie das?

Eigentlich nicht, antwortete Rob, nachdem Sie den Namen des Autors genannt hatten. Was weiter?

Nicoletta Bani nippte an ihrem Kaffee. Jetzt ist er kalt, sagte sie. Darf ich auf Ihr Angebot zurückkommen? Jetzt hätte ich doch gern ein Glas Rotwein. Ich bin unverschämt, was?

Rob winkte dem Kellner, dabei fiel sein Blick auf den Nebentisch. Der Mann im Pullover war verschwunden. Jetzt saß dort eine Frau und blätterte in einer Gratiszeitung. Durch Robs Kopf wirbelten die widersprüchlichsten Gedanken. Neugier, über seinen Vater etwas zu erfahren, das er noch nicht wusste, zugleich ein Gefühl der Zuneigung zu der Fremden, das ihn sekundenlang denken ließ, am gescheitesten wäre es, aufzustehen und zu verschwinden. Er begegnete dem Blick Patriks, der ihm zuzwinkerte und unter dem Tisch einen Tritt versetzte.

Die Frau atmete Rauch aus. Das ist fast schon alles, sagte sie. Mein Onkel wollte das Buch nicht, er fand den Text reißerisch, einen billigen Mix aus Verleumdung und pseudokulturellem Anspruch. Jedenfalls nichts für einen Verlag, der sich durch drei Generationen einen Namen mit literarischen Nischenprodukten gemacht hat. Ich musste ihm recht geben, trotzdem habe ich versucht, mit Pereira Kontakt aufzunehmen, aber unter der uns bekannten Adresse war er nicht zu erreichen. Er war wie vom Erdboden verschwunden. Ein Jahr später kam ein Brief aus Delhi, in dem Pereira mitteilte, er verfüge über Kenntnisse, die den Fall Wallburk erst so richtig pikant machen würden. Dann haben wir von ihm nichts mehr gehört. Vier Jahre später erfuhr ich aus den Medien, dass er in München erschossen worden war. Mein Onkel ist inzwischen gestorben, der Verlag wurde vom »Corriere della Sera« übernommen. Ich dachte, es könnte Sie interessieren, was Pereira über Ihren Vater geschrieben hat.

Haben Sie das Manuskript dabei?

Heute nicht, antwortete Nicoletta Bani, damals auf dem Flughafen hatte ich es bei mir. Wir können uns für irgendwann verabreden, dann gebe ich es Ihnen. Ich kann es auch schicken.

Rob schüttelte den Kopf. Sagen Sie, wann Sie Zeit haben. Er blickte auf die Hand der Frau, kein Nagellack, kein Ring. Woher können Sie so gut Deutsch, fragte er.

Meine Mutter ist in Innsbruck geboren. Bis zu meinem fünfzehnten Lebensjahr habe ich fast nur Deutsch gesprochen. Sie wollten wissen, wann ich Zeit habe, wie wärs mit morgen? Ich habe am Nachmittag frei.

Wir können uns zum Mittagessen treffen, sagte Rob. Wenn Sie Fisch mögen, was halten Sie von ›Witte‹ am Viktualienmarkt?

Mein Lieblingsrestaurant. Halb eins?

Würden Sie mir noch verraten, was Sie an Pereiras Text fasziniert hat?

Die Frau hob ihr Glas. Sie zögerte. Seien Sie nicht böse, wenn ich heute darüber nicht sprechen möchte, sagte sie schließlich. Ich unterhalte mich gern mit Ihnen über das Manuskript, glauben Sie mir, aber ich denke, Sie sollten den Text zuerst selber lesen.

Nur eines, sagte Rob, warum interessieren Sie sich für meinen Vater?

Nicoletta Bani machte eine vage Handbewegung in die Dunkelheit hinaus. Als ich sehr jung war, wollte ich Malerin werden, sagte sie. Ich habe ein paar Semester an der Akademie von Bologna bei Ricarda Zeroni studiert. Damals hatte ich Ideale. Ich glaubte, Kunst sei jenseits von Falschheit und Raffgier in einer Art heiliger Enklave zu Haus. Was mich an Ihrem Vater interessiert hat, wollen Sie wissen. Ich fragte mich, ob ein Mann, der so viel für die Kunst getan hat wie Henry Wallburk, wirklich das arrogante Monster gewesen ist, das Pereira in seinem Manuskript schildert.

Ich bin gespannt auf morgen, sagte Rob. Es ging auf zwölf, als sie Nicoletta Bani zum Taxi begleiteten. Sie hatte abgelehnt, nach Haus gebracht zu werden. Rob verabschiedete sich von Patrik und ging an der Feldherrnhalle vorbei die Residenzstraße entlang zur Operngarage. Ein arrogantes Monster, hatte Nicoletta Bani gesagt. Rob sah sich als Zehnjährigen mit Sabrina und dem Vater denselben Weg zur Eröffnung einer Mondrian-Ausstellung in der Hypo-Passage gehen. Der Vater hinkte, ging aber kerzengerade; er hatte eine Meniskusoperation hinter sich und litt. Aber man sprach nicht darüber. Rob, im Bannkreis der Tapferkeit seines Vaters, wusste, dass er kein Recht hatte, sich über irgendetwas zu beklagen, weder über Einsamkeit noch Schmerz oder Angst.

XXI

Der Anruf von Fräulein Elsbeth am Morgen hatte Rob an seine Arbeit erinnert. Die Ereignisse der letzten Wochen hatten den Gedanken daran beiseitegeschoben. Die nächste Nummer der Comicserie mußte in drei Monaten zum Druck vorliegen. Unter normalen Umständen benötigte Rob für Bild und Text eines Hefts acht Wochen – vorausgesetzt, dass eine Geschichte in seinem Kopf bereits existierte. Jetzt war dieser Kopf voll mit Quälgeistern, die jeden Einfall im Keim erstickten, kaum dass er sich zeigte. Er wusste, dass er erst wieder würde arbeiten können, wenn er Klarheit über den Tod seines Vaters hätte. Insgeheim hatte er sich damit abgefunden, dass das Heft erst im Frühjahr erscheinen würde, sich aber gescheut, mit Fräulein Elsbeth darüber zu reden.

Jetzt saß er am selben Tisch im Speisewagen wie bei seiner letzten Fahrt nach Zürich. Es freute ihn, dass der italienische Kellner ihn erkannt und gefragt hatte, ob er den gleichen Rotwein möchte wie beim letzten Mal. Clèvner, kühl getrunken, Signore, sagte er mit verschwörerischem Lächeln, das wissen nur Kenner.

Als er vor drei Wochen im Zug saß, hatte er in Waterspills Buch über Sarno und seinen Vater gelesen. Aus Pereiras Text würde ihm ein anderer Henry Wallburk entgegentreten. Rob schaute sich um, ob ihm ein Bewacher gefolgt war. Er hatte stets das Gefühl, beobachtet zu werden, allerdings nicht von der Polizei; nachts ließ er in der Wohnung Licht brennen und vermied es, seinen Austin in die Tiefgarage zu stellen. Der Speisewagen war bis auf ein älteres Ehepaar und eine Frau mit einem behinderten Kind leer. Das Mädchen flirtete mit einem abgeschalteten Handy oder es bellte und bewarf die Mutter mit Zuckertüten.

Rob dachte an das Mittagessen mit Nicoletta Bani. Es war kurz gewesen, er hatte den Nachmittagszug nach Zürich erreichen wollen, und sie hatten vereinbart, sich kommenden Freitag zu treffen. Bis dahin hätte er Pereiras Manuskript sicher gelesen. Nicoletta hatte auf seine Fragen zuerst ausweichend geantwortet, dann aber doch von sich erzählt. Die Eltern seien bei einem Autounfall ums Leben gekommen, als sie neunzehn war. Der Onkel habe sie beim Studium der Kunstgeschichte und später an der Akademie finanziell unterstützt. Die unmögliche Liebe zu einem verheirateten Mann. Dabei war ein Satz gefallen, der Rob erschreckt hatte: ›Wir benutzen einander als Äxte, um die zu fällen, die wir in Wirklichkeit lieben.‹ Manchmal war Trauer in ihrer Stimme und es hatte ihn beeindruckt, dass sie frei von Selbstmitleid war.

Kann man eine Frau lieben, während man in eine andere verliebt ist, dachte er. Konnte Liebe welken wie eine Pflanze? Hatte sich seine wiedererwachte Liebe zu Ana durch das Erscheinen Nicolettas über Nacht ausgeliebt? Rob dachte an Patrik. Sein Freund war ein begabter Exorzist. Gefährliche Liebesabenteuer pflegte er durch packende Bilder aus seinem Leben zu verscheuchen. Rob musste an seine Schilderung des Liebesaktes denken, die Akteure wirkten wie die Opfer eines entsetzlichen Unfalls, so unbeholfen verschlungen, als wären sie in einer Versuchsreihe das erste Paar in der Geschichte der

Menschheit, das sich diese Möglichkeit einer Vereinigung ausgedacht hatte. Rob verstand ihn. Auch ihm gelang es mitunter, die Akrobatik der Vereinigung in seinen Geschichten zu Körperstellungen umzuträumen, die so atemraubend schön und vollkommen waren, wie Ballettposen von Nurejew.

Nicoletta Bani –. Ich gehöre zum alten Geheimbund der Spieler, dachte er. Es würde vorbeigehen.

Rob kostete den Wein. Er nickte und der Kellner schenkte das Glas voll. Bedächtig streifte er die Gummibänder von Pereiras Manuskript. Würden durch die Lektüre die Bilder gelöscht werden, die einen Mann zeigten, der mit Papiermaché das Gesicht einer Toten zu formen versucht?

›Il segreto del blu di Xavier Sarno‹ stand in Schreibmaschinenschrift auf dem Umschlag. Pereira hat noch keinen Computer benutzt, dachte Rob. Er schlug die erste Seite auf. Der Autor begann mit dem Zitat eines Artikels der englischen Archäologin Audry Siroli, der am neunzehnten Januar 1939 in einem Periodicum der ›Royal Geographical Society‹ abgedruckt worden war.

Am sechzehnten April 1938 war der belgische Historiker und Archäologe René Thérouze östlich der Oase Charga in der Libyschen Wüste auf die Reste eines koptischen Klosters gestoßen. Die Mauern waren durch Jahrhunderte von Wanderdünen verschluckt worden. Thérouze entschloss sich, Fellachen anzuheuern und graben zu lassen. Aufgrund der Beschreibungen eines sudanesischen Karawanenführers vermutete er unter der Klosterruine ein wesentlich älteres Bauwerk. Ende April waren die Grundmauern eines kreisförmigen Gebäudes freigelegt und Thérouze stand vor dem Eingang zur Krypta.

Am zweiten Mai betrat er mit seiner Assistentin Audry Siroli den unterirdischen Raum. ›Der Anblick sei von einer geisterhaften Schönheit gewesen‹, notierte Thérouze in seinem Arbeitsheft. Auf Alabastersockeln entlang den Wänden waren Kunstgegenstände aufgereiht: Malachit-Kelche in Form von Lotosblüten, Schildkröten und Kobrahäupter, deren Unterseiten als Spiegel geschliffen waren. Vom Staub der Jahrhunderte befreit, warfen die Spiegelflächen das Licht der Karbidlampen in einem unwirklichen Blau auf die Betrachter zurück. Auf einem Freskofragment an der Stirnseite des Raums war die Gestalt eines Engels erkennbar, der aus der Hand Gottvaters eine Schlange entgegennimmt. Thérouze war ein Kenner der Gnosis. In seinen Seminaren an der Humboldt-Universität in Berlin hatte er Vorträge über die verschiedenen Formen des Neuplatonismus und die Gnosis des Mittelalters gehalten, bis der den Idealen des Tausendjährigen Reichs nahe stehende Rektor ihm empfahl, sich der arischen Glorie zuzuwenden, statt semitisches Abrakadabra unter die Leute zu bringen.

Thérouze erkannte, dass es sich nicht um einen frühchristlichen Altarraum, sondern um ein Heiligtum der ›Metathroniten-Bruderschaft‹ handelte, einer seit Jahrhunderten als verschollen geglaubten Sekte, deren Ursprünge in Alexandria lagen.

Thérouze vereinbarte mit Frau Siroli, über den Fund vorläufig Stillschweigen zu bewahren und ließ die Gegenstände nach Kairo schaffen. Dem Kommissar der ägyptischen Antikenverwaltung, Hamid Mnemjian, wurde auf Drängen der Behörden ein Bericht vorgelegt, der den Tatsachen entsprach. Die Gegenstände wurden fotografiert und nummeriert. Ihre Herkunft wurde als Kultzubehör einer nichtmuslimischen Bruderschaft bezeichnet, Entstehung zwischen 400 und 600 nach Christus. Mnemjian zeigte anfänglich an den Gegenständen wenig Interesse, sie fielen nicht in seinen Aufgabenbereich. Die Kisten wurden bis auf eine versiegelt, die Gegenstände durften das Land nicht verlassen. Die unversiegelte Kiste konnte Thérouze auf sechs Monate befristet zu Forschungszwecken in sein Haus nach Alexandria nehmen.

Ihr Inhalt bestand laut Angaben im Forschungsbericht aus sieben ›Sonnenspiegeln‹ in Gestalt einer Schildkröte, zwei Kobrahäuptern und einer mit Halbedelsteinen besetzten Trinkschale aus blauem Lasurstein.

Die Kiste traf am achtzehnten Mai 1938 in Alexandria ein. Am Morgen des zwanzigsten Mai wurden Thérouze, sein Bruder André und eine nubische Hausangestellte mit durchschnittenen Kehlen gefunden. Die Kiste samt Inhalt war verschwunden. Nach dem Krieg stellte man bei einer Generalinventur des Kairoer Museums fest, dass die im Inventar verzeichneten sechs Kisten mit Thérouzes Objekten aus der Grabung von Charga nicht auffindbar waren.

Audry Siroli war im Dezember 1938 nach London zurückgekehrt. Sie hatte den Artikel über die Ausgrabung von Charga im Zusammenhang mit einem Bericht über korrupte Angestellte im Kairoer Museum und den Schmuggel von gestohlenen Kunstgegenständen verfasst. Pereira war auf das Periodicum der ›Royal Geographical Society‹ zwanzig Jahre später durch Zufall in einem Antiquariat gestoßen, zu der Zeit, als er mit Jacque Alluard in Paris ein Appartement bewohnte.

Rob nahm die Brille ab und putzte sie mit der Serviette. Seine Augen tränten. Er vertrug Haftschalen schlecht. Für das Mittagessen mit Nicoletta Bani hatte er auf die Brille verzichtet, seine Eitelkeit danach aber verwünscht. Er winkte dem Kellner und bestellte zwei Scheiben Schwarzbrot. Ein Blick aus dem Fenster; zwischen treibenden Wolken eine flache Nachmittagssonne, sekundenlang teilte sie den Speisewagen in Segmente und legte Staubwände zwischen Rob und Sirolis Bericht.

Er blätterte weiter. Er überflog Passagen, die ihm vom Gespräch mit Rhomberg bekannt waren. Alluards Tätigkeit als Hehler von antikem Diebesgut wurde beschrieben, wobei Pereira sich als ahnungslosen Zuschauer schilderte, der spät und erst durch Zufall auf die dubiosen Machenschaften des Freundes aufmerksam wurde. Lieferant der geraubten Kunstgegenstände war nach Pereiras Angaben der Sohn eines ehemaligen Kommissars der Antikenverwaltung in Kairo, ein gewisser Narouz Mnemjian. Erstaunlich war, weder Alluard noch Pereira schienen vom Ritual der ›Metathroniten‹, ihre Opfer durch den Gebrauch von ›Sonnenspiegeln‹ zu blenden, Kenntnis gehabt zu haben. Im Manuskript wurde der Name der Bruderschaft nicht ein einziges Mal erwähnt.

Die Blendung – jedes Mal, wenn Rob daran dachte, hatte er das Gefühl, als würde sich ihm eine Hand auf die Augen legen. Die Augen waren der Schwachpunkt am Körper seines Vaters gewesen. Rob erinnerte sich an einen Ostermorgen, den einzigen Moment, wo er den Vater hilflos erlebt hatte: wie er auf dem Gang vor seinem Arbeitszimmer auf allen vieren nach einer Kontaktlinse getastet hatte. Auf Zehenspitzen hatte Rob sich entfernt, wissend, der Vater würde es ihm nicht verzeihen, dass er von einer Kontaktlinse gedemütigt auf dem Boden herumkroch, während sein Sohn zusah.

Was Pereira im Folgenden schrieb, entsprach weitgehend dem, was Rob bereits wusste und worüber er mit Rhomberg gesprochen hatte: Alluard, im Besitz von Thérouzes ›Sonnenspiegel‹, schenkt ihn seiner Geliebten Soirée Beaucancour, die reicht ihn nach ihrer Eheschließung weiter an Wallburk und der, wissend, dass es sich um das kostbare Lapislazuli aus dem

Kokcha-Tal handelt, übergibt den Spiegel Xavier Sarno für seine Experimente, was schließlich zur Entdeckung des ›göttlichen‹ Blau führt.

Das Mysterium um Sarnos Blau sei eine geniale Lüge Wallburks gewesen, das theatralische Schweigen nichts weiter als die Strategie eines skrupellosen Verkäufers. In Wahrheit, schrieb Pereira, seien Sarnos Bilder aus Bruchstücken zerstörter Kunstwerke von kulturell unschätzbarem Wert entstanden. Es sei, als hätte ein Dilettant Leonardos Mona Lisa zerstört, um daraus ein drittklassiges Kunstwerk zu schaffen. Wallburk habe bei all seinem Handeln sehr wohl gewusst, dass es sich bei dem ›Sonnenspiegel‹ um Raubgut aus den Beständen des Kairoer Museums gehandelt habe, Sarno gegenüber dies jedoch verschwiegen.

Der größte Teil von Pereiras Text bestand aus Recherchen bezüglich des Geschäftsgebarens von ›Wallburk International‹. Bestechung von Kritikern namhafter Kunstmagazine, Manipulation bei Versteigerungen der Auktionshäuser Sotheby's und Christie's. Geldwäsche. Erpressung. Pereira behauptete, Wallburk habe zwischen 1972 und 1976 für Mark Rothko und Francis Bacon in der Schweiz und in Liechtenstein Nummernkonten eingerichtet, in der Absicht, die Künstler so unter Kontrolle zu halten. Als Rothko im Freundeskreis verlauten ließ, die Galerie wechseln zu wollen, habe Wallburk gedroht, ihn wegen Steuerhinterziehung den US-Steuerbehörden zu melden. Anschuldigungen, die den Beweis schuldig blieben.

Je weiter Rob las, desto hasserfüllter wurde der Ton. Woher kam dieser Hass auf den Vater, einen Mann, den Pereira anscheinend persönlich nicht kannte? Oder doch? Was war am Abend im Garten der Villa geschehen, bevor der Vater Pereira erschoss?

Rob stülpte die Gummibänder über das Manuskript. Alte Fragen in neuem Licht. Der Brief aus Delhi, den Nicoletta Bani erwähnt hatte, fiel ihm ein. Woraus mochte der ›Knüller‹ bestehen, den Pereira erwähnt hatte und der dem Fall Wallburk erst die richtige Würze geben würde? Was hatte Pereira entdeckt? Und war das, was er entdeckt hatte vielleicht sein Todesurteil gewesen? Rob legte die Brille neben das Manuskript und schenkte den Rest der Flasche ins Glas. Der Zug verließ den Bahnhof Lindau und fuhr in der beginnenden Dämmerung am Bodensee entlang. An Bojen vertäute Boote, Spaziergänger mit Kindern und Hunden. Die verschwommenen Umrisse gaben Rob für einen Augenblick das Gefühl, als sei die Welt, durch die der Zug fuhr, ebenso wenig wahr wie das, was die Menschen über seinen Vater erzählten. Es durfte nicht wahr sein.

XXII

Das Geologische Institut war behelfsmäßig in einer Jugendstilvilla in der Nähe des ›Pfauen‹ untergebracht. Rob war vom Hotel zu Fuß gegangen, obwohl es angefangen hatte zu regnen. Instinktiv hatte er sich während des Gehens immer wieder umgedreht, ob jemand ihm folgte. Es gab Stunden, in denen er seine Situation vergaß, meist kamen danach Augenblicke von Panik, in denen die Angst ihm den Atem nahm und sein Herz zu rasen begann. Ausgelöst wurde diese Angst durch Anrufe, bei denen das Telefon stumm blieb und die immer öfter kamen.

Lichtenberg hatte Rob bereits erwartet und holte ihn beim Empfang persönlich ab. Der Professor war ein hagerer Mann mit einem haarlosen Vogelkopf. Er war schwarz gekleidet, mit einem schwarzen Rollkragenpullover, über dem ein goldenes Kettchen hing. Er begrüßte Rob mit runden Handbewegungen und bat ihn, Platz zu nehmen.

Freut mich, Sie endlich kennenzulernen, sagte er, Ihre Skulptur hat mich unverhofft in eine Welt entführt, die durch meine Lehrtätigkeit viel zu lang ein Schattendasein geführt hatte. Lichtenberg sprach sehr leise, Rob hatte manchmal Mühe ihn zu verstehen. Sie wissen vermutlich, fuhr er fort, die Kripo München hat das Kunstwerk angefordert, um es analysieren zu lassen. Es ist vor zwei Tagen abgeholt worden.

Über Lichtenbergs Gesicht flog ein kühles Lächeln, als er hinzufügte, ich glaube allerdings kaum, dass sich in Deutschland ein besserer Kenner der Gnosis finden lässt, als Oskar Walkobinger, dem ich Sie vorstellen möchte. Nehmen Sie einen Kaffee?

Rob dankte. Wasser, sagte er, ohne Kohlensäure, wenn möglich.

Schont die Schleimhäute, sagte Lichtenberg, sehr vernünftig. Sollte ich auch machen. Ich trinke am Tag zwanzig Tassen Espresso, seit ich aufgehört habe zu rauchen.

Er griff zum Telefon und bestellte Brunnenwasser. Ich bin eben erst von einer Reise zurück, fuhr er fort, Kommissar Rhomberg scheint es eilig zu haben, er will morgen nach Zürich kommen. Ich habe ihm gesagt, dass ich Sie treffe und wir Oskar Walkobinger aufsuchen werden. Wenn ich ihn richtig verstanden habe, rankt sich um Ihre Skulptur ein handfester Krimi. Können Sie mich aufklären? Ich sitze in meinem Elfenbeinturm, dabei bin ich ein schrecklich neugieriger Mensch.

Es geht um den Mord an meinem Vater, antwortete Rob. Er erzählte kurz, was seit seiner Rückkehr aus Griechenland vorgefallen war. Das verschwundene Vermögen ließ er aus.

Lichtenberg hatte konzentriert zugehört. Jetzt rieb er die Handflächen aneinander, als ob er frieren würde. Klingt wie ein böser Traum, sagte er. Aber es steckt eine gewisse Logik hinter dem, was Sie erzählt haben. Frau Krögel hatte recht mit ihrer Vermutung, die Pigmente von Sarnos Bild sind zweifelsfrei identisch mit den Proben Ihrer Skulptur. Lichtenberg unterbrach sich, mit den Proben vom Rest Ihrer Skulptur, fügte er hinzu. Verzeihen Sie, aber in meinen Augen grenzt es fast an ein Verbrechen, ein Kunstwerk von unschätzbarer Bedeutung zu zerstören, um damit Bilder zu malen. Sie halten mich vielleicht für einen Banausen, ich gebe zu, die zeitgenössische Malerei bedeutet mir nicht allzu viel. Aber das ist ein anderer Aspekt.

Das habe ich schon einmal gehört, sagte Rob. Ein Journalist, der über Vater ein Buch schreiben wollte, war ganz Ihrer Meinung.

Lichtenberg hob die Achseln. Schon möglich, sagte er. Im Fall der ›Metathroniten‹ käme allerdings die religiöse Komponente ins Spiel. Und wo die auftaucht, riecht es nach Mord. Für die Bruderschaft wären aus Bruchstücken heiliger Gegenstände gemalte Bilder sozusagen ›heilige Bilder‹.

So weit ist die Polizei anscheinend auch, sagte Rob. Allerdings scheint niemand zu wissen, ob es die ›Metathroniten‹ überhaupt gibt und wenn, wer sich dahinter verbirgt.

Ich weiß nur, was Joannes Dee über die Bruderschaft schreibt. Auf diese Fragen kann uns vielleicht Walkobinger eine Antwort geben, sagte Lichtenberg, er beschäftig sich seit einem halben Jahrhundert mit diesen rätselhaften Geschichten. Übrigens, ich sagte Ihnen bereits am Telefon, Walkobinger hat Ihren Vater gekannt. Haben Sie den Namen jemals gehört?

Ich hatte mit Vater in den letzten Jahren wenig Kontakt, antwortete Rob. Wer ist dieser Mann?

Die Sekretärin brachte eine Karaffe mit Eiswasser. Na dann Prost, sagte Lichtenberg, Ihre Frage werde ich auf unserem Spaziergang beantworten. Zu Walkobingers Haus sind es zu Fuß zehn Minuten. Schauen Sie, er machte eine Handbewegung zum Fenster, es hat aufgehört zu regnen.

Er schien Robs Frage vergessen zu haben. Während sie an der Universität vorbeiliefen, kam er noch mal auf sein Verhältnis zur modernen Malerei zu sprechen. Sarnos Bilder seien wohl anders, sagte er, das müsse er zugeben. Vor Jahren habe er einem Freund zuliebe einer Performance beigewohnt, er denke noch heute mit Grauen daran. Nitsch sei der Name des Künstlers gewesen, ein österreichischer Maler. Einer, der die Kunstszene erobert hatte, indem er seine Bilder nackt malte, mit seinem Blut oder dem Blut von Ochsen und Schweinen. Der Gedanke sei ihm nicht sympathisch gewesen, sagte er, ein nackter blutender Mensch, der gegen Leinwände anrennt oder sich auf ihnen wälzt, wohl in der Hoffnung, dass sich den unheilsüchtigen Zuschauern etwas Düsteres offenbare, mene mene tekel upharsin – nein, diesen Auftritt hätte er wohl besser nicht im Kopf behalten.

Der Spaziergang erwies sich länger als nur zehn Minuten. Es ging bergan und Lichtenberg blieb immer wieder stehen, um zu verschnaufen. Schließlich kam er auf Robs Frage zurück. Sie wollten wissen, wer Walkobinger ist, sagte er. Oskar Walkobinger ist ein Seher. Es gibt Seher, die nicht durch die Welt zu reisen brauchen, um deren Struktur zu erkennen, die Palette, die Obertöne, ihre verborgene Heraldik. Rob werde es spüren, Walkobinger sei ein Mann, der mehr von der Welt wisse, als die meisten anderen Menschen, denen er in seinem Leben begegnet sei.

Lichtenberg sprach in einem andächtigen Tonfall von Walkobinger. Wenn er den Namen nicht aussprach, betonte er das Wort ›ER‹, als spräche er von einem geistlichen Würdenträger. ER sei nicht nur ein bedeutender Gelehrter, Walkobinger sei ein Sammler von Kunst und besäße eine Bibliothek von mehr als zwanzigtausend Bänden und Handschriften von unschätzbarem Wert. Schwerpunkte seien Weltreligionen und die Esoterik des Abendlandes. Einem kleinen Kreis gelte Walkobinger als einer der Eingeweihten und Verschwiegenen, wenn Rob wisse, was das zu bedeuten habe.

Rob wusste es nicht. Er musste den Kopf immer wieder zu Lichtenberg neigen, wenn die Straßenbahn oder ein Lastwagen die Stimme übertönte. Er war irgendwie enttäuscht, vor esoterischen Themen hatte er eine instinktive Abneigung und er mied Menschen, die sich damit befassten. Deine Seele ist kein guter Boden für den Samen des Numinosen, lieber Rob, hatte Ana einmal zu ihm gesagt, als sie aus einem Film über Coelhos Buch ›Der Alchemist‹ gekommen waren.

Lichtenberg hatte, schwer atmend, weitergesprochen. Das Geheimnisvolle an IHM sei, sagte er, niemand wisse so recht, woher sein ansehnliches Vermögen stamme. Manche würden behaupten, er habe amerikanische Präsidenten als Graphologe beraten. Immerhin sei es erstaunlich, ER spreche vierzehn Sprachen, neun lebende, fünf tote. Fließend könne man sich mit ihm auf Altgriechisch und Hebräisch unterhalten. Und das alles bei einer wenig illustren Herkunft, über die er übrigens freimütig spreche; als jüngstes von zwölf Kindern einer niederbayerischen Familie von Tagelöhnern, sei er mit vierzehn von zu Haus fortgelaufen. Über die Zeit danach rede er kaum. Man wisse nur, dass er später seine medialen Kräfte entdeckt und mit C. G. Jung zusammengearbeitet habe. Auch würde gemunkelt, dass ER dem Orden der Rosenkreuzer nahestünde, vielleicht sei es nur ein Gerücht.

Nach einer halben Stunde standen sie am Geisbergweg vor einem unscheinbaren Haus in einem kleinen gepflegten Garten. Als Lichtenberg die Klingel drückte, wurde ein Fenster geöffnet und das blasse Gesicht eines Mannes mit weißem Haar erschien. Nach ein paar Minuten wurde die Tür aufgerissen und Walkobinger hielt Lichtenberg einen schrillenden Wecker entgegen, als würde es sich um ein ekelhaftes Insekt handeln.

Hören Sie nur, sagte er mit einer dünnen panischen Stimme. Das entsetzliche Ding. Es ist auf den Boden gefallen, seitdem tut es so fürchterlich.

Lichtenberg nahm die Batterien heraus. Der Abstellknopf war abgebrochen. Der alte Herr blickte die Besucher ratlos an. Er war gedemütigt worden von einem elektronischen Wecker. Von Technik, selbst in ihrer simpelsten Form, verstand er anscheinend nichts. Lichtenberg hatte erzählt, Walkobinger hätte sein Leben lang weder ein Auto noch einen Fernseher besessen.

Wenig später saßen sie im Wohnzimmer an einem Glastisch von Diego Giacometti vor dem Kamin. Es gab keine niederen Möbel. Der Hausherr hatte sich für ein paar Minuten entschuldigt, um die Spuren seines Kampfes mit dem Wecker zu tilgen. Es war kaum ein Fleck an den Wänden, der in diesem Raum nicht besetzt war. Ikonen hingen neben tibetischen Mandalas, Senufo-Masken vertrugen sich mit ägyptischen Kanopen. Nach dem Straßenlärm kam Rob sich vor wie bei einer Metamorphose – in wenigen Minuten musste das neue Wesen eine Reorganisation vom Landtier zum Unterwassertier überstehen. Im Arbeitszimmer seines Vaters hatte er solche Momente manchmal erlebt.

Walkobinger hatte sich umgezogen und trug einen dunklen Anzug mit blauer Krawatte. Entschuldigen Sie das Intermezzo mit dem Wecker, sagte er während er an den Tisch kam. Sein Blick richtete sich auf Rob. Sie sind Robert Wallburk, sagte er mit einem erstaunten Lächeln. Ich wusste nicht, dass es einen Nachkommen gibt. Hat Lichtenberg Ihnen erzählt, dass ich Ihren Vater gekannt habe?

Er hat es erwähnt, antwortete Rob, wo haben Sie ihn kennengelernt?

Ich habe einige Kunstwerke in der Galerie Ihres Vaters gekauft, sagte Walkobinger. Ich zeige Ihnen später mein Lieblingsbild, einen kleinen Morandi. Die Museen beneiden mich um die Arbeit. Sie teilt mit mir ein Geheimnis, ohne es zu verraten, eine schönere Komplizenschaft läßt sich kaum denken. Die Giacomettis sind übrigens auch von Ihrem Vater.

Besitzen Sie einen Sarno?

Ich besaß einen. Eine der wundervollen späten Arbeiten des Malers. Ich habe ihn kürzlich verkauft.

Können Sie mir sagen, warum?

Eine gute Frage. Warum habe ich den Sarno verkauft? Eine innere Stimme hat mir gesagt, du musst dich von dem Bild trennen. Ich habe es akzeptiert.

Es ging nicht um Geld? Ich meine, Sie bekamen kein Angebot, dem Sie nicht widerstehen konnten?

Geld? Walkobinger machte eine Handbewegung, als wollte er ein unsichtbares Haar von seinem Anzug entfernen. Nein, darum ging es nicht, obwohl das Resultat meine Erwartungen übertraf. Der Entschluss kam von innen. Etwas zu akzeptieren, das der logische Verstand nicht erklären kann, darin besteht übrigens auch die Kunst des Glaubens.

Rob blickte auf den Ring an Walkobingers linker Hand; es war ein in Silber oder Platin gefasster Skarabäus. Darf ich Sie etwas fragen, sagte er. Hat das Bild Ihnen nicht mehr gefallen oder hat es Ihnen Unbehagen bereitet?

Ein amüsierter Blick streifte Rob. Unbehagen, gewiss, das könnte es gewesen sein, sagte Walkobinger. Vielleicht war es auch umgekehrt. Ich will Ihnen ein Beispiel geben. Nicht der Stuhl, auf dem Sie sitzen, ist bedeutsam für Sie, sondern die Art Ihres Sitzens auf ihm. Also die Frage: Was macht der Stuhl mit mir? Die Entkräftung seines Einflusses auf mein Verhalten, das kann eine Methode sein, zu erfahren, was auf dem Spiel steht, bevor es auf dem Spiel steht.

Rob brauchte Zeit, darüber nachzudenken, was Walkobinger gesagt hatte. Sie hatten ein ungutes Sitzgefühl und haben Sarnos Stuhl deshalb verlassen, fragte er.

Walkobinger lächelte nachsichtig. So kann man es ausdrücken, antwortete er. Allerdings, bei Sarnos Bild handelte es sich mehr um einen antizipatorischen Akt.

Rob blickte wieder auf die Hände des alten Mannes. Seit er sich gesetzt hatte, lagen sie in derselben Position regungslos nebeneinander auf dem Tisch. Es waren junge Hände. Ohne Adern und Altersflecken. Rob hatte das Gefühl, neben einem jener sehr seltenen Menschen zu sitzen, die sich als Teil der Weltzeit empfinden, anstatt empört an den Fesseln ihrer Endlichkeit zu zerren. Noch nie hatte er sich in Gegenwart eines Mannes so sicher und zugleich so unzulänglich gefühlt.

Wenn ich Herrn Lichtenberg richtig verstanden habe, begann Walkobinger wieder zu reden, möchten Sie etwas über die Bruderschaft der ›Metathroniten‹ und deren Gebrauch von ›Sonnenspiegeln‹ erfahren. Verzeihen Sie meine Frage, was ist der Grund für Ihr Interesse? Und wie ist das Kunstwerk in die Hände Ihres Vaters gelangt?

Rob erzählte, was er Lichtenberg bereits gesagt hatte. Diesmal erwähnte er das verschwundene Vermögen und den Brief seines Vaters.

Walkobinger hatte sich im Stuhl zurückgelehnt und die Augen geschlossen. Einmal, als Rob erwähnte, dass Sarno mit den Pigmenten der Skulptur gearbeitet hatte, flog ein Lächeln über sein Gesicht. Sonst kein Zeichen von Staunen oder Überraschung. Als Rob geendet hatte, blieb es minutenlang still, bis Walkobinger ins Schweigen hinein leise sagte, der Brief. Mich würde der Brief Ihres Vaters interessieren. Sie haben ihn bei sich?

Diese Frage hatte mehr wie ein Befehl oder eine Feststellung geklungen. Er weiß, dass ich den Brief bei mir habe, dachte Rob, während er das Kuvert aus der Tasche seiner Lederjacke zog.

Es ist eine Kopie, sagte Walkobinger.

Das Original ist bei der Polizei.

Walkobinger setzte die Brille auf und beugte sich über das Papier. Seine Augen glitten über die Schrift, als wollten sie jedes Wort einzeln prüfen. Hier handelt es sich nicht um die Schrift Henry Wallburks, sagte er schließlich, genauer gesagt, es ist seine Handschrift, aber nicht die Schrift seines Gehirns. Ihr Vater muss sich, wie soll ich sagen, er muss sich in einer sehr misslichen Lage befunden haben, als er diesen Brief schrieb. Ist Ihnen das klar?

Sicher. Ich habe mit Kommissar Rhomberg darüber gesprochen. Die Gerichtspsychologen sind zur selben Ansicht gekommen.

Das Schreiben ist ein ›panneau indicateur‹, fuhr Walkobinger fort, ein Wegweiser.

Ihr Vater wollte Ihnen etwas mitteilen, von dem Sie nichts wussten und auch nichts wissen konnten. Er wollte Sie warnen.

Walkobinger saß jetzt völlig regungslos da. Das einzig Lebendige an ihm war die Hand am Rand der Brille. Die Augen hinter dem Glas handeln vom Denken, überlegte Rob, die Finger am Glas handeln vom Fühlen. Musikerfinger …

Walkobinger lächelte. Ich spiele Cello, sagte er plötzlich, als junger Mann hatte ich Musiker werden wollen.

Er steckte die Kopie ins Kuvert zurück und schob es über

den Tisch. Ihr Vater war ein außergewöhnlicher Mann, sagte er schließlich. Er war mutig. In manchen Dingen sogar tollkühn. Ich meine psychisch, nicht physisch. Können Sie sich vorstellen, was ihn derart unter Druck gesetzt haben könnte, dass er diesen Brief schrieb?

Mein Gott, wie oft habe ich mir darüber den Kopf zerbrochen, antwortete Rob. Kommissar Rhomberg kennt alle Fakten, er hat Dutzende von Theorien parat, soviel ich weiß, ist er von der Existenz einer Sekte überzeugt, die hinter den Verbrechen steht.

Ich habe *Sie* gefragt, sagte Walkobinger sanft. Glauben Sie, dass eine Sekte den Mord an Ihrem Vater begangen haben könnte?

Ich weiß es nicht. Es fällt mir schwer, an die Existenz eines Vereins zu glauben, der im neunten Jahrhundert verschwand und wie ein Deus ex Machina im einundzwanzigsten wieder auftaucht, um fanatisch und sinnlos zu morden.

Fanatismus hat einen eigenen Sinn, sagte Walkobinger. Er mag spiegelverkehrt zu dem sein, was wir heute unter Sinn verstehen, aber er hat zweifellos seinen Eigen-Sinn. Das ist das Gefährliche an ihm.

Lichtenberg hatte bisher das Gespräch schweigend verfolgt. Ich verstehe Herrn Wallburk, sagte er jetzt, für jemanden, der mit der Materie nicht vertraut ist, scheint diese Bruderschaft ein literarisches Gespenst zu sein. Mir erging es bei der Lektüre von Dee und Capodistria ähnlich. Und Sie glauben, dass es die ›Metathroniten‹ immer noch gibt?

Walkobinger blickte zum Fenster, wo eine dicke Fliege gegen das Glas kämpfte. Glauben, sagte er schließlich, was heißt glauben. Ich weiß es. Er zögerte einen Moment, als sei ihm die Möglichkeit eines Irrtums in den Sinn gekommen. Oder als hätte er bereits zu viel gesagt oder sein Zögern einer ganz anderen Erinnerung gegolten.

Und worauf beruht Ihr Wissen, fragte Rob.

Ich werde versuchen, es zu erklären, sagte Walkobinger und stand auf. Langsam ging er zum Bücherschrank und nahm aus der Ecke einen Stock. Ich muss Ihre Geduld ein wenig strapazieren, fuhr er fort, um das Phänomen ›Metathroniten‹ zu begreifen, sollte man die Bedeutung der Gnosis und ihre Grundlegung in der antiken Welt kennen. Ich darf Sie bitten mir zu folgen.

Das Treppenhaus. Erster Stock. Der zweite. Die Mansarde. Die Etagen waren labyrinthartig von Regalen durchzogen. Bücher wohin der Blick fiel, in marmorierten Karton gebundene Manuskripte und Zeitschriften, zu Bündeln verschnürtes Pergament. Lederfolianten zu Türmen gestapelt. All das schien sich, je höher sie kamen, zu Zellen und Nervenzentren eines riesigen papierenen Gehirns zu verdichten.

Rob beobachtete Walkobinger, wie er, auf seinen Stock gestützt und vom Treppensteigen sichtbar erschöpft, durch die Buchreihen ging. Wie er mit den Fingerspitzen über Papierbündel strich oder mit schräg gelegtem Kopf fremdartige Zeichen auf Buchrücken las. Alles geschah mit derselben ruhigen Aufmerksamkeit, nichts schien es zu geben, von dem er sich ablenken ließ. Alles schien für ihn dieselbe Bedeutung zu haben. Riechen Sie das, fragte er, als sie im Dachgeschoss angekommen waren, das ist der Geruch der Zeit.

Der Raum war durch schräge Dachfenster und ein Fenster an der Stirnseite spärlich beleuchtet. Walkobinger schaltete die Deckenlampen ein und ging zu einem Tisch mit zwei Holzstühlen. Einer der Herren muss mit dem Stufenhocker vorliebnehmen, sagte er, ich empfange hier selten Besuch.

Er wandte sich an Rob. Ausnahmen gibt es, fuhr er fort, mit Ihrem Vater war ich manchmal hier oben. Wenn ich ein Bild oder eine Skulptur gekauft und er mir einen generösen Rabatt eingeräumt hatte, verlangte er als Gegenleistung, dass ich ihn durch die Bibliothek führte. Ich habe die Gläser hochgebracht, Ihr Vater brachte den Wein.

Walkobinger nahm ein schmales ledergebundenes Buch aus dem Regal und ging damit zum Tisch. Setzen wir uns, sagte er. Ich weiß nicht, ob Ihr Vater von der Existenz der ›Metathroniten‹ gewusst hat, solange wir uns kannten, glaube ich kaum. Wir haben jedenfalls nie darüber geredet. Er war an der Weltanschauung der Gnostiker interessiert und wusste erstaunlich gut darüber Bescheid. Wenn ein rational denkender Mann wie Ihr Vater sich mit der Gnosis befasst, tat er es wohl im Bewusstsein, dass jede magische Aussage ihren pragmatischen Kern hat. Ihr Vater nannte ihn ›die Erinnerung‹.

Mich erstaunt, sagte Rob, Vater besaß beide Bände von Schmitts ›Grundlagen der Gnosis‹. Es sind Stellen angestrichen, die sich auf den Engel ›Metathron‹ und das ›Buch der Schöpfung‹ beziehen.

Die Bücher bekam er von mir, sagte Walkobinger, ich habe sie ihm geliehen. Dass er sich für den Engel ›Metathron‹ interessierte, wusste ich nicht. Es muss gewesen sein, nachdem er die Galerien verkauft und wir den Kontakt zueinander verloren hatten. Das war vor ungefähr acht Jahren. Walkobinger blickte auf das Buch in seiner Hand. Das erklärt vieles, fuhr er fort, dann wusste Ihr Vater mehr, als gut für ihn war.

Sie glauben, er kannte den Zusammenhang von ›Sonnenspiegeln‹ und ›Metathroniten‹ und war sich möglicher Konsequenzen bewusst?

Ich bin kein Seher, wie Dee vorgab einer zu sein, antwortete

Walkobinger, und noch weniger bin ich Kriminalist. Der Gedanke liegt nah, zweifellos. Der ›Sonnenspiegel‹ könnte einen Schlüssel zum Motiv des Verbrechens darstellen.

Und wenn es so ist, wer sind dann die Mörder?

Walkobinger blickte zum Fenster. Blaumeisen pickten Körner aus einer Tonschale.

Er kniff die Augen zusammen, als eine Amsel die Idylle störte. Sie meinen wohl, wer sind die ›Metathroniten‹, sagte er. Das dürfte eines der bestgehüteten Geheimnisse der letzten tausend Jahre sein. Wenn auf eine Organisation der Begriff ›geheim‹ zutrifft, sind es die ›Metathroniten‹. Capodistria vergleicht sie mit dem Wind, ihn selbst sieht man nicht, man sieht nur, was er bewegt. Die Mitglieder sind einander nur innerhalb des ›Ersten Kreises‹ bekannt; es dürfte sich dabei um nicht mehr als sieben Personen handeln. Die darunter liegenden ›Kreise‹ sind hierarchisch gegliedert und bestehen aus Anonymi – keiner kennt die Identität des anderen. Botschaften werden durch einen ständig wechselnden Code verschlüsselt. Darin besteht wohl eines der Geheimnisse des Überlebens der ›Metathroniten‹. Sie wussten sehr wohl, dass die griechischen Götter ihr Spiel verloren, weil Namen sie der Anonymität entrissen.

Es muss einen Kopf geben, sagte Rob.

Walkobinger lächelte wieder. Er hob bedauernd die Schultern. Ich weiß es nicht, sagte er. Niemand weiß es. Außer ihm selbst. Ich fürchte, dass ich Ihnen auf Ihre Fragen eine erschöpfende Antwort schuldig bleiben muss. Immerhin, erhellend mag für Sie sein, was ich über Herkunft und Struktur dieser, sagen wir, abartigen Form einer gnostischen Abspaltung weiß. Der Geheimbund hat seine Wurzeln in dem uralten Kampf, den die Gnosis mit der Welt der ›Tiermenschen‹ führt.

Er blickte amüsiert auf Rob, dann auf Lichtenberg. Ich sehe,

Sie reagieren erstaunt auf den Begriff ›Tiermensch‹, sagte er. Es ist ein Hilfsbegriff. Die Alchemisten gebrauchten ebenfalls Ausdrücke wie ›das Auge des Raben‹ oder der ›tapfere Geruch des Steins‹, um Vorgänge zu beschreiben, deren Kompliziertheit mit gewöhnlichen Begriffen nicht plastisch genug ausgedrückt werden konnte.

Walkobinger zog ein Seidentuch aus der Tasche und schnäuzte sich umständlich. Mit der Erkenntnis, dass die Erscheinung Christi einen Bruch mit den Lebensformen des ›alten Menschen‹ darstellt, stehen wir am Anfang der neuzeitlichen Gnosis, fuhr er fort, es beginnt ein Ringen um das im Menschen auferstandene ›Alllicht‹. Es bedeutet den Geistesfrühling der Menschheit.

Walkobinger schwieg einen Moment. Die Gnosis ist also bildhaft gesprochen die Sonne des Lebens, sagte er dann. Einer der Kämpfer für diese lichtere Welt war Tolstoj, er sah in der Gnosis die Kämpferin gegen eine Weltanschauung, die bis auf den heutigen Tag Schuld trägt an den systematischen Verbrechen von Kirche und Staat. Die Gnosis wendet sich gegen jede Fessel eines blinden Glaubens an die Autorität.

Sie sind ein Anhänger der gnostischen Lehre, fragte Rob.

Walkobinger öffnete seine Hände, als wollte er ein Geschenk empfangen. Zeigen Sie mir eine Alternative, sagte er lächelnd. Er schlug das Buch auf und deutete auf die Abbildung einer Schildkröte, die eine Kugel auf dem Rücken trägt. Nun zu den ›Metathroniten‹, fuhr er fort, die Schildkröte ist das erste Symbol, das die Bruderschaft für ihre Botschaften als Geheimsiegel benutzt hat. Das war zu einer Zeit, als man die geistigen Ziele der ›Metathroniten‹ noch als ›edel‹ bezeichnen konnte.

Walkobinger war plötzlich sehr bleich und fuhr sich mit der Zunge über die trockenen Lippen. Er wandte sich an Lichtenberg. Sie sind durch Capodistrias Brief auf eine Geheimloge während der Regentschaft des Pharao Psammetich gestoßen, sagte er. Die Angaben des Abtes sind umstritten, es existiert zwar ein Papyrus, der auf die Verwendung der ›Sonnenspiegel‹ als Gerätschaft für Folter hinweist, es kommt jedoch auf die Auslegung an. Außerdem, zur Zeit Capodistrias waren die Hieroglyphen auf dem Stein von Rosette noch lange nicht entziffert. Wenn es diese vorchristliche Loge gab, waren ihre Mitglieder politisch motivierte Kriminelle oder, wie Capodistria vermutet, fanatische Anhänger eines vorweltlichen Feuergottes, der uns bei Philos unter dem Namen Zohar begegnet.

Capodistria deutet an, dass Zohar bei den ›Metathroniten‹ eine Rolle gespielt haben könnte, sagte Lichtenberg.

Vielleicht. Unser Geist neigt dazu, sich mehr mit dem zu beschäftigen, was er nicht begreift, als mit dem, was er bereits verstanden hat, antwortete Walkobinger, auf diese Weise sind innerhalb der Gnosis allerhand abstruse Hypothesen entstanden. Er zeigte auf das Bild eines Schildkrötenpanzers, der in geometrische Raster geteilt und mit römischen Zahlen beschriftet war. Ein Jahrtausend nach Psammetichs Tod, um das Jahr 503, tauchten die ›Sonnenspiegel‹ in Form einer Schildkröte oder als Kopf der Kobra wieder auf, fuhr Walkobinger fort. Es handelt sich um Fundstücke aus ägyptischer Zeit. Auch bei Thérouzes Objekten und Herrn Wallburks Skulptur dürfte es sich um vorchristliche Kultgegenstände handeln. Was Sie hier sehen, ist ein Zahlenkalender. Der Begründer der ›Metathroniten‹ hat ihn nicht erfunden, er hat ihn wiedergefunden und mit einer neuen Bedeutung versehen. Dieser Mann nannte sich Kadmon, der ›himmlische Urmensch‹, eine Gestalt, die der Kabbala als Adam Kadmon bekannt ist. Kadmon, ein jüdischer Schriftgelehrter aus Alexandria, hatte sich in reiferen Jahren dem Christentum zugewandt, vermutlich angesteckt durch den radikalen Messianismus des frühchristlichen Mittelalters. Man befand sich in Erwartung der Endzeit. Das Verlangen dieser frühen Christen nach Erlösung hatte sich bei manchen sektiererischen Abspaltungen in Rachsucht verwandelt – Rache an einem abstrakten Feind, dem man alles Menschliche absprach. Bei den ›Metathroniten‹ war es der ›Tiermensch‹.

Walkobinger blickte von der Zeichnung auf. Dieser Zahlenkalender ist sozusagen ein Generalstabsplan für die Apokalypse, sagte er. Die Erde soll vom Abschaum des Menschlichen gesäubert werden. Eine Verknüpfung von erlösender Endzeiterwartung und Hoffnung auf einen kriegerischen Messias, der die Auserwählten von ihrem Joch befreit, findet man bei den Fundamentalisten nahezu jeder Religion. Walkobinger hob das Buch hoch. Dieses Werk wurde vor zweihundert Jahren gedruckt, sagte er, 1807 in Halle an der Saale. Was den Teufelskreis des Fundamentalismus betrifft, hat es bis heute nichts von seiner Aktualität verloren. Meines Wissens ist es das einzige Exemplar, das überlebt hat und uns Auskunft gibt über Entstehung und Wesen der ›Metathroniten‹.

Walkobinger legte das Buch zurück auf den Tisch und schlug es an einer Stelle auf, die mit einem Band markiert war. Er zeigte auf eine schwach kolorierte Abbildung. Was Sie hier sehen, ist die Schildkröte als ›Sonnenspiegel‹, sagte er. Die Schrift darunter ist aramäisch, es handelt sich um eine Gebrauchsanweisung, wie der Spiegel zu benutzen sei, um Ungläubige zu blenden, bevor man sie tötet. Ungläubige waren für die ›Metathroniten‹ alle, die der Bruderschaft die Gefolgschaft verweigerten oder gegen deren Gesetze verstießen.

Oder auch nur schlecht über sie sprachen, sagte Lichtenberg.

Darüber berichtet Joannes Dee in einem Brief an den Hofmathematikus Commandinus nach Urbino. Aber nirgends ist von einer Absicht die Rede. Was wollten die ›Metathroniten‹?

Was sie wollten? Lieber Lichtenberg, sollte man nicht besser fragen: was wollen sie? Ich sagte bereits, Kadmon wollte eine gegenkulturelle ›Menschwerdung‹, quasi eine Elite, die die Erde von Entarteten und Parias befreit. Wir kennen diese Termini aus jüngster Geschichte. Wie die ›Metathroniten‹ dieses Ziel erreichen wollten, weiß man nicht genau. Capodistria zitiert Kadmon, allerdings ohne die Angabe einer Quelle: ›Der Krieg wird das Urteil vollstrecken. Die Erde ist ein mit Blut getränkter Altar, auf dem alles Unreine bis zur Vollendung geopfert werden muß.‹ Es ist anzunehmen, dass Kadmon jedes Mittel, selbst das grausamste, recht war, seine Utopie Wirklichkeit werden zu lassen. Der ›Sonnenspiegel‹, Symbol der Erneuerung und des Lichts, nun wird er zum Symbol der Finsternis und des Schreckens. Er wird zum ›heiligsten‹ Kultgegenstand der Bruderschaft, vergleichbar mit dem christlichen Kruzifix, dessen Schändung von der Inquisition mit dem Tod auf dem Scheiterhaufen geahndet wurde. Hinzu kam die Besonderheit des Ortes, an dem das wertvolle Lapislazuli aus dem Fels gebrochen wurde, das den Ägyptern als Material für ›Sonnenspiegel‹ diente. Dieser Ort hieß ›Nur‹, was in einer dem Sanskrit verwandten Ursprache ›Thron Gottes‹ bedeutet. Der Mystiker Zynna wusste von den ›Metathroniten‹.

Die Schriften Zynnas, unterbrach Rob erstaunt, Sie kennen den Reisebericht? Der Kurator des ›MOMA‹ hat davon erzählt. Er meinte, die Texte lägen vergessen in der Bibliothek der theologischen Fakultät von Bologna.

Das Original von Zynnas Bericht befindet sich hier, sagte Walkobinger. Er machte eine müde Handbewegung zu den

Regalen. Der Text von Bologna ist eine Abschrift von Piero da Silva aus dem achtzehnten Jahrhundert.

Sie glauben, der Bericht beruht auf wahren Erlebnissen, fragte Rob.

Jetzt lächelte Walkobinger. Wahrheit ist unabhängig von Tatsachen, sagte er. Es macht nichts aus, wenn sie widerlegt wird. Sein Gesicht wurde wieder ernst, als er fortfuhr, ich denke, wir sollten bei den ›Metathroniten‹ bleiben. Bei diesem Geheimbund handelt es sich um Leute, deren religiöse Weltanschauung auf einer Mischung aus frühem Christentum, Gnosis und Kabbala beruht. Ein in seinen Einzelteilen durchaus akzeptables, als Ganzes jedoch perverses Gebilde. Kadmon, der ›himmlische Urmensch‹, hatte den Weg des gnostischen Denkens verlassen und den des absoluten Gehorsams gegenüber ›Metathron‹, dem falschen Engel des Lichts, gewählt. Ihm drückte er den ›Sonnenspiegel‹ in die Faust als Symbol seiner Regentschaft. Schauen Sie, hier sehen Sie ihn.

Die Seite, auf die Walkobinger deutete, zeigte ein geflügeltes Wesen, dessen Gesicht das Antlitz Jesu darzustellen schien, wie Rob es von Christusfiguren kannte, hager und bärtig, von Schmerz gezeichnet. In der Faust hielt der bärtige Engel eine Schildkröte, von deren Unterseite Strahlenbündel auf eine flüchtende Menschenmenge gerichtet waren.

Sagen Sie... warum blenden die ›Metathroniten‹ ihre Opfer, fragte Rob leise.

Walkobinger legte das Buch mit den Seiten nach unten auf den Tisch. Es entstand ein langes Schweigen. In die Stille hinein drangen seltsame Geräusche, gedämpft, wie von sehr weit her. Schleifen von Drähten, die auf dem Boden entrollt werden, Laute eines kleinen Tiers, das in einem Sack steckt. Walkobinger hatte lauschend den Kopf gehoben. Manchmal brechen Bücher ihr Schweigen, sagte er mit schwachem Lächeln.

Keiner sprach. Wo waren wir stehen geblieben, fragte der alte Mann endlich. Ach ja, Ihre Frage … Das Blenden – das Blenden als Strafe für Verrat oder frevelhaftes Verhalten war durch Kadmon in den Ordensregeln festgeschrieben worden, sagte er. Seine Hand strich über den Buchrücken. Im Text heißt es wörtlich: ›… die bloße Berührung des ›heiligen Spiegels‹ von unreiner Hand sei mit Blendung und Ertränken zu ahnden.‹ Was die Quelle betrifft, Pière August Noire d'Auberville, ein Jesuitenpater, der Ende des achtzehnten Jahrhunderts in Alexandria lebte, war ein verlässlicher Chronist. Seine Quellen sind die Briefe Capodistrias und Schriften eines Mitglieds des Ordens, das unter dem Namen Neschamah bekannt wurde. D'Aubervilles Buch endet mit dem Jahr 732 nach Christus, dem Jahr, in dem die Bruderschaft vom Erdboden verschwand. Ihre Tempel bei Quorum Azir, Dendera und der Oase Charga in der Libyschen Wüste, insgesamt sieben, wurden zerstört oder verlassen und hundert Jahre später von Kopten übernommen und zu Kirchen und Klöstern umgebaut.

Sie erwähnten die mündliche Überlieferung, sagte Lichtenberg, wer gab dieses Wissen durch Jahrhunderte weiter?

Walkobinger wiegte den Kopf. Eine heikle Frage, sagte er. Es gibt Logen, die den Sinn ihrer Existenz darin sehen, geheimes Wissen der Vergangenheit für die Zukunft zu bewahren.

Sie kennen solche Logen?

Walkobinger lächelte. Gewiss, sagte er und stand auf. Er griff nach seinem Stock und ging zu einem Regal, das mit grauem Stoff verhängt war. Mit einem in Packpapier gebundenen Heft kam er wieder. Er wirkte müde, auf seinem Gesicht waren rote Flecken.

Wenn ich sagte, bei d'Aubervilles Buch handle es sich um ein einmaliges Dokument, entspricht das nicht ganz der Wahrheit, fuhr er fort. Acht Jahre nach Erscheinen des Buchs veröffentlichte d'Auberville dieses schmale Werk. Es wurde in einer Auflage von nur hundert Exemplaren bei ›Hyperion‹ gedruckt. Der Autor spricht von zwei Gründen, die das Verschwinden der ›Metathroniten‹ bewirkt haben könnten. Der eine ist kollektiver Selbstmord, der von Kadmons Urenkel, Amalrich von Zirah, befohlen wurde – eine zweifelhafte Hypothese, wenn man bedenkt, was später geschah. Der andere Grund, der, an den d'Auberville vermutlich selber glaubte, ist die inszenierte Auflösung der Bruderschaft, um im Verborgenen an der Verwirklichung von Kadmons Zielen weiterarbeiten zu können. D'Auberville schließt seinen Text mit einigen bemerkenswerten Sätzen, die ich Ihnen nicht vorenthalten möchte: ›Morde und Märtyrertum von Fundamentalisten verkehren die Liebe zum Leben in eine Liebe zum Tod, wodurch der Tod zum wahren Leben verklärt wird. Solche Menschen suchen die falschen Götter, weil sie in sich selbst keinen Zugang zum Göttlichen finden.‹

Diese Sätze dürften Ihnen bekannt vorkommen, sagte Walkobinger. D'Auberville war bei Erscheinen dieses Hefts in Rouen und wollte am nächsten Tag weiter nach Yvetot. Es war der achte August 1815. Am zehnten fand der Abt des Klosters St. Wandrille de Fontanelle den Pater neben dem Eingang zum Torhaus, erwürgt. Die Augen hatte man ihm ausgeglüht. Eine merkwürdige Parallele, nicht wahr?

Walkobinger löste die Hand vom Heft. Mit dieser Bewegung schien er auch die Verbindung zur Vergangenheit zu verlieren. Ich bin ein schlechter Gastgeber, sagte er, ich hätte Ihnen etwas zu trinken anbieten sollen. Egoismus, das Stigma des Junggesellen.

Sie halten den Mord an d'Auberville für einen Beweis, dass es die Bruderschaft im neunzehnten Jahrhundert noch gab, fragte Rob.

Beweis ist zu viel gesagt, antwortete Walkobinger, sagen wir, es könnte ein Indiz sein. Kommen Sie, gehen wir wieder nach unten. Ich möchte Ihnen etwas zeigen.

Lichtenberg hatte auf seine Uhr geblickt. Schon zwölf, sagte er, ich fürchte, ich muss Sie verlassen. In einer Stunde beginnt meine Vorlesung, ich kann die Studenten nicht warten lassen, nächste Woche beginnen die Prüfungen. Er wandte sich an Walkobinger. Wir sehen uns am Freitag?

XXIII

Als Lichtenberg gegangen war, sagte Walkobinger lächelnd, ein kluger Kopf, der Professor, ein wenig pedantisch, es fehlt ihm der Mut anzuerkennen, dass es eine andere Wirklichkeit gibt. Wir treffen uns jeden ersten Freitag im Monat, um über die Magie des Tarock ein bisschen zu plaudern. Sie kennen das Spiel?

Ich weiß, dass es schwierig ist und von drei Personen gespielt wird. Worin besteht die Magie?

Walkobinger schloss einen Moment die Augen, als wundere er sich über die Frage oder müsste angestrengt darüber nachdenken. Vielleicht besteht die Magie in der Existenz eines unsichtbaren vierten Spielers, sagte er schließlich. Er deutete auf den Tisch, setzen wir uns.

Wir haben uns in den letzten zwei Stunden auf einem Terrain bewegt, das man auf den Landkarten eines höheren Wissens gern weiß zu lassen pflegt, fuhr er fort. Die Entdeckung, besser gesagt, die Enträtselung solcher Gebiete ist oft mit erheblichen Gefahren für Geist und Körper verbunden. Ich bin ein alter Mann, ich habe nicht mehr sehr lang zu leben, die Zeit, die mir bleibt, möchte ich in Frieden verbringen. In Anbetracht der Freundschaft mit Ihrem Vater, er unterbrach sich, nein, Freundschaft wäre zu viel gesagt, es handelte sich um eine Übereinkunft in manchen wesentlichen Dingen, möchte ich

Ihnen einiges über die ›Metathroniten‹ sagen, das vorhin nicht zur Sprache gekommen ist. Vielleicht kann es dazu beitragen, den Mord aufzuklären und neue Verbrechen zu verhindern. Ich bin kein Mann der Rache, weiß Gott, es quält mich, zusehen zu müssen, wie im Namen gnostischen Denkens Menschen ihr Leben verlieren.

Walkobinger blickte Rob aus müden Augen an. Sie waren stark gerötet, ein Auge tränte und hinterließ ein dünnes Rinnsal auf der Haut. Könnten Sie mir ein Glas Wasser holen, sagte er, Leitungswasser. Die Küche ist gleich um die Ecke.

Die Küche war altmodisch, Kupfergeschirr, irdene Töpfe auf einem Holzherd neben dem Kachelofen. Sie erinnerte Rob an Anas Küche in der Kirchgasse. Alles war blitzblank und aufgeräumt und machte den Eindruck, als würde hier selten gekocht. Als Rob ins Wohnzimmer zurückkam und das Glas auf den Tisch stellte, sagte Walkobinger, sehen Sie die Schatulle dort neben dem Kolima-Hund? Ich möchte Ihnen etwas zeigen.

Rob brachte die Schatulle, sie war leichter als er gedacht hatte. Walkobinger öffnete sie und legte ein Bündel Briefe auf den Tisch. Langsam hob er das Wasserglas und prostete Rob zu. Auf Ihre Gesundheit, sagte er. Auf die Kunst sich selbst zu lieben, das beste Heilmittel gegen jede Art von Fanatismus. Ich möchte jetzt auf Lichtenbergs Frage zurückkommen, was die Ziele der ›Metathroniten‹ waren oder immer noch sind. Eine Antwort könnten uns diese Briefe eines kürzlich verstorbenen Freundes geben.

Mathias Gruen war mein Jahrgang, wir hatten in Amerika an einem Projekt für das Department of Analysis gearbeitet. Später war er als Berater der CIA für kulturhistorische Zusammenhänge tätig, eine Abteilung, die unter Präsident

Nixon aufgelöst wurde. Anfang der Achtzigerjahre kehrte Gruen nach Europa zurück und wurde Professor für Mediävistik an der Universität von Madrid. Von ihm bekam ich die Bücher d'Aubervilles über die ›Metathroniten‹. Gruen war eine Koryphäe für Sektenwesen des frühen Mittelalters, in späteren Jahren galt sein Interesse den apokalyptischen Visionen der Paulus-Briefe und den daraus entstandenen Geheimlogen und Bruderschaften. Er war überzeugt, dass das Teuflische in der Geschichte der Menschheit nie eine solche Vollendung erfahren hat wie in den Lehren scheinchristlicher Kirchen.

Je mehr er erfuhr, desto schweigsamer wurde er. Seine wichtigsten Arbeiten hielt er unter Verschluss. Bis 2003. Die Ankündigung, als Gastprofessor in Harvard eine Vorlesung über das ›Wirken des Fürsten der Finsternis im Zeitalter der Globalisierung‹ halten zu wollen, hat ihn vermutlich das Leben gekostet. Er starb auf ähnliche Weise wie Ihr Vater, die Augen ausgebrannt wie bei d'Auberville zweihundert Jahre zuvor. Bei seinen Studien der Kabbala und des Buchs ›Sepher Jezirah‹ war er auf die Anfänge der ›Metathroniten‹ gestoßen und hatte sich von 1991 bis 1999 fast ausschließlich der Erforschung dieses Geheimbundes gewidmet. Er wusste mehr über die Entstehung und die inneren Strukturen als selbst Mitglieder der ›unteren Kreise‹. Sämtliches Material, das er im Lauf der Jahre zusammengetragen hatte, ist aus seiner Wohnung in Madrid und dem Haus bei Solesmes verschwunden. Mathias Gruen war ein sehr sparsamer, man kann sagen, fast geiziger Mann, umso erstaunlicher ist, dass er für seine Nachforschungen nahezu sein ganzes Vermögen geopfert hat, nicht ohne Erfolg, es war ihm anscheinend gelungen, bis zur Peripherie dieses komplizierten Mechanismus vorzudringen, ohne dass jemand Verdacht geschöpft hätte. Vermutlich wurde er durch die Unvorsichtigkeit eines seiner Informanten verraten; der Inhalt seiner Vorlesung hätte den durch Jahrhunderte gehüteten Schleier der Geheimhaltung von den ›Metathroniten‹ genommen. Gruen hatte den Tod geahnt. In mehreren Briefen hat er von seiner Arbeit berichtet und immer wieder eine Gefahr erwähnt, die ihn begleite wie ein Schatten.

Dann hat er vermutlich gewusst, wer für die Morde verantwortlich ist, sagte Rob.

Es wäre denkbar. Gruen hat keine Namen genannt. Er schrieb von der Struktur des Netzwerks, Kommandozentralen über Kontinente verstreut, Positionen von Männern im Innersten der ›Sieben Kreise‹, Wissenschaftler, Politiker, Würdenträger christlicher, jüdischer und muslimischer Kirchen, Manager weltweit operierender Konzerne. Die Enttarnung scheint äußerst schwierig gewesen zu sein, die Mitglieder in den äußeren ›Kreisen‹ tragen Code-Zahlen, jene im Zentrum des ›innersten Kreises‹ verbergen ihre wahre Identität hinter Namen von Männern, die in der Gnosis des Mittelalters eine gewisse Rolle gespielt hatten. Ein Name taucht bei Gruen öfter auf, Skotus Erigina, der 843 als Abt von Malmesbury von seinen Mönchen ermordet wurde. Es fallen auch Namen wie Sephiroth oder Bythos, was in der Terminologie der Gnostiker ›Lichtabgrund der Geister‹ bedeutet. Wie weit es Gruen gelungen ist, diese Namen zu dechiffrieren, weiß ich nicht. Was ihn am meisten zu beschäftigen schien, waren die Zukunftspläne der Organisation.

Rob hätte gewünscht, dass Walkobinger noch mal auf seine Frage nach den Mördern seines Vaters zurückgekommen wäre, aber er sah bloß still zu, wie der alte Mann auf die Briefe blickte, als würden er und der Verstorbene ein Zwiegespräch führen. Walkobingers Augen verengten sich plötzlich wie bei jemandem, der sich auf einer Spur wähnt, als er wieder zu sprechen begann.

Fragen Sie mich nicht wie, sagte er, aber Gruen war es gelungen, an Abschriften von Dokumenten zu kommen, die ein Zeugnis für die Geisteshaltung und die Absichten der Organisation ablegen. Ich möchte Ihnen ein paar Sätze aus Gruens vorletztem Schreiben vorlesen, er zitiert hier eines der Mitglieder des ›innersten Kreises‹: ›Das Gehirn, diese ins Gigantische gewucherte Masse von der Konsistenz frischen Ziegenkäses, ist mit den Leibern der Dinosaurier vergleichbar, Tieren, die vor sich selbst kapitulieren mussten. Gigantismus zahlt sich auf Erden nicht aus, weder der des Körpers noch der des Geistes. Die Bilanz menschlicher Vernunft erschöpft sich darin, dass gegenwärtig 100 Millionen Tonnen rasch sich vermehrender Biomasse des ›Tiermenschen‹ den Planeten Erde bevölkert, ihn auspowert, seine Rohstoffreserven plündert und Lebensgrundlagen zerstört, zu denen es keine Alternativen gibt. Die Weltgeschichte – ein Schlachthof. Aber das Grauen ist endlich geworden, unsere Organisation wird in naher Zukunft die Mittel besitzen, der Fortzeugung des ›Tiermenschen‹ ein Ende zu setzen.‹

Walkobinger griff nach dem Wasserglas. Rob sah, dass seine Hand plötzlich anfing zu zittern. Zitternd führte er das Glas an die Lippen, wartete einen günstigen Augenblick ab und trank dann in kleinen Schlucken. Es gab ein rhythmisches Klirren, als er das Glas auf den Tisch zurückstellte. Es kommt und geht, sagte er mit einem leisen Lächeln, während er nach einem anderen Kuvert griff. Das ist das letzte Schreiben von Mathias Gruen, sagte er. Wieder eine Notiz anscheinend als Rundschreiben innerhalb des ›innersten Kreises‹ gedacht. Sie beginnt mit einem Nietzsche-Zitat: ›Zu unserem Bedauern hat

Nietzsches Wort, ›dass es der gute Krieg ist, der jede Sache heiligt‹, seine Kraft verloren. Die Hoffnung der ›Metathroniten‹, dass Kriege und Seuchen den ›Tiermenschen‹ dezimieren und auslöschen würden, hat sich trotz unserer immerwährenden Bemühungen, Kriege zu stiften, nicht erfüllt. Es ist an der Zeit, diesem Planeten jene Schönheit zurückzugeben die er in Jahrmillionen besaß, bevor die Folgen der Selbstbefleckung durch den ›Tiermenschen‹ sein Antlitz so nachhaltig zerfraßen.‹

Walkobinger lehnte sich zurück. Er streckte die Hand aus und spreizte die Finger, als wollte er prüfen, ob sie zitterten. Die Hand blieb ruhig. Während er wieder zu sprechen begann, sah er zum Fenster hinaus.

Aus den wenigen Sätzen, die ich Ihnen vorgelesen habe, können Sie ersehen, wes Geistes Kind diese Leute sind, sagte er. Nachdem ich den Brief erhalten hatte, rief ich Gruen an. Ich wollte ihm ein paar Fragen zu dem stellen, was er vage angedeutet hatte. Unsere letzte Begegnung lag fünf Jahre zurück, seine Stimme hatte sich inzwischen verändert, sie klang brüchig, irgendwie gehetzt. Er sagte, es sei unmöglich, am Telefon meine Fragen zu beantworten, und schlug ein Treffen in der Schweiz vor, er müsse in den nächsten Tagen nach Basel, ob ich kommen könnte. Wir verabredeten uns im ›Donati‹. Es sollte unsere letzte Begegnung werden. Mathias kam mit seinem Lebensgefährten, einem fast zwanzig Jahre jüngeren Chemiker, der in der Forschung bei Roche gearbeitet hat. Nicht nur seine Stimme hatte sich verändert, Mathias war alt geworden, er wirkte zerbrechlich, beim Gehen benutzte er eine Krücke, im Ohr steckte ein Hörgerät, das ihn zu stören schien, er fasste sich immer wieder an die Schläfe, wobei der Daumen an der Ohrmuschel kratzte. Meine Fragen beantwortete er im Flüsterton.

Die Organisation – er sprach nur von ›Organisation‹, nie von ›Metathroniten‹ – sei nach seinen jüngsten Erkenntnissen dabei, einen Stoff zu entwickeln, der den menschlichen Samen unfruchtbar mache. Der ›Tiermensch‹ würde als steriles Wesen von der Erde verschwinden und der ›neue‹ Mensch, als vom ›Alllicht‹ erfülltes Himmelsideal, sei so in der Lage, ein drittes Weltalter zu begründen. Der Geheimbund war auf der Suche nach Lösungen auf die Schriften des Okkultisten Swedenborg gestoßen. Emanuel Swedenborg hatte 1758 die ›Neue Kirche‹ gegründet, war in Wirklichkeit aber zwanzig Jahre lang unter dem Decknamen ›Basilides‹ Oberhaupt der Organisation gewesen. Swedenborg schrieb in seinen ›astralen Visionen‹ von der Möglichkeit, den Planeten Erde durch ›Unfruchtbarkeit‹ von der ›Pest des Tiermenschen‹ zu befreien. Im Tal des Kokcha gäbe es einen Ort, den die Eingeborenen Sar-e-Sang nennen. Seit vorchristlicher Zeit würden dort Stollen in die Felsen getrieben, um das ›heilige‹ Lapislazuli zu gewinnen. Männer, die in den Minen gearbeitet hätten, seien unfruchtbar geworden, sie hätten die Lust an fleischlicher Liebe verloren und seien an Leib und Seele verdorrt. Allein durch Einatmen einer kleinen Menge des Staubes würde dieses erlösende Wunder vollbracht. Ins Trinkwasser gemischt, erhöhe sich die Wirkung um ein Tausendfaches.

Swedenborg musste Zynnas Bericht gekannt haben, unterbrach Rob, Maddox hatte von Geisterdörfern gesprochen. Glauben Sie allen Ernstes, dass an diesen Geschichten etwas Wahres sein könnte?

Walkobinger hob die Achseln ein wenig. Ich sagte Ihnen bereits, antwortete er lächelnd, Wahrheit und Wirklichkeit sind zwei verschiedene Dinge. Gruen war kein esoterischer Spinner. Bei unserem Gespräch im ›Donati‹ hat er seinen Freund gebeten, mir die chemischen Zusammenhänge zu erklären. Doktor Weintraub verwies die Möglichkeit, zumindest einen Teil der Menschheit durch chemische Substanzen zu sterilisieren, keineswegs ins Reich der Fantasie. Es könnten Stoffe gefunden werden, die das Sperma verändern. Die Spermien verlören die Orientierung, sie würden also den Weg zur Eizelle nicht finden, würden kraftlos und stürben im Uterus ab. Falls es eine solche Substanz tatsächlich gäbe, sei unter der Voraussetzung, dass kleinste Mengen eine überproportionale Wirkung erzeugen, die Absicht der ›Metathroniten‹ leicht zu verwirklichen. Kontaminierung der Ströme und Flüsse, an den Quellen beginnend, dem Gletscherwasser, den Regenwäldern. Trinkwasserreservoire, Seen, Grundwasser. Mit Kleinflugzeugen ließe sich das Pulver verstreuen, ohne dass jemand Verdacht schöpfen würde. Es wäre ein Prozess über Jahre und Jahrzehnte, leise, unsichtbar, sauber. Weintraub hat ihn an zwei Beispielen erläutert.

Bei den sibirischen Kojaken brauen Schamanen aus getrockneten Fliegenpilzen einen Sud, um sich in Trance zu versetzen. Vor dem Zelt warten die Alten der Sippe, um den Urin des Zauberpriesters aufzufangen und zu trinken. Ihnen folgen die Jüngeren. Der Prozess setzt sich fort. Trotz verdünnter Substanz ist die halluzinatorische Wirkung beim zehnten Urintrinker noch fast so stark wie beim ersten. Man müsse sich vorstellen, hatte Weintraub gesagt, durch Wiederaufbereitung der Abwässer würde die Substanz nicht vernichtet, sie bliebe im Kreislauf, würde sogar laufend verstärkt und könnte so im Lauf von Jahrzehnten die entferntesten Winkel der Erde erreichen. Eine schleichende Kontaminierung von Wasser und Nahrung – Der Mensch kann ohne Wasser nicht leben und seine Nahrung, Tiere und Pflanzen, desgleichen. Man möge sich nur an die Folgen des Einsatzes von DDT erinnern, durch die Nahrungskette seien Generationen von Lebewesen vernichtet worden, bis man das Pflanzengift als Verursacher des Sterbens endlich erkannt hatte.

Die Idee von Verrückten, sagte Rob. Er spürte, wie es in seinem Bauch zu rumoren anfing und presste beide Hände darauf; er konnte den Ansatz der Rippen fühlen und erschrak, wie mager er geworden war. Die ›Metathroniten‹ wollten also die Substanz in den verschütteten Minen von Sar-e-Sang finden, fuhr er nach kurzem Schweigen fort, dem Ort, wo der Stein gebrochen wurde, aus dem Vaters Schildkröte besteht, mit deren Pigmenten Sarno seine Bilder gemalt hat. Die Schlange beißt sich in den Schwanz. Das Ganze ist völlig verrückt.

Oder auch nicht, sagte Walkobinger. Ursache und Wirkung entbehren nicht einer gewissen Logik. Überlegen Sie, vorausgesetzt alles ist so, wie Gruen vermutet hat, dann hätten die ›Metathroniten‹ ein Motiv gehabt, Ihren Vater zu töten. Er hatte Xavier Sarno dazu veranlasst, einen heiligen Gegenstand zu zerstören, damit aus dem pulverisierten Material Bilder gemalt werden konnten – aus Sicht des Ordens ›heilige Bilder‹. Ein Sakrileg, das bestraft werden musste.

Rob sah, wie Walkobinger eine Handvoll Kürbiskerne aus der Tasche nahm und sie, einen nach dem anderen, im Mund verschwinden ließ. Ich erfinde in meinen Comics Geschichten, sagte er schließlich, aber ich würde mich nicht getrauen, meinen Lesern eine Geschichte der Art vorzusetzen, wie ich sie von Ihnen gehört habe. Die Leute würden denken, jetzt ist er übergeschnappt. Sie haben von Logik geredet, nach allem, was Gruen erfahren haben will, handelt es sich bei den ›Metathronisten‹ um überdurchschnittlich kluge Köpfe. Sie müssten eigentlich wissen, dass ihre Rechnung nicht aufgehen kann. Die bei Sar-e-Sang geförderten Mengen würden nie reichen, diesen Wahnsinn über Jahrzehnte aufrechtzuhalten. Die Erde entvölkern, indem man sieben Milliarden Menschen auf fünf Kontinenten unfruchtbar macht. Das übersteigt meine Fantasie. Und es entbehrt jeder Logik.

Tut es. Scheinbar. Walkobinger schüttelte den Kopf. Natürlich würde die Menge nicht reichen, das war auch mein Argument. Aber es geht hier um die Entschlüsselung des Grundstoffs, um die Formel, es geht anscheinend darum, den chemischen Code zu knacken, der sich im Stein des ›Sonnenspiegels‹ verbirgt und der vielleicht auch der Schlüssel zu Sarnos Blau sein könnte. Sarno war ein alter Mann, als er seine Bilder malte und dabei den Staub des zertrümmerten Lapis einatmen musste. Ihn berührten die Folgen wohl kaum. Weintraub meinte, die von der ›Organisation‹ benötigten Mengen würden auf chemischem Weg produziert. Wenn er mit seiner Theorie recht haben sollte, würden mikroskopisch kleine Mengen genügen, um Millionen Kubikmeter Wasser zu kontaminieren.

Denken Sie, die Polizei würde das glauben?

Walkobinger blickte auf seine Hände. Ich sagte Ihnen zu Beginn des Gesprächs, dass die Kunst des Glaubens darin besteht, etwas zu akzeptieren, das der logische Verstand nicht erklären kann. Diese Gabe ist äußerst selten. Vergessen Sie nicht, wir unterhalten uns über Hypothesen, Herr Wallburk, es gibt praktisch nichts, das sich anfassen lässt; die Aufzeichnungen sind verschwunden, Mathias Gruen ist tot. Nun ja, es gibt diese Briefe. Es gibt die Schriften von Capodistria und Joannes Dee. Es gibt d'Aubervilles Bücher. Für den pragmatischen Verstand eines Polizeibeamten ist das alles esoterischer Humbug. Es gibt nicht den kleinsten Beweis, dass es die ›Metathroniten‹ gibt und es besteht auch kein Anlass zu glauben, dass zwischen einem virtuellen Geheimbund und den Morden Zusammenhänge existieren.

Kommissar Rhomberg glaubt an die Existenz einer kriminellen Sekte, er hat von Ritualmorden gesprochen. Sie sollten mit ihm reden. Er muß Weintraub befragen. Nach dem, was Sie sagten, scheint Weintraub ein seriöser Wissenschaftler zu sein.

Seine Darstellung klingt zu sehr nach Sciencefiction, als dass man ihm Gehör schenken würde, antwortete Walkobinger. Sie sagten selbst, man würde Sie für verrückt halten. Außerdem, ein Argument, dem auch ich mich anschließen könnte, selbst eine im Aussterben begriffene Menschheit hätte noch genug erfinderisches Potential um, wie im Fall des HIV-Virus, ein Medikament zu entwickeln, das der Spermienschwäche entgegenwirkt. Es sei denn ... im Originaltext von Zynna ist nicht nur von Unfruchtbarkeit die Rede, er erwähnt Lähmungserscheinungen und geistige Verwirrung. Aber lassen wir das. Es ist ein utopischer Plan, ich muss Ihnen recht geben. Auch die Ziele des gegenwärtigen Terrorismus durch religiöse Fanatiker sind größtenteils Utopien, dennoch führen sie mitunter zum Erfolg und fordern Opfer. Weintraub ist gestern Nacht gestorben. Zwei Tage nach der Ermordung von Mathias Gruen wurde er auf dem Weg vom Labor zu seinem Wagen überfallen und zusammengeschlagen. Er sollte entführt werden. Als die Männer versuchten, den bewusstlosen Mann ins Auto zu zerren, kam eine Polizeistreife vorbei. Sie ließen Weintraub schwerverletzt liegen.

Rob spürte plötzlich wieder diese würgende Angst, die ihn jedes Mal ansprang, wenn das Telefon läutete und das Display leer blieb. Noch ein Toter, sagte er. Sie sagten, Gruen sei ein Virtuose der versiegelten Lippen gewesen. Glauben Sie, dass er Weintraub in seine Forschung eingeweiht hatte?

Bei männlichen Paaren ist es nicht anders als bei gewöhnlichen Ehepaaren. Natürlich wusste Weintraub Bescheid. Nicht alles, aber vieles.

Walkobinger schluckte den letzten Kürbiskern und stand auf. Ich verspreche Ihnen, ich werde Kommissar Rhomberg informieren. Es gibt vielleicht einen Weg, an beweiskräftiges Material zu kommen, aber es ist zu früh, um darüber zu reden. Er ging ohne Stock zur Tür und stützte sich an Stuhllehnen ab. Rob folgte ihm wie betäubt. Sein Herz raste noch immer, und er hatte Mühe durchzuatmen.

Als Walkobinger die Hand auf die Türklinke legte, sagte Rob, Sie erwähnten, dass zwischen Vater und Ihnen in wesentlichen Dingen eine geistige Übereinkunft vorhanden gewesen sei. Darf ich erfahren, worin die bestanden hat?

Walkobinger nahm die Hand von der Klinke. Das Wesentliche, sagte er, ach ja, was ist das Wesentliche? Der Mensch ist das vollkommenste Geschöpf auf diesem Planeten. Im Gegensatz zum Tier weiß er, dass er war, dass er ist und dass er eines Tages nicht mehr sein wird. Hier beginnt die Spekulation. Was ich an Ihrem Vater mochte, er hatte die Immanenz Gottes in der Welt erkannt. Etwa im Sinne Spinozas, ›deus sive natura‹. Er sah den Menschen als ein Wesen aus Atomen bestehend, in jedem von uns steckt vielleicht ein Atom Platons, Leonardos oder auch eines des Erlösers. Der Mensch und sein Werk als Teil des Ganzen, das ist ein zutiefst gnostischer Gedanke. So sah Ihr Vater Sarnos Bilder, sie waren für ihn nicht nur Kunstwerke, sie verkörperten den Aufbau der Welt. Sie waren zu Materie geronnene Zeit.

Rob dachte einen Augenblick nach. Er erinnerte sich plötzlich, wie er nach der Entlassung aus dem Krankenhaus immer wieder vergeblich versucht hatte, das Gesicht des toten Vaters zu zeichnen; er vernahm sogar das leise Kratzen des Bleistifts auf dem Skizzenpapier. Als das Bild allmählich zu verblassen begann, fragte er, hielten Sie meinen Vater für einen Mann, der nach einer moralischen Überzeugung gelebt hat?

Moral? Walkobinger lächelte. Ich glaube mich zu erinnern, wie er einmal sagte, Moral bedeutet nichts, solang sie nur eine Form guten Benehmens ist. Ich würde eher sagen, Ihr Vater glaubte an eine Ethik im Sinne Baruch Spinozas, ›deus sive virtus‹. Wir können uns ein andermal darüber unterhalten.

Rob hatte erwartet, dass Walkobinger jetzt die Tür öffnen und ihm die Hand reichen würde, wie er es bei der Begrüßung getan hatte. Doch der alte Mann trat langsam auf ihn zu, bis er ganz dicht vor ihm stand und Rob die sonderbare Mischung aus Rasierwasser und Medizin riechen konnte. Er wollte zurückweichen, doch die Art, wie Walkobinger jetzt die Hände hob und langsam zu Robs Gesicht führte, hatte etwas Gebieterisches. Wie ein Blinder fuhr er an seinen Zügen entlang, bis er zu den Bügeln der Brille kam. Die kalten Finger verharrten einen Moment, während er sagte, passen Sie auf sich auf. Ich möchte Ihnen doch den Morandi noch zeigen.

Das Gefühl von Betäubung hielt an, während Rob den Geisbergweg hinablief. Er versuchte, sich ein Bild von Walkobinger zu machen, aber es gelang ihm nicht. Mit Begriffen wie Frau, Geliebter, Freunden oder Verwandten konnte er diesen Mann nicht in Verbindung bringen; nicht einmal Vater oder Mutter konnte er ihm in seiner Vorstellung zur Seite stellen. Erst das Vibrieren des Handys schreckte ihn aus seinen Gedanken.

Ihm fiel erleichtert ein, dass er sein Handy Rhomberg gegeben hatte, damit der anonyme Anrufer durch Ortung oder Rückverfolgung ermittelt werden könnte. Das Ding in seiner Hand gehörte Fräulein Elsbeth. Rob klappte den Deckel auf und drückte die Taste. Es war Rhomberg.

XXIV

Er schaltete das Aufnahmegerät ein und hörte sich das Gespräch noch einmal an. Dreiunddreißig Minuten, bis Wallburks Akku erschöpft gewesen war. Was Rhomberg über die ›Metathroniten‹ erfahren hatte, war für ihn größtenteils neu, aber es überraschte ihn nicht. Wie konnte man noch unterscheiden, ob man eine Nachricht wichtig nehmen oder sie wie eine leichtgewichtige Laune behandeln sollte? In letzter Zeit hatte er oft das Gefühl, dass ihn nichts mehr überraschen konnte. Auch die Nachricht durch Europol, dass Mathias Gruen ermordet worden war, hatte ihn nicht überrascht. Er würde nicht oder letzte Tote bleiben.

Der Fall Wallburk hatte in zunehmendem Maß etwas Desperates und gleichzeitig etwas Kaltes und in seiner Weitläufigkeit genial Berechnendes. Vorsichtig und zugleich rücksichtslos war vorgegangen worden. Welche Menschen verhielten sich so? Überzeugte Menschen. Menschen, die die Kontrolle über ihre Überzeugungen verloren hatten. Sektierer.

Themen, die sich mit der Existenz des Göttlichen in der Welt befassten, waren ein Feld, das Rhomberg ungern betrat. Er hatte Mühe mit seinem Gott. Und er hatte Mühe mit seiner Religion; die Gründung einer Religion war für ihn der erste Schritt weg von Gott. Das war der Grund für immer wiederkehrende Auseinandersetzungen mit der Mutter gewesen, einer tiefgläubigen Katholikin, deren Leben von kirchlichen Ritualen geprägt gewesen war. Seid fruchtbar und mehret Euch, stand in der Bibel, dabei sah die Religion die fleischliche Vereinigung nur als notwendiges Übel der Fortpflanzung. Paulus hatte gepredigt, man solle nur heiraten, wenn man der Gnade der Enthaltsamkeit nicht teilhaftig sei. Um das tägliche Brot musste man beten, und Wein war ein göttliches Geschenk, aber trinken durfte man davon nur wenig. Die Welt sei ein Fest, hatte die Mutter gesagt, sie sei eine wunderbare Kundgebung Gottes, aber um das Heil zu erlangen, musste man sich lösen von ihr. Rhomberg hatte dieses Wechselbad von Lebensbejahung und Lebensverneinung nie verstanden und sich oft gefragt, ob hierin das Geheimnis des unaufhörlichen Kampfes zwischen Lebens- und Todestrieb lag.

Er schaltete das Gerät ab. Am besten war, mit Walkobinger selber zu reden.

Was Rob Wallburk über den alten Mann gesagt hatte, klang überzeugend, obwohl es sich um eine schillernde Persönlichkeit zu handeln schien. Den Behörden war laut Steuerakte ein beträchtliches Vermögen bekannt. Ferner war bekannt, dass Walkobinger seit 1959 einen Schweizer Pass besaß, und ähnlich wie Mathias Gruen mehrere Jahre für amerikanische Geheimdienste gearbeitet hatte.

Ein leises Pfeifen ließ ihn den Kopf zu den Vögeln drehen. Rhomberg stand auf und ging zu den Käfigen. Seit einer Woche hatte er ein junges Pärchen ›Unzertrennliche‹ in einem zusätzlichen Käfig, der mit den anderen durch Klappen verbunden war. Die Vögel saßen dicht aneinandergeschmiegt auf der Stange und rührten sich nicht, als er leise an den Holzrahmen klopfte. Sie werden sich eingewöhnen, dachte er, alles braucht seine Zeit. Der Kauf der Vögel war eine jener spontanen Handlungen, zu denen er neigte, wenn ein Fall ihm über den Kopf zu wachsen drohte. Er musste sich ablenken, indem er Dinge tat, die ihn aus einem unaufhörlich kreisenden Gedankenstrom rissen. So war er am Samstag zu seinem Schneider gefahren, um sich einen leichten Übergangsanzug machen zu lassen, obwohl zu Haus ein halbes Dutzend im Schrank hing. Alois Kotowsky war der Sohn eines Mitarbeiters seines Vaters; er besaß eine Maßschneiderei in Nymphenburg und war bekannt für eine ungewöhnlich große Auswahl an Kaschmir. Rhomberg hatte sich zwei Stunden mit dem kleinen Mann über Tulpenzwiebel unterhalten. Er verstand nichts davon, hatte aber aufmerksam zugehört; der Schneider hatte eine fast erotische Beziehung zu den Knollen und litt unter der Gefräßigkeit der Wühlmäuse. Gift sei der Tulpe Schutzengel, hatte er gesagt, dann waren sie wieder auf die Stoffe zurückgekommen und Rhomberg hatte sich für ein dezentes Fischgrätmuster in Grau und Moosgrün entschlossen.

Er blickte auf die Uhr. Um fünf würde der ICE aus Frankfurt am Hauptbahnhof eintreffen. Rhomberg hatte einen Schulfreund gebeten, ihm bei der Einschätzung von Mathias Gruens Theorie behilflich zu sein. Klaus Hüsch war Chemiker am Versuchslabor der Universität Frankfurt und galt als unkonventioneller Forscher mit breitem Wissen. Rhomberg wollte vermeiden, dass unausgegorene Hypothesen in den Ermittlungskreislauf flossen und unnötig Arbeit verursachten.

Die Zeit lief ihm davon. Er war um sechs Uhr morgens beim Kaffee in der Küche gesessen, als Staatsanwalt Wohlfahrt aus den Ferien anrief, um sich über den Stand der Ermittlungen im Fall Wallburk zu informieren. Das Gespräch hatte nicht lang gedauert. Rhomberg hatte einen kurzen, aber exakten Bericht erstattet, an welchem Punkt sie sich befanden. Wohlfahrt hatte sich seine Ungeduld nicht anmerken lassen. Seine Fragen waren knapp, offenbar hatte er sich Notizen gemacht, Rhomberg konnte das Rascheln von Papier deutlich hören.

Hat der Personenschutz für den jungen Wallburk irgendwelche Ergebnisse gebracht?

Bis jetzt nicht. Er scheint nicht unmittelbar bedroht zu sein.

Der anonyme Anrufer auf Wallburks Handy?

Kein Ergebnis durch Rückverfolgung. Die Anrufe kamen von Telefonzellen auf Bahnhöfen in Berlin, Innsbruck und Genf. Einer kam von einem Handy. Das Gerät ist nicht zu orten, vermutlich hat der Anrufer es nach der Benutzung fortgeworfen oder zerstört.

Verstehe ich Sie richtig, wenn ich sage, dass es noch keine direkten Verdächtigen gibt?

Ja, das ist durchaus richtig.

Was, glauben Sie, wird das technische Kriminalamt in Heidelberg auf der Festplatte von Wallburks Computer finden?

Das weiß ich nicht. Es scheint schwierig zu sein. Aber etwas deutet darauf hin, dass die Leute aus Holland einige Wortsilben lesbar machen können.

Sie halten mich auf dem Laufenden, ja?

Das Gespräch mit Rob Wallburk hatte Rhomberg absichtlich verschwiegen. Es gab noch zu wenig Anhaltspunkte, um die Staatsanwaltschaft über die Aussagen von Walkobinger zu informieren. Rhomberg wusste mehr, als er Wohlfahrt gesagt hatte. Einem indischen Techniker in Antwerpen war es nach wochenlanger Arbeit gelungen, einzelne Worte auf der gelöschten Festplatte von Wallburks Computer zu rekonstruieren. Sie ergaben keinen sinnvollen Zusammenhang, aber Rhomberg hatte den Eindruck, dass es sich um Teile eines Kryptogramms handeln könnte. Wenn es so war, gab es zwei

Möglichkeiten: entweder hatte Henry Wallburk versucht, das Kryptogramm zu entschlüsseln oder er hatte es selber verfasst, um eine Botschaft unkenntlich zu machen. Zur Zeit waren Spezialisten der Dechiffrier-Abteilung mit Wallburks Festplatte beschäftigt.

Es war kurz nach halb sechs, als Hüsch mit Frau Keberle ins Zimmer trat. Der Zug hatte zehn Minuten Verspätung, sagte Hüsch, während die Sekretärin eine Mappe auf den Schreibtisch legte und wortlos zur Tür ging.

Rhomberg blickte ihr zerstreut nach. Was das sei, fragte er.

Von Wallburk, antwortete sie, er hat es abgegeben, ein Manuskript. Ich habe eine Kopie machen lassen. Hier ist auch noch die deutsche Übersetzung.

Pereiras Manuskript, murmelte Rhomberg, hätte ich beinah vergessen. Er drehte sich zu Hüsch. Entschuldige, Klaus, sagte er, ich weiß im Moment nicht, wo mir der Kopf steht, hier ist der Teufel los. Ich kann Dir nur Kaffee oder Mineralwasser anbieten. Wir gehen später zum Italiener, ich hab einen Tisch reserviert.

Kann leider nicht, sagte Hüsch, meine Mutter wartet, ich hab sie seit Ostern nicht mehr gesehen. Wir können morgen zusammen essen, wenn Du Zeit haben solltest. Er warf einen Blick auf die Vogelkäfige. Macht Dich das Gepiepse nicht nervös, fragte er.

Im Gegenteil. Die Vögel sind zur Zeit die einzigen Lebewesen, die keine Antwort von mir erwarten.

Hüsch hatte ein paar Zettel aus der Tasche gezogen und Rhomberg in die Hand gedrückt. Das Papier war dicht mit Formeln beschrieben. Hab ich Dir mitgebracht, sagte er, steht das Nötigste drauf.

Rhomberg schüttelte den Kopf. Das soll ich verstehen? Du

weißt, in Physik und Chemie war ich schon immer eine Null. Du musst mir das in eine vernünftige Sprache übersetzen.

Hüsch hatte sich rittlings auf einen Stuhl gesetzt und war gerade dabei, seine Schnürsenkel zu lösen. Neu, sagte er, die Schuhe sind neu. Ich hab einen Hallux. Er sieht noch immer aus wie ein Schuljunge, dachte Rhomberg, in all den Jahren hat sich sein Gesicht kaum verändert, rund und rosig, die verstrubbelten Haare waren anscheinend noch nie mit einem Kamm in Berührung gekommen.

Was Gruen und der Mann von Roche behauptet haben, klingt zwar nach einem schlechten Sciencefictionroman fuhr Hüsch fort, bei genauem Hinschauen hat es einen durchaus nachvollziehbaren Kern. Ich habe mich schlau gemacht, Stephan. Die reinste Qualität von Lapislazuli kommt aus dem Hindukusch, der Gegend um den Kyber-Pass und östlich davon im Kokcha-Tal.

Weiß ich alles, sagte Rhomberg. Kann mir aber jemand sagen, ob sich mit den Steinen die halbe Menschheit sterilisieren lässt?

Hüsch lachte, es klang wie ein leises Meckern. Immer mit der Ruhe, Alter, sagte er. Ich kann verstehen, dass Du keine Geduld hast. Also, theoretisch ist das möglich. Bei Lapislazuli handelt es sich um einen Lasurstein, Chemiker bezeichnen ihn als Aluminiumsilikat mit winzigen Einschlüssen von Schwefel. Der Schwefel ist auch die Ursache für die blaue Farbe. Durch Einatmen von Staub des Lapis könnte sich das endokrine System beim Menschen verändern.

Und was heißt das?

Die Nebenniere oder das Hirn werden stimuliert, die Drüsen beginnen mit einer erhöhten Ausschüttung von Testosteron, was auf Dauer zur Erschöpfung des Systems führen kann und in der Folge degenerieren die Spermien. Der Mann verliert seine Zeugungskraft.

Was Gruen entdeckt haben will, ist also nicht nur das Hirngespinst eines schrulligen Gelehrten?

Die Möglichkeit besteht ja. Ich weiß allerdings nicht, wie es gelingen könnte, auf chemischem Weg einen so wirksamen Stoff zu entwickeln, damit kleinste Mengen flächendeckende Wirkung erzielen.

Möglich ist es?

Hüsch blickte eine Zeit lang auf seine leeren Schuhe. Ich möchte mir die Finger nicht verbrennen, sagte er schließlich. Vorstellbar ist es. Es würde vermutlich Jahre dauern und astronomische Summen verschlingen. Man müsste das Problem einer hohen Wasserlöslichkeit in den Griff kriegen, sonst sinken die Schwebeteilchen auf den Grund des Gewässers und die Wirkung ist null. Nach meiner Auffassung müssten andere Komponenten eine Rolle spielen, die hormonelle Anomalien bewirken. In der Vergangenheit hat es Beispiele gegeben, ich denke an ein Düngemittel von Singenta, Antrazin. Bei Versuchen mit Lurchen hat sich gezeigt, dass sich Zwitterbildung und Unfruchtbarkeit einstellen können. Phtalate wären durchaus geeignet, eine Flächenwirkung zu erzielen. Du findest sie in T-Shirts, Möbeln, Autos, Kinderspielzeug oder Plastikflaschen. Möglichkeiten gibt es viele. Und sehr oft ist Wasser einer der wesentlichen Grundbausteine. Du hast mir noch nicht gesagt, was das alles soll. Wer wünscht sich so sehnlich, dass unsere missratene Gattung von diesem Globus verschwindet?

Genau das ist es, antwortete Rhomberg. Unsere ›missratene Gattung‹, davon ist eine mysteriöse Sekte anscheinend so überzeugt, dass sie alles unternimmt, um die Apokalypse in die Tat umzusetzen. Eine Handvoll Fanatiker will, dass nur der ›reine‹ Mensch den Untergang überlebt, ein ›göttliches‹ Wesen, frei von Habgier und Schuld.

Und woher willst Du das wissen?

Rhomberg zögerte einen Moment. Es gibt verschiedene Quellen, sagte er dann. Zum Beispiel einen Privatgelehrten, den der Sohn des Ermordeten in Zürich getroffen hat. Er war mit Mathias Gruen gut befreundet.

Du bist sicher, dass es sich nicht um esoterischen Hokuspokus handelt?

Jetzt fang Du nicht auch noch an, Klaus. Mein Gefühl sagt mir, dass hinter den Verbrechen eine Organisation von Sektierern steht, man kann sie nennen wie man will. Einiges deutet darauf hin, dass es sich um ›Metathroniten‹ handelt, einen vor mehr als tausend Jahren angeblich verschwundenen Geheimbund mit gnostischen Wurzeln.

Gnostische Wurzeln? Eine verwegene Geschichte, mein Lieber. Und die Staatsanwaltschaft kauft dir das ab?

Nicht ohne Beweismittel. Ich weiß.

Hast Du einen Verdacht?

Rhomberg überlegte einen Moment. Ja, hab ich, sagte er. Mal schauen, ob die Kleider, die ich mir ausgedacht habe, zu den Leuten passen. Vererbung, weißt du, Vater war Schneider.

Hüsch machte Schleifchen in seine Schnürsenkel. Er brauchte ungewöhnlich lang. Als er sich schnaufend aufrichtete, sagte er, weißt Du, Stephan, das mit dem ›besseren‹ Menschen, könnte man das nicht von zwei Seiten beleuchten, der Geist, der das Gute will und dabei das Böse schafft und umgekehrt? Ich war letzte Woche im Senegal. Dort ist die HIV-Rate die niedrigste in Afrika südlich der Sahara. Sein Nachbar, Guinea-Bissau, hat fünfzig Prozent weniger strenggläubige Muslime und dafür eine fünfmal höhere HIV-Rate. Zyniker könnten sagen, steinigt ruhig weiter.

Ich weiß, was du meinst. Jedes Verbrechen hat zwei Seiten, Klaus, antwortete Rhomberg, deswegen bleibt es doch immer ein Verbrechen. Ich möchte kein Richter sein, in den Augen mancher Psychologen gibt es heute praktisch keine Verbrecher mehr, Täter sind nur noch die Opfer ihrer Lebensumstände. Aber Menschen, die planen die Erde zu entvölkern, sind Verbrecher. Daran ändert ein zweiter Blick auch nichts.

Sicher, Stephan, sagte Hüsch und stand auf. War nur so ein Gedanke. Dann wünsche ich Dir Glück bei Deiner Anprobe. Sehen wir uns morgen?

Ich bin zwei Tage in Zürich. Wie lang bleibst Du in München?

Die ganze Woche. Ich muss den Umzug von Mutter ins Seniorenheim organisieren. Abscheuliche Sache. Ruf an, wenn Du zurück bist.

Als die Tür sich hinter Hüsch geschlossen hatte, ging Rhomberg zu den Käfigen und deckte sie für die Nacht zu. Er hatte Hunger. Nachdem Hüsch keine Zeit hatte, würde er allein zum Italiener gehen. Es war immer dasselbe, egal, wem er von der Theorie einer Sekte erzählte, stets stieß er auf ungläubiges Staunen oder spöttische Ablehnung. Auch bei Hüsch hatte er deutlich gespürt, dass dessen nüchterner Verstand alles, was sich durch Formeln nicht festnageln ließ, ins Reich überhitzter Fantasien verwies.

Sein Blick fiel auf Pereiras Manuskript. Es irritierte ihn, dass er es nach dem Gespräch mit Wallburk vergessen hatte. Er zog die Jacke aus und setzte sich wieder an den Schreibtisch. Es handelte sich um eine Kopie der ersten Kopie, einige handschriftliche Anmerkungen waren kaum noch lesbar. Passagen, die ihm aus den Akten bekannt vorkamen, überflog Rhomberg. Es ging auf zehn, als er bei der letzten Seite angelangt war. Es gab etwas, das er übersehen hatte. Es hatte nicht direkt mit Pereiras Text zu tun, da war er sicher.

Er lehnte sich im Stuhl zurück. Es gab einen Zusammenhang zwischen Pereiras Manuskript und der Ermordung Henry Wallburks. Weder Mnemjian noch Alluard hatten die ›Metathroniten‹ erwähnt. Der Name kam nur in Audry Sirolis Bericht von 1938 vor. Pereira schrieb von einem Kunstwerk, nicht von einem ›heiligen‹ Kultgegenstand. Nachdem der Hehlerring aufgedeckt und in »Le Monde« ausführlich darüber berichtet worden war, wurden im Zeitraum zwischen 1969 und 1971 sechs Menschen geblendet und anschließend ermordet. Alle hatten sich im Besitz von einem der bei Thérouze geraubten Kunstgegenstände befunden. Nur der Besitzer des siebten, des Spiegels in Form einer Schildkröte, war den Mördern nicht bekannt. Wenn seine Theorie stimmig war, ergab sich daraus die Frage: Durch wen hatten die Täter dreißig Jahre später erfahren, dass Henry Wallburk sich im Besitz der ›heiligen‹ Schildkröte befand?

Rhomberg massierte seine Schläfen. Jetzt spürte er, dass er in den letzten Nächten kaum geschlafen hatte. Er stand auf und schaltete die Espressomaschine ein. Pereira hatte geschwiegen und sein Wissen dem Manuskript anvertraut, bis er glaubte, die Geschichte sei verjährt und vergessen. Wann hatte er sich entschlossen, das Geheimnis um Sarnos Blau der Kunstwelt in einem Buch zu verraten? Und warum? Brauchte er Geld? War das Buch Vorwand für eine Erpressung?

Die Maschine fing an zu fauchen und Rhomberg warf zwei

Würfelzucker in die Tasse. Geschichten, die andere über ein Ereignis erzählen und Geschichten, die man sich selber über das Ereignis erzählt – welche kommen der Wahrheit näher, überlegte er, während er zusah, wie sich in der Tasse ein Schaumhügel wölbte. Waren die vermeintlichen Ereignisse nur die trügerischen Schatten der eigenen Fantasie?

XXV

Rob schlüpfte in den Morgenmantel seines Vaters und ging in die Küche. Es war das erste Mal seit Wochen, dass er eine Nacht zehn Stunden lang durchgeschlafen hatte. Er überlegte, ob er Tee oder Kaffee trinken sollte und beschloss, auf Kaffee wegen der Tabletten zu verzichten. In letzter Zeit hatte er oft vergessen, seine Medikamente einzunehmen, dreimal täglich, nie auf nüchternen Magen. Er zwang sich, ein Glas lauwarmes Wasser zu trinken. Der Espresso kam später, wenn Patrik zum Frühstück frische Brötchen bringen würde.

Ein leises Schnurren ließ ihn zur Tür blicken. Er bückte sich und strich Seidenfuß über den Rücken. Während er in Zürich war und Patrik sich um den Kater gekümmert hatte, war Seidenfuß sichtlich dicker geworden. Bis Ana zurückkam, musste er sich eine Ausrede einfallen lassen, warum er den Kater nicht hatte kastrieren lassen. Er ging zum Fenster und blickte auf die regennasse Straße hinaus; der graue Opel stand noch immer unter den Kastanien, nur stand er jetzt mit dem Kühler in eine andere Richtung. Sie müssen sich keine Sorgen machen, Herr Wallburk, hatte Rhomberg gesagt, wir passen auf Sie auf.

Er ging wieder in die Küche und begann die Post durchzusehen. Ein Bericht von Fräulein Elsbeth. In gewohnt zurückhaltendem Ton drückte sie ihre Besorgnis aus, ob Rob seinen vertraglichen Verpflichtungen bezüglich der nächsten

Folge von ›Sancho & Dolores‹ würde nachkommen können. Auch stünde die Premiere des auf Kàlimnos gedrehten Films für Ende des Jahres auf dem Programm. Die PR-Arbeit laufe auf Hochtouren. Rob spürte, wie sein Puls beim Gedanken an das Spießrutenlaufen bei der Presse schneller schlug. Ich habe den Überblick verloren, dachte er. Die Ereignisse krochen in letzter Zeit knirschend übereinander wie nasse Krebse in einem Korb.

Ein Umschlag war von ›Hoffmann Gallerys Zürich‹. Kurt Hoffmann teilte ihm mit, es handle sich um alle Unterlagen, die er von Henry Wallburk noch hätte finden können. In einem Postskriptum bat er, Rob möge sich seiner erinnern, wenn Bilder aus dem Nachlass des Vaters zum Verkauf stünden. Bei den Unterlagen handelte es sich um Kataloge des ›Fine Art Forum Tripunithura‹ in Cochin. Hoffmann schrieb, Henry Wallburk habe beabsichtigt, zusammen mit José Benedict, dem Besitzer der CGH Earth Hotelkette, den indischen Markt für westliche Kunst zu erschließen. Eine schmale Broschüre war dem belgischen Maler Didier Delveaux gewidmet, der 1989 anlässlich des ›Progressive ART Forum Cochin‹ einige Bilder zum Thema ›Colour Codes‹ ausgestellt hatte.

Rob hatte die Post im Stehen gelesen, jetzt zog er einen Hocker heran und setzte sich an den Küchentisch. Didier Delveaux. Er hatte Didier gekannt. Nicht gut, sie waren sich manchmal in der ›Eule‹ bei einem Glas Wein begegnet, als Didier sein Atelier noch in München Schwabing gehabt hatte. Später war er nach Berlin gezogen. Der Broschüre war ein Zettel mit der Anschrift von Delveaux beigelegt, ›The House of Artists‹, ein Künstlerheim, das Henry Wallburk in Cochin mit José Benedict Anfang der Neunzigerjahre gegründet hatte.

Rob überlegte, wie alt Delveaux sein mochte. Um in einem

Heim für mittellose Künstler zu leben, war er zu jung. Sie waren ungefähr derselbe Jahrgang, Didier war vielleicht ein Jahr älter. Er war der einzige Maler aus der Generation der ›Jungen Wilden‹, der bei ›Wallburk Gallerys‹ Eingang gefunden hatte. Rob hatte außer Didier nie einen Künstler kennengelernt, der mit seinem Vater geschäftlichen Kontakt gehabt hatte. Alle Geschichten, die er über das Geschäftsgebaren von ›Wallburk Gallerys‹ gehört hatte, kamen aus zweiter Hand. Oft mochte dabei auch der Neid eine Rolle gespielt haben.

Vielleicht sollte ich mit Didier Kontakt aufnehmen, überlegte Rob, vielleicht könnte er mir von Vater Dinge erzählen, von denen ich bis heute nichts weiß. Rob hatte sich oft gefragt, warum der Vater zu einer Zeit, als das Museumsprojekt mehr und mehr Gestalt anzunehmen begann, plötzlich seine Liebe zu Indien entdeckte.

Er ging ins Studio und holte einen Atlas. Südindien, Kerala, Cochin – die alte Hafenstadt im Süden des Subkontinents, in der sich während eines halben Jahrtausends Portugiesen, Holländer und die Briten in der Macht abgelöst hatten.

Rob nahm die Brille ab und putzte die Gläser mit dem Saum des Morgenmantels. Ohne Brille sah er die Konturen des Subkontinents verschwommen, ein dreieckiger Keil, der das Blau des Arabischen und des Indischen Ozeans spaltete und so den Eindruck erweckte, als sei auch die Weltkugel in zwei Teile zerteilt. Die Unschärfe gab dem Kartenbild etwas geheimnisvoll Melancholisches. Rob kannte Indien nicht. Er war nur einmal, von Tokio kommend, in Delhi zwischengelandet. Warum sollte er nicht nach Indien reisen? Weg. Die Probleme, die hier auf ihn warteten, einfach hinter sich lassen. Es wäre das Beste für ihn, das spürte er plötzlich mit großer Klarheit, selbst wenn er in diesem Moment, den Blick noch immer auf den Atlas gerichtet, keine Ahnung hatte, was das eigentlich bedeuten würde: ›hinter sich‹ lassen.

Er stützte die Ellbogen auf den Tisch und legte das Kinn auf die ineinander verschränkten Hände. Hinter sich lassen würde bedeuten, von Ana, Nicoletta, Patrik, Fräulein Elsbeth, seinen Verpflichtungen, ›Sancho & Dolores‹, Weinberg, den Ärzten und den Tabletten, von allem einfach wegzugehen. Keiner würde je etwas von der riesigen Distanz erfahren, die er an diesem Morgen in weniger als einer Minute in seinem Inneren bereits zurückgelegt hatte. Vielleicht bestünde der Sinn dieser Flucht, dass es eine Flucht sein würde, war er sich bewusst, vielleicht bestünde der Sinn darin, dass er auf der anderen Seite der Welt eine andere Seite seines Vaters würde entdecken können: den Mann, der dem Gesicht einer Toten einmal falsche Wimpern angeklebt hatte.

Rob setzte die Brille wieder auf und zwang sich, nach dem Rest der ungeöffneten Post zu greifen. Während er ein Kuvert aufriss, bemerkte er, dass die Vorstellung, den Koffer zu packen, sich in ihm festzusetzen begann. Den Brief in der Hand ging er ins Schlafzimmer, um seinen Pass zu suchen. Er fand ihn in der Schublade mit all den Sachen, die er bei seiner Einlieferung ins Krankenhaus bei sich gehabt hatte. Der Pass war noch zwei Jahre gültig. Mit einem Gefühl von Erleichterung ging er in die Küche zurück und zog eine Karte aus dem Kuvert. Es war die Einladung von Doktor Bouvier zu einem Abendessen in ›kleinem Kreis‹ am kommenden Wochenende. Bouvier hatte handschriftlich hinzugefügt, dass es eine Ehre für ihn bedeute, wenn Rob sich die Zeit nehmen würde.

Ein Brief von Steven Maddox. Er teilte Rob mit, dass er im Dezember mit seiner Frau zwei Wochen in Europa sein und sich freuen würde, wenn sie sich sehen könnten. Das letzte

Schreiben kam von den Anwälten ›Weinberg & Partner‹, eine Aufstellung der Maßnahmen, die Rob mit Weinberg besprochen hatte. Von dem riesigen Vermögen des Vaters war nach Abzug der Hypotheken und Schulden knapp ein Zehntel vorhanden. Das Haus an der Gabriel-von-Seidl-Straße sollte verkauft werden, ebenso die noch vorhandenen Bilder; Weinberg hatte das Versteigerungshaus Christie's in London für die Abwicklung vorgeschlagen. Um den Besitz in Orbetello sollte sich ein Makler in Rom kümmern. Nach dem stundenlangen Gespräch hatte Rob den Anwalt mit einem seltsamen Gefühl von Beklommenheit verlassen. Seit er von Hoffmann wusste, dass sein Vater Weinberg nicht nur die Frau weggenommen, sondern indirekt vielleicht Schuld an dessen Lähmung hatte, sah er den Anwalt mit anderen Augen. Waren seine Abgeklärtheit und die so oft beschworene Freundschaft zu seinem Vater geheuchelt? Konnte ein Mann so etwas einfach vergessen?

Zur gleichen Zeit, als es an der Tür klingelte, fing das Telefon an zu läuten. Die Verbindung war schlecht, Rob konnte Rhomberg zuerst kaum verstehen. Er sitze im Zug, sagte der Kommissar, nur eine Frage, ob Rob von Frau Bani erfahren habe, wann Pereiras Manuskript in den Verlag ihres Onkels gebracht worden sei?

Rob dachte einen Augenblick nach. Nein, sagte er schließlich, darüber hätten sie nicht geredet, jedenfalls soweit er sich erinnern könne. Es müsse in den Neunzigerjahren gewesen sein, bevor Frau Bani nach München gekommen sei, um bei der Alitalia zu arbeiten.

Rhomberg schwieg einen Moment. Ob er Frau Bani noch mal träfe, fragte er.

Rob spürte, wie sein Gesicht heiß wurde. Ja gewiss, sagte er, er würde Frau Bani treffen. Was die Frage bedeute?

Nichts, antwortete Rhomberg, es habe ihn nur interessiert, wann Pereira beschlossen habe, seine Geschichte der Öffentlichkeit preiszugeben. Eine reine Routinefrage. Wenn es nötig sein sollte, könne er sich mit Frau Bani selbst in Verbindung setzen.

Patrik war inzwischen in die Küche gegangen, hatte Brötchen ausgepackt und in den Backofen gelegt. Pfeifend fing er an, das Frühstück zu richten, ›Fuchs du hast die Gans gestohlen …‹. Er hatte noch immer den Mantel an. Die Dinger brauchen drei Minuten, dann sind sie wieder ganz knusprig, sagte er. Als er sich umdrehte, fing Rob unwillkürlich an zu lachen. Sooo bist Du zum Bäcker gegangen?

Patrik hatte Hausschuhe an und einen himmelblau und gelb gestreiften Pyjama, der seine behaarte Brust sehen ließ. Vor Identitätskrisen bin ich sicher, antwortete er orakelhaft und zog den Mantel aus. Feind hört mit, fuhr er nach einer Pause fort, ich habe mitbekommen, Du willst die Bani treffen. Lass die Finger von der Dame, das ist der Rat von einem guten Freund. Du hast genügend Schlamassel am Hals. Was macht Deine Arbeit?

›Sancho & Dolores‹? Wenig, Patrik, ehrlich gesagt sehr wenig. Ich muss eine Zeit lang hier raus. Vielleicht geht es dann besser.

Anfang Dezember sollte das neue Buch im Druck sein.

Ich weiß. Mir wird schon was einfallen, Elsbeth muss sich keine Sorgen machen. Ich habe vor, nach Indien zu reisen, zwei Wochen vielleicht, Cochin, weit im Süden, wo Vater sich aufgehalten hat. Kommst Du mit?

Patrik legte die Brötchen in einen Korb und schob ihn über den Tisch. Indien, sagte er, ich würde gern mitkommen. Die Eltern hatten ihre Hochzeitsreise nach Rajastan gemacht.

Wenn ich mitkomme, wird Elsbeth wahnsinnig. Die brauchen mich im Verlag. Nächste Woche ist Steuerprüfung. Er stand auf und ging zur Espressomaschine. Einfach oder doppelt, fragte er.

Einfach. Ich hole ein Glas Wasser.

Was ist mit Ana?

Die wird mich verstehen. Sie ist auch unterwegs.

Und Nicoletta?

Das ist ein anderer Fall. Ich weiß nicht, warum ich mir ausgerechnet sie aussuchen musste.

Du verwechselst etwas, Rob. Nicht Du hast sie Dir ausgesucht, sie hat Dich ausgesucht. Wird Zeit, dass Du fortkommst. Was machen Deine Wachhunde?

Vielleicht kommen sie mit.

Ein teurer Spaß. Könnte sein, dass man Dich um einen kleinen Beitrag ersucht oder Dir rät, schön brav zu Haus zu bleiben. Für Indien brauchst Du ein Visum. Soll ich mich kümmern?

Rob nickte. Er sah Patrik zu, wie er aufstand und zu seinem Mantel ging, ein pedantisches großes Insekt, das durch irgendetwas aufgeschreckt worden war. Was würde ich ohne ihn machen, dachte er.

Patrik kam mit einem Stoffbeutel zurück und riss den Klettverschluss auf; es klang, als würde ein Pflaster von einer Wunde gezogen. Dann schleuderte er den Inhalt auf den Tisch, Fetische eines Chaoten: angebissene Kekse, Bleistiftstummel, Pillen, Papierkügelchen, Schlüssel. Er deutete auf ein zerknittertes Rezept. Siehst Du, sagte er, der Arzt hat befohlen, ich muss dieses Zeug schlucken, Cholesterin, hoher Blutdruck. Nimmst Du Deine Tabletten?

In letzter Zeit habe ich sie manchmal vergessen. Aber Du siehst, es geht mir nicht schlecht.

Sie saßen eine Weile schweigend am Tisch, bis Patrik fragte, Du willst also nach Cochin, glaubst Du, dort über Deinen Vater etwas Neues zu erfahren?

Mal sehen, Patrik. Weinberg sagt dies, Walkobinger sagt das. Das Spektrum der Charaktereigenschaften von Vater reicht vom Halsabschneider bis zur Mutter Theresa. Was soll ich glauben? Ich habe mir oft die Frage gestellt, wonach suchst Du eigentlich. Den Mann, der einmal zu seinem Kind ›Wuschel‹ gesagt hat? Es ist wie mit einem verstauchten Fußknöchel, der den ganzen Körper aus dem Gleichgewicht bringt. Man will keinen Stock und sucht doch irgendwie Halt.

Verstehe, Rob. Bei Deinem Vater kam mir alles ziemlich unfassbar vor. Jetzt auch noch die Geschichte mit diesem mysteriösen Engel. Hast du nach dem Gespräch mit Walkobinger einmal versucht, das Buch von Schmitt zu lesen, in dem ›Metathron‹ vorkommt?

Hab ich schon vorher, Patrik, nachdem Lichtenberg den Brief über die Zusammenhänge von ›Metathroniten‹ und ›Sonnenspiegeln‹ geschrieben hatte. Ich habe mit Walkobinger noch mal darüber geredet. Ich habe ihm die Frage gestellt, wer dieser Engel war. Er hat geantwortet: ein ›Echo‹. Ich verstand ihn nicht, bis er es zu erklären begann. Vielleicht sei der Segen oder der Fluch, der von Engeln ausging, von uns selbst ausgegangen, meinte er. Vielleicht seien Engel, so auch ›Metathron‹, nichts anderes als die Summe der Fragen, der Sehnsüchte, der Einsamkeit und des verborgenen Wissens, das stumm seit alters her in den Menschen gewohnt hat. Und dann, im Lauf der Jahrhunderte, sei dieses Echo verstummt. Die Engel gab es nicht mehr. Und wenn es sie gab, waren sie zu Galionsfiguren obskurer Sekten verkommen. Auch die ›Metathroniten‹ gab es nicht mehr, sie hatten sich zurückgezogen, um zu warten, bis ihre Stunde gekommen sein würde.

Mit dem Fortschritt könne man den Rückzug der Engel verfolgen, meinte Walkobinger, erst seien die Geistwesen aus den katholischen Himmeln verschwunden, dann die Teufel aus der schwefelstinkenden Hölle. Darüber sei still und leise auch Gott verstorben. Das menschliche Bedürfnis nach Symbolen des Unfassbaren fand sich dem ›horror vacui‹ gegenüber – die Gewissheit des Todes, der Sinn des Lebens oder sein Fehlen, das Rätsel vom Ursprung der Dinge. Die Couch als Medium der Selbsterkenntnis war an die Stelle von Rosenkränzen und Beichtstühlen getreten. Darauf hatten die ›Metathroniten‹ gewartet, um sich neu rekrutieren zu können.

Patrik hatte einen Schuh ausgezogen und schaute auf das zerrissene Futter und die zerknautschte Sohle, die in einer Höhle verschwand. Nun fangen sie an, im Namen von ›Metathron‹ zu morden, um Gott wiederauferstehen zu lassen, sagte er.

Rob schüttelte den Kopf. Nein, nicht Gott, sagte er, wenn ich Walkobinger recht verstanden habe, die Sekte will unter dem Banner des Engels ›Metathron‹ den ›neuen‹ Menschen erschaffen. Dazu bedarf es der Selbstauslöschung der ›alten‹ Menschheit. Übrig bleiben nur die vom göttlichen Licht Erfüllten.

Das glaubst Du, Rob?

Weiß nicht so recht, Patrik. Walkobinger scheint es zu glauben. Eines hat er mir klarzumachen versucht, in uns gibt es ein Niemandsland zwischen der Gegenwart und einer Existenz, in der unser Geist, wie in der Liebe oder im Wahnsinn, über sich hinauswächst und unfassbar wird. Intelligenz und Verbrechen reichen einander dann die Hände.

Rob war aufgestanden und lief in der Küche auf und ab. Walkobinger sprach von Besessenen, fuhr er fort, Leuten, die in einer Welt der ›realen Magie‹ leben, einer Welt der unsichtbaren Möglichkeiten. Er hat mir Beispiele genannt. Die Maya hätten die Null entdeckt, sagte er, die Null sei daraufhin eine feste Größe der Zahlenmagie geworden. Heute ist die Null eine feste Größe in jeder physikalischen Formel. Null ist der Augenblick, in dem die Rakete die Erde verlässt und dem Weltenraum zufliegt. Vor fünfhundert Jahren hätte man diese Vorstellung als Wahnidee eines Verrückten bezeichnet. Walkobinger meinte, man solle die Theorie von Gruen einmal unter diesem Gesichtspunkt betrachten. Ist der Gedanke tatsächlich so abwegig: Eine Handvoll Fanatiker kontaminiert den Lebensgrundstoff Wasser derart mit hormonaktiven Substanzen, dass die Zeugungskraft der Männer im Lauf von Jahrzehnten verschwindet? Denkbar ist es, Patrik, was denkbar ist, ist auch machbar – vorausgesetzt, es steht ein starker Wille dahinter und die nötigen Mittel. An beidem scheint es den ›Metathroniten‹ nicht zu fehlen. Hass sei Magie, sagte Walkobinger, wie die Liebe auch, sie gaukle uns Wesen vor, die es in Wirklichkeit nicht gibt.

Patrik seufzte. Da hat er recht, sagte er. Gib mir Deinen Pass, ich kümmere mich um das Visum.

XXVI

Gegen Mittag verließ Rob die Wohnung, um Nicoletta Bani abzuholen. In Gedanken war er noch bei seinem Entschluss, nach Indien zu reisen. Er spürte, wie er sekundenlang aus den Konturen seiner Persönlichkeit glitt und dabei die Sorgen abstreifte wie ein Reptil, das seine zu eng gewordene Haut hinter sich lässt.

Der Verkehr verlangte seine ganze Aufmerksamkeit, er musste die Stadt durchqueren, um zu Nicolettas Wohnung in Schwabing zu gelangen. Ein Blick in den Rückspiegel zeigte ihm, dass der graue Opel seinem Wagen folgte. Er verfuhr sich mehrmals, bis er endlich in der Siegfriedstraße ankam. Sie hatten abgemacht, bei gutem Wetter an den Tegernsee zu fahren und von Kreuth zur Schwaiger Alm zu laufen. Nicoletta wohnte in einem renovierten Altbau. Als Rob den Klingelknopf drückte, erfassten ihn plötzlich Zweifel, würde sie sich an das Rendezvous erinnern, es war immerhin eine Woche her, seit sie sich verabredet hatten.

Als er Nicolettas Stimme aus der Gegensprechanlage hörte, atmete er auf. Komme gleich, zwei Minuten … muss nur die richtigen Schuhe finden.

Als er von der Tür zurück auf den Gehsteig trat, kniff er kurz die Augen zusammen. Er hoffte, das Bild, das er sich von der Frau gemacht hatte, würde durch ihr Erscheinen nicht zerstört werden. Noch immer kämpfte er sich durch seine widersprüchlichen Gefühle – Verlangen, schlechtes Gewissen Ana gegenüber, all die anderen verworrenen Kinderstubensorgen einer zahnenden Verliebtheit.

Nicoletta kam mit einem Hund an der Leine, einem kleinen Mischling mit verstrubbeltem Fell. Hoffe, er stört Sie nicht, sagte sie, er ist ganz lieb und frisch gebadet ist er auch.

Sie trug Jeans, einen dunkelblauen Kaschmirpullover und Turnschuhe. Ihre Haare waren im Nacken mit einem farbigen Wollband gehalten und ließen auf einem schmalen Streifen Haut jenen widerspenstigen Flaum erkennen, der sich nie kämmen lässt. Rob fand, dass sie jung aussah, jünger als bei ihrem letzten Treffen. Obwohl er sich vorgenommen hatte, es nicht zu tun, küsste er sie flüchtig auf die Wange, statt ihr die Hand zu reichen. Sie hielt ihm die andere Wange hin, wenn schon, dann dreimal, sagte sie lächelnd, so ist es Brauch. Als sie im Wagen saßen, gab sie ihm ein Kuvert.

Ich habe Fotos gefunden, sagte sie, mir war vor ein paar Tagen eingefallen, dass Pereira bei seinem ersten Besuch im Verlag Fotos von den gestohlenen Kunstgegenständen mitgebracht hatte. Vermutlich hat Alluard sie gemacht.

Rob stellte den Motor ab und öffnete den Umschlag. Es waren Polaroid-Fotos von Kobraköpfen und Schildkröten, wie sein Vater eine besessen hatte.

Nicoletta deutete auf ein Bild. Wenn es stimmt, was Pereira in seinem Manuskript schreibt, sagte sie, könnte es sich bei einer der Schildkröten nicht um die Skulptur handeln, mit deren Pigmenten Xavier Sarno seine Bilder gemalt hat?

Sogar ziemlich sicher, antwortete Rob. Darf ich die Fotos behalten?

Natürlich. Sie gehören zum Manuskript.

Rob ließ den Motor wieder an. Ich werde die Bilder Kommissar Rhomberg geben, sagte er, inzwischen haben sich erstaunliche Dinge ereignet, man weiß, bei den Schildkröten handelt es sich nicht nur um antike Kunstgegenstände, sondern auch um Kultobjekte eines mysteriösen mittelalterlichen Ordens.

Ein Orden? Die Leute, von denen Thérouze in Pereiras Manuskript spricht? Wie hießen sie gleich?

›Metathroniten‹. Fanatiker, die einen obskuren Engel verehren.

Sie schwiegen, bis Nicoletta auf das hölzerne Armaturenbrett klopfte. Solche Autos sollten erhalten bleiben, sagte sie, in den neuen Modellen ist alles aus Kunststoff. Sie kramte in ihrer Tasche und zog eine Sonnenbrille hervor. Stört es Sie, wenn ich sie aufsetze, fragte sie.

Ehrlich gesagt, ja. Dann sieht man Ihre Augen nicht mehr.

Sie Schmeichler. Ich steck sie wieder weg, wenn wir angekommen sind. Nach einer kleinen Pause fuhr sie fort, was ich Ihnen sagen wollte, in der Zwischenzeit habe ich die letzten Ihrer ›Sancho & Dolores‹-Comics gelesen. Ich habe bei Ihnen angerufen, Rob, aber Sie waren nicht zu Haus. Ich wollte Ihnen sagen, die Geschichten haben mich sehr berührt.

›Rob‹ – das erste Mal, dass sie mich mit Rob angesprochen hat, dachte er. Freut mich, dass Ihnen die Abenteuer von ›Sancho‹ und seiner Schwester gefallen, sagte er. Verraten Sie, was Sie am meisten berührt hat?

Eine gewisse Melancholie vielleicht. ›Dolores‹ macht sich keine Illusionen über den beklagenswerten Zustand unserer Welt. Was mir aufgefallen ist, in Ihren Geschichten handelt es sich ausschließlich um erwachsene Wesen. Sie tragen zwar kindliche Züge, aber ich konnte nirgendwo Kinder entdecken. Auch die ›Frösche mit den grauen Bäuchen‹ – sie wirken auf mich wie unfruchtbare Zwitter. Liegt das in Ihrer Absicht?

Fragen, auf die Rob nie eine plausible Antwort gewusst hatte. Warum kamen in seinen Geschichten keine richtigen Kinder vor? Und warum lasen ausgerechnet Kinder seine Geschichten so gern? Rob ließ sich Zeit mit einer Antwort. Er dachte an seine eigene Kindheit, der unnahbare Vater, die Hänseleien der Gleichaltrigen wegen seiner Brille und später im Internat, der Spott, weil er sich beim Fußballspiel ungeschickt angestellt hatte. Für ihn waren mit dem Kindsein untrennbar Grausamkeit und Egoismus verbunden. Vielleicht war das ein Grund, warum er als Helden alterslose Geschöpfe gewählt hatte, in denen das ganze Spektrum menschlicher Eigenschaften zum Vorschein kommt, ihre Wandelbarkeit von der Geburt bis hin zum Tod.

Die Frage ist schwer zu beantworten, sagte er schließlich. Es hat sich so ergeben; beim biblischen Alter meiner Figuren nimmt die Jugend keinen so bedeutenden Raum ein. Ich wollte anfangs in erster Linie zeigen, dass man gemeinsam mehr im Leben erreichen kann als allein. ›Sancho & Dolores‹ – sie meistern die heikelsten Situationen, weil sie sich aufeinander verlassen. Ja, und dann ging es mir darum, am Beispiel der Langsamkeit einer Schildkröte den Wahnsinn unseres modernen Lebens sichtbar zu machen. Ich glaube, dass der Mensch in seinem Innersten nicht den schnellsten Weg von hier nach dort sucht, sondern eher die Odysseen des Zufalls. Das Labyrinth ist die Heimat des Zögernden.

Nicoletta schwieg, bis sie in Kreuth ankamen und Rob den Wagen auf dem Parkplatz eines Restaurants abstellte. Und Sie, fragte sie, während sie die Sonnenbrille abnahm und in die

Tasche steckte, gehören Sie zu den Zögernden? Ich meine, haben Sie nie das Bedürfnis verspürt, eine Familie zu gründen und Kinder zu haben?

Jetzt heißt es aufpassen, dachte Rob, in jeder Frau steckt der Wunsch nach Kindersegen. Das war für mich bis jetzt kein Thema, antwortete er ausweichend, vielleicht liegt es daran, dass mir die Richtige noch nicht über den Weg gelaufen ist.

Wenn Sie die richtige Frau finden, müssen Sie sich einen größeren Wagen anschaffen, sagte Nicoletta lächelnd. Verzeihen Sie, dass ich so neugierig war.

Sie bogen in einen Pfad, der am Fluss entlangführte. Nicoletta hatte sich gebückt und den Hund am Kopf gekrault, bevor sie ihn von der Leine ließ. Armer Kerl, sagte sie, er hat keinen Namen. Er wird warten müssen, bis er jemandem gehört. Wir haben uns im Englischen Garten kennengelernt, aber wir gehören einander nicht. Er ist frei, bis auf die Leine in der Stadt. Und ich bin's auch. Ich möchte kein Tier besitzen, bis ich den Ort gefunden habe, wo ich und das ganze Drumherum zusammengehören.

Und wo könnte dieser Ort sein?

Ich bin mir nicht sicher, wo er sein wird, aber ich weiß, wie er sein muss.

Ein Geheimnis?

Vielleicht … Als sie kurz danach stolperte, fasste Rob sie an der Hand und sie erwiderte seinen Druck. Nachdem sie eine Weile schweigend gegangen waren, fing sie wieder an zu reden. Kinder, sagte sie, aus dem Mund einer Frau mag es sich seltsam anhören, ich habe nie den Wunsch nach Kindern verspürt. Unbewusst vielleicht ja, vielleicht geht es mir wie Ihnen, und der Richtige ist mir noch nicht begegnet. Wer weiß, zum Glück. Wenn ich die Zeitung aufschlage oder am Abend den

Fernseher einschalte, denke ich oft, der Mensch ist eine Fehlform der Evolution. Was denken Sie?

Rob hatte mit wachsendem Erstaunen zugehört. Irgendwie kamen ihm diese Sätze bekannt vor. Sie mögen recht haben, sagte er nach kurzem Zögern, dennoch, ich sehe die Welt nicht so rabenschwarz. Wenn unsere Liebe die Menschen auch nicht besser macht, so schafft sie es doch, uns über ihre Fehler zu täuschen, und vielleicht gelingt es uns deshalb, für Augenblicke wenigstens, glücklich zu sein.

Eine schwache Antwort, dachte er, sie hat mehr von mir erwartet. Er beobachtete die Frau verstohlen von der Seite, wie sie jetzt stumm neben ihm herging. Es war etwas an ihr, das ihn fesselte und zugleich abhielt. Während ihr Mund einen ruhigen, lächelnden Ausdruck hatte, schienen die Augen wie von Schmerz getrübt. Dann wieder glaubte er, in den Augen ein Strahlen, an ihrem Mund jedoch eine schmerzhafte Verklärtheit wahrzunehmen.

Er blickte aufs Wasser, das zwischen Weidenbüschen und Erlen wieder sichtbar wurde. Die Strömung wechselte, Wellen bewegten sich gegen Steine, die in der Mitte des Flussbetts lagen, trieben keilförmig dem Ufer zu oder hüpften ganz klein, wie Glaskugeln, die ein Wirbel langsam im Kreis dreht, durch Inseln von Schilf. Es gibt traurige Wellen, dachte Rob, trübsinniges Rauschen, dann gibt es ein fröhliches Gurgeln, als würde jemand lachen. Eine Aster kam geschwommen, tragisch wie eine ertrinkende Ophelia. Es war eine seltsame Stimmung, die Sonne schien, der Himmel war wolkenlos, Vögel sangen, der kleine Hund ohne Namen sprang fröhlich umher – aber etwas wie eine dunkle Wolke hatte sich zwischen die Frau und ihn gedrängt. Er wusste nicht, was es war. Dass Nicoletta keine Kinder wollte und sich so auf eine seltsame Art von anderen

Frauen unterschied, nein, das war es nicht. Auch Ana hatte nie besonderes Interesse an Nachkommen gezeigt, aber vielleicht täuschte er sich und sie hatte nur wegen ihres Alters oder aus Rücksicht auf ihn dieses Thema selten und wenn, beiläufig berührt. Es war etwas anderes. War es der Tonfall ihrer Stimme, die negative Sicht auf die Welt? Aber warum sollte ihn das stören, wo doch ausgerechnet er selber andauernd versuchte, sich die Welt trotz besserem Wissen schönzudenken?

Nicoletta schwieg noch immer. Manchmal rief sie den Hund, vieni, caro, vieni ..., und kraulte seinen Kopf wenn er kam und schwanzwedelnd an ihr hochsprang. Rob hob einen Ast auf, zerbrach ihn in Stücke und warf sie ins Wasser. Einige schwammen unternehmungslustig davon, wie Pioniere auf der Suche nach fremden Kontinenten, andere blieben überall hängen. Er überlegte, ob er noch mal nach Nicolettas Hand greifen sollte, aber seine Gedanken kehrten zu den Hölzchen zurück und einen Moment war er versucht, sie als Orakel zu betrachten und mit seinen Zukunftshoffnungen zu benennen. Aber dann ließ er es bleiben aus Angst vor dem Zufall, der ihn traurig machen könnte, wenn die Hölzchen sich an Steinen verfingen. Das Ende von einem Ast, dem er den Namen Ana gegeben hatte, warf er nicht weg, sondern steckte es in die Tasche.

Nicoletta hatte ihn schweigend beobachtet. Woran denken Sie, fragte sie, Sie machen einen abwesenden Eindruck?

Nein, es ist nichts, ich war in Gedanken bei einem anderen Spaziergang an diesem Fluss entlang, letztes Jahr. Ich war allein, es hatte angefangen zu schneien. Ich bin froh, dass Sie hier sind, Nicoletta.

Sie berührte kurz seine Hand. Ich auch, Rob, sagte sie, Sie sollten mich Nico nennen. Nicoletta erinnert mich an meine

Mutter, so rief sie mich immer, wenn ich etwas angestellt hatte und sie böse mit mir war. Sie schwieg einen Moment, dann fuhr sie in lebhaftem Ton fort, Sie müssen mir noch erzählen, wie Sie ausgerechnet auf Schildkröten als Helden Ihrer Comics gekommen sind.

Eine seltsame Geschichte, antwortete Rob, sie liegt weit zurück. Er war froh, dass das Gespräch sich auf ein neutrales Thema zubewegt hatte, ein Gebiet, das er kannte. Er erzählte, wie er als kleiner Junge ungerufen in das Arbeitszimmer seines Vaters gekommen war und der ihm die Schildkröte gereicht hatte. Ohne es bereits zu wissen, damals muss irgendwo in meinem Kopf die Idee geboren worden sein, Schildkröten zu Helden einer Geschichte zu machen, sagte er.

Und Sie haben mit niemandem darüber gesprochen?

Nein. Erst viel später habe ich meiner Stiefmutter davon erzählt.

Sie sagten Stiefmutter. Was war mit Ihrer leiblichen Mutter?

Sie ist gestorben als ich zwei Jahre alt war.

Nicoletta schwieg. Das tut mir leid, sagte sie schließlich. Ich könnte mir vorstellen, dass Sie als Junge in Ihren Geschichten eine Zuflucht gefunden haben. Die Schildkröte muss Ihnen viel bedeutet haben. Hat es Sie nicht geschmerzt, als Sie aus Pereiras Manuskript erfuhren, dass Ihr Vater Sarno die Skulptur als Material für seine Farbe gegeben hat?

Gewiss, antwortete Rob, die Schildkröte hatte für mich lange Zeit die Bedeutung einer Art Glücksfee. Andererseits gefällt mir der Gedanke, dass ein Jahrtausende altes Kunstwerk sich in zeitgenössische Bilder von unglaublicher Schönheit verwandelt hat. Er machte eine vage Handbewegung zum Fluss hin, wo Reste eines Gartenstuhls zwischen zwei Sandbänken hindurchtrieben. Keinem bleibt seine Gestalt, sagte er, das hat

Ovid in seinen Metamorphosen vor zweitausend Jahren beschrieben.

Über Nicolettas Gesicht flog ein Lächeln. Ich bin nicht so gebildet, sagte sie, im Gymnasium hatte ich weder Griechisch noch Latein. Jedenfalls, die Idee Ihres Vaters, Xavier Sarno mit Pigmenten der Schildkröte seine Bilder malen zu lassen, war ein echter Geniestreich. Ich verstehe nicht viel von Malerei, mit dem Material der Skulptur hätten vermutlich Hunderte von Bildern gemalt werden können. Sarnos Œuvre ist verglichen mit dem eines Picasso klein. Weiß man, ob Reste der Skulptur existieren?

Rob nickte. Ich hab sie in einem Safe gefunden, sagte er, den Kopf und Teile des Panzers. Durch chemische Analysen hat man in einem Schweizer Labor einwandfrei feststellen können, dass die Pigmente von Sarnos Gemälden mit denen der Skulptur identisch sind.

Und jetzt hüten Sie die Reste wie ein Heiligtum?

Rob lächelte. Nein, sagte er, außerdem, die Reste befinden sich bei der Ermittlungsbehörde. Apropos Heiligtum – die Schildkröte war als ›Sonnenspiegel‹ für die ›Metathroniten‹ ein heiliger Gegenstand.

Heilig?

Ja, heilig. Eine seltsame Geschichte, nicht wahr?

Allerdings. Sie sprachen von einer Ermittlungsbehörde. Hat die Schildkröte etwas mit dem Tod Ihres Vaters zu tun?

Anscheinend ja.

Nicoletta lief eine Weile schweigend neben Rob. Ab und zu rief sie den Hund, kraulte seinen Rücken oder warf Tannenzapfen, die er apportierte. Verzeihen Sie, sagte sie plötzlich, ich bin schon wieder neugierig. Sie müssen nicht antworten. Glauben Sie an einen Gott? Ich meine, sind Sie gläubig?

Die Frage kam überraschend. Ich habe eine sehr persönliche Vorstellung von Gott, antwortete er endlich. Man könnte sie animistisch nennen. Ich war in einem katholischen Internat, es gibt dort zwei Möglichkeiten, entweder wird man ein gläubiger Mensch oder man macht sein Leben lang einen Bogen um jede Art von Credo. Darf ich eine Frage an Sie richten? Sind Sie ein gläubiger Mensch?

Nicoletta hob einen Tannenzapfen auf, warf ihn aber nicht, sondern ließ ihn von einer Hand in die andere gleiten. Ich habe im Geist die Glaubensernte überschlagen, die diese Welt mit sich schleppt, sagte sie leise, die lebendig im Sand der Wüsten Begrabenen, die Conquista, die Scheiterhaufen und endlosen Kriege, aber auch die wachsamen Augen der kleinen grauen reformierten Maus hinter den Fenstern des Nachbarhauses. Sie haben vorhin von der Liebe gesprochen, die uns glücklich zu machen vermag. Mein Gott wäre ein Gott der Liebe.

Nicoletta schwieg einen Augenblick, dann fuhr sie mit veränderter, beinahe schneidender Stimme fort, damit ein solcher Gott erhört werden kann, bedarf es einer neuen, einer besseren Menschheit. Wir sind taub für die wahre Liebe. Sie warf den Tannenzapfen in den Fluss und schaute ihm nach, wie die Strömung ihn fortriss. Lassen wir das, sagte sie mit einer müden Handbewegung, wir können uns ein anderes Mal darüber unterhalten.

Rob wollte fragen, wann sie begonnen hatte, so negativ über die Liebe zu denken. Ob Enttäuschungen der Grund dafür seien. Aber ihre Stimme hatte derart entschieden geklungen, dass er es ließ. Nicoletta war stehen geblieben und hatte auf eine rostbraune Nacktschnecke gedeutet, die ihre Schleimspur über den Weg zog.

Sehen Sie, sagte sie, haben Sie schon einmal Schnecken gegessen?

Schnecken, ja. Schnecken mit Gehäusen, mit Knoblauchbutter.

Nicoletta lächelte. Weinbergschnecken, natürlich, sagte sie, die kennt jeder. Diese hier, diese nackten Kriecher, sie sind eine Delikatesse, obwohl sie so eklig aussehen. Meine Mutter hat bei ihren Spaziergängen im Bosco di Trevere einen kleinen Salzstreuer dabei, sie isst die Schnecken so wie sie sind, roh.

Rob blickte auf die Frau, wie sie nach vorne gebeugt auf das Tier blickte, als würde eine Erinnerung sie in dieser Position verharren lassen. Haben Sie auch schon …, fragte er.

Ja, natürlich. Als Kind habe ich mich vor Schnecken geekelt, aber jetzt, Mutter hat recht. Sie sollten es einmal versuchen.

Rob überhörte die Aufforderung. Zu meiner Leibspeise werden Nacktschnecken bestimmt nicht, sagte er, bei allem Glitschigen vergeht mir der Appetit. Auch Austern zählen nicht zu meinen bevorzugten Gerichten. Während er sprach, hatte er sich vorgestellt, wie Nicoletta eine Schnecke zwischen ihren weißen Zähnen verschwinden ließ. Wie es wäre, sie danach zu küssen.

Da war wieder diese Wolke zwischen ihm und der Frau. Sie liefen schweigend nebeneinander her, bis sie zur Schwaiger Alm kamen. Rob empfand eine seltsame Trauer über seine Unfähigkeit, über manche Dinge hinwegsehen zu können und sich einfach mitreißen zu lassen. Während des Essens waren sie einsilbig, redeten über den Hund oder die Qualität italienischer Weine. Robs Empfindung schwankte zwischen Faszination und etwas, das ihn verwirrte, weil es ihm fremd war.

Den Rückweg legten sie die meiste Zeit schweigend zurück. Völlig überrascht war Rob, als Nicoletta ihm im Auto plötzlich die Hand auf den Mund legte und sagte: vite, engorge-moi, von der Begierde zum Überdruss ... Das sollten wir beide uns doch besser ersparen.

Die Verwirrung hielt an, als Rob Stunden später in seiner Wohnung am Küchentisch saß, unfähig das Blatt zu beschreiben, das vor ihm lag. Eigentlich hatte er eine Liste der Dinge aufstellen wollen, die er für seine Reise nach Indien benötigen würde. Er dachte an Nicoletta. Wie hatte sie ihre Worte gemeint? Von der Begierde zum Überdruss – hatte sie ihn in ihrer Fantasie bereits erschöpft? Sie hatte es mit einer solchen Müdigkeit, solchen Demut gesagt, wer hätte die Kraft aufgebracht, sich nicht in sie zu verlieben? Warum hatte sie französisch gesprochen?

Rob ging zum Telefon und wählte Nicolettas Nummer. Er ließ es lang läuten.

XXVII

Rhomberg war mit der Morgenmaschine nach Zürich geflogen. Er hatte sich auf Flughäfen nie wohlgefühlt, durch die regelmäßigen Flüge nach Reykjavik sich jedoch allmählich daran gewöhnt; Island war für ihn nur durch die Luft erreichbar, später, nach der Pensionierung, würde er auf der ›MS Lia Star‹ reisen, einem Frachtschiff, das die Insel im Nordmeer von Hamburg aus anlief.

Jetzt saß er in der ›Bodega Española‹ mit fremden Männern an einem Tisch und aß Tapas – Tintenfisch und eingelegte Sardinen, Pata-negra, Schinken von mit Eicheln gefütterten Schweinen – und trank schwarzen Rioja. Er hatte den Tipp von einem Schweizer Kollegen bekommen, mit dem er vor Jahren in einem Entführungsfall zusammengearbeitet hatte. Er wunderte sich, dass es in der Zwinglistadt ein solches Restaurant gab, obwohl früh, herrschte ausgelassene Stimmung, die Gäste, einige schienen Künstler zu sein, lachten viel und versuchten, Rhomberg am Gespräch zu beteiligen. Der verstand sie kaum, lachte aber trotzdem mit. Der Raum war seit mehr als hundert Jahren nicht verändert worden, rauchgeschwärzte Paneele, blankgewetzte Holztische, der Fußboden wies tiefe Spurrillen von abertausenden Schuhsohlen auf. Die Atmosphäre passte zu einem Antiquitätengeschäft im Niederdorf, in dem Rhomberg nach seiner Ankunft eine Stunde vertrödelt hatte, zögernd, ob er einen wahren Palast von Vogelkäfig für seine ›Unzertrennlichen‹ kaufen sollte; er hatte dieses antike Wunder aus Bambustürmchen und Erkerchen schließlich doch erworben, nachdem der Besitzer ihm einen Rabatt eingeräumt und versichert hatte, den Käfig nach München zu liefern. Später einmal sollte dieses Prachtstück die Wohnküche seines Häuschens in Reykjavik zieren.

Rhomberg aß mit Appetit wie schon lang nicht mehr. Er ließ sich Zeit, wischte die Schälchen mit Brot aus, bestellte noch eine Portion Sardinen. Er wusste, was vor ihm lag, würde kein Spaziergang werden; er musste sich auf einem Terrain bewegen, das ihm fremd war. Nachdem er Kaffee bestellt hatte, zog er einen schmalen Ordner aus der Tasche und legte ihn auf den Tisch. Der Deckel trug die ovalen Stempel des Bundeskriminalamtes.

Nach einem langen Telefongespräch mit Walkobinger hatte Rhomberg seine Zürichreise um drei Tage verschoben. Was er von Walkobinger erfahren hatte, konnte der Staatsanwaltschaft nicht länger verheimlicht werden. Polizeipräsident Schreiber hatte die toxikologische Abteilung des BKA informiert und Rhomberg war einen Tag lang in Berlin mit Sachverständigen beschäftigt gewesen. Die Leiterin der Abteilung galt als Koryphäe auf dem Gebiet der forensischen Entomotoxikologie, der Untersuchung von Leicheninsekten auf Giftstoffe, die Hinweise auf eine Todesursache liefern können. Frau Doktor Guttner war ganz in ihrem Element, als sie Rhomberg einen über zwei Stunden dauernden Vortrag hielt, eifrig und, wie es ihm vorkam, auch ein wenig hysterisch; manchmal ließ sie die hohe Luft in ihrer imposanten Brust absinken, nach einer Stunde war sie so kurzatmig geworden, dass sie nicht mehr in Sätzen, sondern nur noch Wort für

Wort in ihren Ausführungen weiterkam. Was Frau Guttner in vierundzwanzig Stunden zusammengestellt hatte, lag nun in einem neunseitigen Bericht vor ihm. Es war, wie Schreiber in seiner umständlichen Art gesagt hatte, ›wenngleich fantastisch anmutend, so doch beängstigend ernst zu nehmen‹. Jedenfalls war es, bis man Genaueres wissen würde, streng vertraulich zu behandeln.

Was Hüsch aufgrund von Mathias Gruens Theorie angedeutet hatte, war nun durch Experten des toxikologischen Instituts mit Fakten belegt – rein theoretisch als eine von vorhandenen Untersuchungen abgeleitete Möglichkeit. Der Bericht berief sich unter anderen auf die Forschungsarbeit von Professor Sonnenschein, der nachgewiesen hatte, dass hormonaktive Substanzen wie Phtalate zur Infertilität des Mannes führen können. Eine über fünfzig Jahre andauernde Studie in Paris hatte gezeigt, dass die Zeugungskraft der Männer in diesem Zeitraum um fünfzig Prozent gesunken war. Studien in Spanien und den USA hatten gezeigt, dass kleinste Mengen von Pestiziden wie Dünge- oder Pflanzenschutzmittel oder auch Rückstände der ›Pille‹ im Urin in Abwässern die Zeugungsfähigkeit bei Tieren verändern und zu Anomalien führen können. Im Bericht war die Rede von Veränderungen der anogenitalen Distanz, der Spanne zwischen Anus und Hoden; Missbildungen bei Fröschen, zwei Köpfe, oder fortpflanzungsunfähige Jungtiere bei Alligatoren in Florida, tote Eier, Blindheit oder Verlust des Geruchssinns und so fort, drei Seiten lang. Beim Menschen wurde außer Infertilität die Möglichkeit von Hodenhochstand und Hodenkrebs erwähnt. Das Fatale war, der Bericht zeigte, kaum ein Bereich des täglichen Lebens, von der Gesichtscreme bis zum Haarfärbemittel, von der Plastikflasche für Babynahrung bis zum Brillengestell blieb von Mikrospuren hormonaktiver Substanzen verschont.

Bei vielen Produkten war Wasser in irgendeiner Form beim Herstellungsprozess oder bei der Verwertung beteiligt. Die aufgelisteten Beispiele zeigten die schleichende Streuwirkung von chemischen Stoffen auf das Alltagsleben in drastischer Weise. Was, wenn es den ›Metathroniten‹ gelingen oder bereits gelungen sein sollte, eine chemische Formel zu finden, die unter Einbindung von Aluminiumsilikat und Schwefel die seit Jahren in Gang befindlichen Prozesse durch kontaminiertes Wasser nicht nur zu beschleunigen, sondern unbemerkt zu verstärken imstande wäre?

Das Horrorszenarium eines kleinen Polizeibeamten und Laien, gewiss, dessen war Rhomberg sich durchaus bewusst. Aber selbst die Experten hatten, kopfschüttelnd zwar, eine solche Möglichkeit nicht in Bausch und Bogen verworfen, sondern sie im Lauf des Gesprächs in Erwägung gezogen. Das zeigte die Anweisung, Kopien sämtlicher den Fall Wallburk betreffenden Akten ans BKA zu überstellen. Man würde einen von der Münchner Kripo unabhängigen Ermittler einsetzen, zu dem Rhomberg kaum Kontakt halten könnte. Das Schlimme war, Rhomberg wusste alle Fragen, ob es in dem sich metastasenhaft ausweitenden Fall wenigstens einen Verdacht gäbe, stets nur mit ›Nein‹ zu beantworten. Seinen Verdacht, eigentlich mehr eine Ahnung, hatte er den Kollegen verschwiegen. Was konnte das BKA mit einer ›Ahnung‹ schon anfangen?

Rhomberg klappte den Ordner zu und winkte dem Kellner, um zu bezahlen. Das Angebot seiner Tischgefährten, an einer Runde ›Kirsch‹ teilzunehmen, lehnte er lächelnd ab. In Gedanken war er noch immer im Sitzungszimmer der toxikologischen Abteilung des BKA in Berlin. Besonders der Bericht des Instituts in Paris hatte ihn nachdenklich gestimmt: ›In fünfzig Jahren ein Rückgang der Zeugungskraft von männlichen Probanden um fünfzig Prozent‹ – war das Unmögliche denkbar, dass die ›Metathroniten‹ ihren Vernichtungsplan vor Jahrzehnten bereits in die Tat umgesetzt hatten? So viel ging aus den Unterlagen von Frau Doktor Guttner hervor: In westlichen Gesellschaften nahm die Fertilität ab und die Überalterung nahm zu. ›Die Qualität der Spermien verschlechtere sich nach übereinstimmender Ansicht namhafter Wissenschafter seit zwei Jahrzehnten in besorgniserregender Weise‹, so lautete der Schlusssatz des Zwischenberichts.

Es war kurz nach halb zwei, als Rhomberg die ›Bodega Española‹ verließ und Richtung Kirchgasse am Großmünster vorbeilief. Er warf einen Blick ins Schaufenster des Antiquitätengeschäfts, in dem er vor ein paar Stunden den Vogelkäfig gekauft hatte und wunderte sich über den Entschluss, der seine finanziellen Mittel eigentlich weit überstieg. Wie meistens, wenn eine Situation ins Irrationale abzugleiten drohte, dachte er an seine Vögel. Rhomberg zog den Stadtplan aus der Tasche. Es war weiter bis zum Geisbergweg, als er gedacht hatte. Um zwei war er mit Oskar Walkobinger verabredet, er wollte den alten Mann nicht unnötig warten lassen.

Rhomberg überlegte, ob er ein Taxi nehmen oder zu Fuß gehen sollte und entschied sich für den Fußmarsch. Wenn er flott ging, könnte er es gerade noch schaffen. Seine Kondition war nicht mehr die beste; als er an der Universität und kurz danach am Kantonsspital vorbeilief musste er plötzlich stehen bleiben, um zu verschnaufen. Sein Puls raste. Ich sollte wieder mit dem Rad ins Präsidium fahren, dachte er und setzte sich langsam in Bewegung. Er erinnerte sich der Worte seiner Christiane, als er wieder einmal vom Frühstückstisch aufgesprungen und zur Tür geeilt war: ›Du lässt Dich von Deinem Beruf noch zu Tode hetzen …‹ Seine Antwort war die eines jungen Karrieristen gewesen, ach komm, reg Dich nicht auf, es macht mir nichts, ich brauch den Stress. Die Antwort hatte er nur noch durch die fast geschlossene Tür vernommen, ›welche Art von Streicheln hast Du lieber, Stephan, schnell oder langsam?‹

Rhomberg achtete auf seine Schritte und vermied auf die Uhr zu schauen. Die Gedanken kehrten zu Wallburk zurück. Seine Ahnung hatte sich bewahrheitet, parallel zum Fall verliefen Nebenhandlungen, die nicht nur in die Vergangenheit reichten, sondern weit in die Zukunft; allerdings war er überzeugt, dass es sich um ein gewöhnliches Verbrechen handelte und Habgier, Hass und Verblendung dabei eine entscheidende Rolle spielten. Vermutlich gab es verschiedene Tätergruppen, die zu einer auseinanderstrebenden Einheit gehörten. Der einen Gruppe ging es um Macht im materiellen Sinn, der anderen um eine Ideologie. Brandgefährlich waren sie beide.

Um zwei war er am Geisbergweg und drückte den Messingknopf neben Walkobingers Haustür. Der herzliche Empfang, den der alte Herr ihm bereitete, überraschte ihn. Nach allem, was er von Robert Wallburk wusste, hatte er eher mit einer frostigen Begegnung gerechnet. Kommen Sie rein … ich hoffe Sie mögen Tee, es gibt selbstgebackenen Apfelstrudel. Lächelnd hatte Walkobinger, während er die Tür hinter sich abschloss, hinzugefügt, ich bin nicht ganz so tapfer, ein Mitarbeiter hat den Strudel gebacken.

Sie setzten sich an den Giacometti-Tisch vor dem Kamin. Ein jüngerer Mann mit rotblondem Haarschopf stellte Meißener Geschirr vor sie hin. Mit seinem langen Hals und den hoch am Schädel ansetzenden rundlichen Ohren erinnerte er

Rhomberg an eine Hyäne. Bevor er den Raum verließ warf er einen besorgten Blick auf den Hausherrn.

Nun, begann Walkobinger, wie haben Sie die Zeit seit Ihrer Ankunft in Zürich verbracht?

Ich hatte ein Gespräch mit den Kollegen vom Morddezernat, antwortete Rhomberg, dann war ich in der Altstadt. Ich habe einen ... er zögerte, ich habe einen Vogelkäfig gekauft. Eine Rarität aus dem neunzehnten Jahrhundert. Er ärgerte sich, dass ihm nichts Besseres eingefallen war als der Kauf des Vogelkäfigs.

Sie haben Vögel zu Haus?

›Fischers Unzertrennliche‹, in meinem Büro.

Ein Vogelkäfig. Walkobinger schüttelte lächelnd den Kopf, ein Käfig ist und bleibt ein Käfig, sagte er, so schön er auch sein mag.

Sie schwiegen, während der blonde Mann den Tee eingoss und den Strudel in Stücke schnitt. Einige Ihrer Fragen habe ich bei unserem Telefongespräch zu beantworten versucht, begann Walkobinger wieder zu reden. Ja, ich bin überzeugt, die ›Metathroniten‹ existieren nicht nur, sie sind auch auf Gebieten aktiv, die mit ihrer religiösen Überzeugung wenig zu tun haben.

Welche Gebiete sind das?

Die Liste ist lang, Herr Rhomberg. Wirtschaft, Politik, Umwelt, Wissenschaft. Vor allem die Wissenschaft. Allerdings, die Zielrichtung ihrer Aktivitäten scheint nun eine entgegengesetzte zu sein, dem orthodoxen Kern geht es nicht um materiellen Gewinn, es geht um dessen Zerstörung. Es geht um die Vernichtung der menschlichen Existenz in ihrer jetzigen Form. Denken Sie an das, was ich Ihnen über die Arbeit von Mathias Gruen gesagt habe.

Darauf komme ich später. Es gibt anscheinend verschiedene Ansätze, die Absichten der ›Metathroniten‹ zu erklären. Einige meiner Kollegen beim BKA sind nach wie vor der Auffassung, dass es sich um ein Hirngespinst handelt. Wenn es so ist, wie Sie sagen, was treibt diese Leute an, Menschen zu töten und darauf hinzuarbeiten, dass unsere Spezies ausstirbt?

Walkobinger trank in kleinen Schlucken seinen Tee. Er schob Rhomberg einen Teller hin, nehmen Sie, sagte er, der Strudel ist ausgezeichnet. Zu Ihrer Frage, ich will versuchen, Ihnen diese aus der Antike hervorgegangene Form von Bruderschaften zu erklären. Am besten nehmen wir ein Beispiel aus der Gründerzeit des Christentums. Sicher haben Sie sich diese Frage schon einmal gestellt: Wie und warum ist es Menschen wie Johannes dem Täufer oder Jesus gelungen, eine blindgläubige Gefolgschaft um sich zu scharen? Nun, weil sie in einer Zeit der Knechtschaft und Unterdrückung durch eine Besatzungsmacht lebten. Ein Großteil der Bevölkerung war jung, verarmt und arbeitslos. Die Menschen sehnten sich nach Veränderung, sie sehnten sich nach Freiheit, obwohl, die Klügeren unter ihnen wussten, dass es Freiheit nicht gibt. Sie wussten, dass Religion und Dogma nur eine andere Art von Knechtschaft darstellen.

Damit eine ›neue‹ Welt entstehen könne, müsse die ›alte‹ verschwinden, das war die radikale Verkündigung. Aber paradoxerweise führte gerade sie zur Gründung einer neuen Religion. Johannes versprach seinen Anhängern, durch die Taufe würden sie ein Teil derer, die den Untergang überleben. Auserwählte seien sie, die Baumeister des ›neuen‹ Reiches. Jesus hatte sich von Johannes taufen lassen, auch er glaubte, die ›alte Welt‹ müsse untergehen, um Raum zu schaffen für das ›neue‹ Reich Gottes. Aus diesem Gedankengut ist der Orden entstanden. Im Lauf der Zeit wurde das Gotteswort Fleisch, jetzt hat es angefangen zu bluten.

Rhomberg schwieg einen Moment. Gut, sagte er, das ist ein Gebiet, auf dem ich meine komplette Unkenntnis bekennen muss. Ich bin überzeugt, dass den Menschen nichts so sehr zum Glauben bringt wie die Angst. Die Gewissheit, bedroht zu sein. Die Angst ist das Pulver und der Hass die Lunte. Aber ich denke, das würde jetzt zu weit führen. Für mich sind zwei Fragen entscheidend: Können Sie dazu beitragen, die Mörder Henry Wallburks zu finden und: Wie viel ist wahr an dem, was Mathias Gruen über die Ziele der ›Metathroniten‹ entdeckt zu haben glaubte?

Er zog den Bericht des BKA aus der Tasche und schob ihn über den Tisch. Mit dem, was Robert Wallburk mir über das Gespräch mit Ihnen erzählt hat, habe ich eine Lawine losgetreten, fuhr er fort, jetzt befasst sich das Bundeskriminalamt mit dem Fall. Man hält Gruens Theorie zwar für fantastisch, über deren Ausführbarkeit wird jetzt aber immerhin nachgedacht. Rhomberg deutete auf den Ordner. Das hier, sagte er, das sind Beispiele, wie leicht es ist, durch kontaminierte Substanzen Einfluss auf das Leben von Menschen zu nehmen.

Walkobinger zog den Ordner zu sich heran. Er feuchtete den Zeigefinger beim Umblättern an, las manche Seiten zweimal, blickte ab und zu vom Text auf und schaute mit abwesendem Blick an Rhomberg vorbei in den Garten.

Das alles hat mit Gruens Theorie nur am Rande zu tun, sagte er so plötzlich, dass Rhomberg aufschreckte. Gruen geht mit dem, was Swedenborgs Hinweis auf Sar-e-Sang in den Köpfen der ›Metathroniten‹ ausgelöst hat, weit über die Beispiele im Bericht des BKA hinaus. Die chemische Verbindung, die sich vermutlich auch in Henry Wallburks ›Sonnenspiegel‹ finden lässt, war nur die Geburtshelferin für das, was der Orden unter dem harmlosen Kürzel ›G-H$_2$O-S‹ im Sinn hat. Es bedeutet ›Global-H$_2$O-Solution‹.

Walkobinger lehnte sich zurück und schloss einen Moment die Augen. Rhomberg zögerte, eine Frage zu stellen. Es war ein Zögern, in dem sich das Bewusstsein einer gewissen Vertrautheit und Nähe verriet, die sich überraschend schnell ergeben hatte. Er musste dem jungen Wallburk recht geben, Walkobinger strahlte eine schwer fassbare Souveränität und Echtheit aus, man glaubte ihm.

Das Projekt ›G-H$_2$O-S‹ befindet sich gegenwärtig im Stadium der Entwicklung, fuhr Walkobinger fort. Die ›Wavrick-Laboratories‹ in São Paulo, eine Tochter des deutschen Chemie-Konzerns Bayer, arbeiten in aller Öffentlichkeit an einem Produkt, das der Rattenplage in den Favelas und Slums der Dritte-Welt-Länder ein Ende bereiten könnte. Die Tiere sollen durch Flüssigkeiten, die über Müllhalden und andere von Ratten bevorzugte Orte versprüht werden, unfruchtbar gemacht werden. Infertilität der Spermien, vergleichbar mit der Wirkung von Antrazin, nur ungleich stärker. Im Grund ein wünschenswertes Projekt, für dessen Entwicklung die Firma vom Staat sogar Zuschüsse erhält. Die an der Forschungsarbeit beteiligten Wissenschaftler wissen vermutlich nichts von den wahren Absichten der Auftraggeber; die sitzen im Schatten des Ordens irgendwo auf der Welt. Eine der mit dem Auftrag betrauten Chemikerinnen, Ivonne Hildesheim, hatte im Frühjahr Lunte gerochen und auf die immensen Gefahren der Experimente für den Menschen aufmerksam gemacht. Frau Hildesheim wurde zwei Wochen vor Gruens Tod am Strand von Trancoso in Bahia gefunden, erdrosselt.

Walkobinger legte die Fingerspitzen seiner Hände aneinander und blickte eine Weile schweigend darauf, als wollte er die Haltbarkeit dieser Konstruktion prüfen. Ich glaube nicht, dass die ›Metathroniten‹ sich bereits im Besitz eines geeigneten Stoffes befinden, fuhr er fort, noch nicht, aber sie könnten kurz vor ihrem Ziel stehen. Nun zur ersten Ihrer Fragen, Herr Rhomberg: wer den Auftrag erteilte, Wallburk zu töten. Sie sind Ermittlungsbeamter, Ihre Aufgabe besteht darin, Menschen zu befragen, um die Wahrheit zu finden. Sie müssen fragen, von wem ich meine Informationen erhalte. Aber mehr als das, was ich Ihnen über diesen Tisch hinweg anvertraue, werde ich aus Gründen, über die ich nicht sprechen kann und nicht sprechen will, auch nicht verraten. Ich möchte Sie bitten, das zu respektieren.

Er griff nach einem Umschlag, der von Zinnäpfeln beschwert auf dem Tisch lag. Rhomberg hatte Walkobinger beobachtet, während er sprach. Ein Altmännergesicht, in dessen Furchen die Geheimnisse einer anderen besonderen Welt verborgen lagen. Selbst wenn er wollte, von diesem Mann würde er nie mehr erfahren, als gerade das, was dieser sagen wollte. Hier bliebe jede Drohung, jede Berufung auf ein Gesetz ohne Wirkung.

Es ist uns gelungen, Kopien von einem Teil der Forschungsarbeit Gruens zu beschaffen, fuhr Walkobinger fort. Wenn zutrifft, was Gruen geschrieben hat, dürfte es sich um einen der größten Kriminalfälle der jüngeren Geschichte handeln. Und einen der gefährlichsten. Wenn dieses Material in die Hände internationaler Ermittlungsbehörden gelangt, kann es bei raschem Handeln ein Ende der ›Metathroniten‹ bedeuten.

Sie sagten: ›uns ist es gelungen …‹ Wem noch, außer Ihnen?

Walkobinger hob die Schultern ein wenig. Ja, sagte er, es ist uns gelungen. Er schubste den Umschlag mit dem kleinen

Finger zur Mitte des Tisches. Ich bitte Sie, dieses Kuvert noch verschlossen zu halten, fügte er leise hinzu, Sie können es öffnen, wenn innerhalb der nächsten achtundvierzig Stunden ein Mensch aus dem Umkreis Henry Wallburks verschwinden oder eines überraschenden Todes sterben sollte. Tritt dieser Fall nicht ein, vernichten Sie den Umschlag, ungeöffnet. Dann hat Gruen sich geirrt; für das Legen falscher Fährten sind die ›Metathroniten‹ bekannt. Ich möchte nicht, dass unschuldige Menschen in Verdacht geraten. Wenn jedoch eintritt, was ich vermute, werden Sie in dem Umschlag die Namen der Ordensspitzen finden, ihre Strukturen und Kanäle weltweit, bis hinab zur Basis der Pyramide.

Rhomberg zog den Umschlag langsam zu sich heran. Ich verstehe den Mechanismus Ihres Vorgehens nicht ganz, sagte er. Wodurch sollte solch ein Ereignis ausgelöst werden?

Sie sprachen vorhin von Angst. Sie ist Lunte und Pulver zugleich, Herr Rhomberg. Durch Angst gerät selbst der besonnenste Mensch mitunter in Panik, zumal, wenn sein Leben, seine Identität, sein Rang oder sein Glaube bedroht sind. Dann ist das ganze Leben nur noch ein brennendes Streichholz. Mehr kann ich im Moment nicht dazu sagen.

Sie meinen, durch Drohungen könnte sich ein Mitglied der ›Metathroniten‹ gezwungen sehen, im Untergrund zu verschwinden oder Selbstmord zu begehen?

Walkobinger hob wieder die Schultern. Die Antwort muss ich Ihrer Fantasie überlassen, Herr Rhomberg, sagte er in fast schroffem Ton.

Es hatte keinen Sinn, weiter zu insistieren. Die Regeln der ›Metathroniten‹ fordern Geheimhaltung, wechselte Rhomberg das Thema, der junge Wallburk sprach von chiffrierten Namen und Botschaften?

Durchaus richtig. Es wird anscheinend der Text ›Einteilung der Welt‹ des Skotus Erigena als Code-Buch verwendet, das gilt für die Namen. Es gibt andere Methoden. Mathias Gruen hat mit amerikanischen Dechiffrier-Experten gearbeitet. Richard Blix und Ron Zystein, ehemalige Kollegen, sie sind später zu einer Spezialabteilung des FBI versetzt worden. Sie versuchten es mit modernsten Methoden, herkömmliche Modelle wie Hitlers ›Enigma‹ wurden dabei ebenso herangezogen wie das ›System Königsberg‹ des ostdeutschen Staatssicherheitsdienstes.

Man nahm schließlich an, dass für chiffrierte Nachrichten Einmalcodes verwendet wurden, die kein Computer knacken konnte. Wie hoch entwickelt der zum Entschlüsseln von Codes verwendete Computer auch sein mochte, er war auf Zeichenmuster und Wiederholungen angewiesen. Die Benutzung eines Einmalcodes für jedes Wort einer kurzen Nachricht schloss Zeichenmuster und Wiederholungen aus. Aber wie so oft, eine altmodische und höchst simple Methode erwies sich als Treffer. Sagt Ihnen der Begriff ›Rebus‹ etwas?

Clausula rebus sic stantibus … Rhomberg schüttelte den Kopf. Lang ist es her, sagte er, ich erinnere mich, in den Sechzigerjahren gab es den Fall eines Lateinlehrers in Aachen, der sieben Frauen umgebracht und die Polizei durch ›Rebusse‹ an der Nase herumgeführt hatte. Bedienen sich die ›Metathroniten‹ etwa des ›Rebus‹ als Code?

Einer Variante. Sie sprechen Französisch?

Rhomberg wiegte den Kopf. Schulfranzösisch, sagte er, es ist ziemlich bescheiden. Warum fragen Sie?

Walkobinger hatte das Kuvert wieder zu sich herangezogen und, während er sprach, angefangen zu schreiben. Sehen Sie, sagte er, ein einfaches Beispiel, eine Wortspielerei, der Briefwechsel in Rebusform von Friederich dem Großen mit Voltaire. Die Einladung an seinen Gast hatte der König folgendermaßen verschlüsselt ... Walkobinger deutete auf den Umschlag, wo Rhomberg jetzt eine Art Formel erblickte.

$$\frac{P}{..} \; a \; \frac{6}{100}$$

Wissen Sie, was das bedeutet, fragte er, ›Deux mains sous P – a – cent sous six‹?

Rhomberg schüttelte den Kopf. Erstens mein Französisch, sagte er, und dann ... Nein. Keine Ahnung.

Ein schwaches Lächeln zog über Walkobingers Gesicht. In Klarschrift heißt es: ›Demain souper à Sanssouci.‹ Voltaire hatte geantwortet: ›G a, G grand, a petit – J'ai grand appétit.‹ Verstehen Sie jetzt? Raffiniert einfach und doch schwer zu durchschauen. Er deutete auf den Umschlag, hier, sagte er, nehmen Sie das an sich und beherzigen Sie, was ich Ihnen gesagt habe.

Walkobinger wirkte plötzlich erschöpft. Auf seiner Oberlippe hatten sich Schweißperlen gebildet; die linke Hand zitterte stark, er bedeckte sie mit der rechten und drückte sie auf den Tisch. Wie auf einen geheimen Befehl tauchte der Blonde hinter ihm auf und brachte den Stock.

Sie standen zur gleichen Zeit auf. Eine Frage, sagte Rhomberg, während er den Umschlag in die Tasche seines Mantels steckte, was hat Sie veranlasst, der Polizei bei den Ermittlungen zu helfen?

Walkobinger ging mit kleinen Schritten voraus zur Tür. Warum ich Ihnen helfe, sagte er, damit nicht irgendwann mit mir dasselbe geschieht wie mit Henry Wallburk.

XXVIII

Rhomberg fuhr mit der Straßenbahn bis zum Bellevue. In der Tasche seines Mantels tasteten die Finger über das Kuvert, das Walkobinger ihm gegeben hatte. Sollte er es entgegen seinem Versprechen öffnen, wie es die Pflicht eines Polizeibeamten forderte? Ein Gefühl sagte ihm, dass sich etwas, von dem er nicht wusste, was es war, zu seinen Ungunsten entwickeln würde, wenn er das Versprechen nicht hielte. Als er das Haus von Walkobinger verlassen hatte, war er sich ein paar Sekunden vorgekommen, als käme er von einem anderen Stern. Für ihn war die Begegnung mit einem Mann, der in seiner Vorstellung den Begriff ›Ganzheit‹ verkörperte, eine neue Erfahrung gewesen. Er war sich bewusst, dass er sich von der Persönlichkeit des alten Mannes sosehr hatte vereinnahmen lassen, dass er seine elementarsten Pflichten vergaß.

Er hatte noch zwei Stunden Zeit, bis er einen Kollegen von Europol treffen würde; Jean Mettler war einer der wenigen Beamten der internationalen Fahndungsbehörde, die Rhomberg wegen ihrer Kompetenz und Bescheidenheit schätzte. Von Mettler hieß es, er schlafe so schnell wie er arbeite. Und das war schnell. Die meisten Kollegen hatten vor ihm Angst. Wohin Mettler auch kam, stellte er in nächtelangen Sitzungen Dinge klar, überprüfte Ereignisse zum hundertsten Mal, mobilisierte Hilfe, überredete und traktierte Leute mit Halbwahrheiten und Tarngeschichten, überrollte die Zögernden mit seiner rastlosen Energie. Auch Mettler gegenüber würde Rhomberg sich über das, was er mit Walkobinger gesprochen hatte, kaum mehr als in vagen Andeutungen äußern. Er sah das Asketengesicht Mettlers vor sich, wie der ihn über den Rand seiner Brille betrachten und in seinem französisch gefärbten Deutsch sagen würde, aber, aber, Stephan, gehören Sie auch zum erlauchten Kreis der esoterisch Verseuchten ...

Langsam ging er am Café ›Felix‹ vorbei über die Brücke zum Landungssteg der Zürichsee-Schiffe und setzte sich auf eine Bank. Es war warm geworden, die Sonne kam immer wieder zwischen Kumuliwolken hervor. Rhomberg verspürte Hunger und zog ein Butterbrot mit Pressack aus der Aktentasche. Er liebte sauren fränkischen Pressack und aß ihn oft bei einem späten Frühstück im Büro – eine Angewohnheit, die er Christiane verdankte, sie hatte ihm jeden Morgen Butterbrote mit Leberwurst und Pressack in die Tasche gesteckt.

Der See reflektierte die Sonne und blendete ihn. Er hob eine Hand schützend über die Augen. Jetzt sah er die Schwärme steil aufliegender Möwen, ihr Gefieder glitzerte wie Konfetti, wenn die Vögel ihre Schwingen dem Licht zuwandten.

Er dachte an die ›Unzertrennlichen‹, während er Stücke von der Brotrinde abriss und den Schwänen zuwarf. Ob Linda Bechtle die Vögel füttern und daran denken würde, frisches Wasser nachzufüllen? Für ein paar Augenblicke vergaß er alles, was er an diesem Tag erfahren hatte. Der See schien sich bis zu den Schneebergen in der Ferne zu erstrecken. Rhomberg verspürte Heimweh nach seinem Häuschen auf Island, dem Garten mit Erikasträuchern und Birken.

Dort stieß sein Blick an keine Berge, unter ihm lagen die bemoosten Klippen und so weit das Auge reichte war Wasser, das dunkle geheimnisvolle blaue, sich stets in Bewegung befindende Wasser des Nordmeers. Wie lange würde der Fall Wallburk ihn noch davon abhalten, an Bord der ›Lia Star‹ nach Island zu reisen?

Rhomberg aß den Rest des Butterbrots und fing an, das Pergamentpapier sorgsam zu falten. Er hasste diese spießbürgerliche Ordnungsliebe, die seine Mutter ihm eingetrichtert hatte; sie war ihm so in Fleisch und Blut übergegangen, dass er nichts wegwerfen konnte, was vielleicht irgendwann einmal noch zu gebrauchen sein würde. Seine Gedanken kehrten zu Walkobinger zurück; er dachte an dessen Worte bei ihrem ersten Telefongespräch: ›Ach, Herr Rhomberg, es gibt auf unserem Lebensweg nichts, das wir im Grund nicht schon wüssten, bevor wir ihn beschreiten. Man lernt nichts Wichtiges im Leben, man erinnert sich nur.‹

Was wusste er, das er nicht wahrnahm und dessen er sich nur zu erinnern bräuchte? Wen konnte Walkobinger gemeint haben, als er von einer Person sprach, die verschwinden oder eines unnatürlichen Todes sterben könnte? Und was verstand Walkobinger unter dem Begriff ›Umfeld‹? Weit gefasst, handelte es sich bei den Personen, mit denen der Galerist in den letzten zehn Jahren seines Lebens zu tun gehabt hatte, um mehrere Hundert. Rhomberg griff in die Tasche und strich mit den Fingerspitzen über den Umschlag. Reiß dich zusammen ... das war das einzige, was er ein paar Augenblicke lang denken konnte. Dann kehrte die Klarheit zurück. Ein ›überraschender‹ Tod – hatte Walkobinger nicht an Selbstmord, sondern an einen gewaltsamen Tod gedacht? Kalte Unruhe befiel ihn. War Robert Wallburk in Gefahr?

Er nahm das Handy aus der Jackentasche. Einen Moment zögerte er, bevor er die Nummer des Präsidiums wählte und sich mit Kommissar Ebner verbinden ließ; Karl Ebner war sein Vertreter bei der Mordkommission I, er galt als ein erfahrener Beamter, der mit seiner bedächtigen Hartnäckigkeit schon die aussichtslosesten Fälle gelöst hatte. Auch Ebner gegenüber würde er das verschlossene Kuvert besser nicht erwähnen.

Bist ein feiner Pinkel, sagte Ebner, sitzt am Zürichsee und fütterst Schwäne. Hast Du bei Sprüngli schon Truffes gekauft?

Ich bring Dir welche mit, antwortete Rhomberg ungeduldig. Ist alles in Ordnung, ich meine, ist etwas Besonderes passiert, seit ich weg bin? Wo steckt der junge Wallburk?

Nichts ist in Ordnung, Stephan, wie immer, aber es ist auch nichts passiert. Wallburk ist unterwegs nach Indien, unsere Leute haben ihn nicht aus den Augen gelassen, bis er im Flugzeug saß.

Er wollte nach Kerala, nach Cochin. Wer wird sich dort um ihn kümmern?

Keine Sorge, Stephan. Ich habe mit Colonel Sathypal Kontakt aufgenommen. Er ist stellvertretender Chef des Crime Departement Cochin. Ein zuverlässiger Mann. Wir haben bei einem Fall von Terrorverdacht mit ihm zusammengearbeitet. Er kümmert sich um Wallburks Schutz.

Gab es Schwierigkeiten mit dem Staatsanwalt?

Anfangs ja. Aber dann konnte ich dem Herrn klarmachen, dass wir Wallburk als Köder benutzen. Jetzt ist alles o. k.

Was den Verbleib der Sarno-Gemälde betrifft, gibt es Nachricht vom Reedereiverband? Ich habe die Bechtle gebeten, in London nachzufragen.

Nichts Neues. Die ›Aurora‹ ist wieder aufgetaucht. Sie ist als ›MS Karneval‹ unter Panamesischer Flagge vor der Namibischen Küste in Brand geraten und gesunken. Sie hatte eine

Ladung Autoreifen für Nutzfahrzeuge an Bord. Riecht nach Versicherungsbetrug.

Wer sind die neuen Besitzer?

Eine Reederei in Durban.

Frag nach, von wem das Schiff erworben wurde.

Klar.

Was Neues vom Bond-Test in Wallburks Villa?

Wir haben Fingerabdrücke von zwei männlichen Personen. Fragt sich nur, zu wem sie gehören.

Sehr gut. Das finden wir raus.

Sonst noch was?

Das war's, Karl. Rhomberg schaltete das Handy ab und stand auf. Er warf einen letzten Blick über den See. Die Sonne war hinter Wolken verschwunden, das Wasser war grau, Wind war aufgekommen und hatte die Oberfläche mit einem Frösteln überzogen. Er war gerade dabei, den Bürkliplatz Richtung Bahnhofstraße zu überqueren, als das Telefon in seiner Jackentasche zu vibrieren begann.

Hab was vergessen, sagte Ebner. Wahrscheinlich ist es für den Fall Wallburk nicht von Bedeutung. Weinberg hat sich heute Morgen umgebracht.

Doktor Weinberg?

Jawohl, der Anwalt. Er hat sich in seiner Kanzlei erschossen. Kollege Brenner war dort, es scheint sich um Selbstmord zu handeln. Brenner schließt Fremdeinwirkung vorderhand aus.

Gibt es ein Abschiedsschreiben?

Nicht, dass ich wüsste. Ich werde mich erkundigen. Denkst Du, der Selbstmord könnte mit Wallburk in Zusammenhang stehen?

Vielleicht, Karl. Nein, ich bin sogar sicher. Ich rufe gleich wieder an.

Rhomberg stellte die Aktentasche auf den Boden und zog das Kuvert aus der Tasche. Was würde ihn erwarten? Etwas, das Klarheit in diese schwarzen Korridore, Lügen und Wahnideen zu bringen vermochte?

Er zögerte einen Moment, bevor er das Kuvert aufriss. Er tat es langsam, entgegen seiner Ungeduld, die ihn oft Briefumschläge zerfetzen ließ. Das Blatt, das er schließlich in der Hand hielt, war mehrfach gefaltet und machte den Eindruck einer Landkarte. Die Beschriftung war sehr klein und in verschiedenen Farben gehalten. Rhomberg setzte die Lesebrille auf und drehte das Blatt um.

Er zog die Luft ein und hielt sie einen Augenblick an. Seine Ahnung hatte ihn nicht getäuscht. Er wurde vom Gefühl umklammert, dass er sich von nun an keine Sekunde Ruhe mehr gönnen durfte; es waren tausend Dinge zu tun, die wie durch ein Wunder plötzlich Namen hatten, ihre Deutlichkeit machte sie zu etwas, das man sofort in Angriff nehmen musste, um zu verhindern, dass eintrat, was er sich in seinen schlimmsten Träumen nicht hätte vorstellen können. Es ging um den Fortbestand der Menschheit. Hastig holte er das Handy aus der Tasche. Sollte er zuerst Ebner informieren oder Jean Mettler? Er wählte Mettlers Nummer.

XXIX

Doktor Bouvier hatte sich einmal mehr als vollendeter Gastgeber gezeigt. Rob war am Abend vor der Abreise entgegen seinem Vorsatz an die Pienzenauerstraße gefahren, vielleicht ein wenig aus Neugier, vielleicht auch, weil er sich zu Haus einsam und unwohl gefühlt hatte. Patrik war zur Endausscheidung des Sumo-Ringerverbandes nach Wiesbaden gefahren; er würde rechtzeitig zurück sein, um Seidenfuß verwöhnen zu können. Ana hatte aus Teheran angerufen, dass sie mindestens noch eine Woche im Iran bleiben müsse, um die Angelegenheiten des Instituts in Ordnung zu bringen. Rob vermisste sie, hatte es sich am Telefon aber nicht anmerken lassen. Nicoletta – ja, Nicoletta war seit dem Ausflug ins Kreuther Tal nicht zu erreichen gewesen. Bei Alitalia hatte man ihm mitgeteilt, Frau Bani habe eine Woche Urlaub genommen. Das Seltsame war, Nicoletta hatte sich in seiner Vorstellung zu verflüchtigen begonnen. Er empfand keine Sehnsucht, kein Begehren, nur das Bedürfnis, mehr über die Frau zu erfahren, ihr sprunghaftes Verhalten, ihre Traurigkeit, die rätselhafte Unlust am Leben. Es ist die Wissbegierde des Schriftstellers, hatte er gedacht, der Zwang, Eigenarten von Menschen zu sammeln. Mehr nicht.

Die Villa von Jean Pière Bouvier glich einem Museum für zeitgenössische Kunst. Der Architekt hatte die Raumeinteilung auf die Sammlung zugeschnitten, großzügig bemessene, durch

›Wall-wash-Strahler‹ in sanftes Licht getauchte Wände, Flure, breit genug, einem Betrachter Abstand zu den Bildern zu gewähren. Im Vorbeigehen sah Rob berühmte Namen, Richter, Kiefer, Cy Twembly und mehrere Aquarelle von Saul Steinberg.

Freut mich, dass Sie meiner Einladung gefolgt sind, hatte der Doktor gesagt, Rob untergehakt und ihn zu einer Gruppe von Leuten geführt, in der er zu seinem Erstaunen Polizeipräsident Schreiber und Max Duffner erblickte. Die meisten Arbeiten, die Sie hier sehen, hatte Bouvier hinzugefügt, sind irgendwann einmal an den Wänden von ›Wallburk Gallerys‹ gehangen.

Die Gäste, denen Rob vorgestellt worden war, hatten sich vor seinem Erscheinen über die unheilvolle Zunahme von esoterischen Zirkeln unterhalten, was ihn veranlasste stehen zu bleiben. Sie redeten über das Mysterium der Seele, Telepathie, Telephysik und Engelsvisionen. Rob hatte das Thema aufgegriffen und gefragt, ob ›Metathron‹ jemandem ein Begriff sei.

›Metathron‹, was das sei, hatte die Frau eines Handchirurgen kopfschüttelnd gefragt.

Ein Engel …

Ein Engel – der Fabrikant von Krangetrieben hatte ein spitzes Lachen hören lassen, Mumpitz, sagte er. Viel Zeit müsse einer haben, wenn er sich über Engel Gedanken machen sollte. Vorteil brächte es wohl kaum, sähe man ab von der katholischen Kirche, die Erfindung der Taube sei weiß Gott ein genialer Einfall gewesen. Lächelnd ließ er ein Kanapee mit Lachstatar im Mund verschwinden.

Auch Rob lächelte und nickte und hörte zu, wie der Fabrikant mit sicherer Stimme fortfuhr, die Erfolgreichen bräuchten weder Engel noch sonst irgendeine Magie, nur die Scheiternden und Unsicheren würden sich in den Schmutz des Okkulten begeben.

Das Gespräch lief ins Alltägliche, die viele Arbeit, gottlob gäbe es die. Die ganz normalen Hoffnungen, der Feierabend am Kamin, die Matinee, die Vernissagen in London oder Paris. Rob hatte sich seit der Operation und dem Tod seines Vaters nicht mehr in einer größeren Gesellschaft befunden. Mit Erstaunen stellte er fest, dass das, worüber mit höflichem Eifer geredet wurde, niemanden wirklich interessierte. Die Menschen, mit denen er sich stehend, ein Glas in der Hand, seit einer Stunde unterhielt, waren Musterexemplare mit Haustieren und Kindern, sie machten täglich Frieden mit sich, bewegten sich zwischen Automarken, Golf und den Resten längst verwelkter Sehnsüchte. Rob spürte, dass er hier ein Fremdkörper war, dennoch blieb er stehen und hörte zu.

Der Handchirurg stieß auf ihn an, seinen Erfolg als Comic-Autor. Leider, das müsse er zugeben, sagte er lächelnd, Comics gehörten nicht gerade zu seiner bevorzugten Lektüre, es sei vermutlich ein Generationenproblem. Sie tranken, aber sie tranken nicht richtig, sie nippten an ihren Gläsern und wenn nachgeschenkt wurde, ließen sie es abwehrend geschehen. Noch bevor die Gäste zu Tisch gebeten wurden, verabschiedete Rob sich von Bouvier mit der Begründung, von seiner Krankheit geschwächt und noch immer müde zu sein.

Ich kann Sie verstehen, hatte Bouvier gesagt, schonen Sie sich. Ich würde Ihnen Gammaglobulin empfehlen, einen Eiweißbestandteil des Blutplasmas, es unterstützt die Abwehrkräfte des Körpers. Über sein makellos schönes Gesicht war ein Lächeln gehuscht, als er hinzufügte, ich fürchte, Sie haben sich heute Abend zu viele falsche Wahrheiten anhören müssen.

Er reichte Rob seine weiche Hand und deutete auf einen Mann, der bei der Garderobe stand und mit unbewegtem Gesicht auf ein Arrangement aus Schilf und weißen Lilien starrte. Louis wird Sie zu Ihrem Wagen begleiten, sagte er, ich hoffe, wir sehen uns bald wieder.

Während der Mann die Haustür offen hielt, hatte Rob versucht, sich zu erinnern, wo er Louis schon einmal begegnet war. Plötzlich fiel ihm ein Besuch in Bouviers Praxis ein, der bereits viele Jahre zurücklag. Der Arzthelfer oder, wie Bouvier ihn damals genannt hatte, der Sekretär war ihm durch seine Haltung aufgefallen. Eine Reglosigkeit, wie er sie noch nie zuvor an einem Menschen gesehen hatte.

Daran dachte Rob, während er den chinesischen Barkeeper beobachtete, der mit maskenhafter Unbeweglichkeit an der Theke lehnte und eine Fliege anstarrte. Rob saß seit einer Stunde im ›Irish Pub‹ auf dem Flughafen von Dubai, um auf den Weiterflug der ›Emirate Airlines‹ nach Cochin zu warten.

Er spülte seine tägliche Ration Tabletten mit Bier hinunter und ging in den ›Duty Free‹, um eine Flasche Chivas Regal zu kaufen. In einer Drogerie fand er, was er zum Zähneputzen und Rasieren brauchte; in der Eile hatte er sein Reisenecessaire und ein zweites Paar Schuhe zu Haus vergessen.

Während des Flugs saß er neben einem indischen Geschäftsmann, den ein Turban und der rote Fleck auf der Stirn als Sikh auswiesen. Ihre Konversation hatte auf Englisch begonnen, dann war der Mann unvermittelt in ein gutes Deutsch gewechselt. Er habe vier Jahre bei Siemens gearbeitet, sagte er, die Zeit in Nürnberg zähle zu seinen schönsten Erlebnissen. Während er das vegetarische Menü mit sichtbarem Appetit genoss und Rob an einem zähen Rindsfilet kaute, kam die Durchsage, man möge sich anschnallen, sie würden in Kürze eine Zone mit Turbulenzen durchfliegen.

Haben Sie Angst, fragte der Inder und zog seinen Gurt fester an.

Eigentlich nicht, antwortete Rob, wenn es so weit ist, dann ...

Der Sikh lächelte. Das ist eine bei Europäern selten anzutreffende Einstellung, sagte er, nur wenige wissen mit dem Begriff ›destiny‹ im östlichen Sinn etwas anzufangen. Die indische Mentalität ist eine andere, nicht nur in Bezug auf die Schicksalsgläubigkeit. Er sei überzeugt, dass das arme rückständige Indien mit den Herausforderungen kommender Epochen besser zurechtkommen werde als die reichen entwickelten und pragmatisch denkenden Länder des Westens.

Während er sprach hatte er eine Visitenkarte aus der Tasche geholt und Rob gereicht. Unter dem Namen Singh Namboodiripad war in Prägedruck ein goldenes Hakenkreuz. Der Sikh war Robs Blick gefolgt. Lächelnd deutete er auf die Karte. Es ist ein anderes Zeichen, als das, was bei den Nazis für Massenmord und Verdummung stand, sagte er, die Swastika ist eines der ältesten Kosmogramme der Menschheit, sie symbolisiert die Perfektion des Universums. Wussten Sie das?

Rob nickte. Wir hatten einen Religionslehrer, der sich für fernöstliche Symbolik interessierte, sagte er. Welche Bedeutung hat die Swastika auf Ihrer Karte?

Singh stellte die leer gegessenen Teller aufeinander und wischte mit seinem Taschentuch Speisereste aus dem Bart. Ich bin Mitglied einer Gesellschaft, die als Emblem die Swastika gewählt hat, sagte er. Wir haben das Ziel, die Natur so weit wie möglich zu schonen. Das betrifft den Tourismus, die Architektur und natürlich die Folgen unserer Industrie. Man könnte uns mit ›Greenpeace‹ vergleichen, aber wir verzichten auf militante und spektakuläre Aktionen. Wir versuchen den Gesinnungswandel in den oberen Etagen der Machtzentren zu erreichen.

Haben Sie von CGH Earth schon einmal etwas gehört? Die Hotelkette scheint ein ähnliches Ziel zu verfolgen.

Singh blickte überrascht auf. Wie kommen Sie darauf, fragte er. Der Besitzer von CGH Earth, Mr. Benedict Senior, ist Mitglied bei ›Rajappan‹, so nennt sich unsere Gesellschaft, es bedeutet ›die aufgehende Sonne‹.

Mein Vater hatte mit Mr. Benedict geschäftlich zu tun gehabt.

Und jetzt sind Sie geschäftlich in Indien?

Rob schüttelte den Kopf. Mein Besuch hat damit nichts zu tun, antwortete er. Ich möchte einen Bekannten besuchen, der im ›House of Artists‹ lebt. Die Stiftung gehört zur CGH Earth Gruppe.

Das ›House of Artists‹ wurde von José Benedict und einem amerikanischen Galeristen gegründet, Mr. Wallburk. Sagt Ihnen der Name etwas?

Er war mein Vater. Rob überlegte, ob er Singh von der Ermordung erzählen und ihn fragen sollte, ob er seinen Vater gekannt hatte, aber er ließ es, weil Singh wieder angefangen hatte zu sprechen.

Ich habe Ihren Vater nie persönlich kennengelernt, schade, sagte er, nach allem, was ich über ihn weiß, muss er ein außergewöhnlicher Mensch gewesen sein. Tut mir leid, sein Tod hat sogar die indischen Medien beschäftigt. Es ist ein großer Verlust für die Kunstwelt. Weiß man, wer der Täter war?

Leider nein.

Wenn Sie in Cochin Hilfe brauchen, bitte, rufen Sie an. Meine Privatnummer steht auf der Rückseite der Karte. Ich bin drei Wochen auf Urlaub bei der Familie meiner Frau in Kerala. In welchem Hotel werden Sie wohnen?

Im ›Casino‹, auf Wellingdon Island.

Ich möchte Ihnen empfehlen, umzubuchen, sagte Singh, ›Brunton Boatyard‹ ist das erste Haus der Stadt, es gehört ebenfalls zur CGH Earth Gruppe. Wenn es Ihnen recht ist, kann ich das für Sie erledigen. Sie können vom Flughafen direkt zum ›Brunton‹ fahren. Es liegt am Hafen, das ›House of Artists‹ ist nur ein paar hundert Meter entfernt.

Singh zog eine Schlafmaske aus der Tasche und band sie sich um. Ich will versuchen, noch ein paar Stunden zu ruhen, sagte er.

Rob fuhr vom Flughafen direkt ins Hotel. Er fror, die Klimaanlage kühlte die Luft im Wagen auf siebzehn Grad. Von Lichtspeichen der wandernden Sonne zerstückelt, fremde Schriftzeichen am Straßenrand. So viel Buntheit. Nach der einstündigen Fahrt durch ein Gewirr von Fahrzeugen, deren Farben das Klima längst verschluckt hatte, empfand er das ›Brunton Boatyard‹ als eine an Europa erinnernde Oase, wo er Zeit und Ruhe finden könnte, seinen Kopf auf diese neue, so andere Welt einzustimmen. Er schämte sich ein wenig, dass er das Hotel zunächst nur als Zufluchtsort betrachten konnte, eine Art Schutzraum gegen die Fülle des Fremden, die ihm das Gefühl gab, von ihr mit Haut und Haaren verschlungen zu werden.

Um diese Jahreszeit waren wenige Gäste im ›Brunton‹, die meisten von ihnen schienen Europäer zu sein. Rob hatte beim Durchqueren der Halle die Leute an den Tischen verstohlen gemustert, aber niemanden entdeckt, der aussah, als sei er einer seiner Bewacher. Vermutlich lag Personenschutz in Indien außerhalb der Kompetenz bundesdeutscher Behörden. Er verspürte plötzlich ein neues Gefühl von Freiheit, als hätte er zugleich mit seinem Bewacher auch alles andere in Europa zurückgelassen. Dann aber, als er am Fenster des Eckzimmers stand und durch das Moskitogitter auf den Hafen blickte, spürte er sekundenlang diese würgende Angst, die ihn stets überfallen hatte, wenn das Handy in seiner Tasche zu zucken begann und das Display keinen Anrufer zeigte. Er schaute lang auf die heillos überfüllten Fähren, die an Land quellenden Menschenströme und die Boote der Netzfischer und wurde allmählich ruhig. Ohne auf die Zeit zu achten blieb er stehen. Es fiel ihm auf, dass die Vögel in dem riesigen Banyanbaum vor seinem Fenster nicht sangen, sondern lachten, sie kollerten, rülpsten oder ließen ein langezogenes Röcheln hören. Er ging ins Bad, putzte die Zähne und wusch das Gesicht mit kaltem Wasser. Dann verließ er ohne die Reisetasche auszupacken das Zimmer und lief durch Arkadengänge und einen schattigen Innenhof zur Rezeption.

Die junge Inderin musste mehrmals telefonieren, bis sie das ›House of Artists‹ ausfindig gemacht hatte. Sie zeichnete auf die Rückseite eines Prospekts und reichte Rob die Skizze. Alles geschah langsam, so langsam, so außerhalb seiner Zeit. Zehn Minuten sei es zu Fuß, sagte die Frau, über den Fischmarkt, der sei gleich vor der Tür, dann am Meer entlang, bis zum alten holländischen Friedhof. Ihr sanft dahinfließendes Englisch hatte denselben singenden Akzent, der auch Singhs Sätze begleitet hatte. Ob er im ›House of Artists‹ jemanden suche, fragte sie lächelnd.

Rob nickte, war sich aber gleichzeitig bewusst, dass sein Nicken in Indien als Verneinung aufgefasst werden könnte. Ich versuche einen deutschen Maler zu finden, antwortete er.

Ist es möglich, für den Abend im Fischrestaurant einen Tisch für zwei Personen zu reservieren?

Rob war ein eifriger Besucher von Märkten und hatte auf seinen Reisen mit Patrik quer durch Europa kaum eine Gelegenheit ausgelassen; eine derartige Fülle hatte er jedoch noch nirgends gesehen. Vor allem diese Farben. Zinnoberrot, Goldocker und glühendes Gelb flossen ineinander wie ein im Gewitterlicht verschwimmender Regenbogen. Manche Fische bewegten sich noch, schlugen mit dem Schwanz, peitschten die Korbwände, als wollten sie sich ihrer Mörder erwehren. Ana, dachte Rob, Ana sollte das sehen. Er nahm sich vor, sie am Abend anzurufen. Er schlenderte weiter, von Stand zu Stand, gebannt von der Vielfalt der Farben. Ein Fisch mit riesigem Kopf erstrahlte in einem Blau, das Rob an die Bilder von Sarno erinnerte, Blau von einer grundlosen Tiefe. Er verließ den Markt. Der Rausch der Meeresfarben verblasste, als er eine Rotte Rabenvögel entdeckte; die Tiere hockten im Kreis um den aufgeblähten Kadaver eines Hundes, der in einer Schlammpfütze lag, die steifen Beine wie Opferkerzen zum Himmel gereckt.

Nach einer Viertelstunde stand er vor dem ›House of Artists‹. Es war ein imposanter Bau aus der portugiesischen Kolonialzeit; die Fassade war eingerüstet und teilweise in einem gedeckten Rosafarbton gestrichen. An der Tür hingen Plakate für eine Ausstellung im ›Namboodiri Art Center‹ unter dem Motto ›Isolation‹; unter mehreren indischen Künstlern waren auch Didier Delveaux und der Ire O'Keeve aufgeführt. In der Halle roch es nach frischem Mörtel. Ein junges Mädchen im Sari zeigte Rob den Weg zu den ›Artist Rooms‹. Es gäbe zwei gemeinsame Ateliers, sagte sie, die Stipendiaten hätten Zimmer mit Nordlicht, wo sie wohnen und arbeiten könnten. Das

Zimmer von Mr. Delveaux sei im ersten Stock, am Ende des Flurs.

Rob stieg die Steintreppe hinauf, sie war mit Plastikfolie abgedeckt, überall standen Farbkübel und Leitern. Er war plötzlich unsicher, ob Didier seine Nachricht bekommen hatte. Wollte er ihn überhaupt sehen? Von der Verwaltung hatte er per E-Mail nur die Mitteilung erhalten, dass Didier Delveaux anwesend sei. An jeder Tür steckte in einem Holzschieber der Name des Bewohners. Vor Didiers Zimmer blieb Rob einen Augenblick stehen, bevor er ohne Anklopfen eintrat.

Delveaux saß mit dem Rücken zur Tür vor einem Korb und zerschnipselte Zeitungen. Die Schneiderschere wirkte in seiner kleinen Hand unpassend und riesig. Im Raum war es dämmrig, die Lamellenläden waren halb geschlossen. Als Rob die Tür geräuschvoll hinter sich zuzog, wandte Delveaux langsam den Kopf. Er war fett geworden, der schmächtige junge Künstler aus Münchner Tagen war fast kahl und wirkte aufgeschwemmt. Rob fiel der Geruch im Raum auf, er erinnerte ihn an den Kartoffelkeller in Patriks Ferienhäuschen.

Didier hatte sich von seinem Hocker hochgestemmt und strich mit dem Handrücken über die Augen. Ich werd verrückt, sagte er, Du hier, Rob, Du in Cochin, am Arsch der Welt. Das kann nicht wahr sein.

Er kam auf Rob zu, kniff ihn in die Wange und umarmte ihn. Die Berührung war Rob unangenehm, Didier verströmte einen merkwürdigen Geruch, eine Mischung aus Schweiß und verdorbenem Fisch.

Er schob ihn sachte von sich. Hast Du meine Nachricht nicht gekriegt, fragte er, ich habe Mr. Acharya per E-Mail gebeten, Dich über mein Kommen zu informieren.

Didier kicherte, Mr. Acharya, sagte er, der Gute. Hier gehen die Uhren anders, die Nachrichten kommen mitunter erst an, wenn Du Dich in den ewigen Jagdgründen befindest. Hauptsache, Du bist hier. Er deutete auf ein plüschbezogenes Sofa, setz Dich, Alter, sagte er, freu mich, dass Du da bist. Es ist der erste Besuch aus Europa seit zwei Jahren.

Rob schob einen Stoß mit Kohlezeichnungen zur Seite und setzte sich auf den speckigen Plüsch. Ich kann Dir nur Mineralwasser anbieten, fuhr Didier fort, schau mich an, ich habe eine Zeit lang zu viel gesoffen. Meine Frau hat mich gegen einen griechischen Gitarristen eingetauscht. Seit einem halben Jahr bin ich trocken.

Rob war die Situation peinlich. Er wusste nicht, wie er anfangen sollte. Du hast eine Ausstellung im ›Namboodiri Art Center‹ sagte er endlich. Ich hab die Plakate am Eingang gesehen …

In einem Monat. Didier schüttelte den Kopf. Bleibt nicht viel Zeit, mir will kein Bild gelingen. Er ließ sich auf den Hocker fallen. Weißt Du, sagte er, dass ich hier untergekommen bin, verdanke ich Deinem Vater und seiner Freundschaft mit Mr. Benedict, der Herr möge sie segnen. Ich habe in der Zeitung von dem Verbrechen gelesen. Wer konnte so etwas tun?

Das fragen sich alle, Didier, antwortete Rob. Und viele fragen sich auch, wer mein Vater überhaupt war. Das ist einer der Gründe, warum ich hier bin. Ich wollte Dich fragen, ob Du etwas weißt, was mir in all den Jahren vielleicht verborgen geblieben ist. Du hast eine Zeit lang mit ›Wallburk International‹ zusammengearbeitet …

Wer Henry Wallburk war? Didier kicherte wieder. Da fällt mir ein Satz von Deinem Freund ein, Patrik hat mich einmal gefragt, ob ich den Unterschied zwischen dem lieben Gott und Henry Wallburk kennen würde. Er hat sich die Antwort gleich selber gegeben: Gott ist überall da, sagte er, Wallburk ist auch überall, nur ist er nicht da.

Du meinst, Vater sei schwer zu fassen gewesen?

Henry Wallburk war tausend Meilen entfernt. Eine unglaubliche Präsenz und zugleich diese Abwesenheit.

Hattest Du viel mit Vater zu tun? Ich meine, habt Ihr über Deine Arbeit geredet?

Didier schüttelte den Kopf. Ein einziges Mal, sagte er. Er vertrat die Auffassung, dass die Durchschnittsprodukte unserer quantitativ bestimmten Welt im qualitativen Kosmos der Kunst nichts verloren hätten. In der Malerei zähle nur das natürliche Pigment. Ob Cello oder Geige – Körper, die Töne erzeugen, würden noch immer von Hand gefertigt, gleichgültig wie ›modern‹ die Komposition sei, die auf ihnen gespielt wird. Ich fiel aus allen Wolken als er sagte, wir machen ein Experiment, Delveaux, das Motto Ihrer Ausstellung ist ›What remains‹; sie findet in Brüssel statt, nicht bei ›Wallburk International‹, sondern in angemieteten Räumen von ›Marlborough‹.

Vater hat normalerweise nur mit arrivierten Künstlern gearbeitet. Wie bekam er Deine Bilder überhaupt zu sehen?

Didier meckerte ein bisschen. Ganz einfach, Rob, sagte er, Dein Vater wollte meine Schwester. Sie hat ihn ins Atelier gelockt.

Vater ... Vater hatte ein Verhältnis mit Dorothé?

So könnte man es nennen. Meine Bilder waren der Preis dafür, dass der große Wallburk zu ihr ins Bett durfte.

Rob schüttelte ungläubig den Kopf. Er hatte begonnen nachzurechnen; wenn es stimmte, was Didier gesagt hatte, musste es während der Ehe mit Sabrina gewesen sein. Er hatte Dorothé nur einmal auf einer Party bei ihrem Bruder getroffen. Sie war von einem Fernostflug zurückgekommen und trug noch die Uniform der ›Air France‹.

Unmöglich, Didier, sagte er, ich glaub das nicht.

Didier wand sich hoch und ging zu einer Kommode. Ich beweis es Dir, sagte er und fing an, in einer Schublade zu kramen.

Wie lang soll das Verhältnis mit Dorothé gedauert haben?

Ungefähr zwei Jahre. Dorothé war mit einem Arzt verlobt, als Dein Vater sie verzaubert hat. Sie wusste immer, was sie wollte, war ehrgeizig, vielleicht ein wenig berechnend, aber was Deinen Vater betraf, bei ihm hatte sie den Verstand völlig verloren.

Didier warf Papiere auf den Fußboden, Muscheln, eine abgebrochene Pfeife, verdammt, sagte er, irgendwo muss er ja sein, ich hatte ihn vor ein paar Tagen noch in der Hand. Er stieß ein triumphierendes Schnauben aus, hier, rief er, hier ist der Beweis.

Rob waren die Worte Hoffmanns eingefallen, Sabrina sei mit Weinberg verlobt gewesen, bevor sie dem Charme seines Vaters verfiel. Er nahm den Brief, den Didier ihm reichte.

Den hat sie geschrieben, als es zwischen ihr und Deinem Vater aus war.

Hat Vater sie verlassen?

Nein, sagte Didier, es war umgekehrt. Dorothé konnte nicht mehr. Ich glaube, sie trauert Deinem Vater heute noch nach. Aber er gehörte zu jener Sorte von Männern, die niemandem gehören. Ich bin sicher, dass er sich Dorothé nur als eines der vielen Wesen offenbarte, die er bewohnte, ihr, dem hübschen jungen Ding mit der knabenhaften Figur und den blonden Locken. Das ist kein Vorwurf, Rob, Dein Vater wurde von vielen gehasst und verurteilt, nicht sosehr, weil er ein Unrecht begangen hätte, sondern weil sein Wesen ihnen fremd war. Henry Wallburk hat sein Verhältnis zur Welt anders definiert, als es der Mehrheit recht war.

Rob hatte angefangen den Brief zu lesen. »*Liebster Didier ... Es würde mir leidtun, wenn Deine Beziehung zu Henry durch mein Verhalten Schaden nehmen sollte. Verzeih, dass ich Dich mit meinen privaten Angelegenheiten belästige, aber, Bruderherz, ich habe außer Dir niemanden, dem ich mich anvertrauen könnte. Ich musste Henry verlassen. Er hätte mein Leben zerstört (wenn er es nicht bereits getan hat). Ich hege keinen Groll gegen ihn und liebe ihn noch immer. Es war kein Verhältnis, jedenfalls keines in dem Sinn, was man unter einer Liebesbeziehung zwischen Mann und Frau versteht. Es gab Stunden zwischen zwei Flügen, Wochenenden in Rom, Paris oder New York. Henry suchte mich zwar, aber er suchte nicht mich – er suchte das Leben. Er suchte die Jugend. Der Altersunterschied zwischen uns betrug dreißig Jahre; aber es war nicht das Alter, was mich an Henry störte, geistig und körperlich war er jünger als alle Männer, die ich vor ihm gekannt habe. Er wollte das Leben. Er wollte es immer gieriger. Nein, Henry war nicht gewalttätig; ich hätte von ihm nie erwartet, dass er einer solchen Zärtlichkeit fähig sein könnte. Aber er verschlang mich mit seinem Hunger nach Leben; er war nach meinen Gedanken nicht weniger hungrig als nach meinem Körper. In den wenigen Stunden unseres Zusammenseins wollte er mein Leben in sich aufsaugen, die Erinnerungen, Träume und Fantasien einer jungen Frau. Es mag für die wenigen, die von unserer Beziehung wussten, so aussehen, als hätte Henry sich mit der Leidenschaft eines alternden Mannes für mich interessiert. Es war nicht so. Henry saugte Lebensstoff ein, davon konnte er für sein großes Werk nicht genug bekommen. Er hat nie darüber gesprochen, meine Fragen wurden ausweichend beantwortet, es handle sich um Malerei, sagte er, um etwas, das imstande sei, durch Malerei den reinen Zustand der Welt sichtbar zu machen. So ungefähr. Vielleicht verstehst Du jetzt, für Henry war ich keine Frau. Ich war ein Fundort für Leben.«*

Rob blickte auf das Blatt in seiner Hand, dünnes hellblaues Kabinenpapier der ›Air France‹; die Schrift war klar und wirkte doch flüchtig hingeworfen wie während eines stürmisch verlaufenen Fluges. Wie ging die Geschichte aus, fragte er.

Didier zuckte mit den Schultern. Wie wohl, sagte er. Dein Vater verschwand aus Dorothés Leben. Er schenkte ihr ein Haus in Portugal, ich weiß nicht, was er ihr sonst noch alles geschenkt hat. Sie hatte aufgehört, als Stewardess zu arbeiten. Dorothé hat nie geheiratet. Er deutete auf den Brief. Du kannst ihn haben, sagte er. Eines würde mich interessieren, Rob, was ist Dir wichtiger: Deinen Vater zu finden oder seine Mörder?

Rob steckte den Brief ins Kuvert. So seltsam sich das anhören mag, Didier, sagte er, die Mörder haben Vater getötet, aber sie haben ihn durch ihre Tat für mich zugleich auch lebendig gemacht.

Wenn man weiß, wer es getan hat, wird er vielleicht noch lebendiger, sagte Didier, niemand bringt einen Menschen einfach so um …

Möglich, Didier. Die Polizei verfolgt verschiedene Spuren. Rob überlegte, ob er mehr sagen sollte, ließ es aber sein. Die Situation deprimierte ihn. Er fühlte sich unwohl. Er stand auf und steckte den Brief in die Tasche. Danke, sagte er, ich werde ein paar Tage in der Stadt sein, wir könnten zusammen essen. Vielleicht fällt Dir ein Restaurant ein?

Ich denk darüber nach. Du weißt, wo Du mich findest.

Es entstand ein peinliches Schweigen. Rob vermied es, dass

Didier ihn noch mal umarmte und streckte ihm die Hand entgegen. Also ...

Als Rob auf der Straße stand, kam er sich mies vor. Didier hatte ihn durchschaut. Wieder empfand er diese seltsame Trauer über seine Unfähigkeit, über manche Dinge hinwegsehen zu können; er hatte es nicht fertiggebracht, Didier mit ins ›Brunton‹ zu nehmen, wie er es vorgehabt hatte. Der Geruch, die Verwahrlosung des Freundes hatten ihn abgestoßen. Er trat aus dem Schatten und überquerte die Straße. Die Motorrikschas erinnerten ihn an einen alten Film mit Humphrey Bogart. Neben einem Autowrack saß ein Bettler und grinste ihn an. Er war versucht, einen Dollar in die verrostete Sardinenbüchse zu werfen, dann griff er noch mal in die Tasche, zog einen zweiten Schein hervor, bückte sich und legte das Geld in die Hand des Mannes. Der ist wegen Didier, flüsterte er.

Es war windstill und roch nach Fisch und faulendem Obst. Rob spürte den Schlafmangel. Schweiß rann über sein Gesicht, als er über den Fischmarkt zur Mole ging. Er musste trinken, in Didiers Zimmer hatte es ihm vor dem schmuddeligen Pappbecher gegraust. Und ich brauche leichtere Sachen, dachte er, Shorts, Sandalen. Langsam ging er zwischen den Fischständen hindurch. Ein Teil der Ware vom Morgen war verkauft, auf der Mole durchpflügten blutige Hundeschnauzen die Abfallberge nach Fressbarem. Unter einem Palmwedel entdeckte Rob den Panzer einer kleinen Schildkröte. Eine englischsprechende Touristin fotografierte das Tier und sagte zu ihrem Begleiter, im Schildkrötenschrein von Chittagong gelten Wasserschildkröten als ›heilig‹. Rob blickte der Frau nach, wie sie im Weitergehen den Fotoapparat einsteckte. ›Heilig‹ – was sich damit alles verband ...

Sein Blick glitt über den Hafen hinaus, er fiel auf eine Flotte von grauen Ungeheuern, Kriegsschiffe, die im Hitzedunst des Mittags ostwärts zogen. Rob wandte sich wieder der Schildkröte zu; das Tier hatte den Kopf aus der schützenden Knorpelhülle gestreckt, es war auf der Flucht, wollte zurück ins Meer, wo ein Schleppnetz es seinem Element entrissen hatte. Er hob die Schildkröte auf, trug sie zum Strand und wartete, bis sie zwischen Molenauslegern in der Tiefe verschwand.

Als er beim ›Brunton‹ ankam, spürte er eine leichte Übelkeit. Beim Concierge nahm er den Schlüssel entgegen und meldete ein Gespräch ins ›Laleh Hotel‹ in Teheran an.

Er war der erste Gast auf der Terrasse des ›Brunton Seafood-Restaurant‹. Unter ihm lag die Anlegestelle der Fähren, die das Festland mit der Insel verbanden. Hunderte Fahrzeuge rumpelten über die Eisenrampe, Autoleichen, die in Europa vor Jahrzehnten beim Schrotthändler gelandet wären, hier taten sie tagaus, tagein ihren Dienst. Rob hatte als Vorspeise gegrillte Meeresfrüchte bestellt; jetzt wartete er auf den Lammbraten. Er fühlte sich entspannt wie seit Langem nicht. Europa lag fünftausend Meilen weit hinter ihm. Das kurze Gespräch mit Ana hatte ihn erfreut und beruhigt. Ihre Stimme hatte liebevoll geklungen, sie sei glücklich, dass er den Entschluss gefaßt habe, nach Indien zu reisen. So könne er Abstand nehmen von den Ereignissen der letzten Monate. Ihr Aufenthalt im Iran würde sich um eine Woche verlängern, es hätten sich Schwierigkeiten mit einem Kollegen des geologischen Instituts auf Charg ergeben. Sie hoffe, ihn bald zu sehen … Dann war das Gespräch mitten im Satz unterbrochen worden. Wieder einmal hilft eine Trennung die Kluft der Nähe zu überwinden, hatte Rob gedacht, während er den Hörer sanft auf die Station zurücklegte.

Der Lammbraten war weniger blutig als der, den er vor Urzeiten in einer Hafenschänke auf Kàlimnos gegessen hatte. Seit damals achtete er darauf, sich nicht in die Wangenschleimhaut zu beißen; diese Achtsamkeit war ihm ebenso zur Gewohnheit geworden, wie der Gedanke an den Vater. Rob legte Gabel und Messer beiseite und hob sein Rotweinglas. Prost, Vater, sagte er und hatte dabei für den Bruchteil einer Sekunde das Gefühl, der Tote säße ihm gegenüber. Er wunderte sich über die friedvolle Stimmung, die sich zunehmend in ihm breitmachte; sie glich jener wohligen Gleichgültigkeit, die er im Krankenhaus kurz vor dem Wegdämmern empfunden hatte, nachdem ihm ein starkes Schmerzmittel gespritzt worden war. Die Anmut der servierenden Mädchen lenkte jeden Anflug von störenden Gedanken in eine andere, angenehmere Richtung; die jungen Frauen in ihren knöchellangen Saris schwebten zwischen den Tischen, jede Bewegung ihrer schmalen braunen Hände war rund und weich und ließ Rob an eine romantische Geschichte von Sadanand Menon denken, die er als Junge mehr geträumt als gelesen hatte.

Allmählich begann die Müdigkeit ihn wieder zu beherrschen. Er hatte fast eine ganze Flasche indischen Rotwein getrunken und war von dessen Qualität überrascht gewesen. Während er auf die Rechnung wartete, zog er den Brief von Dorothé Delveaux aus der Tasche und las ihn zum dritten Mal. ›Ein Fundort für Leben …‹ Der Gedanke, dass sein Vater eine, vielleicht mehrere Geliebte gehabt hatte, besaß für Rob absurde Züge. Er hatte den Vater als einen von seiner Arbeit Besessenen betrachtet, dessen ganze Energien in den Aufbau seines Kunstimperiums und später dann in die Planung des Sarno-Museums geflossen waren. Und vermutlich hatte Dorothé recht, Henry Wallburks Affären waren ›Fundorte für Leben‹ – nichts weiter. Rob erinnerte sich an die Worte Hoffmanns, Henry hat an die ›wahre‹ Liebe niemals geglaubt, Robert, hatte der Galerist gesagt, Ihr Vater war der Überzeugung, das Leben sei viel zu gewalttätig, als dass ein Gefühl imstande wäre, alle Zumutungen heil zu überstehen.

Das ›große Werk‹ – was mochte der Vater damit gemeint haben? Das klang wie eine jener esoterischen Offenbarungen, von denen Walkobinger im Zusammenhang mit den ›Metathroniten‹ gesprochen hatte. Aber es passte nicht zu seinem Vater. Das ›große Werk‹ – sein Museum, ein Ort, wo die Schönheit der Welt, in ihrer reinsten Form auf Leinwand gebannt, sichtbar sein würde? Aber warum hatte der Vater diesen Traum so plötzlich aus seinem Leben gestrichen?

Rob unterschrieb die Rechnung und steckte den Brief mitsamt der Quittung in die Tasche. Als er wenig später am Fenster seines Zimmers stand und auf das Blinken der Leuchtfeuer schaute, hatte er das Gefühl, am Ende dieser Reise würde er, wenn nicht auf alle, so doch auf viele seiner Fragen eine Antwort bekommen haben.

XXX

Er hatte schlecht geschlafen. Der Lärm der Fähren hatte ihn bis Mitternacht aus einem wiederkehrenden Traum gerissen, in dem sein Vater ihn durch das Museum führte und dabei Sarnos Blau zu erklären versuchte; in der Eingangshalle stand eine lebensgroße Skulptur Xavier Sarnos, aber bei genauem Hinschauen erwies sie sich als Vogelscheuche mit einem Hut, von dessen Rand blaue Farbe auf den Fußboden tropfte. Später, als er endlich eingedämmert war, hatte ihn das Sirren von Moskitos zur Verzweiflung gebracht. Um sechs stand er auf, duschte und rasierte sich und ging zur Hafenmole, wo Fischer ihren Nachtfang an Land brachten. Am Morgen blies eine leichte Brise vom Land her, die Luft war angenehm kühl und frei von Abgasen der Tanker, die in unablässigem Strom die Raffinerien im Landesinneren mit Öl aus Saudi-Arabien und den Emiraten versorgten. Rob setzte sich auf einen Poller und sah Möwen zu, die sich um Reste des in den Booten zurückgebliebenen Fangs stritten.

Um elf würde er José Benedict treffen, den ältesten Sohn des Patriarchen, der vor einem halben Jahrhundert das CGH Imperium gegründet hatte. Wie sollte er José Benedict gegenübertreten? Wie sollte er die Frage begründen, was und wie viel Benedict über Henry Wallburk wusste? Wie konnte er einem wildfremden Menschen erklären, dass der Vater dem

Sohn zeit seines Lebens ein Fremder geblieben war – ausgerechnet einem Inder, in dessen Welt die Familie der Nabel der Existenz war?

Diese Fragen beschäftigten ihn noch, als er im Palmengarten des Hotels beim Frühstück saß und aufs Meer hinaussah. Allmählich überkam ihn wieder diese narkoseähnliche Ruhe, die er am Abend zuvor schon verspürt hatte. Sie kam mit den Wolken, die minutenlang die Sonne verdeckten. Eigenartig, dachte er, im Schatten bin ich mir immer beschützter vorgekommen als in der Sonne.

Nach dem Frühstück kaufte er auf einem Markt in der Nähe des Hotels Shorts und leichte Schuhe, entschied sich für sein Treffen mit Benedict aber für die langen Leinenhosen, die er aus Europa mitgebracht hatte. Um zehn fuhr er zum ›Casino Building‹ auf Wellingdon Island. Manchmal stockte der Verkehr, wenn Kühe die Straße überquerten oder einfach auf der Fahrbahn stehen blieben. Der Fahrer war die Ruhe selbst, in der rechten Hand hielt er eine Zigarette ohne Feuer, in der linken einen Rosenkranz, der leise klingelte, wenn er den Schalthebel bediente. Ob er katholisch sei, fragte Rob. Der Mann schüttelte lächelnd den Kopf, natürlich, sagte er, natürlich sei er katholisch, hier in Kerala seien fast alle katholisch. Ob Ehen noch immer von den Eltern arrangiert würden, fragte Rob weiter. Wieder entschiedenes Kopfschütteln, natürlich, schließlich wüssten die Eltern am besten, wer zu wem passe.

Das ›Casino Building‹ war ein unauffälliger Bau mit schattigem Innenhof, eine gelungene Mischung aus europäischer und indischer Architektur. José Benedict erwartete ihn in seinem Büro. Der große helle Raum wirkte ebenso westlich wie der hochgewachsene Mann in beigem Anzug, der ihn mit einem kräftigen Handschlag begrüßte. Er entschuldige sich für eine Sekunde, sagte er, nur noch ein kurzes Telefongespräch, dann hätte er alle Zeit der Welt für den Sohn von Henry Wallburk. Seine Stimme war tief, das Englisch ungewöhnlich melodiös und völlig akzentfrei. Rob sah sich im Raum um. Englischer Kolonialstil, Modelle von Dreimastern und Dampfschiffen an den Wänden, dazwischen in die Täfelung eingelassene Monitore, auf denen Zahlenkolonnen lautlos aufschienen und erloschen. José Benedict war ein drahtig wirkender Mann, dessen braune Hautfarbe und das dichte schwarze Haar einen starken Kontrast zu den hellgrauen Augen bildeten.

Das Telefonat hatte tatsächlich nur Sekunden gedauert. Entschuldigen Sie, Mr. Wallburk, sagte Benedict, was darf ich Ihnen anbieten, Tonic mit Eis oder einen Cappuccino, wie Sie ihn in Rom nicht besser bekommen?

Cappuccino bitte, sagte Rob, und ein Glas Wasser.

Benedict legte das Telefon ab, dann wandte er sich an Rob. Tut mir leid, dass Sie meinen Vater nicht antreffen, sagte er, er ist über neunzig und wegen einer Prostataoperation in den USA. Jetzt müssen Sie mit mir vorliebnehmen. Ich habe Ihren Vater gekannt, seit ich in England das College besuchte. Ein Bruder meiner Mutter, Chandranath Acharya, lebt in London. Er ist Bankier. Mit ihm habe ich die Ausstellungen bei ›Wallburk International‹ öfter besucht. Ich bedaure, was mit Ihrem Vater geschehen ist. Wurde der Fall inzwischen geklärt?

Leider nein, antwortete Rob. Er machte eine Pause, bevor er unsicher fortfuhr, es mag Ihnen seltsam vorkommen, ich bin nach Cochin gekommen, um ein paar Fragen über meinen Vater an Sie zu richten. Er war ein beschäftigter Mann, selten zu Haus. Ich weiß wenig über ihn, sein Privatleben, was er machte, wenn er nicht in den Galerien war oder an seinem Museumsprojekt gearbeitet hat. So habe ich zum Beispiel erst vor Kurzem durch einen ehemaligen Geschäftspartner erfahren, dass Vater sich öfter in Indien aufhielt und mit Ihrem Vater befreundet war.

Benedict hatte Rob gegenüber Platz genommen und drehte ein Zigarillo zwischen Daumen und Zeigefinger. Stört es Sie, wenn ich rauche, fragte er, oder – vielleicht möchten Sie eine ›Dhunde‹ versuchen? Sie sind sehr leicht. Wir pflanzen den Tabak auf unseren Plantagen in den Backwaters.

Danke, sagte Rob, als Student habe ich Gauloises geraucht. Dann war mit einmal Schluss.

Vernünftig, Benedict lächelte, während er weitersprach, aber schauen Sie, Vater hat sein Leben lang von morgens bis abends Cohibas inhaliert, jetzt sitzt das Problem zwei Stockwerke tiefer. Er zog an seinem Zigarillo. Ja, ganz gewiss, fuhr er fort, die beiden Herren haben sich verstanden. Sie waren aus dem gleichen Holz geschnitzt, dieselbe Härte in geschäftlichen Dingen, dieselbe Einsamkeit bei Entscheidungen. Für meinen Vater war es ein Schock, als er von der Ermordung Wallburks erfuhr.

Kennen Sie den Grund für Vaters Besuche in Indien? Ein ehemaliger Partner sagte mir, Vater hätte sich mit der Absicht getragen, in Indien, Korea und Taiwan Galerien zu eröffnen, in einer Art ›Joint Venture‹ mit der CGH Earth Gruppe.

Richtig. Ich weiß allerdings nur wenig darüber. Henry hatte vor, für einen bekannten indischen Künstler, ich glaube, es war Subodh Gupta, in London bei ›Wallburk‹ eine Ausstellung zu organisieren. Im Gegenzug sollte der Italiener Xavier Sarno in Delhi einem breiten Publikum vorgestellt werden. Diese Vorhaben sind plötzlich eingeschlafen. Über Nacht. Vater war enttäuscht, er konnte es nicht begreifen. Nach dem letzten Treffen in München meinte er, Henry habe sich verändert.

Haben Sie oder Ihr Vater eine Ahnung, wodurch diese Veränderung ausgelöst worden sein könnte?

Das wollte ich Sie fragen. Weder Vater noch ich hatten eine Erklärung. Allerdings, ich habe Henry in den letzten Jahren kaum noch getroffen. Und selbst wenn wir uns hier oder in London begegnet sind, Sie wissen ja, Ihr Vater war kein mitteilsamer Mann. Ich hatte oft das Gefühl, dass ihn etwas Geheimnisvolles umgab.

Benedict hob bedauernd die Achseln. Tut mir leid, dass ich Ihnen nicht mehr sagen kann. Das heißt ... Er tippte sich an die Schläfe und runzelte die Stirn. Nach einem Augenblick des Nachdenkens fuhr er immer noch stirnrunzelnd fort, eine Begegnung mit Ihrem Vater ist mir in Erinnerung geblieben. Ich war damals noch sehr jung. Es war bei einem Lunch im Haus meines Onkels.

Benedict drückte sein Zigarillo aus, während er weitersprach. Vater und Henry redeten über Krieg, sagte er, über das Fiasko in Vietnam. Ihr Vater vertrat die Ansicht, dass Krieg und Gewalt von Anfang an in uns angelegt seien, als biologischer Schockmechanismus, um den Tod im Gegenwärtigen sichtbar zu verankern. Die weniger Sensiblen unter uns könnten kaum den Tod ins Auge fassen, geschweige denn fröhlich mit ihm leben. Meinem alten Herrn gefiel das. Ich habe es nicht so ganz verstanden, aber ich denke bis heute darüber nach.

Rob hatte verwirrt zugehört. Krieg, Tod und Gewalt ... Ein Gedanke durchfuhr ihn. Haben Sie von Vater einmal den Namen ›Metathron‹ gehört, fragte er, oder hat er von ›Metathroniten‹ gesprochen?

Benedict hob erstaunt die Augenbrauen. ›Metathron?‹ Nein, der Name ist mir noch nie begegnet. Ich müsste Vater fragen, aber, ein trauriges Lächeln flog über sein Gesicht, ich fürchte, seine Erinnerung hat sich bereits in die Ewigkeit verabschiedet. Wie kommen Sie auf ›Metathron‹?

Rob zögerte einen Moment, dann begann er von der Schildkröte zu erzählen, was Walkobinger über Sonnenspiegel und ›Metathroniten‹ gesagt hatte, er erzählte von Sarnos unnachahmlichem Blau und dem Verdacht des ermordeten Mathias Gruen.

Benedict hatte konzentriert zugehört. Interessant, sagte er, eine abenteuerliche Geschichte. Hoffentlich führen diese Spuren zur Ergreifung des Mörders. Was die ›Metathroniten‹ betrifft, ich lebe in einem Land, in dem die Bevölkerungsexplosion erschreckende Formen erreicht hat, der Gedanke an einen teilweisen Verlust der Fruchtbarkeit würde hier nicht so negativ aufgenommen werden. Sie werden mich auf dem Laufenden halten, ja?

Sie saßen nachdenklich da und beobachteten einander, bevor Benedict wieder anfing zu sprechen. Wie sieht Ihr Programm aus in Cochin, fragte er. Kennen Sie jemanden? Ich möchte Sie gern zum Diner zu uns nach Hause einladen.

Liebend gern, sagte Rob. Außer einem verkrachten Maler im ›House of Artists‹ und einer Reisebekanntschaft kenne ich niemanden. Er zog die Visitenkarte von Singh aus der Tasche und reichte sie Benedict.

Singh Namboodiripad, er gehört sozusagen zur Familie, sagte Benedict lächelnd, er ist der Onkel des Künstlers, den ich erwähnt habe. Wo haben Sie den guten Singh getroffen?

Auf dem Flug von Dubai nach Cochin.

Sehr gut. Ich werde ihn einladen. Singh ist ein kluger Kopf, ein wenig verschroben, aber dennoch. Seine Hobbys sind Spiralmuscheln und Farne. Benedict schlug sich mit der flachen Hand gegen die Stirn. Apropos Muscheln, sagte er, wie konnte ich es nur vergessen. Ihr Vater hatte ein besonderes Faible für die Lakkadiven, eines der letzten Paradiese auf dieser Welt. Wir besitzen auf einer Insel ein kleines Hotel, Vater und Henry haben sich oft dort getroffen.

Sie meinen Bangaram?

Ganz recht. Sie kennen die Insel?

Mir ist der Name in Vaters Papieren begegnet.

Sie müssen nach Bangaram. Wie lang haben Sie vor, in Indien zu bleiben?

Zwei Wochen. Rob hob die Schultern. Vielleicht auch drei... Ich habe kein festes Programm.

Sehr gut. Die Einladung kann warten, bis Sie zurück sind. Das Hotel auf Bangaram ist einfach, kein Telefon, weder Fernsehen noch Klimaanlagen. Selbst zur Hochsaison sind selten mehr als fünfzig Gäste auf der Insel. Henry mochte dieses Kleinod sosehr, dass er Vater überredet hat, ihm am Rand des Mangrovenwaldes ein Häuschen zu bauen – gegen die Vorschriften der Naturschutzbehörden. Sie müssen nach Bangaram.

Wie komme ich hin? Im ›Brunton‹ sagte man mir, es sei sehr schwierig, man benötige ein spezielles Visum und das Flugzeug verkehre nur einmal die Woche.

Darum kümmere ich mich. Benedict griff nach dem Telefon. Morgen geht ein Flug nach Agathi, das ist die Hauptinsel der Lakkadiven. Eine kleine Dornier für zwölf Personen. Der Kapitän ist ein Freund, für eine Person findet man immer Platz. Haben Sie viel Gepäck?

Eine Tasche.

Umso besser.

Während Benedict telefonierte, schaute Rob durch einen Spalt der Jalousien ins Grün eines Mangobaums. Zwischen den Zweigen konnte er Wasser erkennen. Er lehnte sich zurück und schloss einen Moment die Augen. Wo war er? Ein Gefühl von Unwirklichkeit erfasste ihn, das Surren des Ventilators an der Zimmerdecke, die leise Stimme des Inders, die zwischen fremden Worten seinen Namen einflocht. Erst jetzt merkte er einen Hauch von Kardamom in der Luft.

Benedict hatte die Hörermuschel mit der Hand abgedeckt. Ist es Ihnen recht, morgen früh, fragte er, halb neun? Der nächste Flug wäre erst wieder in einer Woche.

Rob nickte. Natürlich, sagte er, mir ist alles recht. Und das Visum?

Machen Sie sich keine Gedanken. Darum kümmern wir uns. Bis heute Abend haben Sie alles Nötige im Hotel. Morgen bringt Sie ein Wagen zum Flughafen. Ich werde den Leiter des Resorts informieren, sein Name ist Sam.

Als Rob wenig später auf der Straße stand, um auf das Taxi zu warten, war er wie betäubt von der Hitze. Es war windstill. Ein unbewegtes Meer, kleine hohe Wolken. Gerüche von Fisch, Kardamom und schmorenden Innereien, reichlich mit Knoblauch und Kümmel gewürzt. Auf dem kleinen Platz begann eine Drehorgel mit ihrem traurig-hohlen Singsang; es war eine altertümliche englische Drehorgel, die ein grauhaariger Blinder durch einen Treibriemen mit dem Fuß bewegte. Ob es diesen Alten schon gab, als Vater hier war, dachte Rob.

Er stieg ins Taxi und bat den Fahrer, die Klimaanlage abzustellen und das Fenster zu öffnen.

XXXI

Der Flug nach Agathi dauerte knapp eine Stunde. Vier Personen waren an Bord der Do, ein Zahnarzt mit Frau, die zwei Tage auf der Hauptinsel blieben und ein sportlich wirkender Inder, der zusammen mit Rob auf einem Fischerboot nach Bangaram gebracht werden würde. Nach dem Start hatte der Kapitän das Cockpit dem Copiloten überlassen und war zu Rob gekommen. Er war ein korpulenter Mann mit dem gutmütigen Gesicht eines Hobby-Gewichthebers, das Rob entfernt an Patrik erinnerte. Mr. Benedict hat von Ihnen erzählt, sagte er, mein Name ist Joseph. Ihr Vater ist oft mit mir geflogen. Einmal hat er diese Maschine gechartert, für einen Rundflug über das Atoll. Tut mir leid, dass er so sterben musste.

Das Motorengeräusch veränderte sich und Joseph blickte kurz auf. Nichts, sagte er, es ist nichts, wir fliegen die Insel von Norden her an. Er reichte Rob ein Stück Papier. Ich habe keine Karte, sagte er, hier ist meine Telefonnummer, falls Sie etwas brauchen sollten. Er lächelte, das Idyll hat einen Kratzer abgekriegt, seit einem Monat funktioniert das Handy von der Südspitze der Insel aus. Wenn Sie Glück haben.

Er stand mit erstaunlicher Behendheit auf und reichte Rob die Hand. Ich habe Ihren Vater gemocht, sagte er, sogar im Alter vermittelte er einem das Gefühl von kaltblütiger Kühnheit. Er war sicher ein guter Pilot.

Rob hob erstaunt den Kopf. Vater ..., Pilot?

Jetzt sagen Sie bloß, Sie hätten nicht gewusst, dass Ihr Vater den Pilotenschein gemacht hat, in den Siebzigern, im ›Flight-Camp‹ von Sacramento. Die Lizenz für Propellermaschinen, drei Jahre später für Learjets. Er war damals nicht mehr der Jüngste. Wir sehen uns noch ...

Der Vater im Cockpit eines Flugzeugs – wieder ein anderes Bild. Rob konnte sich den Mann mit der Gardenie weder in einer Fliegermontur vorstellen noch in Jeans und mit offenem Hemd. Das Leben gründet auf einer Auswahl von Fiktionen, dachte er, die Sicht der Wirklichkeit ist bedingt durch unsere Position in Raum und Zeit und nicht durch unsere Persönlichkeit, wie wir so gerne glauben möchten. Zwei Schritte nach Osten oder nach Westen, und das ganze Bild verschiebt sich.

Er dachte an Ana. Er hätte sie jetzt gern an seiner Seite gehabt. Nachdem Nicoletta Bani aus seinen Gedanken verschwunden war, hatte er oft an die Veränderung ihrer Beziehung gedacht. Aber in Wahrheit war nichts Abruptes, Schlüssiges oder Endgültiges geschehen. Die Metamorphose war langsam eingetreten.

Erneut hatte sich das Motorengeräusch verändert. Rob blickte aus dem Fenster. Die Konturen einer Insel tauchten auf, umringt von einem Perlengrund mit austernfarbenen und jadegrünen Schattenreflexen. Das Zentrum, ein pflaumendunkler Fleck. Nach wenigen Minuten setzte die Maschine auf dem Rollfeld von Agathi auf. Rob stieg mit seiner Tasche die Stufen hinab, dann stand er im warmen, nach Salz riechenden Wind und suchte nach seiner Sonnenbrille.

Nach den Zollformalitäten gingen der Inder und Rob durch ein Wäldchen von Kokospalmen zum Strand – eine menschenleere Sandsichel, Löwenstaub der Wüste. Flugsanddünen wie Wasserzeichen in der Luft. Rob schwitzte, es war fast windstill und unerträglich heiß. Der Riemen seiner Tasche schnitt in die Schulter; würde er die Malutensilien, den Block und die Zeichenstifte überhaupt brauchen, die er zur Beruhigung seines Gewissens eingepackt hatte? Fünfzig Meter vom Ufer entfernt lag ein Fischerboot vor Anker. Sie mussten die Schuhe ausziehen und durchs flache Wasser waten. Ein bärtiger Alter nahm das Gepäck. Ins Boot zu gelangen war ein akrobatisches Kunststück und Rob dachte, kein Wunder, dass es auf Bangaram so wenige Touristen gab.

Während der Bootsmann den Anker einholte und die Maschine von Hand anwarf, stellte sich Robs Begleiter vor. Ich heiße Ramesh, sagte er, reisen Sie zum ersten Mal nach Bangaram?

Rob nannte seinen Namen. Ja, sagte er dann, Bekannte haben mir die Insel empfohlen, es sei eines der letzten Paradiese im Arabischen Meer.

Zweifellos, antwortete Ramesh, meines Wissens gibt es nirgendwo so viele Wasserschildkröten wie in den Lagunen des Lakshavi Atolls. Sie werden sehen, die Tiere kommen dicht ans Boot. Auf Bangaram kommen sie bei Neumond an den Strand und legen ihre Eier, als ich das letzte Mal dort war, sind Dutzende kleiner Schildkröten geschlüpft und ins Wasser gerannt. Sie haben Glück, übermorgen ist Neumond.

Und was führt Sie hierher, fragte Rob. Ihm war aufgefallen, dass der Mann nur einen Leinensack bei sich hatte.

Ich bin Wartungsingenieur für die Solaranlagen der Insel. Der Strom auf Bangaram wird von einer modernen Solarplantage erzeugt.

Der Cummins Einzylinder schob das Boot durch eine Bresche im Riff. Ramesh riss die Hand hoch und deutete ins Wasser, schauen Sie, rief er, dort ...

Neben der Bordwand waren messingbraune Flecken aufgetaucht, Meeresschildkröten, die mit gemessenem Paddelschlag am Riffgürtel entlangschwammen. Eine Schildkröte scherte aus und schwamm neben dem Boot her; die Geschwindigkeit betrug etwa vier Knoten.

Die Dünung der offenen See hatte das Boot erfasst, es begann zu rollen, eine Bewegung, die sich nach Umrunden der Inselspitze in heftiges Stampfen verwandelte. Jetzt fuhren sie einem stahlgrauen Horizont entgegen. Durch das gleichmäßige Tuckern des Motors war Rob für Sekunden eingedöst; als er erwachte, verspürte er eine leichte Übelkeit. Er war froh, dass Ana nicht dabei war. Oder Patrik. Beide hatten auf einer Fähre von Genua nach Porto Veccio derart unter der Seekrankheit gelitten, dass sie ans Sterben dachten.

Nach einer Stunde tauchte die Silhouette einer Insel im Mittagsdunst auf. Der Bootsmann rief ein paar unverständliche Sätze, Ramesh übersetzte. Der Walrücken dort vorne, das ist Bangaram, sagte er. Rua meint, in einer Viertelstunde sind wir dort.

Der abrupte Übergang von rauem zu unbewegtem Wasser. Eine Bucht, umsäumt von Kokospalmen und auberginefarbenen Mangroven. Die Farben des Meeres an diesem Mittag waren smaragdgrün, fliederblau. Rob schloss für einen Moment geblendet die Augen; als er sie öffnete, sah er nur Licht, das Licht der einen Sonne. Noch immer leicht benommen kletterte er aus dem Boot und wurde von einem schlaksigen Mann empfangen, der sich als Sam vorstellte.

Mr. Benedict hat mich informiert, sagte er lächelnd, wie war die Fahrt? Kommen Sie, jetzt trinken wir erst mal ein ›Kingfisher‹. Ihr Bungalow ist erst in einer Stunde fertig, wir müssen die Wasserpumpe ersetzen, sonst haben Sie keine Toilette.

Ramesh hatte sich mit einer Handbewegung verabschiedet und war zwischen Mangroven verschwunden. Sam führte Rob zu einem schilfgedeckten Pavillon.

Das ist die Hotelbar, sagte er, hier treffen sich die Gäste so gegen sieben für einen Sundowner. Mit Ihnen sind es zur Zeit elf Personen; Engländer und ein italienisches Paar. Am Wochenende kommt eine kleine Gruppe französischer Taucher. Setzen Sie sich doch …

Sam holte zwei Flaschen ›Kingfisher‹ aus dem Kühlschrank und schenkte ein. Viel Schaum, sagte er lächelnd, ich weiß, in Deutschland muss das Bier eine Schaumkrone haben.

Rob fühlte sich wohl neben dem Mann; Sams burschikose Herzlichkeit war von großer Natürlichkeit, er fühlte sich nicht nur als Gast willkommen. Es wunderte ihn, dass Sam trotz der Mittagshitze schwarze Jeans und ein langärmliges Hemd trug; die Sonne stand direkt über der Insel, eine Sonne, die sogar den Palmen zusetzte, sie warteten regungslos auf den Abend. Sam schob den Hemdärmel zurück, packte den linken Unterarm und riss das Handgelenk herum, als gehörte es jemand anderem, bis das Zifferblatt einer riesigen Taucheruhr sichtbar wurde. Möchten Sie eine Kleinigkeit essen, fragte er. Lunch beginnt in einer halben Stunde.

Rob dankte, obwohl er Hunger hatte. Ihm fielen seine Tabletten ein; seit er in Cochin gelandet war, hatte er seine Medikamente vollkommen vergessen. Später gern, sagte er. Sie kannten meinen Vater, haben Sie sich manchmal mit ihm unterhalten?

Sam verscheuchte ein Huhn, das Reste von Erdnüssen aufpickte. Ich war erst ein halbes Jahr hier, als Ihr Vater zum letzten Mal auf die Insel kam, sagte er. Ich kann mich nicht mehr erinnern, worüber wir gesprochen haben. Trotz seiner Zurückhaltung hatte Henry Wallburk etwas, das ihn liebenswert machte, da können Sie fragen, wen Sie wollen. Er war großzügig und hilfsbereit, man hatte den Eindruck, dass er die Leute hier mochte. Nicht, dass sich durch seine Anwesenheit auf Bangaram etwas verändert hätte, aber jedes Mal, wenn er die Insel verließ, blieb etwas zurück, wie soll ich sagen, ein Abdruck im Sand, den die Flut nicht wegspülen konnte.

Noch ein Bier?

Gern, danke. Wenn es Ihnen recht ist, ich möchte mir zuerst das Häuschen anschauen, das Mr. Benedict für Vater gebaut hat.

O.k. Ich hole die Schlüssel. Mr. Benedict hat verboten, das Haus zu betreten, die Türen wurden seit sechs Jahren nicht mehr geöffnet. Ich weiß nicht, was Sie erwartet.

Rob blickte Sam nach, wie er mit seinem schlaksigen Schaukelgang in einem hölzernen Rundbau verschwand. Sein Blick glitt hinaus auf die muschelförmige Bucht, zum Riff, wo die Brandung Gischtschleier in die Luft schleuderte; Regenbögen schienen auf, wurden weiß und erloschen.

Sie liefen zehn Minuten am Strand entlang und bogen in einen Pfad, der zwischen Mangroven nach Norden führte. Bei einer Holztafel mit der Aufschrift ›Helipad‹ bogen sie in einen verkrauteten Weg, den seit langer Zeit niemand betreten hatte. ›Helipad‹, fragte Rob, landen auf Bangaram Helikopter?

Notfälle, antwortete Sam, Mr. Benedict kommt mit dem Heli. Die Marine hat auf Bangaram einen Sanitätsposten. Leute vom Government, wir haben ein kleines Gästehaus, das fast nie benutzt wird. Und während der Monsunzeit, wenn das

Meer unruhig wird, bringen wir ungeduldige Gäste auf diesem Weg nach Agathi.

Sam zwängte sich durch eine Lücke in den Mangroven und ließ Rob an sich vorbei. Vor ihnen stand das Häuschen auf einer felsigen Erhöhung. Gegenüber, am Ende des Riffgürtels, lag eine flache Insel. Sam war Robs Blick gefolgt. Tinnakara, sagte er, die Insel ist unbewohnt. Bei Ebbe kann man im flachen Wasser zur Südspitze laufen. Ihr Vater hat das manchmal getan, er hat gewartet, bis die Flut kam und ist zurückgeschwommen. Ja, und das hier war sein Zuhaus, wenn er auf Bangaram seine Ruhe wollte. Niemand durfte ihn hier stören.

Rob war stehen geblieben. Er nahm die Sonnenbrille ab. Ein Ort wie eine Fabel oder eine Seite aus Stevensons Reisebuch ›In der Südsee‹. Die unterschiedliche Tiefe des Meeresbodens – Sand, Fels, Korallen und Seetang – brach das Licht und erzeugte ein changierendes Leuchten.

Sam hatte versucht, das Vorhängeschloss zu öffnen. Ziemlich verrostet, aber es geht, sagte er und gab der Tür einen Fußtritt, dass sie halb aufsprang. Ich lasse Sie jetzt alleine, den Weg zurück werden Sie ohne mich finden.

Rob stand noch am selben Fleck, als Sams Schritte längst verklungen waren. Er spürte das Schwächerwerden des Windes, bis er vollkommen abflaute, hörte das Abdrehen der Seeschwalben, ihren Flügelschlag. Alle die feinen Geräusche der Luft. Er wollte das Wohlbefinden des Vaters in dieser Einsamkeit verstehen. Sein Blick war auf die offene Tür geheftet, er versuchte im Halbdunkel des Häuschens Gegenstände zu erkennen. Ein ähnliches Gefühl wie in Zürich beschlich ihn, als sich die Tür des Banksafes langsam geöffnet hatte. Er machte ein paar Schritte auf das Häuschen zu. Wie alle Gebäude auf Bangaram war es mit Schilf und Palmwedeln gedeckt, nur die

Wände waren nicht aus Holz, sondern aus grob behauenem Kalkstein.

Er trat über die Schwelle. Es war stickig und roch nach getrockneten Kräutern, ein Geruch, den Rob kannte. Seine Augen mussten sich ans Halbdunkel gewöhnen. Vor den Fenstern waren Lamellen aus einem Material, das aussah wie Pergament; sie erzeugten ein honigfarbenes Licht. Rob merkte, wie er anfing stärker zu schwitzen. Er ging zu den Fenstern, zog die Jalousien hoch. Das Erste, was er jetzt wie in einem geistigen Halbschlaf wahrnahm, war der Fußboden.

Er hockte sich in einer Ecke des Raums auf seine Hacken, allen anderen Gedanken entrückt, die Hände im Schoß gefaltet und die Augen geschlossen. Er fühlte sich der Wahrheit sehr nah. Er blinzelte über seine Knie hinweg zur Mitte des Raums. Der Fußboden: Er war blau. Blau, ein tiefes und dennoch strahlendes Blau. Eine Farbe, die sich durch Jahre in Robs Inneres gefressen hatte wie ein unantastbares Geheimnis.

Das Häuschen am Rand der Lagune war das Atelier eines Malers. Rob wischte den Schweiß von der Stirn. Er blieb in derselben Stellung hocken und versuchte seine Gedanken zu ordnen. Waren Sarnos Bilder in Wahrheit Bilder von Henry Wallburk? Wie klar dann plötzlich alles vor ihm stand. In der Verkleidung Sarnos hatte der Vater sich den Traum vom Malen erfüllt. Hier war entstanden, was Didiers Schwester das ›große Werk‹ nannte, ein Werk, das den ›reinen Zustand der Welt‹ spiegeln sollte. Verrat oder der Wunsch nach einem anderen Leben?

Er zog die Schuhe aus und ging auf Zehenspitzen zur Mitte des Raums. Über ihm das ferne Geräusch eines Flugzeugs. Smaragdeidechsen huschten an seinen leeren Schuhen vorbei zur Tür. Er vermied es, auf größere Flächen von Blau zu treten, und blieb auf einem unbemalten Fleck stehen. Der Fußboden war bedeckt mit sich überschneidenden geometrischen Linien, als hätte sich jemand einer Schablone bedient. Der Maler hatte die Leinwand auf dem Boden bearbeitet, Farbe war über die Ränder gelaufen und hatte Rechtecke gebildet.

Rob drehte sich um die eigene Achse. An den Fenstern der gegenüberliegenden Wand stand ein Tisch. Die Gerätschaften darauf machten den Eindruck, als hätte sich jemand hier ein Labor eingerichtet: Reagenzkolben und Gläser; Stahltrommeln, wie man sie zum Sterilisieren von chirurgischen Instrumenten verwendet. Mörser. Ein elektrisches Mahlwerk. Lötlampen. Ein Föhn. Einmachgläser mit getrockneten Flüssigkeiten. Rob versuchte die Etiketten zu lesen: Ruß von Pinienholz; Ruß der spanischen Pappel. Sumachharz. Schalen mit gedörrten Galläpfeln. Klumpen, die aussahen wie schmutziger cremfarbener Lehm. Lederrollen mit der Aufschrift ›Lhasa 1998‹. Zwei Körbe mit weißem Pulver – Reismehl, das Material, von dem van Napier gewusst hatte, dass Sarno es zum Grundieren der Leinwände brauchte. Über dem Tisch war eine Leine gespannt, an der Dutzende verschieden großer Pinsel aufgereiht hingen. Rob ging noch näher heran. Die Pinselgriffe waren beschriftet, ›Marderhaar I + C3‹, ›Dachshaar VI + AC‹, ›Yakhaar IX + 52 F‹, stand da in des Vaters steiler kleiner Schrift. Pinsel wie Michelangelo Merisi sie für sein Gemälde ›Ruhe auf der Flucht nach Ägypten‹ benutzt haben mochte. Das Öl in den Flaschen war noch nicht eingetrocknet: Öl aus Nüssen und Samenkörnern, Öle aus Nelken, Anis, Walnuss, Saflor und Schlafmohnsamen. Benzoe aus Sumatra. Schachteln mit Schwämmen. In Tonschüsseln Tragant aus Aleppo, der aussah wie wurmartige Krümel. Eine Wissenschaft.

Sein Blick wanderte zu den Seitenwänden: ein zusammengeklapptes Feldbett. Korbstühle. Ein Bügelbrett. Bastkörbe mit Leinwandrollen. Ein ›Skanti‹ SSB-Sprechfunkgerät mit Kopfhörern. Die Tür zum Bad stand offen. In der Dusche ein ›Honda-Generator‹ mit Kabelrolle. Zwei Staubsauger. Auf dem Bord neben dem Waschbecken ein Barograph und mehrere Hygrometer. Rob schrak zusammen, Wind vom Meer her war aufgekommen und hatte den Ventilator an der Decke bewegt. Er ging zurück zum Tisch und zog eine Schublade heraus. Knieschoner. Mehrere Brillen, eine Lupe. Unausgepackt eine elektronische Präzisionswaage. In der zweiten Schublade ein Stapel Wachstuchhefte. Er begann zu blättern.

Es waren nummerierte Werkverzeichnisse. Sie enthielten nicht nur Datum und Bildmasse, sondern auch Materialmenge, Mischverhältnis und Trockenzeit, verwendete Pinselart und Luftfeuchtigkeit zur Zeit der Entstehung. ›Gleichmäßige Raumtemperatur ohne Durchzug ist entscheidend für Transparenz und Leuchtkraft der letzten Schichten‹, hatte der Vater notiert. Idealwerte: 27 Grad Celsius, Luftfeuchtigkeit maximal 70 Prozent. Rob entdeckte selbst hier die Kultiviertheit des Vaters an den getrockneten wilden Blumen zwischen Heftseiten – kleine Geschenke, die er sich selbst gemacht hatte.

Noch immer auf Zehenspitzen ging Rob zu den Körben mit Leinwänden, nahm eine Rolle heraus und öffnete sie ein paar Handbreit. Die unbearbeitete Rückseite trug Sarnos Signatur, groß, eckig, die Schrift eines frühreifen Kindes. Die Felder des Datumsstempels waren leer. Der Vater hatte die Leinwände auf Vorrat signieren lassen, vermutlich zu einer Zeit, als Sarno bereits im Sanatorium ›Santa Maria‹ von der Außenwelt abgeschirmt dem Tod entgegendämmerte, unfähig zu begreifen, was um ihn geschah. Rob blickte lang auf die mit grauem Ölstift mehr gezeichneten als geschriebenen Worte, dann rollte er die Leinwand ganz auf und drehte sie ins Licht. Eine halb fertige Arbeit. Die klimatischen Bedingungen waren vermutlich nicht ideal gewesen, das Blau wies changierende Schatten auf, es verschwamm an den Rändern zu undefinierbarem Dunkel, braunem Samt ähnlich, über den man ein Tintenfass leert.

Er steckte die Rolle zurück in den Korb, nahm eine andere und breitete sie auf dem Boden aus, wobei er die Ecken mit Flaschen beschwerte. 180 mal 200 Zentimeter, ein Maß, das viele einteilige Bilder Sarnos hatten. Die Arbeit war von vollkommener Schönheit. Er zog einen Stuhl heran und setzte sich vor das Bild. Er sah den Vater vor der Leinwand knien, wie er Schicht um Schicht aufträgt, rasch, aber nicht eilig, die kranken Augen sind in äußerster Konzentration auf den Farbfluss gerichtet, vielleicht schwitzt er, findet aber keine Zeit, sich den Schweiß abzuwischen, eine heikle Arbeitsphase, sollte sich ein Schweißtropfen von der Haut lösen, das Bild wäre zerstört. Rob ahnte in diesen Augenblicken, was der Vater durch seine Bilder versucht hatte darzustellen: eine Welt, so leicht fassbar wie der ursprüngliche Akt von Zärtlichkeit zwischen Tier und Pflanze, Regen und Erde, Samen und Baum, Mensch und Gott. Daher die Stille in diesen Bildern. Der Betrachter sollte nicht sosehr ›erleben‹, sondern ›verstreichen‹ – wie die Zeit.

›Heilige Bilder‹ hatte Walkobinger gesagt. Bilder aus Pigmenten, die vor mehr als zweitausend Jahren in den Minen von ›Nur‹ aus dem Fels des Hindukusch gebrochen worden waren – lang bevor es ›Metathron‹ gab. Pigmente, die diese Bilder möglich machten und zugleich imstande waren, den Fortbestand der Menschheit in Frage zu stellen.

Irgendwo im Raum mussten sich Reste des ›Sonnenspiegels‹ befinden. Rob ging zurück an den Tisch und öffnete eine der

Stahltrommeln. Sie war bis auf einen Klumpen fensterkittähnlicher Masse leer. Die andere Trommel enthielt kleine in Alufolie gepackte Gegenstände. Es waren offensichtlich Reste der Schildkröte, manche von der Größe eines Stecknadelkopfes, andere fingerhutgroß. Rob strich die Folie glatt und legte die Steinreste darauf. Ein Splitter hatte jenes mit Sternen gesprenkelte Blau, das ihn im Arbeitszimmer seines Vaters hatte glauben lassen, etwas hätte ihn angesehen und würde ihn nie mehr vergessen.

Als er die Hand ausstreckte, um die Reste in die Folie zu wickeln, hörte er eine sanfte Stimme. Bedaure, Sie stören zu müssen, Herr Wallburk ...

Robs Kopf schnellte herum. In der Tür stand Jean Pière Bouvier, hinter ihm der schweigsame Mann, dem er vor wenigen Tagen im Haus am Herzogpark begegnet war. Der Arzt war trotz der Hitze dunkel und städtisch gekleidet. Er wurde von seinem Begleiter um Haupteslänge überragt, was den spinnenhaften Körper noch zerbrechlicher aussehen ließ. Auf Bouviers schönem Gesicht lag ein Lächeln.

Ich hätte erwarten können, Sie hier zu treffen, sagte er leise, obwohl ich diese Begegnung bedaure. Seine Augen hinter der randlosen Brille flogen durch den Raum und blieben schließlich auf dem Bild haften. Zweifellos eine vorzügliche Arbeit, fuhr er fort. Ich bin genauso überrascht, wie Sie vermutlich auch. Wir hatten angenommen, Ihr Vater sei der Urheber des Sakrilegs, wie sich zeigt, war er spiritus rector und Akteur in einer Person. Eine Leistung, die Achtung verdient.

Er wandte Rob sein Gesicht zu. Das Lächeln war verschwunden, als er in scharfem Ton fragte, wo sind die Reste des ›Sonnenspiegels‹?

Rob machte mit dem Kinn eine Bewegung zur Stahltrommel. Er spürte die Gefahr, obwohl es keine Anzeichen von Bedrohung gab. Eine irrationale Angst überfiel ihn. Einen Augenblick dachte er an Flucht, aber der Mann in der Tür würde ihn nicht entkommen lassen. Bouvier war mit raschen Schritten zum Tisch gegangen und hatte die Reste des Spiegels auf seine Handfläche gelegt. Er betrachtete sie schweigend, dann neigte er den Kopf und berührte jeden einzelnen Splitter mit den Lippen.

Ich möchte, dass Sie sich wieder setzen, Herr Wallburk, fuhr er in seinem gewohnt sanften Ton fort. Inzwischen dürfte Ihnen klar geworden sein, wen Sie vor sich haben. Louis und ich sind Diener einer Organisation, nach der die Welt zur Zeit fieberhaft fahndet. Er wickelte die Steinreste in ein weißes Einstecktuch und gab es seinem Begleiter.

Rob fing an zu frieren. Bouvier, ein Mitglied der ›Metathroniten‹. Sie würden ihn töten. Vielleicht blenden. Eine Flut irregeleiteter Erregung und Angst schwappte durch ihn hindurch. Er hielt sich krampfhaft an den Lehnen des Stuhls fest. Die Augen schließen machte es noch schlimmer. Was er seit seiner Schulzeit nicht mehr getan hatte, er begann zu beten: ›Vater unser, der Du bist im Himmel, Dein Wille geschehe, mach, dass bald jemand kommt, der mir hilft.‹ Er musste Zeit gewinnen. Wenn er nicht ins Hotel zurückkam, würde Sam nach ihm suchen. Zeit gewinnen, Fragen stellen …

Bouvier war zur Mitte des Raums gegangen; sein Blick pendelte zwischen Rob und dem Bild hin und her. Wir könnten die Reste des ›heiligen Spiegels‹ einfach in die Tasche stecken, das Bild nehmen und verschwinden, begann er wieder zu sprechen. Zu meinem Bedauern ist die Geschichte nicht so einfach, Herr Wallburk, Sie sind Mitspieler in einem sehr ernsten Spiel, vermutlich sind Sie es, ohne zu wissen warum. Mitspieler, deren Geist dem unseren fremd ist, bedeuten eine Gefahr für die Organisation. Bouvier hatte die Brille abgenommen und begann die Gläser zu behauchen, bevor er sie mit einem Taschentuch sorgfältig abrieb. Ohne das Funkeln der Gläser waren seine Augen farblos, Augen ohne Pupillen.

Zeit gewinnen, dachte Rob, der Körper spürt den Tod, deshalb friere ich so, er zieht sich zurück. Haben Sie Vater getötet, fragte er.

Bouvier lächelte und setzte die Brille auf. Natürlich, Sie haben ein Recht, die Umstände des Todes Ihres Vaters zu erfahren, sagte er. Ich habe Henry nicht getötet. Er nickte dem Mann in der Tür zu. Louis hat es getan, in höherem Auftrag. Ich war lediglich Zeuge.

Wessen Auftrag?

Bouvier hob die Achseln. Es war so beschlossen worden, sagte er kurz. Ich bedaure seinen Tod, aber er war unvermeidbar geworden. Henry Wallburk war eine Vaterfigur, ich bewunderte ihn – obwohl er mich verachtet hat. Für ihn war ich ein ehrgeiziger Krüppel mit analytischem Verstand, ein von Fall zu Fall brauchbarer Arzt. Ihr Vater besaß nahezu alles, was für den Orden ein dem Tiermenschentum entwachsenes ›Wesen der Zukunft‹ darstellt: hohe Intelligenz, Kaltblütigkeit, Tatkraft, Kreativität und Loyalität sich selbst gegenüber. Er lebte mit der Verpflichtung, vor sich selbst nicht davonzulaufen, weder in seinen Gedanken noch in der Tat. Doch leider, ihm fehlte der Glaube. Er sah in den ›Metathroniten‹ einen Haufen geistesgestörter Krimineller. Die Größe des Ordens wurde ihm bewusst, als es zu spät war.

Deshalb ließ man ihn auf bestialische Weise ermorden?

Mord? Wir sprechen hier nicht von Mord. Ihr Vater wurde aus mehreren Gründen geopfert, nicht nur weil er für die ›Metathroniten‹ eine Gefahr darzustellen begann. Er hat unser heiligstes Erbe zerstört, sein Tod folgte einem uralten Gesetz. Wir hatten die Absicht, Ihren Vater vor der Erblindung durch Folter dazu zu bewegen, den Ort zu nennen, wo er die Schildkröte aufbewahrt hat. Bedauerlicherweise waren die Hunde lauter geworden und wir mussten mit dem Erscheinen der Wachleute rechnen. Bouvier lächelte, während er mit einer knappen Kopfbewegung auf den Mann in der Tür deutete. Louis ist ein Meister der Tortur, sagte er, Schmerz ist nicht dasselbe wie Folter. Man kann das als Haarspalterei abtun, aber Folter zu empfinden erfordert, dass das Objekt der Folter diese Absicht erkennt. Von einem Krokodil gefressen zu werden ist nicht Folter, jemanden über einem Becken mit Krokodilen baumeln zu lassen, das ist Folter. Außerdem, Bouvier sprach jetzt mit dem sanft belehrenden Tonfall eines Arztes, außerdem hat die neurologische Wissenschaft der letzten Jahre vieles verändert. Naltrexon blockiert die natürlichen Schmerzkiller im Gehirn, jene hilfreichen Endorphine. Auf diese Weise kann man die Schmerzgrenzen ausweiten, eine großartige Entdeckung.

Bouvier strich sich mit der Hand über die Stirn. Ich möchte Sie nicht länger mit meinem Steckenpferd langweilen, fuhr er fort, Sie sprachen von Mord. Im Mittelalter wurden Reliquienschänder und Ketzer von ihren christlichen Brüdern auf dem Scheiterhaufen verbrannt. Haben Sie das vergessen? Aus heutiger Sicht haben wir leider zu spät reagiert. Ihr Vater wusste mehr als wir dachten. Er hat mit einem Mann namens Gruen konspiriert, um Struktur und Pläne der Organisation in Erfahrung zu bringen. Wir haben Gruen und seinen abartigen Gehilfen eliminiert und die Papiere beseitigt, es ist ihm dennoch gelungen, Informationen an die Ermittlungsbehörden zu liefern. Ein Teil unserer Mitglieder in den Vereinigten Staaten und in Europa wurde verhaftet. Ich konnte mich den deutschen Behörden rechtzeitig entziehen. Mark Weinberg hat sich erschossen.

Weinberg?

Bouvier nickte. Ja, Weinberg. Trotz seiner Intelligenz hat Ihr Vater bei der Wahl seiner Freunde wenig Menschenkenntnis gezeigt. Weinberg gehörte seit neunzehnzweiundneunzig dem ›Inneren Kreis‹ an. Er vertrat in diesem speziellen Fall nicht nur die Interessen der ›Metathroniten‹, Mark hasste Ihren Vater, seit der ihm die Frau weggenommen hatte.

Sie werden mich töten, dachte Rob, sonst würde Bouvier mir das alles nicht sagen. Er spürte, wie ihm die Angst Tränen in die Augen trieb. Plötzlich hatte er die verrückte Vorstellung, das Atelier wäre ein Bus, in dem man an der Endstation sitzen bleiben, einen Kriminalroman weiterlesen und zurückfahren könnte. Die Geschichte wäre zu Ende und alles nicht wahr. Er schlug die Hände vors Gesicht. Eine Welle hilfloser Wut erfasste ihn. Er hatte diesen Zwerg noch immer ›Doktor‹ tituliert.

Warum erschießen Sie sich nicht, Bouvier, fragte er mit belegter Stimme, man wird Sie fassen und bis ans Lebensende hinter Gitter bringen. Man fahndet nicht nur in Deutschland nach Ihnen.

Bouvier schien die letzten Sätze überhört zu haben. Mich erschießen, Unsinn, sagte er lächelnd, etwas wie Stolz lag in seiner Stimme, als er fortfuhr, auf mich warten Aufgaben, Herr Wallburk. Im Orden sind hohe Stellen vakant. In der Nachfolge der obersten Führung bin ich durch diese unvorhergesehenen Ereignisse an die dritte Stelle gerückt. Nach dreißig Jahren ein Europäer.

Plötzlich schien er sich der Worte Robs zu erinnern. Sein

Gesicht verlor die sanfte Freundlichkeit. Woher wollen Sie wissen, dass man nach mir fahndet, fragte er. Was wissen Sie?

Ich muss Zeit gewinnen, dachte Rob, ich muss eine Geschichte erfinden. Sam wird kommen, er muss kommen. Hauptkommissar Rhomberg weiß seit einiger Zeit über Ihre Machenschaften Bescheid, antwortete er ausweichend, die Münchner Kripo hat Spezialisten für Sektenwesen in die Ermittlung einbezogen. Interpol ist über die ›Metathroniten‹ genau informiert.

Wer hat das gesagt? Rhomberg wohl kaum. Sie bluffen, Herr Wallburk.

Ich bluffe nicht, Bouvier. Rhomberg hat bei unserem letzten Gespräch gesagt, man vermute, hinter dem Mord an Vater stünde ein skurriler Orden, dessen Namenspatron ein Engel mit Namen ›Metathron‹ sei. Dabei hatte er Sie als einen der Verdächtigen genannt.

Bouviers Gesicht hatte sich entspannt. Jetzt weiß ich, Sie bluffen, sagte er, kein Kriminalbeamter würde einem Außenstehenden die Namen von Verdächtigen preisgeben. Nur eines würde mich interessieren, von wem haben Sie den Namen ›Metathroniten‹ zum ersten Mal gehört?

Ich darf Walkobinger nicht erwähnen, überlegte Rob. Es war Rhomberg, sagte er schließlich, Rhomberg hat von ›Metathroniten‹ gesprochen.

Bouviers Gesicht hatte wieder diesen Zug lauernder Wachsamkeit, als er leise sagte, gut, lassen wir das.

In das entstandene Schweigen hinein fragte Rob, wie sind Sie auf diese Insel gestoßen?

Dass Henry Wallburk sich öfter auf Bangaram aufhielt, wussten wir seit längerer Zeit durch Pereiras Aufzeichnungen. Nico Bani hat uns den Hinweis gegeben.

Nicoletta Bani? Was hat sie mit der Geschichte zu tun?

Frau Bani und ihr Onkel sind Mitglieder des Ordens, Herr Wallburk. Sie scheinen die schlechte Menschenkenntnis Ihres Vaters geerbt zu haben. Elvira Bani, Nicolettas Schwester, bekleidet eine wichtige Funktion innerhalb der Organisation, sie leitet verschiedene Institute, in denen wir mit reinrassigen Waisen experimentieren, sie sollen zu ›neuen Menschen‹ heranwachsen. Sie sehen, das Modell des ›Lebensborn‹ hat noch lange nicht ausgedient. Wir haben Nicoletta beauftragt, mit Ihnen Kontakt aufzunehmen. Pereira war ein Glücksfall. Durch seine Aufzeichnungen erfuhren wir, dass Ihr Vater sich vermutlich im Besitz des siebten ›Sonnenspiegels‹ befand. Wir haben das Manuskript natürlich einer Korrektur unterzogen, bevor Sie es zu lesen bekamen. Pereira war ein schlauer Fuchs, er hat genau recherchiert. In einer Fußnote äußerte er den Verdacht, Ihr Vater selbst könnte der Maler von Sarnos Bildern sein. Wir haben das ignoriert, es schien uns die Fantasiegeburt eines schriftstellernden Journalisten zu sein.

Nicoletta … Rob dachte an die Schnecken, an seinen instinktiven Rückzug von der Frau. Sein Blick streifte die Uhr am Handgelenk. Es ging auf halb drei, die Todeszeit des Vaters. Er war seit zwei Stunden in diesem Raum. Wann würde Sam ihn vermissen? Er fror jetzt stärker. Der Körper produziert keine Wärme mehr, dachte er, er weiß besser als mein Kopf, dass es keinen Sinn mehr hat, gegen den Tod zu protestieren. Es kostete ihn Mühe, den Kopf zu heben und Bouvier anzuschauen. Er suchte seinen Blick, aber das schöne Gesicht war abgewandt, die Augen zum Fenster gerichtet. Rob zwang sich weiterzureden. Warum sollte Nicoletta Kontakt zu mir aufnehmen, fragte er.

Wir nahmen an, Sie wüssten, wo sich Reste des ›Sonnenspiegels‹ befanden. Oder vielleicht noch einige von Sarnos Bildern. Wie sich gezeigt hat, war es ein Irrtum.

Plötzlich fror er nicht mehr so sehr. Es war als hätte er vergessen, was Hitze und Kälte waren. Auch die Angst war ein paar Sekunden aus seinem Bewusstsein verschwunden. Mein Körper schaltet eine Funktion nach der anderen ab, um mir das Sterben leichter zu machen, dachte er. Dann wieder ein Anflug von Hoffnung, Sam wird denken, ich hätte mich verlaufen, er wird nach mir suchen. Aber was, wenn sie auch ihn umzubringen versuchen?

Die Bilder, fragte er mit einer ihm völlig fremden Stimme. Wohin sind die von Vater zurückgekauften Bilder gebracht worden?

Bouvier antwortete nicht sofort; er schaute auf seine Uhr. Es wird Zeit, sagte er und warf einen Blick auf seinen Begleiter. Der Mann stand immer noch unbeweglich in der Tür, die Beine gespreizt, Hände auf dem Rücken. Den Kopf hielt er gesenkt, als würde er seine Schuhe betrachten. Seit ein paar Minuten hatte er angefangen zu pfeifen, leise, zweimal kurz, einmal lang.

Ach so, ja, die Bilder, sagte Bouvier schließlich. Die Bilder, das ist eine lange Geschichte. Sie befinden sich an einem Ort in der Libyschen Wüste, den die Beduinen ›Oase der kleinen Vögel‹ nannten, wir nennen ihn jetzt ›Friedhof der Heiligen Bilder‹. Dort befinden sich sechs der sieben ›heiligen Spiegel‹. Es ist wichtig, an heiligen Orten zu beten. Das war eines der Geheimnisse der Wüstenväter. Es mag ein Trost für Sie sein, zu erfahren, dass Sie, Herr Wallburk, im Zentrum dieses Geschehens standen. Als wir erfuhren, dass Ihr Vater die heilige Schildkröte zerstören ließ, um damit profane Kunst herstellen zu lassen, mussten wir versuchen, die Bilder in unseren Besitz zu bringen. Für den Orden war das unmöglich. Der Einzige, der wusste, wo sich die Bilder befanden, wie sie beschafft werden konnten und der die Mittel besaß, war Henry Wallburk. Wir zwangen ihn, die Bilder zurückzukaufen, indem wir drohten, Sie zu töten. Er wusste, es gab keinen Ort auf der Welt, an dem Sie vor der Verfolgung durch den Orden sicher sein konnten. Um Ihr Leben zu retten, hat Ihr Vater sein Lebenswerk aufgegeben, was umso schwerer wiegt, als er, wie wir nun wissen, selbst der Maler von Sarnos berühmten Gemälden gewesen ist. Er hat Ihnen sein Museum geopfert, seine Kunst, sein Vermögen, schließlich sein Leben. Ihr Vater hat Sie geliebt, Herr Wallburk.

Rob hatte die Augen geschlossen. Jetzt spürte er, wie er wieder anfing zu frieren. Vater hat mich geliebt, dachte er, und ich habe es nicht gemerkt. Es war meine Schuld, dass alles so gekommen ist. Aber das war Unsinn. Er spürte, dass er nicht mehr in der Lage war, seine Gedanken richtig zu Ende zu denken. In seinem Kopf explodierten hundert Gedanken und verschmolzen zu einem undefinierbaren Klumpen.

Fühlen Sie sich nicht wohl, Herr Wallburk? Bouviers Stimme klang wie die eines fürsorglichen Arztes als er fortfuhr, Sie müssen keine Angst haben, wir können auf die Folter verzichten, der Spiegel ist in unserem Besitz. Wie gesagt, Louis ist ein Künstler, es wird schnell gehen. Ich verspreche es Ihnen.

Der pfeifende Mann begann sich zu bewegen, er stemmte sich mit dem Ellbogen vom Türrahmen ab und machte zwei Schritte in den Raum. Er hatte die Hände jetzt vor der Brust, in einer hielt er zwischen Daumen und Zeigefinger das Ende einer Schnur. Rob begann wieder zu beten. ›Vater im Himmel, geheiligt werde Dein Name, Dein Reich ...‹, er wusste plötzlich nicht mehr weiter. Worte rasten durch seinen Kopf,

Ana, Patrik, Seidenfuß, Sancho … aber es waren nur Worte, Menschen und Gestalten dahinter konnte er keine erkennen. Ob Seidenfuß kastriert werden wird, dachte er und zugleich dachte er wie verrückt es war, in seiner Situation so etwas zu denken. ›Wie im Himmel so auf Erden …‹, fiel ihm ein. Ein Anflug von Hoffnung, eine Sternschnuppe, himmlischer Beistand für den Bruchteil einer Sekunde, wo man einen Wunsch frei hat. Was er brauchte, war Zeit. Er schloss die Augen, um im Dunkeln zu denken, erst dann stieß er Worte hervor, riss sich aus seiner Lähmung heraus.

Ihr Experiment, Bouvier, sagte er, wie weit sind Sie mit Ihrem Experiment, die Erde von der Pest des ›Tiermenschen‹ zu befreien?

Bouvier hob mit einem Anflug von Staunen den Kopf. Auch davon haben Sie also gehört, sagte er, kommt dieses Wissen ebenfalls von Rhomberg?

Rob schluckte. Er musste mit seiner Antwort Zeit gewinnen. Interpol weiß alles über Ihre Versuche, die Menschheit durch kontaminiertes Wasser unfruchtbar zu machen, sagte er. Man kennt die Standorte Ihrer Labors.

Das wohl kaum, Herr Wallburk. Bouvier schien für einen Moment verunsichert, seine schmale Pharaonenhand strich über das Kinn, fuhr dann in die Höhe, als wollte sie den Sitz der Brille auf der Nasenwurzel prüfen. Unsere Labors sind weit verstreut auf der Welt, sagte er, wir stehen kurz vor dem entscheidenden Durchbruch. Jetzt geht es in erster Linie um Fragen der Logistik und solche der Applikation. Die im Stein von ›Nur‹ eingeschlossene Formel ist nach jahrtausendelangem Schlaf endlich befreit. Ich sagte Ihnen, Sie bluffen, Herr Wallburk.

Er gab dem Mann mit der Schnur einen Wink, während er

fortfuhr zu sprechen. Sein Gesicht wirkte traurig, als würde er das, was geschehen musste bedauern, als wären jede Frage und jede Antwort Steine in einem Spiel gewesen, dessen Regeln nur ihm bekannt und längst festgelegt waren.

Sie müssen verstehen, sagte er leise, dem niederen Menschen auf diesem Schlachtfeld gequälter und geängstigter Kreaturen geht die Einsicht ab, dass die göttliche Vernunft in ihrer konkretesten Gestalt Gott selbst ist. ›Metathron‹ ist sein Vollstrecker. Nur was aus seinem Plan heraus erfüllt wird, hat das Recht auf Leben. Was ihm nicht entspricht, hat dieses Recht verwirkt, es ist faules, entartetes Leben. Der Mensch ist zu einer evolutiven Fehlform geworden, die sich dank unseres Eingreifens zurücknehmen wird.

Rob starrte Bouvier an. Dieselbe gespreizte Wortwahl war ihm bei einem Vortrag aufgefallen, den er mit Sabrina besucht hatte. Bouvier hatte die Brille abgenommen, sein makelloses Gesicht sah entstellt aus. Auch sein Begleiter schien überrascht, er hatte aufgehört, die Schnur zu einer Schlinge zu knüpfen.

Eines sollten Sie wissen, begann Bouvier wieder zu sprechen, während er auf das am Boden liegende Bild deutete, ich bin sicher, dass Ihr Vater im Grunde nichts anderes wollte als die ›Metathroniten‹ – er hat in seinen Bildern den ›Zustand des reinen Werdens‹ gesucht.

Abrupt drehte er den Kopf zu dem wartenden Mann. Nun ist es Zeit, Louis, sagte er.

Rob merkte, dass er wieder fror und seine Hose nass war. Wie im Traum hörte er sich sagen, was wollten Sie als Kind sein, Bouvier?

Das Gesicht entspannte sich wieder, als Bouvier ohne zu zögern antwortete, Gott, Herr Wallburk, ich wollte Gott sein.

Ich fürchte, Sie verwechseln Gott mit dem Teufel … sagte

eine ruhige Männerstimme, die Rob bekannt vorkam. Sein Kopf ruckte herum. In der Tür stand der Wartungsingenieur aus dem Fischerboot, eine Waffe im Anschlag. Hinter ihm Rhomberg.

Auf den Boden, Hände auf den Rücken. Der Befehl kam von einem dritten Mann, der am Fenster aufgetaucht war. Ein Knall, Bouvier blickte auf seine blutende Hand, die gerade dabei war, etwas zum Mund zu führen. Dann sank er langsam, wie ein Betender, auf die Knie.

Zur rechten Zeit, sagte Rhomberg und trat in den Raum. Er wischte sich mit dem Hemdärmel Schweiß vom Gesicht. Mit einer müden Geste deutete er auf den jungen Inder. Colonel Sathypal, Crime Departement Kerala, sagte er, und der Herr dort am Fenster, das sei Jean Mettler von Interpol. Seinem raschen Eingreifen verdanke Rob sein Leben. Rhombergs Blick streifte die am Boden liegenden Männer. Dies sei das Ende des ersten Aktes, fuhr er mit einem schwachen Lächeln fort, die nächsten würden Schlag auf Schlag folgen. Den Weg zurück kenne Rob, Sam Roopa erwarte ihn zu einem späten Lunch im Hotel.

LITERATURANGABEN

S. 76 ff.   Jean Capart, Je lis les Hiéroglyphes, Office de Publicité, Bruxelles, 1960, S. 325.

S. 77   Eric Hebborn, Drawn to Trouble, Mainstream Publishing, Edinburgh, 1991, S. 76.

S. 111 ff.   Eugen Heinrich Schmitt ›Die Gnosis‹, Erster und zweiter Band, Grundlagen der Weltanschauung einer edleren Kultur, Eugen Diederichs, 412, Jena, 1907, S. 200 ff.

S. 127 ff.   Victoria Finlay, Colour, Travels Through the Paintbox, Hodder and Stoughton, London, 2002, S. 324 ff.

S. 200   Deacon, Richard, John Dee, London 1968, S. 48 ff.

S. 202 ff.   Kiesewetter, Karl, John Dee, Ein Spiritist des sechzehnten Jahrhunderts, Leipzig 1893, S. 160.

S. 202 ff.   Peter Haff, ›Der Orden der Erleuchteten‹ W. Heyne, München 2006, S. 14 ff.

S. 221 ff.   Anita Albus, Die Kunst der Künste, Erinnerungen an die Malerei, Eichborn Frankfurt a. M., 1997, S. 343 ff.

S. 271 ff.   Ulrich Horstmann, ›Das Untier‹, Konturen einer Philosophie der Menschenflucht, Medusa, Wien-Berlin, 1983, S. 76.

S. 327   Illusionen, Edi Lanners, E. Hodel u. a., Verlag C. J. Bucher, Frankfurt a. M. 1973 (zum Thema: Rebus), S. 84.

(Die Seitenzahlen links beziehen sich auf Passagen im Roman, die Seitenzahlen in Anschluß an die bibliographischen Angaben jeweils auf Passagen in den genannten Büchern, auf die sich der Autor sinngemäß bezieht.)